AS SUSPEITAS DO SR. WHICHER

KATE SUMMERSCALE

AS SUSPEITAS DO SR. WHICHER

Tradução de
FERNANDA OLIVEIRA

3.ª edição

BERTRAND EDITORA
Lisboa 2009

Título original: *The Suspicions of Mr. Whicher or The Murder at Road Hill House*
Autor: Kate Summerscale

Rua Prof. Jorge da Silva Horta, 1
1500-499 Lisboa
Telefone: 21 762 60 00
Fax: 21 762 61 50
Correio electrónico: editora@bertrand.pt

Design da capa: Vera Braga
Revisão: Rita Pina

Pré-impressão: Fotocompográfica, Lda.
Impressão e acabamento: Tipografia Peres
Depósito legal n.º 297 839/09
Acabou de imprimir-se em Agosto de 2009
ISBN: 978-972-25-1931-1

Para a minha irmã, Juliet

«Acaso estareis a sentir um ardor desconfortável na boca do estômago, senhor? E um forte latejar no cocuruto da cabeça? Ah, ainda não? Acabará por apoderar-se de vós [...] Eu chamo-lhe a febre do detective.»

The Moonstone (1868), Wilkie Collins

INTRODUÇÃO

Esta é a história de um assassínio cometido numa casa de campo inglesa em 1860, talvez o assassínio mais perturbador do seu tempo. A procura do assassino ameaçou a carreira de um dos primeiros e mais eminentes detectives, suscitou uma «febre detectivesca» por toda a Inglaterra e determinou o rumo da ficção policial. Para a família da vítima, foi um assassínio de invulgar horror que lançou suspeitas sobre quase todas as pessoas que viviam naquela casa. Para o país, o assassínio em Road Hill tornou-se uma espécie de mito — uma fábula negra sobre a família vitoriana e os perigos do trabalho de investigação.

O detective era uma invenção recente. O primeiro detective ficcional, Auguste Dupin, apareceu em 1841 em *Os Crimes da Rua Morgue* (*The Murders in the Rue Morgue*), de Edgar Allan Poe, e os primeiros detectives da vida real no mundo anglófono foram nomeados pela Polícia Metropolitana de Londres no ano seguinte. O agente que investigou o assassínio na Casa de Road Hill — o inspector-detective Jonathan Whicher, da Scotland Yard — era um dos oito homens que formavam esta nova força policial.

O caso de Road Hill transformou toda a gente em detective. Prendeu a atenção da população inglesa e houve centenas de pessoas que escreveram para os jornais, para o ministro da Administração Interna e para a Scotland Yard apresentando as suas soluções. Ajudou a modelar a ficção na década de 1860 e seguintes, sendo notória a sua influência em *O Diamante da Lua (The Moonstone),* de Wilkie Collins, que foi descrito por T.S. Eliot como o primeiro e melhor de todos os romances policiais ingleses. Nessa história, Whicher foi a inspiração para o enigmático sargento Cuff, que desde aí influenciou praticamente todos os heróis detectives. Alguns elementos do caso surgem também no último romance inacabado de Charles Dickens, *O Mistério de Edwin Drood (The Mystery of Edwin Drood)*. E embora a aterradora novela de Henry James *Calafrio (The Turn of the Screw)* não fosse directamente inspirada pelo assassínio de Road Hill — James disse que era baseada numa história que lhe fora contada pelo arcebispo de Cantuária —, estava repleta de arrepiantes dúvidas e deslizes sobre o caso: uma preceptora que podia ser uma força do bem ou do mal, as enigmáticas crianças que tinha ao seu cuidado, uma casa de campo mergulhada em segredos.

O detective vitoriano era o substituto secular do profeta ou do sacerdote. Num mundo que se tornara inconstante, ele oferecia ciência, convicção e histórias que podiam organizar o caos; transformava crimes brutais — os vestígios animalescos que havia no homem — em charadas intelectuais. Mas depois da investigação em Road Hill a imagem do detective ficou ensombrada. Muita gente sentiu que as investigações de Whicher tinham culminado numa violação do lar de classe média, num ataque à privacidade, um crime que condizia com o assassínio que estava incumbido de resolver. Ele expôs as corrupções no seio da família: transgressão sexual, crueldade emocional, serviçais intriguistas, crianças perversas, insanidade, ciúme, solidão e aversão. O cenário que ele pôs a descoberto despertou receio (e excitação) perante a ideia do que poderia esconder-se por detrás das portas fechadas de outras casas respeitáveis. As suas conclusões ajudaram a criar uma época de voyeurismo e suspeição em que o detective era simultaneamente um demónio e um semideus.

Tudo o que sabemos sobre a Casa de Road Hill é determinado pelo assassínio que aí ocorreu a 30 de Junho de 1860. A polícia e os magistrados revelaram centenas de pormenores do interior do edifício — maçanetas, trincos, pegadas, roupa de dormir, tapetes, fogões a carvão — e dos hábitos dos seus habitantes. Até o interior do corpo da vítima foi exposto ao público com uma convicção forense que agora parece chocante.

Como cada fragmento de informação que chegou até nós foi obtido em resposta a uma pergunta do investigador, cada um deles tem a marca da suspeita. Sabemos quem visitou a casa em 29 de Junho porque um dos visitantes pode ter sido o assassino. Sabemos quando é que a lanterna foi arranjada porque esta pode ter iluminado o trajecto até ao cenário do crime. Sabemos como é que o relvado foi cortado porque a arma do crime pode ter sido uma gadanha. Daí resulta um retrato da vida na Casa de Road Hill avidamente atento, mas também incompleto: a investigação do assassínio foi como um archote brandido em movimentos súbitos iluminando recantos e escadarias. Os acontecimentos domésticos do quotidiano adquiriram significados possíveis. Coisas banais ganharam contornos sinistros. O método utilizado para cometer o crime foi esquadrinhado de forma cada vez mais pormenorizada nas repetidas referências das testemunhas a superfícies duras e macias, como facas e tecidos, e a aberturas e fechos, incisões e ferrolhos.

Enquanto o crime não foi resolvido, os habitantes da Casa de Road Hill foram sendo retratados de diversas formas — como suspeitos, conspiradores, vítimas. A totalidade do segredo que Whicher intuíra só foi revelada muitos anos depois de todos eles terem morrido.

Este livro segue o modelo do mistério do assassínio na casa de campo, a forma que o caso de Road Hill inspirou, e utiliza alguns dos instrumentos da ficção policial. No entanto, o conteúdo pretende ser factual. As principais fontes são os ficheiros do governo e da polícia sobre o assassínio, que estão guardados nos Arquivos Nacionais em Kew, a sudoeste de Londres, e os livros, panfletos, ensaios e artigos de jornal publicados sobre o caso na década de 1860, que podem ser encontrados na Biblioteca Britânica. Outras fontes incluem mapas, horários de comboios, compêndios de medicina, histórias sociais e memórias da polícia. Algumas descrições de edifícios e paisagens decorrem da observação pessoal. As referências às condições meteorológicas provêm dos relatos da imprensa e dos diálogos dos testemunhos dados em tribunal.

Nas últimas fases da história, as personagens dispersam-se — nomeadamente para Londres, a cidade dos detectives, e para a Austrália, terra de exilados —, mas a maior parte da acção do livro decorre numa povoação inglesa, ao longo de um mês, no Verão de 1860.

Quarto vago
Quarto vago
William Kent
Corredor
Quarto das duas filhas mais velhas
Menina Constance Kent
Cozinheira e criada
Quarto vago
W. C.
Corredor
Quarto de arrumações
Quarto do senhor e senhora Kent
Quarto de vestir
Quarto das crianças
Quarto de arrumações
Quarto de vestir
Despensa
Cozinha
Cozinha das traseiras
Corredor
Porta das traseiras
Sala de visitas
Despensa
Copa
Lavandaria
Corredor
Biblioteca
Átrio
Sala de jantar
Caminho de acesso das carruagens
Relvado

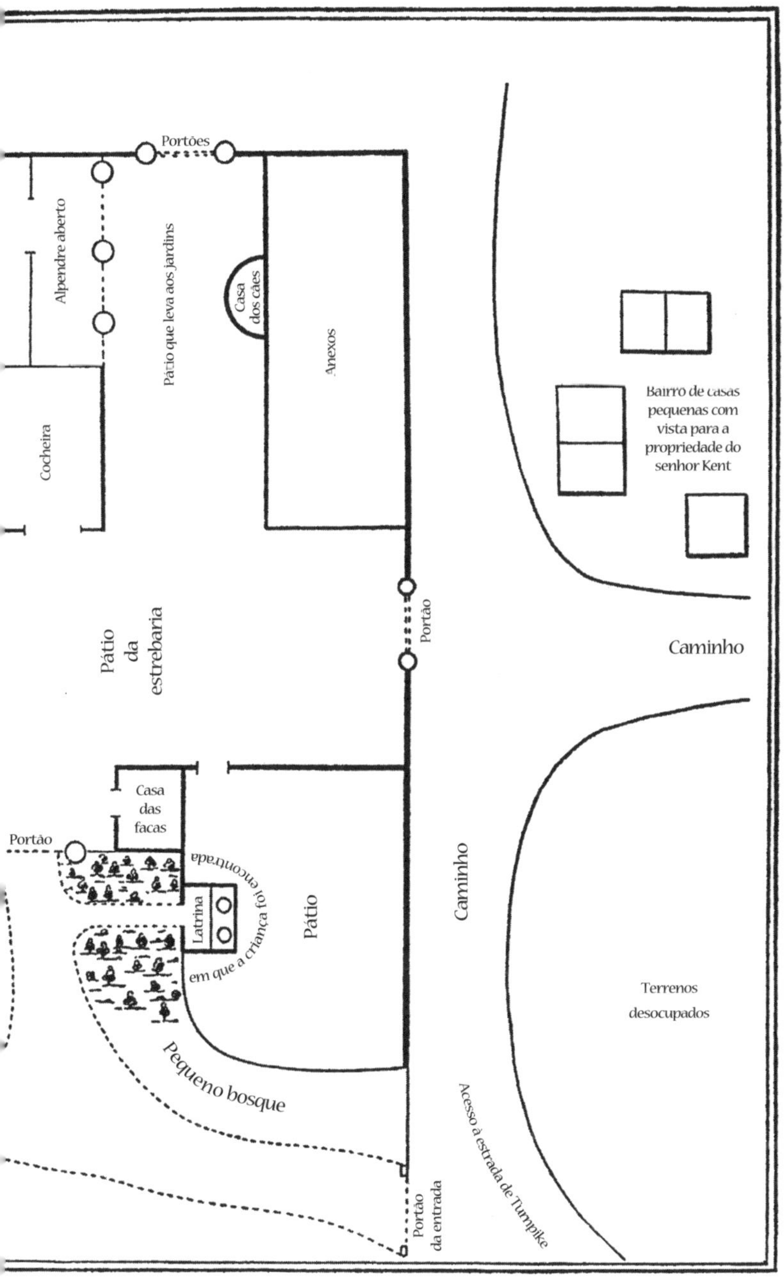

Portões
Alpendre aberto
Pátio que leva aos jardins
Casa dos cães
Anexos
Cocheira
Bairro de casas pequenas com vista para a propriedade do senhor Kent
Portão
Caminho
Pátio da estrebaria
Casa das facas
Portão
Latrina
em que a criança foi encontrada
Pátio
Caminho
Terrenos desocupados
Pequeno bosque
Acesso à estrada de Turnpike
Portão da entrada

ÁRVORE GENEALÓGICA

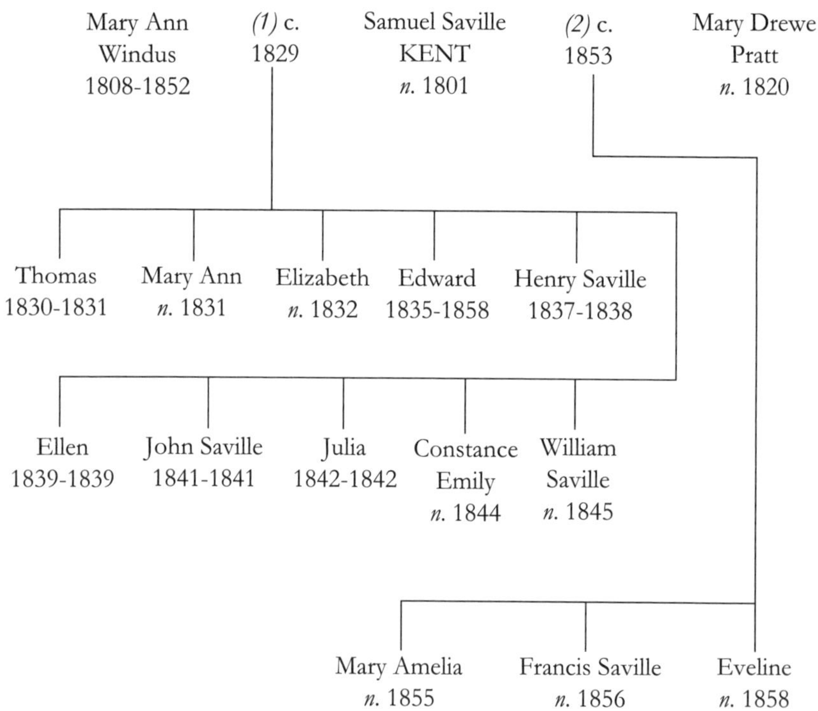

LISTA DE PERSONAGENS

NA CASA DE ROAD HILL

Samuel Kent, subinspector das fábricas, com 59 anos em Junho de 1860
Mary Kent, cujo nome de solteira era Pratt, segunda esposa de Samuel, 40
Mary Ann Kent, filha do primeiro casamento de Samuel Kent, 29
Elisabeth Kent, filha do primeiro casamento de Samuel Kent, 28
Constance Kent, filha do primeiro casamento de Samuel Kent, 16
William Kent, filho do primeiro casamento de Samuel Kent, 14
Mary Amelia Kent, filha do segundo casamento de Samuel Kent, 5
Saville Kent, filho do segundo casamento de Samuel Kent, 3
Eveline Kent, filha do segundo casamento de Samuel Kent, 1
Elisabeth Gough, ama-seca, 22
Sarah Cox, criada, 22
Sarah Kerslake, cozinheira, 23

PESSOAL EXTERNO

James Holcombe, jardineiro, palafreneiro e cocheiro, 49
John Alloway, moço de recados, 18
Daniel Oliver, ajudante de jardineiro, 49
Emily Doel, ajudante da ama, 14
Mary Holcombe, mulher-a-dias
Anna Silcox, ama aposentada, que prestava cuidados no período de puerpério, 76

OUTROS ALDEÃOS

O reverendo Edward Peacock, vigário paroquial da Igreja de Cristo, 39
Hester Holley, lavadeira, 55

Martha Holley, filha de Hester, 17
William Nutt, sapateiro, 36
Thomas Benger, lavrador, 46
Stephen Millet, magarefe, 55
Joe Moon, telheiro, 39
James Fricker, canalizador e vidraceiro, 40
James Morgan, padeiro e representante da autoridade, 56

A POLÍCIA
Superintendente John Foley, 64, de Trowbridge
Agente William Dallimore, 40, de Trowbridge
Eliza Dallimore, «revistadora» da Polícia, 47, de Trowbridge
Agente Alfred Urch, 33, de Road
Agente Henry Heritage, de Southwick
Sargento James Watts, de Frome
Capitão Meredith, o chefe da Polícia de Wiltshire, 63, de Devizes
Superintendente Francis Wolve, 48, de Devizes

OS DETECTIVES
Inspector-detective Jonathan Whicher, 45
Sargento-detective Frederick Adolphus Williamson, 29
Sargento-detective Richard Tanner, 29
Ignatius Pollaky, agente de investigação privada, 31

EM POVOAÇÕES VIZINHAS
George Sylvester, cirurgião e juiz de instrução do condado, 71, de Trowbridge
Joshua Parsons, cirurgião, 45, de Beckington
Joseph Stapleton, cirurgião, 45, de Trowbridge
Benjamin Mallam, médico, de Frome
Rowland Rodway, advogado, 46, de Trowbridge
William Dunn, advogado, 30, de Frome
Henry Gaisford Gibbs Ludlow, proprietário rural, magistrado para Wiltshire e vice-governador para Somersetshire, 50, de Westbury
William Stancomb, fabricante de lã, magistrado para Wiltshire e vice-governador para Wiltshire, 48, de Trowbridge
Peter Edlin, advogado, 40, de Bristol

Emma Moody, filha de um trabalhador dos lanifícios, 15,
de Oldbury-on-the-Hill, Gloucestershire
William Slack, advogado, de Bath
Thomas Saunders, magistrado e antigo advogado,
de Bradford-upon-Avon

UMA NOTA SOBRE O DINHEIRO

Em 1860, uma libra tinha o poder de compra de 65 libras (130 dólares) em dinheiro actual. Um xelim (*x*) valia a vigésima parte de uma libra e tinha o poder de compra de cerca de 3,25 libras (6,50 dólares) actuais. Um dinheiro (*d*) valia a décima segunda parte de um xelim e tinha o poder de compra de cerca de vinte e cinco dinheiros modernos (cinquenta cêntimos). Esta medida — baseada no índice de preços no consumidor — é útil para calcular o custo relativo de bens adquiridos no quotidiano, como transportes, comida e bebida.

Quando se avaliam os salários, um cálculo mais significativo é que um rendimento de cem libras em 1860 é o equivalente a cerca de sessenta mil libras (120 mil dólares) na actualidade.

Estimativas baseadas nos cálculos dos professores de economia americanos Lawrence H. Officer e Samuel H. Williamson, explicados no site *measuringworth.com.*

PRÓLOGO

Estação de caminhos-de-ferro de Paddington
15 de Julho de 1860

No domingo 15 de Julho de 1860, o inspector-detective Jonathan Whicher, da Scotland Yard, pagou dois xelins para que um cabriolé com a boleia atrás o levasse de Millbank, a oeste de Westminster, até à estação de Paddington, o terminal londrino da Great Western Railway. Aí comprou dois bilhetes de comboio: um para Chippenham, Wiltshire, a cento e cinquenta quilómetros de distância, por sete xelins e dez dinheiros, e outro de Chippenham para Trowbridge, trinta e dois quilómetros mais à frente, por um xelim e seis dinheiros. O dia estava quente: pela primeira vez naquele Verão, a temperatura em Londres tinha chegado aos vinte e poucos graus.

A estação de Paddington era uma abóbada reluzente de ferro e vidro construída por Isambard Kingdom Brunel seis anos antes, e o seu interior estava quente por acção do fumo e do sol. Jack Whicher conhecia bem o local — os ladrões de Londres davam-se bem com as vagas de gente anónima nas novas estações de caminhos-de-ferro, as rápidas idas e vindas e a mistura vibrante de tipos e classes. Era esta a essência da cidade para a qual os detectives tinham sido criados para policiar. *The Railway Station,* um quadro panorâmico de Paddington em 1860 da autoria de William Frith, mostra um ladrão a ser detido por dois agentes à paisana, com suíças, de fato preto e cartola, homens calmos, capazes de aguentar o tumulto da metrópole.

Neste terminal em 1856, Whicher prendeu George Williams, que envergava roupas vistosas, por ter roubado um porta-moedas com cinco libras do bolso de *Lady* Glamis — o detective disse ao Tribunal de Magistrados que «há anos que conhecia o prisioneiro como membro, e de primeira qualidade, da ralé elegante». Em 1858 nessa mesma estação deteve uma mulher forte e de pele manchada, com cerca de quarenta anos, no compartimento de segunda classe de um comboio da Great Western com as palavras: «Creio que o seu nome é Moutot.» Louisa Moutot era uma vigarista muito conhecida. Tinha usado um nome falso — Constance Brown — para alugar uma carruagem de um cavalo, um pajem e uma casa mobilada em Hyde Park. Depois, tratou das coisas para que um assistente dos joalheiros *Messrs.* Hunt and Roskell passasse lá por casa com pulseiras e colares para que uma tal *Lady* Campbell os examinasse. Moutot pediu para levar as jóias ao andar superior para poder mostrá-las à patroa que, segundo ela, estava de cama, doente. O joalheiro passou-lhe para as mãos uma pulseira de diamantes no valor de 325 libras, e Moutot saiu da sala com ela. Depois de esperar quinze minutos, ele experimentou abrir a porta e descobriu que tinha sido trancado lá dentro.

Quando Whicher capturou Moutot na estação de Paddington, dez dias mais tarde, notou que ela ocultava diligentemente os braços por debaixo da capa. Agarrou-lhe os pulsos e descobriu a pulseira roubada. Tinha também consigo uma cabeleira de homem, um conjunto de suíças falsas e um bigode falso. Ela era uma criminosa urbana ultra-recente, uma mestra em fraudes tortuosas que Whicher se notabilizou a desvendar.

Jack Whicher era um dos oito agentes iniciais da Scotland Yard. Nos dezoitos anos decorridos desde a formação da força de inspectores-detectives, estes homens tinham-se transformado em figuras de mistério e prestígio, os pequenos deuses omniscientes e sub-reptícios de Londres. Charles Dickens apresentou-os como modelos da modernidade. Eram tão mágicos e científicos quanto as outras maravilhas dos anos 1840 e 1850 — a máquina fotográfica, o telégrafo eléctrico e o comboio. Tal como o telégrafo e o comboio, o detective parecia ser capaz de obliterar o tempo e o espaço e, tal como a máquina fotográfica, parecia ser capaz de fixá-los. Dickens disse que, «com um olhar de relance», um detective «faz de imediato um inventário da mobília» existente em dado aposento e traça «um esboço preciso» dos seus habitantes. Segundo o romancista, as investigações de um detective eram «jogos de xadrez disputados com peças vivas» e «em lado algum relatadas».

Whicher, aos quarenta e cinco anos, era o decano da força metropolitana — «o príncipe dos detectives», no dizer de um colega. Era um homem corpulento e pesadão, maneiras delicadas, «mais baixo e mais forte» do que os seus colegas, segundo Dickens, e tinha «um ar reservado e pensativo como se estivesse ocupado em difíceis cálculos aritméticos». Tinha o rosto picado das bexigas. William Henry Wills, assistente de Dickens na sua revista *Household Words,* viu Whicher em acção em 1850. O relato daquilo que testemunhou foi a primeira descrição de Whicher alguma vez publicada e, na verdade, de qualquer detective inglês.

Wills estava na escadaria de um hotel em Oxford a trocar amabilidades com um francês — referiu «o brilho azeviche das suas botas e a brancura extrema das suas luvas» — quando um desconhecido apareceu lá em baixo no átrio. «Vejo um homem de pé sobre o tapete ao fundo das escadas. Um fulano simples e com ar respeitável, nada havendo de formidável na sua aparência nem de ameaçador no seu semblante.» Esta «aparição» teve um efeito extraordinário no francês, que «se ergue nas pontas dos pés como se tivesse sido subitamente desequilibrado por uma bala; as faces empalidecem e os lábios ficam trémulos [...] Ele sabe que é demasiado tarde para voltar para trás (é evidente que o faria se pudesse) porque o homem tem os olhos postos nele».

Com um olhar fixo como uma arma, o desconhecido subiu as escadas e ordenou ao francês que saísse de Oxford com o resto da sua «trupe» no comboio das sete. Depois, dirigiu-se para a sala de jantar do hotel, onde se aproximou de três homens que comiam o seu repasto no meio de uma grande pândega. Apoiou os nós dos dedos na mesa e inclinou-se para a frente olhando-os fixamente um por um. «Como que por magia», imobilizaram-se e calaram-se. O desconhecido misteriosamente poderoso ordenou ao trio que pagasse a conta e apanhasse o comboio das sete para Londres. Seguiu-os até à estação de Oxford e Wills seguiu--o a ele.

Na estação, a curiosidade do repórter sobrepôs-se ao receio da «manifesta omnipotência» daquele homem e resolveu perguntar-lhe o que se passava.

«A verdade é que sou o sargento Witchem do corpo de detectives da Polícia», disse ele a Wills.

Segundo Wills, Whicher era um «homem misterioso», o protótipo do investigador enigmático e reservado. Aparecia vindo do nada e até mesmo a revelação da sua identidade vinha disfarçada com um nome falso. «Witchem», o nome que Wills lhe deu, continha alusões ao trabalho de investigação, «Which of'em?» (qual deles?), e à magia, «bewitch'em» (enfeitiça-os). Ele conseguia transformar um homem em pedra ou deixá-lo aparvalhado. Muitos dos traços que Wills viu em Whicher tornaram-se a base do herói detective no domínio da ficção: aspecto vulgar, olhar penetrante, espírito perspicaz, calmo. Fazendo jus à sua discrição e também à profissão, não chegaram até nós quaisquer fotografias de Whicher. As únicas pistas relativamente ao seu aspecto são as descrições dadas por Dickens e Wills e os pormenores que constam dos papéis de exoneração da polícia: Whicher media um metro e setenta de altura, tinha cabelo castanho e tez clara, os olhos eram azuis.

Nos quiosques das estações de caminhos-de-ferro os passageiros podiam comprar policiais de bolso (na verdade, colectâneas de contos) e revistas que publicavam contos policiais da autoria de Dickens, Edgar Allan Poe e Wilkie Collins. A edição daquele fim-de-semana da nova revista de Dickens, *All the Year Round,* trazia o trigésimo terceiro fascículo da obra de Collins, *A Mulher de Branco (The Woman in White),* o primeiro dos «romances-sensação» que haveriam de dominar a década de 1860. Até onde se conhecia a história, o ignóbil *Sir* Percival Glyde tinha encarcerado duas mulheres num manicómio para encobrir um episódio tenebroso no passado da sua família. No fascículo de 14 de Julho, o desprezível Glyde morria queimado na sacristia de uma igreja enquanto tentava destruir as provas do seu segredo. O narrador observava enquanto a igreja era consumida pelas chamas: «Não ouvi nada a não ser o rápido crepitar das chamas e o estalar agudo dos vidros lá em cima na clarabóia [...] Procuramos o corpo. O calor abrasador nas nossas caras faz-nos recuar: não vemos nada — em cima, em baixo, por todo o aposento, não vemos nada a não ser uma cortina de fogo vivo.»

Whicher ia deixar Londres para investigar um assassínio brutal sem móbil conhecido numa casa de campo perto de Trowbridge, em Wiltshire, que tinha causado perplexidade à polícia local e à imprensa nacional. Corriam rumores de que a família da vítima, embora aparentemente respeitável, albergava os seus próprios segredos, casos de adultério e loucura.

Um telegrama da Great Western Railway tinha convocado Jack Whicher para ir a Wiltshire e um dos comboios dessa mesma companhia levou-o lá. Às duas da tarde, uma enorme máquina a vapor com seis rodas puxou a sua carruagem cor de café com leite para fora da estação de Paddington ao longo de uma via com pouco mais de dois metros de largura. A Great Western era a linha de caminhos-de-ferro mais suave, mais segura e mais rápida de Inglaterra. Até o comboio mais barato, aquele que Whicher apanhou, parecia deslizar através das planícies até Slough e sobre os grandes arcos da ponte ferroviária em Maidenhead. No quadro de J.M.W. Turner *Rain, Steam, and Speed — the Great Western Railway* (1844), uma locomotiva vinda de leste passa a grande velocidade sobre esta ponte como um projéctil negro que deixa atrás de si um torvelinho de prata, azul e ouro.

O comboio de Whicher chegou a Chippenham às dezassete e trinta e sete, oito minutos depois o detective apanhou a ligação para Trowbridge. Estaria lá em menos de uma hora. A história que o aguardava — a soma dos factos reunidos pela polícia, magistrados e jornalistas de Wiltshire — tinha começado quinze dias antes, a 29 de Junho.

PRIMEIRA PARTE

A MORTE

«... o segredo pode apanhar ar e incendiar-se, explodir e ir pelos ares.»

Bleak House (1853), Charles Dickens

CAPÍTULO 1

VER O QUE TEMOS DE VER

29-30 de Junho

Às primeiras horas de sexta-feira de 29 de Junho de 1860, Samuel e Mary Kent estavam a dormir no primeiro andar da sua casa georgiana de quatro frentes e três pisos sobranceira à povoação de Road, a cinco quilómetros de Trowbridge. Estavam deitados numa cama de dossel de mogno espanhol num quarto decorado a damasco-carmesim. Ele tinha cinquenta e nove anos; ela quarenta e estava grávida de oito meses. A sua filha mais velha, Mary Amelia, de cinco anos, partilhava o quarto do casal. Através da porta para o quarto das crianças, a poucos passos de distância, via-se Elizabeth Gough, a ama de vinte e dois anos, numa cama francesa pintada, e também as duas crianças mais novas ao seu cuidado, Saville (três anos) e Eveline (um), em berços de verga.

Havia mais duas empregadas internas que dormiam no segundo piso da Casa de Road Hill — Sarah Cox (vinte e dois anos), a criada, e Sarah Kerslake (vinte e três), a cozinheira —, tal como os quatro filhos do casamento anterior de Samuel: Mary Ann (vinte e nove), Elizabeth (vinte e oito), Constance (dezasseis) e William (catorze). Cox e Kerslake partilhavam uma cama num dos quartos. Mary Ann e Elizabeth partilhavam uma cama noutro. Constance e William tinham cada um o seu quarto.

Nessa manhã, a ama, Elizabeth Gough, levantou-se às cinco e meia para abrir a porta das traseiras a um limpa-chaminés de Trowbridge. Com a sua «máquina» de varas e escovas entrelaçadas, limpou as chaminés da cozinha e do quarto das crianças e a serpentina da chapa do fogão.

Às sete e meia, a ama pagou-lhe quatro xelins e seis dinheiros e acompanhou-o à porta. Gough, filha de um padeiro, era uma jovem educada e bem parecida. Era magra, tez clara, olhos escuros, nariz comprido e faltava-lhe um dente à frente. Depois do limpa-chaminés se ter ido embora, ocupou-se a limpar a fuligem que ficara no quarto das crianças. Kerslake — a cozinheira — lavou a cozinha. Outra pessoa estranha passou lá por casa nessa sexta-feira, um amolador de facas a quem Cox — a criada — abriu a porta.

Nos jardins da Casa de Road Hill, James Holcombe, o jardineiro, palafreneiro e cocheiro da família, cortava a relva com uma gadanha — os Kent tinham um cortador de relva, mas uma gadanha era mais eficaz quando a relva estava húmida. Aquele Junho tinha sido o mais chuvoso e frio de que havia registo em Inglaterra, e tinha voltado a chover durante a noite. Depois de cortar a relva, pendurou a gadanha numa árvore para secar.

Naquele dia, Holcombe, que tinha quarenta e nove anos e uma perna aleijada, tinha dois ajudantes nos jardins: John Alloway, com dezoito anos, «um rapaz com ar de estúpido», segundo um jornal local, e Daniel Oliver, com quarenta e nove anos. Ambos viviam na aldeia vizinha de Beckington. Uma semana antes, Samuel Kent tinha recusado o pedido de aumento de salário que Alloway lhe fizera e o jovem despedira-se. Nesta sua penúltima tarde como empregado dos Kent, a cozinheira mandou-o ir ver se James Fricker, canalizador e vidraceiro na povoação, já tinha colocado um vidro novo na lanterna quadrada de vela do senhor Kent. Alloway já lá tinha ido quatro vezes naquela semana, mas não estava pronta. Desta vez, foi bem-sucedido: trouxe o candeeiro e colocou-o em cima do aparador da cozinha. Também havia uma rapariguinha de catorze anos, Emily Doel, a trabalhar lá em casa. Ajudava Gough, a ama, com as crianças, todos os dias das sete da manhã às sete da tarde.

Samuel Kent estava na biblioteca a redigir o relatório de uma viagem de dois dias pelas fábricas de lã locais, da qual regressara na noite anterior. Trabalhava para o governo há vinte e cinco anos como subinspector das fábricas e tinha-se candidatado recentemente a inspector, tendo reunido assinaturas de duzentas personalidades ilustres de West Country — membros do Parlamento, magistrados, clérigos. De sobrancelhas hirsutas e carrancudo, Kent não era uma figura popular na povoação, sobretudo junto dos habitantes do «bairro das casas pequenas», um grupo de habitações miseráveis que ficava precisamente do outro lado da rua da Casa de Road Hill. Tinha proibido os aldeãos de pescar no rio junto à sua casa e processara um por lhe ter tirado maçãs do pomar.

Saville, o filho de três anos de Samuel, entrou na biblioteca para brincar enquanto a ama limpava o quarto das crianças. O menino garatujou o relatório — fez um rabisco em forma de S e um borrão — e o pai meteu-se com ele dizendo-lhe que era um «menino malcomportado». Perante isto, Saville trepou para o joelho de Samuel para uma «brincadeira». Era uma criança forte e bem constituída com caracóis de um louro quase branco.

Na tarde daquela sexta-feira, Saville também brincou com a sua meia-irmã, Constance. Ela e o seu outro irmão, William, tinham vindo há quase quinze dias dos respectivos colégios internos para passar uma temporada em casa. Constance saía ao pai — musculada e roliça e olhos estrábicos num rosto largo —, enquanto William se parecia com a mãe, a primeira senhora Kent, que tinha falecido há oito anos: olhos vivos e compleição delicada. Diziam que o rapaz era tímido e a rapariga mal-humorada e selvagem.

Nessa mesma tarde, Constance foi a pé até Beckington, a pouco menos de dois quilómetros e meio, para pagar uma conta. Encontrou William por lá e voltaram juntos para casa.

Ao cair da noite, Hester Holley, uma lavadeira que vivia nas pequenas casas das imediações, apareceu para entregar a roupa, a qual lavava todas as semanas desde que se tinham mudado para Road, cinco anos antes. As meninas Kent mais velhas — Mary Ann e Elizabeth — tiraram a roupa dos cestos e separaram-na para ser distribuída pelos quartos e roupeiros.

Às sete da tarde, os três jardineiros e Emily Doel, a ajudante da ama, saíram da Casa de Road Hill e foram para as suas casas. De caminho, Holcombe trancou a porta do jardim pelo lado de fora e foi para a sua casa, que ficava do outro lado da rua. Depois de todos os empregados externos se terem ido embora, Samuel Kent trancou o portão do jardim. Ficaram doze pessoas para passar a noite na casa.

Meia hora mais tarde, Gough levou Eveline para o quarto das crianças e pô-la no berço junto à sua cama do lado contrário à porta. Ambos os berços eram de verga, forrados a tecido e assentes sobre rodas. Depois, Gough desceu para dar um laxante a Saville sob a supervisão da senhora Kent. O rapaz estava a recuperar de uma doença ligeira e o médico da família, Joshua Parsons, tinha enviado um mensageiro à Casa de Road Hill com um «aperiente» — o termo derivava da palavra latina que significava «abrir» — que fazia efeito passadas seis a dez horas. O comprimido «consistia na mistura de uma parte de cloreto de mercúrio e três partes de ruibarbo», disse Parsons enquanto o preparava.

Segundo a ama, Saville estava «bem e feliz» naquela noite. Às oito horas, pô-lo no seu berço, no canto do lado direito do quarto. Mary Amelia, de cinco anos, foi deitada no quarto que partilhava com os pais do outro lado do patamar. As portas de ambos os quartos foram deixadas abertas para que a ama pudesse ouvir se a menina mais velha acordasse e para que a mãe pudesse ver os seus bebés a dormitar.

Quando as crianças adormeceram, Gough arrumou o quarto, repôs um tamborete debaixo da sua cama e levou alguns objectos que estavam espalhados para o quarto de vestir. Acendeu uma vela e sentou-se a comer o seu jantar — naquela noite, só tinha pão, manteiga e água. De seguida juntou-se ao resto das pessoas lá em baixo para as orações da noite lideradas por Samuel Kent. Também tomou uma chávena de chá com Kerslake na cozinha. «Normalmente não bebo chá», disse Gough mais tarde, «mas nesse dia tomei uma chávena que tirei do bule da família.»

Segundo disse, quando voltou para o quarto das crianças, Saville estava deitado «como de costume, com o rosto virado para a parede e o braço debaixo da cabeça». Vestia um pijama e uma «camisinha de flanela». Ele «era muito dorminhoco e naquele dia não fizera a sesta, por isso dormia profundamente». Ela tinha estado ocupada a limpar o quarto durante a tarde, altura em que ele fazia normalmente a sua sesta. De acordo com a descrição de Gough, o quarto das crianças era um lugar de grande suavidade e silêncio, onde os ruídos eram abafados pelos tecidos: «O quarto está alcatifado. A porta abre sem ruído, está calafetada para que assim seja, para eu não acordar as crianças.» A senhora Kent concordou em que a porta abria e fechava sem fazer barulho, embora o puxador chiasse um pouco ao rodar. Mais tarde, as pessoas que visitaram a casa detectaram o chocalhar de um aro metálico na porta e o chiar do trinco.

A senhora Kent entrou no quarto para dar um beijo de boas noites a Saville e Eveline e depois subiu ao último piso para tentar ver o cometa que cruzava os céus naquela semana. No jornal *The Times,* que o marido assinava, todos os dias eram relatados avistamentos. Foi chamar Gough para que se lhe juntasse. Quando a ama apareceu, a senhora Kent reparou na expressão serena de Saville enquanto dormia. A mãe e a ama ficaram ambas numa janela a observar o céu.

Às dez da noite, o senhor Kent abriu a porta do pátio e soltou o seu cão de guarda, um terra-nova preto, uma criatura grande e amistosa que estava com a família há mais de dois anos.

Por volta das dez e meia, William e Constance subiram para se deitar levando as suas velas. Meia hora mais tarde, seguiram-se Mary Ann e Elizabeth. Antes de ir dormir, Elizabeth saiu do quarto para ver se Constance e William tinham apagado as velas. Ao ver que os quartos já estavam às escuras, parou numa das janelas para tentar ver o cometa. Quando se retirou para o quarto para dormir, a irmã trancou a porta pelo lado de dentro.

Dois pisos mais abaixo, por volta das dez e quarenta e cinco, Cox fechou as janelas da sala de jantar, átrio, sala de visitas e biblioteca e trancou a porta principal e as portas para a biblioteca e sala de visitas. Depois, disse que as portadas desta última «fecham com barras de ferro e, além disso, cada uma delas tem dois trincos de metal; era tudo muito seguro». A porta da sala de visitas «tem uma fechadura e um trinco e eu fechei-a à chave e corri o trinco». Kerslake fechou a cozinha, a lavandaria e as portas das traseiras. Ela e Cox subiram para o quarto pela escada das traseiras, uma escadaria em espiral usada sobretudo pelos criados.

Às onze da noite, no quarto das crianças, Gough aconchegou a roupa a Saville, acendeu uma lamparina nocturna e depois fechou e trancou as janelas do quarto antes de ela se meter na cama. Disse que dormiu profundamente naquela noite, estafada como estava de ter andado a apanhar a fuligem depois da limpeza à chaminé.

Quando a senhora Kent foi para a cama, um pouco mais tarde, deixando o marido lá em baixo na sala de jantar, encostou suavemente a porta do quarto das crianças.

Samuel Kent foi até ao pátio para dar de comer ao cão. Segundo disse, às onze e meia tinha verificado se todas as portas e janelas do piso térreo estavam fechadas e trancadas para não permitir a entrada de intrusos tal como fazia todas as noites. Como de costume, deixou a chave na porta da sala de visitas.

Por volta da meia-noite já toda a gente estava na cama, o núcleo da nova família no primeiro piso, os enteados e criadas no segundo.

Pouco depois da uma da manhã de sábado, 30 de Junho, um homem chamado Joe Moon, um telheiro que vivia sozinho em Road Common, estava a estender uma rede para secar num campo perto da Casa de Road Hill — provavelmente tinha estado a pescar à noite para iludir a vigilância de Samuel Kent — quando ouviu um cão a ladrar. Ao mesmo tempo, Alfred Urch, um agente da polícia, ia a caminho de casa depois de ter terminado o seu turno quando ouviu o cão dar cerca de seis latidos. Disse que não ligou muito a isso: o cão dos Kent era conhecido por ladrar à mínima coisa. James Holcombe não ouviu nada nessa noite, embora tivesse havido ocasiões no passado em que o terra-nova o acordara («armou uma barulheira terrível») e em que voltara ao pátio para o fazer calar. A senhora Kent, quase no final da gravidez, também não foi perturbada pelos latidos nessa noite, embora dissesse que tinha o sono leve: «Acordei com frequência.» Disse não ter ouvido nada fora do normal, além de «um barulho parecido com as portadas da sala a abrir» pela manhã pouco depois do romper da aurora — pensou que as criadas tinham começado a trabalhar no andar de baixo.

Naquele sábado, o Sol nasceu dois ou três minutos antes das quatro da manhã. Uma hora mais tarde, Holcombe entrou nos jardins da Casa de Road Hill — «encontrei a porta fechada como habitual». Prendeu o terra-nova e foi para o estábulo.

Ao mesmo tempo, Elizabeth Gough acordou e viu que as roupas da cama de Eveline tinham escorregado. Pôs-se de joelhos para as puxar novamente para cima da menina, cujo berço estava encostado à cama. Ela disse ter notado que Saville não estava no seu berço do outro lado do quarto. «Via-se a marca da criança como se tivesse sido levantada com todo o cuidado», disse Gough. «As roupas estavam puxadas para trás muito bem dobradas, como se a mãe ou eu própria o tivéssemos tirado de lá.» Assim, segundo disse, partiu do princípio de que a senhora Kent ouvira o filho chorar e o levara para o seu quarto do outro lado do patamar.

Sarah Kerslake disse que também acordou brevemente às cinco da manhã, mas depois voltou a adormecer. Despertou novamente pouco antes das seis e acordou Cox. Levantaram-se as duas, vestiram-se e desceram para começar a trabalhar. Cox veio pelas escadas da frente e Kerslake pelas das traseiras. Quando Cox foi destrancar a porta da sala de visitas, ficou surpreendida por encontrá-la já aberta. «Dei com a porta ligeiramente entreaberta, as portadas destrancadas e a janela um pouco puxada para cima.» Esta era a janela do meio, de três janelas que iam do chão ao tecto na sacada semicircular nas traseiras da casa. O caixilho inferior estava levantado cerca de quinze centímetros. Cox disse que supôs que alguém a abrira para arejar a sala, mas que a fechara.

John Alloway veio a pé de sua casa, em Beckington, e às seis horas encontrou Holcombe no estábulo da Casa de Road Hill a tratar da égua castanha dos Kent. Daniel Oliver chegou quinze minutos mais tarde. Holcombe mandou Alloway regar as plantas na estufa. Depois, o rapaz foi buscar um cesto de facas sujas — incluindo duas facas de trinchar — à cozinha, onde Kerslake estava a trabalhar, e dois pares de botas sujas ao corredor de passagem. Levou-os para um barracão no pátio conhecido como a «casa dos sapatos» ou a «casa das facas», colocou as facas em cima de uma bancada e começou a limpar as botas — um par pertencia a Samuel Kent e o outro a William. «Não havia nada de invulgar em relação às botas naquela manhã», disse ele. Normalmente, ele também limpava as facas, mas naquele dia Holcombe assumiu essa tarefa para que o rapaz se despachasse mais depressa: «Quero-te no jardim», disse-lhe, «para me ajudares com o estrume. Eu limpo as facas se limpares as botas.» No barracão, Holcombe usou uma máquina de limpar facas. Mais tarde disse que, tanto quanto se lembrava, não havia nenhuma faca em falta ou ensanguentada. Levou a cutelaria limpa para a cozinha por volta das seis e meia da manhã. Juntamente com Alloway, trataram então de espalhar o estrume da égua.

Elizabeth Gough disse que se levantou pouco depois das seis, vestiu-se, leu um capítulo da Bíblia e disse as suas orações. A lamparina nocturna já se tinha apagado, como era habitual, após seis horas de uso. O berço de Saville continuava vazio. Às seis e quarenta e cinco — viu as horas no relógio por cima da lareira do quarto das crianças —, experimentou o quarto do senhor e da senhora Kent. «Bati duas vezes à porta, mas não obtive resposta.» Disse que não insistiu porque sentia relutância em acordar a senhora Kent a quem a gravidez lhe dificultava o sono. Gough voltou para o quarto das crianças para vestir Eveline. Entretanto, Emily Doel tinha começado a trabalhar. Entrou no quarto das crianças com a água para lhes dar banho pouco depois das sete e levou-a para o quarto de vestir contíguo. Enquanto levava os baldes de água quente e fria para encher a banheira, viu Gough a fazer a cama. Não disseram nada uma à outra.

Gough voltou a bater à porta do quarto do senhor e da senhora Kent. Desta vez, estava aberto — Mary Kent tinha saído da cama e vestira o roupão, tendo acabado de ver as horas no relógio do marido: eram sete e um quarto. Seguiu-se uma conversa confusa em que cada uma das mulheres pareceu presumir que Saville estava com a outra.

— As crianças estão acordadas? — perguntou Gough à patroa como se tivesse a certeza de que Saville estava no quarto dos pais.

— O que quer dizer com isso das crianças? — retorquiu a senhora Kent. — Só há uma criança.

Ela estava a referir-se a Mary Amelia, a menina de cinco anos que partilhava o quarto dos pais.

— O menino Saville! — exclamou Gough. — Ele não está consigo?

— Comigo? — replicou a senhora Kent. — É claro que não.

— Mas ele não está no quarto das crianças, minha senhora.

A senhora Kent foi ao quarto das crianças para ver com os seus próprios olhos e perguntou a Gough se deixara alguma cadeira encostada ao berço de forma que Saville pudesse ter descido. A ama disse que não. A senhora Kent perguntou-lhe a que horas dera pela falta dele pela primeira vez. Gough disse-lhe que tinha sido às cinco horas. A senhora Kent perguntou por que razão não fora acordada de imediato. Gough respondeu que tinha pensado que a senhora Kent devia ter ouvido o menino a chorar durante a noite e tê-lo levado para o seu quarto.

— Como se atreve a dizer uma coisa dessas? — disse a mãe. — Sabe muito bem que não posso fazê-lo.

Lembrou a Gough que, ainda no dia anterior, mencionara que já não era capaz de andar com Saville ao colo, sendo ele um «rapaz pesado e forte», quase com quatro anos, e estando ela grávida de oito meses.

A senhora Kent mandou a ama ao andar de cima perguntar aos enteados se sabiam onde estava Saville e depois disse ao marido:

— O Saville desapareceu.

— É melhor veres onde é que ele anda — redarguiu Samuel, que disse ter acordado com Gough a bater à porta.

A senhora Kent saiu do quarto. Quando regressou com a notícia de que não tinham encontrado Saville, o marido levantou-se, vestiu-se e desceu as escadas.

Gough bateu à porta de Mary Ann e de Elizabeth por volta das sete e vinte e perguntou se Saville estava com elas. Disseram que não e perguntaram se a senhora Kent sabia que ele tinha desaparecido. Ao ouvir o alvoroço, Constance saiu do quarto que ficava ao lado. Gough disse que ela «não fez qualquer comentário» em relação à notícia do desaparecimento do meio-irmão. Mais tarde, Constance disse que estava acordada há quarenta e cinco minutos. «Estava a vestir-me. Ouvi-a bater à porta e fui até à porta do meu quarto para escutar e saber do que se tratava.» William, que disse ter acordado às sete, estava num quarto mais distante no patamar, provavelmente fora do alcance do ouvido.

Gough desceu dois andares até à cozinha e perguntou a Cox e a Kerslake se tinham visto o rapaz. Kerslake, que tinha acendido o fogo por baixo da chapa do fogão para aquecer o leite para o pequeno-almoço, disse que não. Cox disse que também não o tinha visto mas que tinha encontrado a janela da sala aberta. A ama disse isto à sua patroa. Por esta altura, o senhor e a senhora Kent andavam a passar a casa a pente fino à procura do filho. «Estive em todos os lados e mais algum», disse a senhora Kent, «à procura dele. Estávamos todos desnorteados, andávamos para trás e para a frente de divisão em divisão.»

Samuel estendeu a busca aos jardins. Holcombe disse que por volta das sete e meia dissera aos jardineiros que «o menino Saville estava desaparecido, tinham-no roubado e levado. Foi só isso que ele disse e correu à volta do jardim. [...] Nós fomos imediatamente à procura da criança».

«Eu queria que os jardineiros fizessem uma busca à propriedade para ver se conseguiam encontrar algum sinal da criança», explicou Samuel. «Isto é, sinais da criança ou de alguém que tivesse saído da propriedade.» Gough ajudou a procurar nos jardins e nos arbustos.

Samuel perguntou aos jardineiros se havia algum polícia nas proximidades.

— Há o Urch — disse Alloway.

Alfred Urch era um agente da polícia que se tinha mudado recentemente para Road com a mulher e a filha; um mês antes, tinha sido admoestado por beber no George, um bar em Road, enquanto estava de serviço. Tinha sido Urch que ouvira um cão a ladrar na Casa de Road Hill na noite anterior. Samuel ordenou a Alloway que o fosse buscar à povoação. Também mandou William chamar James Morgan, padeiro e agente da autoridade, que vivia em Upper Street. Urch era funcionário da polícia do condado de Somersetshire instituída em 1856, ao passo que Morgan era membro do sistema de policiamento mais antigo, que estava a ser gradualmente abandonado, em que eram nomeados aldeãos para cumprirem um mandato anual não remunerado como representantes da autoridade. Os dois eram vizinhos.

Morgan apressou Urch.

— Toca a despachar! — incitou ele, e dirigiram-se para a Casa de Road Hill.

William, por indicação do pai, pediu a Holcombe para preparar o cavalo e a carruagem — Samuel decidira ir a Trowbridge buscar John Foley, um superintendente da polícia seu conhecido. Quando Samuel se despediu da mulher, ela disse-lhe que o cobertor da cama de Saville tinha desaparecido. Gough tinha dado pela sua falta. Segundo Samuel, a senhora Kent «pareceu satisfeita com a ideia» de terem levado o menino embrulhado num cobertor «porque isso manteria a criança quente».

Samuel vestiu um sobretudo preto e partiu no seu faetonte, uma elegante carruagem de quatro rodas com uma estrutura minúscula e rodas traseiras altas puxada pela égua fulva. «Foi-se embora numa grande pressa», disse Holcombe. Quando Urch e Morgan se aproximavam do caminho de acesso à casa por volta das oito horas, encontraram-no a virar à esquerda em direcção à estrada de Trowbridge. Morgan garantiu a Samuel que ele só precisava de ir a Southwick, que ficava a pouco mais de quilómetro e meio, de onde um polícia de Wiltshire podia enviar uma mensagem para a cidade. Mas Samuel preferiu fazer os oito quilómetros até Trowbridge: «Eu vou até lá», disse, e pediu a Urch e a Morgan que se juntassem às buscas para encontrar o filho.

Na barreira de Southwick, Samuel parou a carruagem e, enquanto pagava o imposto (4½ *d.*), pediu à guarda da barreira, Ann Hall, que lhe indicasse o caminho para a casa do polícia local.

— Roubaram-me um filho e levaram-no embrulhado num cobertor — disse-lhe Samuel.

— Quando é que ele desapareceu? — perguntou a senhora Hall.

— Esta manhã — redarguiu Samuel.

Ela apontou-lhe o caminho para Southwick Street, onde Samuel deu uma moeda de meio dinheiro a um rapaz para que lhe indicasse a casa do polícia, Henry Heritage. Foi Ann Heritage quem veio à porta e disse a Samuel que o marido estava deitado.

— Vai ter de o acordar — disse Samuel sem sair da carruagem. — Roubaram-me um filho esta noite, de minha casa... um rapazinho com três anos e dez meses... embrulhado num cobertor... vou a caminho de Trowbridge para informar o superintendente Foley.

A senhora Heritage pediu-lhe o nome e a morada.

— Kent — replicou. — Casa de Road Hill.

Quando Urch, o polícia, e Morgan, o representante da autoridade, chegaram à Casa de Road Hill, encontraram Sarah Cox na cozinha e perguntaram-lhe como é que a criança tinha sido levada. Ela mostrou-lhes a janela aberta na sala. Elizabeth Gough levou-os ao quarto das crianças e dobrou para trás as roupas do berço de Saville: Morgan notou «a marca na cama e na almofada onde o rapazinho estivera deitado». Gough disse aos polícias que quando fora trabalhar para casa dos Kent, oito meses antes, a ama que ela tinha ido substituir mencionara que a mãe do menino por vezes ia buscá-lo durante a noite para o quarto dela. Morgan perguntou:

— Desapareceu alguma coisa do quarto das crianças além do menino?

Ela hesitou, segundo ele disse, antes de responder:

— Levaram um cobertor do berço, ou arrancaram-no do berço.

Urch e Morgan pediram para ver a cave, mas descobriram que estava trancada. Uma das meninas Kent mais velhas tinha a chave, mas os polícias optaram por não envolver a família nas suas investigações. Voltaram à sala de visitas à procura de «rastos de pés», como Morgan dizia — para Urch, eram «pegadas» ou «marcas deixadas pelos pés»; a ciência da investigação policial era recente e o seu vocabulário ainda não estava fixado. Pouco tempo depois, Elizabeth Gough procurou pegadas por ali e descobriu as marcas de duas grandes botas ferradas no droguete branco, um tapete rústico de lã que estava por cima da carpete junto à janela. Mas acontece que estas tinham sido deixadas por Urch.

A senhora Kent mandou a enteada Constance pedir ao reverendo Peacock que viesse à Casa de Road Hill. Edward Peacock morava num presbitério gótico de três pisos junto à Igreja de Cristo, juntamente com a mulher, duas filhas, dois filhos e cinco serviçais. Ele e Samuel eram amigos e o presbitério distava apenas alguns minutos a pé da casa dos Kent. O vigário aceitou ajudar nas buscas.

William Nutt, um sapateiro com seis filhos que vivia nos casebres em ruínas junto à casa, estava a trabalhar na oficina quando ouviu

Joseph Greenhill, um estalajadeiro, a falar sobre o desaparecimento do menino Saville. Nutt dirigiu-se à Casa de Road Hill.

— Tendo amizade pelo pai, disse a mim próprio que tinha de lá ir e saber mais alguma coisa.

Segundo o *Western Daily Press,* Nutt era «uma pessoa com um ar esquisito — macilento, magro e ossudo, com malares salientes, nariz pontiagudo, testa recolhida e um pouco estrábico; ao mesmo tempo, tinha um problema nos pés e o hábito de colocar os braços esguios à frente do peito, com as mãos pendidas». À entrada do portão, Nutt cruzou-se com o lavrador Thomas Benger que conduzia as suas vacas. Benger sugeriu a Nutt que se juntassem às buscas. Nutt hesitou em pisar o relvado sem autorização e disse a Benger que «não gostava de invadir a propriedade de um fidalgo». Benger, que tinha ouvido Samuel Kent oferecer uma recompensa de dez libras a Urch e Morgan se encontrassem o filho, persuadiu Nutt de que ninguém os podia censurar por andarem à procura de uma criança perdida.

Enquanto procuravam por entre o denso bosque, à esquerda do caminho de acesso à entrada principal, Nutt observou que, caso a criança não fosse encontrada viva, haviam de encontrá-la morta. Depois desviou-se para a direita em direcção a uma latrina para os serviçais escondida no meio dos arbustos e Benger seguiu-o. Chegaram à latrina e espreitaram lá para dentro: havia uma pequena poça de sangue coagulado no chão.

— Vê, William — disse Benger —, o que temos para ver.

— Oh, Benger — replicou Nutt. — Tal como previ.

— Vai buscar uma luz, William — disse Benger.

Nutt foi até à porta das traseiras da casa e percorreu o corredor de passagem que dava acesso à copa. Aí, encontrou Mary Holcombe, a mãe do jardineiro. Os Kent tinham-na contratado como mulher-a-dias duas vezes por semana. Nutt pediu uma vela e ela olhou para ele.

— Por amor de Deus! O que se passa, William?

— Não fiques alarmada, Mary — disse ele. — Só quero uma vela por um minuto para ver o que é que conseguimos descortinar.

Enquanto Nutt lá não estava, Benger levantou a tampa da retrete e espreitou lá para dentro até os olhos se adaptarem à escuridão. «Olhando insistentemente lá para baixo, consegui ver melhor e vi qualquer coisa que parecia roupa; enfiei a mão até lá abaixo e tirei o cobertor.» O cobertor estava ensopado em sangue. Cerca de sessenta centímetros abaixo do assento sobre a protecção de madeira que bloqueava parcialmente a descida para a fossa, lá em baixo, estava o corpo do rapaz. Saville jazia de lado, com um braço e uma perna ligeiramente levantados.

— Olha aqui — disse Benger quando Nutt apareceu com a vela. — Oh, William, aqui está ele.

CAPÍTULO 2

HORROR E ESTUPEFACÇÃO

30 de Junho-1 de Julho

Quando Thomas Benger levantou o corpo de Saville da latrina, a cabeça do rapaz descaiu para trás, expondo o corte perfeito que lhe atravessava o pescoço.

«A cabecinha dele quase caiu», disse William Nutt quando deu a sua versão dos acontecimentos no Tribunal de Magistrados de Wiltshire.

«Tinha a garganta cortada», disse Benger, «e o rosto salpicado de sangue... estava um bocadinho escuro à volta da boca e dos olhos, mas tinha um ar bastante agradável e os olhinhos fechados.»

Agradável, aqui, significava sereno.

Nutt estendeu o cobertor no chão da latrina e Benger depositou o corpo sobre ele. Embrulharam o corpo juntos, Benger do lado da cabeça e Nutt do lado dos pés. Benger, sendo o mais forte dos dois, tomou-o nos braços e levou-o para casa. Urch e Morgan viram-no atravessar o pátio. O lavrador carregou o corpo do rapaz ao longo da passagem até à cozinha.

O cadáver de Saville, já rígido, estava deitado sobre uma mesa por baixo da janela da cozinha; no andar de cima, as marcas do seu corpo adormecido continuavam presentes nos lençóis e almofada do berço. Mary Ann e Elizabeth Kent, as duas irmãs mais velhas, entraram na cozinha e Elizabeth segurava a pequena Eveline de um ano nos braços. «Não consigo descrever o horror e a estupefacção que pareceu apossar-se delas», disse Nutt. «Pensei que iam cair e agarrei-as pela cintura. Fui com elas até ao corredor de passagem.»

A ama também estava na cozinha. Nutt disse-lhe «que ela devia estar a dormir profundamente para ter permitido que alguém levasse a criança do quarto. Ela respondeu-me de forma bastante brusca dizendo-me que eu não sabia nada do assunto». Gough afirmou que só naquele momento, quando viu o corpo de Saville enrolado no cobertor, é que percebeu que o tinham tirado da cama. Contudo, Urch, James Morgan e a senhora Kent disseram todos que Gough lhes falara do desaparecimento do cobertor antes de terem encontrado o corpo de Saville. As declarações contraditórias da ama em relação ao cobertor haviam de torná-la suspeita.

Lá fora, os empregados e um ajuntamento cada vez maior de aldeãos começaram à procura de indícios do assassino e da arma do crime. Daniel Oliver, o ajudante de jardineiro, mostrou a Urch algumas pegadas no relvado perto das janelas da sala de visitas. «Esteve aqui alguém.» Mas Alloway disse que tinha sido ele que as fizera na noite anterior. «Tinha estado a usar o carrinho de mão.»

Junto à porta da latrina, Alloway encontrou um pedaço de jornal ensanguentado, um quadrado com cerca de uns quinze centímetros dobrado e ainda húmido. Dava a ideia de que poderiam tê-lo usado para limpar uma faca ou uma lâmina. A data do jornal era legível — 9 de Junho — mas não o seu título. Edward West, um lavrador, avisou Alloway: «Não destrua o jornal; recolha-o e trate-o com cuidado — vai ser o meio de levar a uma descoberta.» Alloway entregou-o a Stephen Millet, magarefe e representante da autoridade, que estava a inspeccionar a latrina. Millet estimou que havia umas duas colheres de sangue no chão e um quartilho e meio embebido no cobertor. West descreveu o sangue no chão como tendo «aproximadamente o tamanho de uma mão de homem. Vi-o num estado bastante coagulado».

No andar de cima, Elizabeth Gough estava a arranjar o cabelo da senhora Kent — o seu último emprego tinha sido como criada de quarto e, na Casa de Road Hill, cuidava da senhora assim como das crianças. Samuel deixara ordens para que não dessem notícias do menino à esposa, por isso Gough não mencionou o facto de Saville ter sido encontrado sem vida, mas, quando a senhora Kent perguntou a si mesma em voz alta onde andaria o filho, disse-lhe: «Oh, minha senhora, isto é vingança.»

Assim que o reverendo Peacock chegou à Casa de Road Hill, disseram-lhe que tinham encontrado Saville e mostraram-lhe o corpo na cozinha. Ele foi para casa, selou o cavalo e partiu atrás de Samuel. Passou pela barreira onde se encontrava Ann Hall para entrar em Southwick.

— Senhor — disse ela ao vigário —, que acontecimento tão triste em Road!

— Mas a criança já foi encontrada — replicou ele.

— Onde, senhor?

— No jardim.

Mas Peacock não explicou que estava morta.

Peacock conseguiu apanhar Kent.

— Lamento dizer-lhe que sou portador de más notícias — disse. — O menino foi assassinado.

Samuel Kent dirigiu-se para casa: «Não me demorei; fui o mais depressa que podia.» Quando passou pela barreira na estrada, Ann Hall perguntou por Saville.

— Então, senhor, encontraram a criança?

— Sim, assassinada — redarguiu sem parar.

Como o pai não estava, coube a William Kent ir buscar Joshua Parsons, o médico da família. O rapaz percorreu apressadamente a estreita viela que levava à povoação de Beckington e encontrou o médico em casa, em Goose Street. Disse-lhe que Saville tinha sido encontrado na latrina com a garganta cortada, e Parsons saiu disparado para a Casa de Road Hill levando William consigo na carruagem. O médico recordou que, quando chegaram, «o menino William levou-me pelo caminho das traseiras, pois não tinha a certeza se a mãe estava a par do que acontecera, por isso fui para a biblioteca».

Samuel já estava em casa. Cumprimentou Parsons e deu-lhe uma chave da lavandaria, em frente da cozinha, para onde tinham levado o corpo de Saville. «Entrei sozinho», disse Parsons. Referiu que o cadáver estava totalmente rígido, o que indicava que o rapaz tinha sido morto há umas cinco horas pelo menos — ou seja, antes das três da manhã. «O cobertor e o pijama [estavam] manchados de sangue e sujidade», relatou — por «sujidade», ele queria dizer excrementos. «A garganta estava cortada até ao osso da esquerda para a direita por algum instrumento afiado; separara por completo todas as membranas, vasos sanguíneos, nervos e vias aéreas.» Parsons também reparou num golpe no peito que tinha atravessado as roupas e a cartilagem de duas costelas, mas que produzira pouco sangue.

«A boca da criança estava escura, com a língua protuberante por entre os dentes», disse ele. «Na minha opinião, o hematoma tinha sido causado por uma forte pressão sobre ela ainda em vida.»

A senhora Kent estava sentada lá em baixo a tomar o pequeno-almoço quando o marido entrou para lhe dizer que o filho estava morto.

— Foi alguém cá de casa que fez isso — disse ela.

Cox, a criada, ouviu-a.

— Eu não fui — disse Cox. — Eu não fui.

Às nove, como habitual, Kerslake acendeu o fogo por baixo da chapa do fogão.

O superintendente John Foley chegou à Casa de Road Hill, vindo de Trowbridge, entre as nove e as dez da manhã. Levaram-no para a biblioteca e depois para a cozinha. Cox mostrou-lhe a janela aberta na sala; Gough mostrou-lhe o berço vazio no quarto das crianças. Segundo ele, a ama disse-lhe que «não dera pela falta do cobertor até a criança ter sido trazida embrulhada nele». Foley disse que perguntou a Samuel Kent se soubera do desaparecimento do cobertor antes de ir para Trowbridge. «É claro que não», replicou Samuel. Ou a memória de Foley lhe falhava («A minha memória não é tão boa como a de algumas pessoas», admitiu ele), ou Samuel estava a mentir, ou gravemente confuso: a esposa, a guarda da barreira e o agente Heritage testemunharam todos que ele soubera do desaparecimento do cobertor antes de ter ido para Trowbridge, tal como o próprio Samuel quando inquirido por outras pessoas.

Foley examinou o local com a ajuda de Parsons, que terminara o exame preliminar ao cadáver. Inspeccionaram a roupa de toda a gente da casa, incluindo uma camisa de noite que estava em cima da cama de Constance — «Não tinha manchas», disse Parsons. «Estava muito limpa.» Notou que as roupas do berço de Saville estavam «muito bem dobradas como que por mão experiente». Na cozinha, o médico examinou as facas e não descobriu vestígios de sangue. De qualquer forma, disse não acreditar que qualquer daquelas facas pudesse ter infligido as lesões que observara.

John Foley foi até à lavandaria para estudar o corpo de Saville levando consigo Henry Heritage, o agente que Kent acordara em

Southwick e que chegara à Casa de Road Hill às dez. Depois, ambos examinaram a latrina onde o corpo fora encontrado. Quando Foley espreitou lá para baixo, para a parte abaulada por debaixo do assento da latrina, pareceu-lhe ver «uma substância tipo roupa interior» em cima da porcaria. «Pedi para irem buscar um gancho que prendi a um pau e puxei para cima um pedaço de flanela.» O tecido era um quadrado com cerca de vinte e cinco ou trinta centímetros com as extremidades muito bem debruadas a fitilho. A princípio, Foley pensou que era uma flanela daquelas que os homens usavam no peito, mas foi posteriormente identificada como uma «flanela de peito ou seios» de mulher, uma almofada atada por dentro de um espartilho para proteger o peito. Os atilhos desta pareciam ter sido cortados e a flanela estava viscosa com o sangue cada vez mais espesso. «Tinha sangue que parecia ser recente», disse Foley. «Ainda estava fluido [...] O sangue penetrara na flanela, mas parecia ter caído com tanta suavidade que coagulara gota a gota ao cair.»

Mais ao fim da manhã, chegaram dois profissionais de Trowbridge conhecidos de Samuel Kent para oferecerem os seus serviços: Joseph Stapleton, cirurgião, e Rowland Rodway, advogado. Stapleton, que vivia no centro de Trowbridge com a mulher e o irmão, era médico oficialmente habilitado em várias das fábricas que Kent supervisionava. Avaliava se os trabalhadores, sobretudo crianças, estavam aptos para trabalhar nas fábricas e relatava quaisquer lesões por eles sofridas. (No ano seguinte, Stapleton havia de publicar o primeiro livro sobre o assassínio na Casa de Road Hill que se tornou a principal fonte para muitas das narrativas do caso.)

Rodway era viúvo e tinha um filho de vinte e um anos. Disse que encontrou Samuel num «estado de sofrimento e horror [...] agitação e angústia», insistindo em que tinha querido telegrafar de imediato para mandar chamar um detective londrino «antes que os vestígios do crime pudessem desaparecer ou ser eliminados». O superintendente Foley resistiu à sugestão — disse que podia trazer dificuldades e também decepção — e, em vez disso, mandou que fossem buscar uma mulher a Trowbridge para revistar as serviçais do sexo feminino. Segundo Rodway, manifestou «alguma hesitação em imiscuir-se na privacidade da família e em adoptar as medidas de vigilância que o caso requeria». Samuel disse a Rodway para dizer a Foley que «não devia sentir qualquer constrangimento por mais insignificante que fosse».

Nessa altura, Foley pôs os óculos, pôs-se de gatas e, segundo disse, procurou «minuciosamente em cada degrau e em todos os lugares» entre o quarto das crianças e a porta principal e a das traseiras. «Inspeccionei minuciosamente os pilares do corrimão, os lados das escadas e o corredor de passagem, e até a relva, a gravilha, os degraus em frente da porta e o tapete no átrio, e não consegui ver nada.»

À tarde, Foley inquiriu Gough na sala de jantar na presença de Stapleton e Rodway. Stapleton disse que tinha um ar cansado, mas que as suas respostas foram simples e consistentes. Parecia «uma pessoa de inteligência considerável». Rodway também considerou que ela respondeu às perguntas «de forma franca e conscienciosa e sem sinais de embaraço». Quando Foley lhe perguntou se tinha alguma suspeita em relação a quem matara Saville, respondeu negativamente.

Samuel Kent perguntou a Rodway se estava disposto a representá-lo na investigação. O advogado respondeu que isso podia não ser muito bem-visto, pois poderia sugerir que o próprio Samuel era suspeito. Mais tarde, Samuel disse que fora levado a pedir a ajuda de Rodway, não por sua causa, mas para proteger William, sobre quem circulavam boatos na povoação: «Não sabia o que se contava por lá, já que se dizia que fora o meu filho William quem cometera o assassínio.»

Benger e mais um grupo de homens esvaziaram o buraco de três metros por baixo da latrina. Quando já só restavam quinze ou vinte centímetros de água, apalparam cuidadosamente o fundo, mas não encontraram nada. Fricker, o canalizador e vidraceiro, ofereceu-se para examinar os canos e foi à cozinha buscar uma vela. Encontrou Elizabeth Gough e esta perguntou-lhe para que queria uma luz. Para inspeccionar a cisterna, explicou. Ela disse que tinha a certeza de que ele não encontraria nada ali.

Apareceram mais polícias na Casa de Road Hill ao longo do dia, assim como Eliza Dallimore, a «revistadora» encarregada pela polícia de examinar os corpos e pertences das mulheres suspeitas. A senhora Dallimore era casada com William, um dos agentes que já se encontrava no local. Ela levou Gough até ao quarto das crianças.

— O que quer de mim? — perguntou-lhe Gough.

— Vai ter de se despir — disse a senhora Dallimore.

— Não posso — disse a ama.

A senhora Dallimore insistiu em que ela tinha de o fazer e levou-a para o quarto de vestir contíguo.

— Bem, ama — disse a revistadora, quando Gough despiu as roupas. — Este assassínio é uma coisa muito chocante.

— Pois é.

— Acha que consegue relatar o que aconteceu?

Gough reiterou que tinha acordado às cinco da manhã e dado pela falta de Saville.

— Pensei que estava com a mãe porque geralmente vai para lá de manhã.

Segundo disse a senhora Dallimore, acrescentou depois:

— Isto foi motivado por ciúmes. O rapazinho vai para o quarto da mãe e conta tudo.

— Ninguém ia assassinar uma criança por causa disso — retorquiu a senhora Dallimore.

A caracterização que a ama fez de Saville como linguareiro foi para muita gente a chave do crime.

Eliza Dallimore e Elizabeth Gough desceram para a cozinha. «Isto é uma coisa chocante», disse a senhora Dallimore aos empregados, «e acho que toda a casa é responsável pela criança.»

Quando Fricker, o canalizador, veio do jardim com o ajudante, Gough perguntou:

— O que é que andou a fazer, Fricker?

— Estive a abrir a sanita — disse ele.

— E não encontrou nada?

— Não.

— Então não vai encontrar.

As observações que fez ao canalizador, antes e depois de ele ter examinado os canos, foram mais tarde tomadas como indícios de que sabia mais do que dizia sobre o crime.

A senhora Dallimore mandou que as serviçais se despissem para as revistar, mas, de acordo com as instruções de Foley, não pediu às mulheres da família Kent para fazerem o mesmo. Em vez disso, examinou as suas camisas de noite. Encontrou manchas de sangue na camisa de Mary Ann, a filha mais velha, por isso entregou-a à polícia. Mostraram a peça de vestuário a Parsons, que atribuiu as manchas a «causas naturais». Stapleton concordou em que o sangue era menstrual. Mesmo assim, a camisa de noite foi entregue à senhora Dallimore para que a guardasse em lugar seguro.

Por volta das quatro da tarde, o polícia Urch pediu a duas mulheres da povoação — Mary Holcombe e Anna Silcox — para lavarem e amortalharem o cadáver da criança. Mary Holcombe era a mulher-

-a-dias que estava a limpar a cozinha quando Nutt e Benger encontraram o corpo de Saville. Silcox era uma viúva que costumava trabalhar como ama tratando da mãe e do seu bebé nas primeiras semanas após o nascimento; vivia com o neto, carpinteiro, próximo da Casa de Road Hill. Parsons disse às mulheres para «fazerem o que deviam ao pobre rapaz».

Por volta das cinco da tarde, Parsons estava na biblioteca a falar com Samuel Kent quando um mensageiro passou pela Casa de Road Hill com instruções para o médico efectuar uma autópsia ao corpo. O juiz de instrução, ao ser informado pela polícia do assassínio da criança, tinha agendado um inquérito judicial para segunda-feira. Com o acordo de Samuel, Parsons pediu a Stapleton que o ajudasse a examinar o cadáver.

Quando viu o corpo, Stapleton reparou na «expressão repousada» do rosto da criança: «O lábio superior ligeiramente retraído pelo espasmo mortal tinha ficado rígido sobre os dentes de cima.» Os médicos abriram o estômago do rapaz e encontraram os restos do jantar, que incluíra arroz. Para verificar se teria sido drogado, Parsons cheirou à procura de vestígios de láudano ou de qualquer outro narcótico, mas não detectou nada. O corte no peito, com cerca de três centímetros, tinha deslocado o coração, perfurado o diafragma e escoriado o rebordo exterior do estômago. «Terá sido necessária muita força», disse Parsons, «para infligir um golpe destes através da roupa e atingir tal profundidade.» O médico disse que aquela criança «estava muito bem desenvolvida». A partir dos rasgões na roupa e carne do rapaz, Parsons presumiu que a arma teria a forma de um punhal. «Não poderiam ter sido feitos por uma navalha de barba», disse. «Creio que deve ter sido uma faca pontiaguda e comprida, larga e resistente.» Inicialmente, ele pensava que a causa da morte era o corte na garganta.

A autópsia revelou duas curiosidades. Uma era a «mancha escura em torno da boca» que Parsons observara anteriormente; a boca estava «de uma forma que não é habitual ver em cadáveres, como se alguma coisa tivesse sido pressionada com firmeza sobre ela». Ele sugeriu que essa «alguma coisa» poderia ter sido o cobertor empurrado com violência para dentro da boca para impedir que gritasse, ou poderia ter sido feito com uma mão».

O outro mistério era a falta de sangue. «Não foi encontrada [...] uma quantidade suficiente de sangue», relatou Parsons, «como o que teria jorrado do corpo se a garganta tivesse sido cortada na latrina, já que o sangue das artérias teria produzido uma maior quantidade de salpicos nas paredes.» Se a garganta do rapaz tivesse sido cortada enquanto ele estava vivo, «as pulsações teriam feito esguichar jactos de sangue». Contudo, o sangue também já não estava no seu corpo: segundo Parsons, os órgãos internos estavam completamente exangues.

Quando regressaram à biblioteca, os dois médicos encontraram Samuel Kent desfeito em lágrimas. Stapleton reconfortou-o, assegurando-lhe que Saville tinha morrido rapidamente. Parsons confirmou: «A criança sofreu muito menos do que vós ireis sofrer.»

O superintendente Foley ficou a vigiar o corpo na lavandaria. Relatou que ao anoitecer Elizabeth Gough entrou lá e beijou a mão ao pequenino que estivera entregue aos seus cuidados. Antes de regressar a casa, o superintendente pediu qualquer coisa para comer ou beber: «Mal molhei os lábios ou comi fosse o que fosse durante todo o dia.» Samuel serviu-lhe um copo de vinho do Porto e água.

A vida da casa continuou. Holcombe cortou a relva com a máquina. Cox e Kerslake fizeram as camas. Como era seu costume ao sábado à noite, Cox trouxe uma camisa de noite limpa do quarto de Constance para arejar diante do fogo da cozinha. Segundo Cox, a roupa interior de Constance era fácil de distinguir da das irmãs porque era «de uma textura muito grosseira». As suas camisas de noite tinham «folhos simples», ao passo que as de Mary Ann tinham renda e as de Elizabeth bordados.

No sábado à noite, as raparigas mais velhas dormiram separadas: Elizabeth foi para o andar de baixo para partilhar a cama com a madrasta, «já que o paizinho ficou levantado» até de manhã, e Constance juntou-se a Mary Ann «para ter companhia». Depois de ajudar a senhora Kent e Mary Amelia a vestirem-se para dormir, Elizabeth Gough subiu as escadas e foi dormir no quarto de Cox e Kerslake. Possivelmente, levaram o berço de Eveline para o quarto dos pais, deixando o quarto das crianças vazio; e William foi o único que dormiu sozinho.

Foley voltou a vigiar o corpo de Saville no dia seguinte. Todas as meninas Kent vieram beijar o corpo do menino, tal como Elizabeth Gough. Depois disso, a ama disse à senhora Kent que tinha beijado «a pobre criancinha». Segundo um relato, a senhora Kent disse que Gough «parecia muito pesarosa e chorou por ele estar morto»; mas, segundo outro, disse que Gough «falava dele frequentemente com pesar e afeição, mas não a vi chorar». As mulheres suspeitas neste caso estavam constantemente a ser avaliadas em relação a beijos e lágrimas, as provas da inocência.

No domingo à noite, Constance dormiu sozinha. William trancou a porta «com medo».

CAPÍTULO 3

SERÁ QUE DEUS VAI DEIXAR AS COISAS ASSIM?

2-14 de Julho

Na segunda-feira, 2 de Julho de 1860, após meses de vento e chuva, o tempo mudou: «... afinal, sempre há alguma hipótese de termos um cheirinho de Verão», noticiou o *Bristol Daily Post.* Às dez da manhã, o juiz de instrução para Wiltshire, George Sylvester, de Trowbridge, abriu o inquérito judicial sobre a morte de Saville Kent. Tal como de costume, convocou-o para o edifício principal da povoação, a estalagem Red Lion. Um edifício de pedra, baixo e comprido, com uma porta larga, a Red Lion ficava bem no centro da povoação na convergência da Upper Street e da Lower Street. As duas ruas — orladas de pequenas casas antigas — levavam a Road Hill, cujo cume ficava a cerca de dois quilómetros e meio dali.

Entre os dez jurados estava o estalajadeiro da Red Lion, um magarefe, dois lavradores, um sapateiro, um pedreiro, um construtor de moinhos e o funcionário que registava os nascimentos e os óbitos locais. A maioria vivia em Upper Street ou Lower Street. O reverendo Peacock era o presidente dos jurados. Rowland Rodway, apesar das suas hesitações, assistia aos autos em representação de Samuel Kent.

O júri seguiu o juiz de instrução até à Casa de Road Hill para ver o corpo de Saville na lavandaria. O superintendente Foley deixou-os entrar. O cadáver era o de um «lindo rapazinho», relatou o *Bath Chronicle,* «mas proporcionava um espectáculo horrível devido às hediondas feridas abertas que lhe davam um aspecto sinistro; ainda assim, o rosto da criança tinha uma expressão plácida e inocente». Os jurados também inspeccionaram a sala de visitas, o quarto das crianças, o quarto do dono da casa, a latrina e os jardins. Quando se foram embora, de regresso à Red Lion hora e meia mais tarde, Foley perguntou ao juiz de instrução quais os membros do pessoal doméstico que seriam convocados como testemunhas. Só a criada que tinha fechado as janelas e a ama que estava a tomar conta do menino quando ele foi raptado.

Sarah Cox e Elizabeth Gough foram juntas até à Red Lion. Cox tinha separado a roupa suja da semana em dois grandes cestos que deixou num quarto de arrumações para a lavadeira Hester Holley. Antes do meio-dia, a senhora Holley e a filha mais nova, Martha, recolheram os cestos e levaram-nos para sua casa. Também levaram consigo o livro onde Mary Ann Kent listara todas as peças de roupa colocadas nos cestos. (A camisa de noite manchada de Mary Ann, que estivera ao cuidado de Eliza Dallimore, a mulher do polícia, foi-lhe devolvida nessa mesma manhã.)

Assim que a senhora Holley chegou a casa, cinco minutos depois, ela e as três filhas (uma delas, Jane, era a mulher de William Nutt) abriram os cestos e passaram revista às roupas. «Não era nosso costume abrir as roupas logo a seguir a recebê-las», disse a senhora Holley mais tarde. O argumento que deu para o fazer agora foi surpreendente: «Ouvimos o boato de que havia uma camisa de noite em falta.» As mulheres Holley descobriram que a camisa de noite de Constance, embora listada no livro, não estava em nenhum dos cestos.

Lá em baixo na povoação, a Red Lion tinha ficado tão cheia de espectadores que o juiz de instrução decidiu deslocar o inquérito para Temperance Hall, que ficava a poucos minutos dali, em Lower Street, para o lado da Casa de Road Hill. A sala estava «a abarrotar de gente, num ambiente asfixiante», noticiou o *Trowbridge and North Wilts Advertiser*. Foley apresentou as roupas de dormir de Saville e o seu cobertor cobertos de sangue e entregou-os ao júri.

Cox e Gough foram as primeiras a prestar depoimento. Cox descreveu a forma como trancara a casa na sexta-feira à noite e como encontrara a janela da sala aberta na manhã seguinte. Gough relatou pormenorizadamente como deitara Saville na sexta-feira à noite e como dera pela sua falta de manhã. Descreveu-o como uma criança alegre, feliz e de trato fácil.

A seguir, o juiz de instrução recolheu o testemunho de Thomas Benger, que tinha descoberto o corpo, e de Stephen Millet, o magarefe.

Millet entregou o pedaço de jornal ensanguentado encontrado no local e falou sobre a quantidade de sangue na latrina: «Devido ao meu ofício, como magarefe, estou habituado à perda de sangue dos animais quando morrem». Calculava ter visto cerca de quartilho e meio no chão da latrina.

«A impressão que tenho», disse Millet, «é a de que a criança foi presa com os pés para cima e a cabeça para baixo e que a garganta foi cortada nessa posição.»

Os espectadores suspiraram.

Ninguém conseguiu identificar o pedaço de jornal encontrado junto à latrina. Um repórter sugeriu que eram fragmentos do *Morning Star*. Cox e Gough testemunharam que o senhor Kent não recebia aquele jornal: ele assinava o *The Times,* o *Frome Times* e o *Civil Service Gazette*. Isto sugeria — timidamente — que alguém estranho teria estado presente na cena do crime.

Joshua Parsons foi a testemunha seguinte. Relatou a forma como fora chamado lá a casa e as conclusões da autópsia: Saville tinha sido assassinado antes das três da manhã; a garganta tinha sido cortada e o peito perfurado, além de mostrar também sinais de asfixia. Disse que deveriam ter saído do corpo «em golfada» cerca de três quartilhos de sangue, mas que tinha encontrado uma quantidade muito inferior.

Após o depoimento de Parsons, o juiz de instrução tentou encerrar o inquérito judicial, mas o reverendo Peacock, na qualidade de presidente do júri, disse que os seus colegas jurados queriam interrogar Constance e William Kent. Peacock discordava — achava que a família devia ser deixada em paz —, mas era obrigado a referir a insistência dos outros. Alguns dos jurados exigiam inquirir todos os membros da família Kent: «Ponham-nos todos à prova; não mostrem mais respeito por uns do que por outros», «Deixem-nos ouvir todos eles». Segundo Stapleton, os aldeãos desconfiavam de que o juiz de instrução protegia os Kent: «Uma lei para os ricos e outra para os pobres.» Com relutância, o juiz de instrução concordou em que Constance e William fossem interrogados, mas com a condição de isso ocorrer em sua casa, para não «expor aquelas crianças a essa afronta». Estava perturbado pela forma como ambos eram «falados à boca cheia, em termos execráveis, como sendo os assassinos». O júri regressou a casa.

Os interrogatórios, que tiveram lugar na cozinha, foram breves — três ou quatro minutos cada.

«Não soube o que quer que fosse sobre a sua morte até o terem encontrado», disse Constance. «Não sei o que quer que seja sobre o assassínio [...] Toda a gente era afável com a criança.» Quando inquirida sobre Elizabeth Gough, disse: «De uma forma geral, sempre achei a ama calma e atenciosa, e desempenha as suas funções, em todos os aspectos, como seria desejável.» De acordo com o *Somerset and Wilts Journal*, «prestou depoimento em tom suave e audível, sem revelar qualquer emoção em especial, de olhos fixos no chão».

O depoimento de William foi praticamente idêntico, mas expresso de forma mais calorosa: «Não sei nada nem ouvi nada sobre este incidente até esta manhã — quem me dera que não fosse assim. Saville era o preferido de todos. Sempre achei a ama muito simpática e atenciosa. Não sei nada sobre o assassínio.» Os seus modos eram mais cativantes do que os da irmã: «Ele deu o seu testemunho de forma clara e satisfatória, sempre com os olhos fixos no juiz de instrução.» Em comparação, Constance foi mais contida e fechada.

De volta a Temperance Hall, o juiz de instrução disse aos jurados que lhes competia descobrir como é que Saville tinha morrido e não quem é que o matara. Eles assinaram hesitantes uma folha em que culpavam uma «pessoa ou pessoas desconhecidas» pelo crime. «É desconhecida», disse um, «mas há uma suspeita muito forte que não me deixa sossegar.» «A mim também não», disse outro homem. «Comigo é a mesma coisa», disse outro. Um sapateiro levantou-se para dizer que a maioria dos seus colegas jurados acreditava que o assassino era uma das pessoas que viviam na Casa de Road Hill. Acusou Parsons, o reverendo Peacock e o juiz de instrução de tentarem abafar o caso.

O juiz de instrução ignorou este desassossego. Reconfortou o júri com o pensamento de que «embora a acção fosse encoberta aos olhos dos homens, ainda assim fora vista e registada por Alguém lá em cima» e às três e meia da tarde declarou encerrado o inquérito judicial. «Deixem-me que vos diga, meus senhores, que, tanto quanto sei, trata-se do assassínio mais extraordinário e misterioso alguma vez cometido.»

Na Casa de Road Hill, depois de terminado o inquérito, Foley entregou a chave da lavandaria à senhora Silcox, que tinha amortalhado Saville. Ela acabou de arranjar o corpo para ser sepultado. Depois, Elizabeth Gough e Sarah Cox levaram-no para o andar de cima num «invólucro», a fina caixa interior de uma urna. A senhora Kent deu instruções a Gough para «aparafusar» a caixa.

Mais tarde, perguntaram à mãe de Saville se a ama tinha beijado o corpo quando fechara a urna. «Já estava muito decomposto», disse a senhora Kent, «e não creio que o pudesse ter beijado nessa altura.»

Na segunda-feira à noite, Constance pediu a Gough para ir dormir com ela.

Por volta das onze horas da manhã seguinte, Hester Holley devolveu o livro com a lista da roupa a Sarah Cox e recebeu o pagamento semanal de sete ou oito xelins. Não mencionou o facto de faltar uma camisa de noite. Mais tarde admitiu: «Nunca lhe disse nada sobre haver alguma coisa em falta. Foi esse o meu erro. Estava cheia de pressa, mas sabia que faltava.»

De tarde, James Morgan, o representante da autoridade, e quatro agentes da polícia passaram por casa da senhora Holley para a interrogar sobre a flanela de usar no peito: queriam saber se alguma vez a teria visto entre as roupas enviadas pelos Kent. Ela disse que não e, quando lhe perguntaram se a roupa da semana estava toda em ordem, que «as roupas estavam de acordo com o livro».

Logo a seguir, mandou Martha à Casa de Road Hill para dizer aos Kent que uma das suas camisas de noite tinha desaparecido e que ocultara esse facto da polícia. A senhora Kent chamou Sarah Cox e Mary Ann Kent à biblioteca. Elas insistiram em que tinham posto três camisas de noite na trouxa, ao passo que Martha Holley jurava que só havia duas nos cestos.

Martha contou o sucedido à mãe e esta por volta das seis da tarde foi pessoalmente até lá: «Vi a senhora Kent, as duas meninas Kent, a criada e a cozinheira; e o senhor Kent falou comigo da porta do quarto e disse, de forma pouco cavalheiresca, que se eu não aparecesse com a camisa de noite dentro de quarenta e oito horas me mandava deter por mandado especial [...] Falou comigo com muita brusquidão.»

Na sexta-feira, 6 de Julho, os restos mortais de Saville foram levados para serem sepultados. O *Western Daily Press* relatou que, enquanto atravessavam os terrenos da Casa de Road Hill carregando o caixão, «as correias que utilizavam para o carregar rebentaram logo depois de o grupo ter passado pela retrete [a latrina] e antes de chegar ao portão do relvado o caixão caiu sobre a gravilha, onde ficou até terem trazido novas correias de casa». Um grande ajuntamento de aldeãos ficou a ver, enquanto uma carruagem levava o caixão e os dois parentes enlutados Samuel e William Kent. (Normalmente as mulheres não assistiam aos funerais, embora vestissem de luto nesse dia.)

O cortejo fúnebre de Saville passou por Trowbridge às nove e meia, tendo chegado à povoação de East Coulston cerca de meia hora depois. O corpo do menino foi sepultado no jazigo da família ao lado dos restos mortais da primeira esposa de Samuel. A inscrição na sua lápide terminava com as palavras: «SERÁ QUE DEUS VAI DEIXAR AS COISAS ASSIM? PORQUE ELE CONHECIA OS SEGREDOS DO CORAÇÃO.» Um jornal descreveu a «intensa dor» que Samuel e William sentiam; outro atribuía «intensa emoção» apenas a Samuel. Teve de ser ajudado por um amigo para ir do cemitério até à sua carruagem.

Ao funeral, foram quatro amigos da família — três médicos e um advogado: Benjamin Mallam, padrinho de Saville, que trabalhava como cirurgião em Frome; Joshua Parsons; Joseph Stapleton; e Rowland Rodway. Partilharam uma carruagem no regresso a Road e discutiram o crime. Parsons disse aos outros que a senhora Kent lhe tinha pedido que atestasse que Constance era louca.

O superintendente Foley continuou a liderar a investigação, embora vários outros oficiais superiores visitassem Road nessa semana. A polícia examinou os quartos vagos na Casa de Road Hill e revistou alguns edifícios desabitados ao fundo do relvado. Tentaram dragar o rio junto à casa, mas o nível da água era demasiado alto — o Frome tinha inundado as margens algumas semanas antes. Parecia que não estavam a fazer progressos no sentido de deslindar o mistério e, mesmo antes de terminada a semana, os magistrados de Wiltshire tinham solicitado ao Ministério da Administração Interna que enviasse um detective da Scotland Yard. O pedido foi recusado. «Agora que a polícia do condado está estabelecida», observava o subsecretário permanente, Horatio Waddington, «raramente se recorre à ajuda dos funcionários de Londres.» Os magistrados anunciaram que iriam abrir o seu próprio inquérito judicial na segunda-feira.

Como o diferendo em relação à camisa de dormir continuava por resolver, a senhora Holley recusou levar a roupa suja da família na segunda-feira, 9 de Julho. Naquela manhã, Foley mandou Eliza Dallimore à Casa de Road Hill com a flanela de peito que encontrara na latrina. «Senhora Dallimore», disse Foley, «tem de experimentar esta flanela nas raparigas e na ama.» As manchas já tinham sido lavadas, pois o fedor a sangue e a excrementos tornara-se insuportável.

Dallimore levou Cox e Kerslake para o quarto delas, no segundo piso, e disse-lhes para se despirem. Pediu-lhes que experimentassem a flanela e descobriu que não era suficientemente larga para qualquer das duas. A seguir, disse a Elizabeth Gough para se despir no quarto das crianças. Gough queixou-se: «Não vale a pena. Se a flanela me servir, isso não prova que tenha cometido o assassínio.» Tirou as roupas e experimentou-a. Servia-lhe.

— Bem, é capaz de servir a muita gente — admitiu a senhora Dallimore. — Serve-me a mim. Mas não há ninguém na casa a quem tenha servido a não ser a si.

Foley não lhe dera instruções para experimentar a flanela na senhora Kent ou nas três enteadas.

Nessa mesma segunda-feira, uma semana depois do inquérito judicial, os cinco magistrados de Wiltshire abriram aquilo que o *Somerset and Wilts Journal* descreveu como um inquérito «profundamente secreto» em Temperance Hall, para o qual convocaram vários dos habitantes da Casa de Road Hill. A senhora Kent disse-lhes que acreditava que o assassino era uma pessoa que vivia na casa, «alguém que conhecia o local». «Não tenho razões para culpar a ama», acrescentou. «A única coisa de que a culpo é de não me ter dito assim que deu pela falta da criança.»

A polícia que estava a investigar o caso suspeitava de Elizabeth Gough. Achava quase impossível que a criança tivesse sido raptada do quarto sem o conhecimento da ama. O cenário que ia ganhando forma nas suas mentes era o de que Saville acordara e vira um homem na cama de Gough. Para silenciar a criança, os amantes taparam-lhe a boca e — fosse acidentalmente ou de propósito — sufocaram-no. A própria Gough tinha descrito Saville como um linguareiro: «O rapazinho vai para o quarto da mãe e conta tudo.» A polícia desconfiava de que o casal tinha mutilado o corpo para disfarçar a causa da morte. Se o amante fosse Samuel Kent, podia ter-se livrado das provas quando se afastara a cavalo em direcção a Trowbridge. No meio da confusão e pressa, e porque o par tinha de ter cuidado para não ser visto a conferenciar, as suas histórias haviam entrado em contradição e tinham sido alteradas, nomeadamente as declarações sobre quando tinham dado pela falta do cobertor. Este cenário também explicava a razão pouco plausível que Gough avançava para não ter despertado a patroa quando dera pela falta de Saville.

Às oito da noite de terça-feira, 10 de Julho — o décimo quinto aniversário de William Kent — os magistrados mandaram a polícia deter Elizabeth Gough.

«Antes de ser informada da decisão dos magistrados», noticiou o *Bath Chronicle,* «a rapariga estava aparentemente muito bem-disposta, na casa onde as várias testemunhas pararam, e falou de forma muito descontraída sobre como se teria divertido na apanha do feno se não se tivesse dado aquele "assunto". Disse estar tão certa da sua inocência que não receava ser inquirida diante de cem juízes.»

A sua fanfarronice não tardou a desaparecer. «Ao ser-lhe dito que ia ser detida caiu sem sentidos no chão.» O *Somerset and Wilts Journal* descreveu-a como tendo sucumbido a um «ataque de histeria». Esteve «inconsciente durante alguns minutos». Quando recobrou os sentidos, Foley levou-a numa caleche, um carro de duas rodas puxado por póneis, até à esquadra da polícia em Stallard Street, Trowbridge. O superintendente vivia na casa da esquadra com a mulher, o filho (escrivão) e uma criada. Os Dallimore — William, o agente policial, Eliza, a revistadora, e os seus três filhos — também viviam nas instalações e Gough ficou à sua guarda. A ama e Eliza partilharam uma cama.

Durante a sua estada na esquadra, Gough disse a Foley e à sua esposa que tinha a certeza de que Constance não era a assassina.

— Foi você? — perguntou Foley.

— Não — respondeu ela.

Comentou com outro polícia que tinha decidido «nunca mais amar outra criança». Ele perguntou-lhe porquê. Porque, disse ela, «esta foi a segunda vez que aconteceu alguma coisa a uma criança a quem eu estava afeiçoada. Num outro sítio, onde vivi dois anos, havia uma criança da qual eu gostava muito e morreu».

Correu o boato de que ela confessara indicando Samuel como assassino e a si própria como cúmplice. Durante a semana, começaram a circular outros boatos, todos eles implicando Samuel: as pessoas diziam que Saville tinha um seguro de vida, que o corpo da primeira senhora Kent ia ser exumado para ser autopsiado, que Samuel tinha sido visto nos terrenos da sua casa, às três da manhã, na madrugada em que ocorrera o assassínio.

Na sexta-feira, Elizabeth Gough foi levada de volta a Road para ser interrogada. Aguardou em casa de Charles Stokes, um albardeiro que vivia próximo de Temperance Hall, enquanto os magistrados iam à Casa de Road Hill. Passado algum tempo, Ann, a irmã do albardeiro, que fazia espartilhos e vestidos, comentou que os magistrados já se tinham ido embora há muito tempo: «Desconfio que descobriram alguma coisa», disse. Gough «manifestou algum alarme» e começou a andar inquieta de um lado para o outro na sala. «Espero que não me convoquem hoje porque sinto que vou passar tão mal como na terça-feira», disse, aludindo ao seu ataque de histeria.

Segundo o relato de Ann Stokes: «Pressionando as mãos sobre a ilharga, disse que parecia que o sangue tinha passado de um lado para o outro. Também disse que não conseguia aguentar muito mais tempo e que não teria sido capaz de o fazer se a senhora Kent não lho tivesse pedido.» Gough afirmou que a senhora Kent a encorajara: «Tem de aguentar um pouco mais, Elizabeth; faça-o por mim.» Depois disso, e ainda segundo Ann Stokes, Gough «observou que desde o assassínio já arrancara alguns cabelos brancos, coisa que nunca fizera antes, que ninguém sabia o que ela estava a sofrer e que, se acontecesse mais alguma coisa, achava que ia morrer».

Na Casa de Road Hill, os magistrados interrogaram a senhora Kent e Mary Ann Kent. Nenhuma delas estava em condições de se deslocar a Temperance Hall, a primeira por causa do avançado estado de gravidez e a segunda porque fora «tomada por violentos ataques de histeria ao ouvir que iriam requerer a sua presença».

Quando os magistrados regressaram à sala de audiências, mandaram chamar Gough. Tinham aparecido oito repórteres, mas nenhum teve autorização para estar presente — disseram-lhes que os autos eram estritamente privados. Havia um polícia cá fora para assegurar que ninguém se aproximava o suficiente para espiar.

Por volta das sete, os magistrados suspenderam o inquérito e disseram a Gough que estava livre para passar o fim-de-semana com o pai e o primo, que tinham chegado nessa tarde de Isleworth, perto de Londres, desde que regressasse a Temperance Hall na segunda-feira. Ela disse que ficava na esquadra da polícia em Trowbridge. Provavelmente, os magistrados tranquilizaram-na antes de a libertar, pois quando chegou à povoação, «parecia bastante alegre», segundo o *Bath Chronicle,* «e saltou da caleche de forma animada».

Na terça-feira, 10 de Julho, um editorial no *Morning Post,* um influente jornal nacional, ridicularizou os esforços da polícia de Wiltshire para descobrir o assassino de Saville. Criticava a forma apressada e peremptória como o juiz de instrução conduzira o inquérito e exigia que a investigação da morte da criança fosse assumida «pelo mais experiente dos detectives». O artigo dizia que a segurança de todos os lares de Inglaterra dependia da revelação dos segredos da Casa de Road Hill. Também reconhecia que isso significava a violação de um espaço sagrado:

> *Todo o cidadão inglês está acostumado a orgulhar-se com a complacência mais do que habitual daquilo a que chama a santidade do lar inglês. Nenhum soldado, polícia ou espião do governo ousa lá entrar. [...] Ao contrário do residente de uma habitação estrangeira, o ocupante de uma casa inglesa, seja uma mansão ou uma pequena casa de campo, possui um direito incontestado contra todo o tipo de agressão que ocorra à entrada da sua casa. Desafia toda a gente abaixo do ministro da Administração Interna; e mesmo este só pode violar a tradicional segurança da casa de um homem em circunstâncias extremas e correndo o risco de uma repreensão parlamentar. É com este sentimento de segurança inato que todo e qualquer inglês tem uma noção arreigada da inviolabilidade da sua própria casa. É isto que converte a pequena casa de campo num castelo. As sanções morais de um lar inglês são, no século* XIX, *aquilo que o fosso, a torre de menagem e a ponte levadiça eram no século* XIV. *É com esta convicção que nos deitamos à noite para dormir e deixamos as nossas casas durante o dia, sentindo que toda a vizinhança se rebelaria, ou melhor, o país inteiro, se fosse feita alguma tentativa para violar aquilo que tantas tradições e um costume tão antigo tornaram sagrado.*

Estes sentimentos estavam profundamente enraizados na Inglaterra vitoriana. Numa visita ao país na década de 1840, o doutor Carus, médico do rei da Saxónia, observou que a casa inglesa personificava «o princípio prezado desde há muito da reserva e do isolamento» que estava «precisamente na base do temperamento nacional [...] é isto que confere ao homem inglês o sentimento orgulhoso da independência pessoal, estereotipado na frase "A casa de um homem é o seu castelo"». O poeta americano Ralph Waldo Emerson disse que a domesticidade era a «raiz mestra» que permitia aos britânicos «ramificar-se em grande amplitude e altura. A razão e a finalidade do seu comércio e império é conservar a independência e privacidade das suas casas».

O *Morning Post* de 10 de Julho de 1860 dizia que, «apesar de todas estas proverbiais santidades, tinha acabado de ser cometido um crime que pelo seu mistério, complexidade e maldade hedionda não tem paralelo nos nossos registos criminais [...] a segurança das famílias e o carácter sagrado dos lares ingleses exigem que este assunto não tenha descanso até que a última sombra do seu tenebroso mistério seja afugentada pela luz da verdade inquestionável». O horror deste caso era que a corrupção estava dentro do «santuário doméstico», que os ferrolhos, fechaduras e trancas da casa eram irremediavelmente redundantes. «O segredo está com alguém que estava lá dentro [...] todas as pessoas que vivem na casa devem ser colectivamente responsáveis por este acontecimento misterioso e terrível. Nenhuma delas deve andar em liberdade até todo o mistério ser esclarecido [...] uma pessoa da família (ou mais) é culpada.» O artigo do *Morning Post* foi reeditado no *The Times* no dia seguinte e em jornais pelo país fora ao longo do resto da semana. «Deixem intervir o detective mais talentoso do país», exigia o *Somerset and Wilts Journal.*

Na quinta-feira, um magistrado de Wiltshire renovou o seu apelo ao ministro da Administração Interna para que enviasse um detective para Road e, desta vez, o pedido foi deferido. No sábado, 14 de Julho, *Sir* George Cornewall Lewis, ministro da Administração Interna de Lorde Palmerston, deu instruções a *Sir* Richard Mayne, comissário da Polícia Metropolitana, para enviar «um oficial de polícia inteligente» para Wiltshire o mais depressa possível. «Que vá o inspector Whicher», escrevinhou Mayne nas costas da directiva do Ministério da Administração Interna.

Nesse mesmo dia, o inspector-detective Jonathan Whicher recebeu ordens para ir para Road.

SEGUNDA PARTE

O DETECTIVE

«Iniciei viagem para preparar o caminho para a descoberta — o caminho sinistro e duvidoso.»

The Woman in White (1860), Wilkie Collins

CAPÍTULO 4

UM HOMEM MISTERIOSO

1 de Outubro de 1814-15 de Julho de 1860

Ainda era dia quando o comboio de Whicher rolava em direcção a oeste de Wiltshire naquele domingo de 1860. Normalmente, em Julho as pastagens estavam separadas por blocos de amarelo — trigo dourado ou milho amarelo-vivo —, mas este ano o Verão tinha chegado tão tarde que as culturas estavam verdes como relva.

Às dezoito e vinte, o comboio parou em Trowbridge — uma floresta de torres e chaminés de fábricas — e Whicher desceu para a estreita plataforma da estação de caminhos-de-ferro. Quando saiu do átrio da bilheteira, o primeiro edifício com o qual deparou foi a esquadra de John Foley em Stallard Street, uma estrutura de dois andares que datava de 1854, quando a polícia local foi fundada. Era aqui que Elizabeth Gough estava detida, por sua própria vontade, até o seu interrogatório ser retomado no dia seguinte.

Durante séculos, Trowbridge fizera dinheiro na indústria de tecidos. A chegada dos caminhos-de-ferro em 1848 trouxera ainda mais prosperidade — agora, com uma população de onze mil pessoas, era o maior centro industrial do Sul da Inglaterra. As fábricas de lã e as tinturarias espalhavam-se à esquerda e à direita da estação — cerca de vinte, alimentadas por mais de trinta máquinas a vapor. Eram estas as fábricas que Samuel Kent inspeccionava. Num domingo à noite estavam paradas, mas de manhã as máquinas começariam a fazer barulho e a roncar e o ar ficaria denso com o fumo, fuligem e cheiro a urina (recolhida em tinas nos *pubs* e usada para branquear a lã) e das tintas vegetais que corriam para o rio Biss.

Whicher contratou um moço de fretes para levar a sua bagagem para a Woolpack Inn, em Market Place, a menos de um quilómetro da estação. O par atravessou a ponte sobre o Biss — um afluente pequeno e preguiçoso do Avon — e caminhou até ao centro da cidade. Passaram pelas casas do Parade, o bairro residencial construído por fabricantes de tecido georgianos, e pelas ruas secundárias, onde se amontoavam as casas dos tecelões. O negócio tinha sido mau naquele ano. Tinham morrido muitas ovelhas durante o Inverno rigoroso, por isso a lã era mais escassa do que o habitual e os donos das fábricas concorrentes, no Norte de Inglaterra, estavam a vender a sua musselina barata.

Quando Whicher chegou a Woolpack, na esquina de Red Hat Lane, pagou um xelim e seis dinheiros ao moço de fretes e entrou. A estalagem era um edifício de pedra compacto, com um arco ao centro, que oferecia quartos por um xelim e seis dinheiros. por noite. No bar vendiam vinho, cidra, bebidas espirituosas e cerveja caseira. Whicher é capaz de ter pedido uma bebida ou duas: uma vez disse a Dickens que, quando estava numa situação difícil, «não havia nada melhor do que beber um copo de conhaque e água para manter a coragem».

Jonathan Whicher nasceu em Camberwell, cinco quilómetros a sul de Londres, no dia 1 de Outubro de 1814. O pai era jardineiro, provavelmente um dos muitos hortelãos da povoação que produziam cerejas, alfaces, rosas e salgueiro para vender na cidade. É capaz de ter cuidado dos relvados e canteiros dos residentes mais ricos do distrito — Camberwell estava cheia de mansões e belas casas de mercadores que procuravam um refúgio arejado longe de Londres.

No dia do baptismo de Jonathan, a 23 de Outubro, o cura da igreja paroquial de St. Giles também baptizou o filho de outro jardineiro e os bebés de um sapateiro, de um marceneiro, de dois cocheiros, de um fabricante de flautas e de um operário. Numa das muitas variantes de que o seu apelido era vítima, Jonathan foi registado como filho de Richard e Rebecca Whitcher. Era conhecido como Jack. Ele tinha uma irmã mais velha, Eliza, e pelo menos um irmão mais velho, James. Quando tinha quatro anos, nasceu outra irmã, Sarah, em Agosto de 1819. Esse Verão era recordado pela abundância de *camberwell beauties,* as grandes borboletas aveludadas cor de vinho, que tinham sido vistas pela primeira vez na área em 1748.

Em meados da década de 1830, Jack Whicher ainda vivia em Camberwell, provavelmente em Providence Row, uma pequena fila de casas na parte mais pobre, o extremo norte da povoação. As casas ficavam em Wyndham Road, perto de uma azenha e com as traseiras viradas para viveiros de plantas, mas numa zona miserável — «tão conhecida pela sua depravação como pela sua ignorância», segundo um relatório publicado pela escola local. Wyndham Road era frequentada por gente fértil em expedientes — bufarinheiros, vendedores ambulantes de fruta, limpa-chaminés — e por perfeitos vilões.

Quando Jack Whicher se candidatou à Polícia Metropolitana, no final do Verão de 1837, tinha precisamente a idade, vinte e dois anos, e a altura, um metro e setenta, para satisfazer os requisitos de ingresso. Passou nos testes de literacia e aptidão física e dois «respeitáveis chefes de família» da sua freguesia atestaram o seu bom carácter. Tal como mais de um terço dos primeiros recrutas, trabalhava como operário quando entregou a candidatura.

A 18 de Setembro, Whicher tornou-se agente policial. O seu salário semanal — cerca de uma libra — representava apenas uma ligeira melhoria relativamente ao que ganhava antes, mas o seu futuro era agora um pouco mais seguro.

A Polícia Metropolitana, a primeira força do género no país, tinha oito anos. Londres tinha-se tornado tão grande, fluida e misteriosa que em 1829 os seus habitantes haviam aceitado com alguma relutância a necessidade de um corpo disciplinado de homens para patrulhar as ruas. Os três mil e quinhentos polícias eram conhecidos como *bobbies* e *peelers* (por causa do nome do seu fundador, *Sir* Robert Peel), como *coppers* (eles apanhavam, ou capturavam[1] os vilões), como *crushers* (eles esmagavam[2] a liberdade), como *Jenny Darbies* (de *gendarmes*) e como «porcos» (termo insultuoso desde o século XVI).

Whicher recebeu umas calças e uma casaca azul-escuras cujos botões metálicos reluzentes tinham gravada uma coroa e a palavra POLÍCIA.

---

[1] *Coppers* poderia traduzir-se como «polícias», «chuis», «bófias», mas o que a autora nos quer mostrar é que a palavra deriva do verbo *to cop* («capturar»). *(N. da T.)*

[2] Caso semelhante ao anterior, pois o verbo é *to crush* («esmagar»). *(N. da T.)*

A sua divisão e número — E47, o «E» para Holborn — estavam bem marcados num colarinho engomado com fivela; por baixo, tinha uma gola larga de cabedal com cerca de dez centímetros à volta do pescoço para o proteger dos «estranguladores». A casaca tinha algibeiras fundas onde guardar uma moca e uma matraca de madeira. Usava chapéu alto com uma coroa de cabedal envernizado e suportes em cabedal dos lados. Um agente descreveu pormenorizadamente o uniforme: «Tinha de vestir um fraque e um chapéu alto de pele de coelho coberto de cabedal que pesava mais de meio quilo, um par de galochas cujo cabedal devia ter pelo menos a décima sexta parte de uma polegada de espessura, e um cinto com cerca de dez centímetros de largura com uma grande fivela metálica com uns quinze centímetros [...] Nunca me sentira tão desconfortável em toda a minha vida.» O polícia tinha de usar o uniforme mesmo quando não estava de serviço, para que nunca pudesse ser acusado de ocultar a sua identidade. Punha uma fita à volta do pulso para mostrar quando estava de serviço. As barbas e bigodes eram proibidos. Em vez deles, muitos deixaram crescer suíças.

Numa altura em que todas as roupas eram uma espécie de uniforme, o da polícia tinha os seus méritos: a jornalista Harriet Martineau observou que um jovem ambicioso da classe operária podia «passar na rua com um pouco mais de vaidade e chamando mais a atenção» com este traje «do que o artesão com o seu avental e barrete, ou o operário com o seu fustão, ou com o chumaço do moço de fretes» — fustão era o tecido grosseiro de que eram feitos os casacos dos operários e o chumaço do moço de fretes uma almofada para proteger os ombros quando se carregava um grande peso.

O polícia perfeito era definido pela contenção, anonimato e pela ausência de emoção. «Um temperamento colérico não serviria», dizia Martineau, «nem qualquer vaidade que deixasse um homem vulnerável às artes do *flirt;* nem uma natureza demasiado inocente; nem um temperamento ou modos hesitantes; nem qualquer fraqueza pela bebida; nem qualquer grau de estupidez.» Andrew Wynter, médico e escritor, descreveu o agente ideal como «inflexível, calmo e inexorável, mais uma *instituição* do que propriamente um homem. Parecemos ter tanta dificuldade em captar a sua personalidade como a que possivelmente teríamos para nos apossarmos do seu casaco abotoado até ao pescoço [...] uma máquina que apenas se move, pensa e fala de acordo com o que diz o livro de instruções [...] Parece [...] não ter expectativas nem receios».

Whicher partilhava um dormitório com cerca de dezasseis homens na esquadra de Hunter Place em Hunter Street, a sul de King's Cross. Era um grande edifício de tijolo que fora recentemente adquirido pela polícia. A entrada fazia-se por uma passagem comprida e escura; para além dos dormitórios, no andar de cima, a esquadra continha quatro celas, uma biblioteca, uma copa, uma messe e uma sala de jogos. Esperava-se que todos os homens solteiros ficassem alojados na esquadra e que estivessem nas instalações à meia-noite. Quando estava a trabalhar no primeiro turno, Whicher levantava-se antes das seis. Podia lavar-se no dormitório se tivesse a sua própria banheira e biombo, e depois tomar o pequeno-almoço — uma costeleta, uma batata e uma chávena de café. Às seis, os homens faziam fila no pátio. Um dos quatro inspectores da divisão fazia a chamada e a seguir lia um papel do quartel-general, em Whitehall Place, listando quaisquer punições, recompensas, demissões e suspensões de agentes individuais. O inspector também informava os homens dos últimos relatórios da criminalidade, dando descrições dos suspeitos e das pessoas e bens desaparecidos. Depois de verificar os uniformes e equipamento dos seus homens, dava a ordem para «Dispersar!» Alguns dos agentes eram mandados para a esquadra como força de reserva, enquanto os restantes eram levados pelos sargentos para as respectivas rondas.

Durante o dia, um agente cobria uma área de doze quilómetros a um ritmo de quatro quilómetros à hora em dois períodos de quatro horas: das seis às dez, por exemplo, e das catorze às dezoito. Familiarizava-se com todas as casas existentes nessa área e esforçava-se por limpar as estradas de pedintes, vagabundos, vendedores ambulantes, bêbedos e prostitutas. Estava sujeito a inspecções locais por parte de um sargento ou de um inspector e as regras eram rígidas: nada de se encostar ou sentar enquanto andava na ronda, nada de praguejar e nada de intimidades com as criadas. A polícia tinha instruções para tratar toda a gente com respeito — os cocheiros dos cabriolés, por exemplo, não deviam ser referidos como *cabbies*[1] — e para evitar o uso da força. Estas normas também deviam ser cumpridas quando não estavam de serviço. Se um agente fosse encontrado bêbedo, fosse em que altura fosse, recebia uma

[1] Termo da linguagem coloquial, podendo ser interpretado como tratamento desrespeitoso. *(N. da T.)*

advertência e, se o delito se repetisse, era demitido da polícia. Nos primeiros anos de 1830, quatro em cada cinco demissões, num total de três mil, eram por embriaguez.

Por volta das oito da noite, Whicher jantava na esquadra — talvez carneiro assado com couves, batatas e sonhos. Quando lhe calhava o turno da noite, tomava o seu lugar no pátio antes das nove levando uma lanterna, uma moca e uma matraca. Durante este turno de oito horas seguidas, verificava os fechos de janelas e portas, estava de atalaia a incêndios, levava os indigentes para abrigos, verificava se os *pubs* eram fechados a horas. O circuito era muito mais curto à noite — pouco mais de três quilómetros — e Whicher tinha de passar em todos os pontos da sua ronda de hora a hora. Se precisasse de ajuda, fazia girar a sua matraca; havia sempre um agente de uma ronda vizinha ao alcance do ouvido. Embora este turno pudesse ser mau no Inverno, tinha os seus benefícios: gorjetas por acordar comerciantes ou operários antes do amanhecer e, às vezes, um «dedal» de cerveja ou conhaque dos proprietários dos *pubs* que havia no seu percurso.

Whicher patrulhou Holborn nos anos em que o distrito era dominado pelo grande bairro degradado de St. Giles, que ocupava oito acres. Esta tenebrosa complicação de ruas e vielas entrelaçava-se com passagens escondidas através de pátios, sótãos e caves. Vigaristas e ladrões saíam para aliciar, intrujar ou roubar dinheiro aos transeuntes prósperos — perto de St. Giles ficavam os tribunais, a universidade, o Museu Britânico, as lindas praças de Bloomsbury e as lojas elegantes de High Holborn. Quando detectados pela polícia, os criminosos recolhiam novamente ao seu labirinto.

Holborn estava cheio de escroques e a polícia da Divisão E tinha de ser especialista em identificá-los. Desenvolveu-se um novo vocabulário para catalogar as várias fraudes. A polícia estava atenta à presença de *magsmen* (vigaristas, como os manipuladores de cartas) que *gammoned* (enganavam) *flats* (lorpas) com a ajuda de *buttoners* ou *bonnets* (cúmplices que atraíam as pessoas, aparentando estar a ganhar dinheiro aos vigaristas). Um *screever* (redactor de documentos) podia vender uma falsificação a um vagabundo *on the blob* (contando a história do desgraçadinho) — em 1837, foram presos cinquenta londrinos por produzir documentos desses e oitenta e seis por os terem na sua posse. *Work the kinchin lay* era enganar crianças para lhes levar o dinheiro ou as roupas. *Work the shallow* era suscitar a compaixão mendigando meio nu. *Shake lurk* era mendigar disfarçado de marinheiro naufragado. Em Novembro de 1837, um magistrado notou que alguns ladrões na área de Holborn actuavam como chamariz fingindo embriaguez para distrair os polícias enquanto os amigos assaltavam casas.

Ocasionalmente, os agentes da Divisão E deixavam o seu distrito. Toda a força policial foi destacada para guardar o percurso entre o Palácio de Buckingham e a Abadia de Westminster quando Vitória foi coroada em Junho de 1838. A polícia já conhecia loucos que tinham uma fixação na nova rainha. Um homem que vivia num albergue em St. Giles, por exemplo, foi levado diante dos magistrados porque estava convencido de que Vitória estava apaixonada por ele. Disse que tinham «trocado olhares» nos Jardins de Kensington. Os magistrados recomendaram que ele fosse internado num hospício.

A primeira detenção efectuada por Jack Whicher de que há registo aconteceu em Dezembro de 1840. Num bordel em Gray's Inn Road, perto de King's Cross, ele reparou numa rapariga de dezassete anos entontecida pela bebida e exibindo um conjunto de roupas improvavelmente requintadas. Uma boa enorme de penas pendia-lhe do pescoço. Whicher lembrou-se de que havia uma boa entre os artigos roubados de uma casa em Bloomsbury quinze dias antes, e que tinha desaparecido uma criada na noite do assalto. Aproximou-se da rapariga com a boa e acusou-a de roubo. Louisa Weller acabou por ser condenada, ainda nesse mês, por ter roubado Sarah Taylor, de Gloucester Street. A história da sua captura condensava as qualidades de detective de Whicher: uma memória excelente, olho para detectar incoerências, acuidade psicológica e confiança.

Depois desse incidente, o seu nome desapareceu dos jornais durante dois anos. Isto aconteceu, provavelmente, porque tinha sido recrutado pelos comissários da Polícia Metropolitana — coronel Charles Rowan, um homem do exército, e *Sir* Richard Mayne, advogado — para um pequeno grupo de «agentes activos» à paisana, protodetectives cuja existência era um segredo. O público inglês tinha horror à vigilância. Tinha havido um escândalo no início da década de 1830 quando se soube que um polícia à paisana se tinha infiltrado numa reunião política. Neste clima, os detectives tinham de ser introduzidos pela calada.

Os registos do Tribunal de Magistrados indicam que Whicher, em Abril de 1842, andava a trabalhar sob disfarce quando reparou num trio de vigaristas em Regent Street. Seguiu-os até ver um deles atravessar-se no caminho de *Sir* Roger Palmer, um baronete anglo-irlandês que tinha uma casa em Park Lane, enquanto outro levantava suavemente as abas do casaco de *Sir* Roger e o último lhe tirava a carteira do bolso. Carteiristas profissionais como estes trabalhavam normalmente em equipas de três ou quatro, encobrindo-se e facilitando o trabalho uns aos outros. Muitos eram extraordinariamente destros, tendo sido treinados desde a infância na arte de roubar carteiras ou da gatunagem. Embora um dos três fugisse, Whicher localizou-o noutra parte da cidade quinze dias mais tarde e arrastou-o até um tribunal da polícia relatando que o indivíduo tinha agravado o seu crime ao tentar suborná-lo com prata.

Os ficheiros da Polícia Metropolitana mostram que Whicher estava novamente a trabalhar incógnito nesse mesmo mês, quando participou na caça a Daniel Good, um cocheiro de Putman que tinha assassinado e desmembrado a sua amante. Whicher e o seu colega de Holborn, o sargento Stephen Thornton, vigiaram a casa de uma amiga de Good, em Spitalfields, na zona este de Londres (Dickens descreveu Thornton, que tinha mais onze anos do que Whicher, como tendo «um rosto corado e uma testa alta tisnada pelo sol... É famoso por porfiar obstinadamente no processo indutivo e, a partir de pequenas coisas, progredir de pista em pista até agarrar o seu homem»). Daniel Good acabou por ser apanhado em Kent, mas foi mais por sorte do que pelo trabalho hábil da polícia.

Em Junho de 1842, os comissários pediram autorização ao Ministério da Administração Interna para criarem uma pequena divisão de detectives: diziam que precisavam de uma força de elite centralizada para coordenar as perseguições aos assassinos — como a que fora movida a Good — e outros crimes graves que cruzavam diferentes distritos policiais. Diziam que, se esses agentes pudessem andar à paisana, a força ainda seria mais eficiente. O Ministério da Administração Interna concordou. Nesse Agosto, Whicher, Thornton e os outros seis homens escolhidos como detectives abandonaram formalmente as suas rondas, despojaram-se dos seus uniformes, tornaram-se tão anónimos e ubíquos quanto os vilões que procuravam. Jack Whicher e Charles Goff da Divisão L (Lambeth) eram os mais jovens, mas ambos foram promovidos a sargento passado pouco tempo (a Whicher faltava apenas um mês para perfazer cinco anos na polícia, normalmente o mínimo exigido para promoção). Isto aumentou o número de sargentos da divisão para seis, que estavam sob as ordens de dois inspectores. Whicher recebeu um aumento de salário de quase cinquenta por cento, de cerca de cinquenta para setenta e três libras por ano — mais dez libras do que o salário normal de um sargento. Tal como antes, o salário era suplementado com bónus e prémios.

«Foram recentemente seleccionados homens inteligentes para formar um organismo chamado «polícia de investigação»», noticiou o *Chamber's Edinburgh Journal* em 1843. «Por vezes, o detective da polícia veste-se como uma pessoa normal.» As reservas do público persistiam — um editorial do *Times* de 1845 advertia para os perigos da polícia de investigação, explicando que «haverá sempre algo de repugnante na simples ideia de espionagem».

A sede dos detectives era numa sala junto aos gabinetes dos comissários na Scotland Yard, em Trafalgar Square. Tecnicamente, os homens passaram a fazer parte da Divisão A, ou Whitehall. Whicher recebeu a designação de A27. Agora, o seu trabalho era desaparecer, mover-se sem ser notado por entre as classes — os detectives deviam misturar-se, espiar, passar despercebidos nas *flash-houses* (*pubs* frequentados por criminosos) e no meio de ajuntamentos onde os ladrões se moviam. Tinham liberdade de movimentos. Enquanto um polícia normal cumpria a sua ronda como a haste de um metrónomo, passando em cada ponto de hora a hora, os detectives atravessavam a cidade e o país à sua vontade. No submundo de Londres, eram conhecidos como *Jacks,* o que captava o seu carácter anónimo e a ausência de classe social.

A primeira história de detectives ingleses, escrita pelo jornalista William Russell sob o pseudónimo de «Waters», surgiu no *Chamber's Edinburgh Journal* em Julho de 1849. No ano seguinte, Whicher e os seus colegas foram elogiados por Charles Dickens em vários artigos de revistas: «Eles são, todos sem excepção, homens com ar honesto», disse Dickens, «de porte irrepreensível e inteligência invulgar; não há nada de indolente ou furtivo nos seus modos; com um ar de observação penetrante e de rápida percepção quando interpelados; e apresentando por norma nos seus rostos vestígios mais ou menos acentuados de quem leva habitualmente uma vida de forte excitação mental. Têm todos boa vista; e todos são capazes de olhar directamente para a pessoa com quem estão a falar, e é isso que fazem.» George Augustus Sala, um colega jornalista, achava o entusiasmo de Dickens enjoativo — não gostava da «predilecção curiosa e quase mórbida» do jornalista «por se dar com polícias e recebê-los [...] Parecia estar sempre à vontade com estas personagens e nunca se cansava de as inquirir». Os detectives, tal como Dickens, eram rapazes da classe operária que se tinham dado bem na vida, entusiasmados por se verem a braços com o bulício da cidade. Em *Tom Fox; Or, the Revelations of a Detective,* uma falsa biografia de 1860, John Bennett observou que o detective era socialmente superior ao «polícia comum» porque era mais educado e «de inteligência muito superior». Ele tanto procurava os segredos do poder instalado como do submundo e, como tinha poucos precedentes, inventava facilmente os seus métodos.

Às vezes, estes métodos eram criticados. Em 1851, Whicher foi acusado de espionagem e de usar armadilhas quando apanhou dois ladrões de bancos em The Mall. Em Maio desse ano, quando atravessava Trafalgar Square, Whicher viu «um velho conhecido», um ex-presidiário que estava de volta à cidade após um tempo nas colónias penais da Austrália. Viu-o juntar-se a outro cadastrado num banco em The Mall mesmo em frente do Banco de Londres e Westminster. Nas semanas seguintes, Whicher e um colega viram o par a observar o banco. Os polícias ficaram à espera até que, a 28 de Junho, apanharam os meliantes em flagrante a fugir do banco com o produto do seu roubo. Alguns correspondentes do *The Times* censuraram os agentes por terem deixado o crime ocorrer em vez de o terem impedido logo à partida. «O reconhecimento da perícia e engenho granjeado pelos detectives é provavelmente aquilo que faz que tenham mais tendência para o trabalho de investigação do que para o da prevenção», queixava-se um leitor numa carta, insinuando que tinham ficado inchados de orgulho com as atenções de Dickens e de outros que tais.

Dickens deu corpo aos seus novos heróis na figura do inspector Bucket, em *Bleak House* (1853), o detective de ficção supremo da época. O senhor Bucket era um «desconhecido com grande vivacidade de espírito» que «caminha numa atmosfera de grandeza misteriosa». Sendo o primeiro detective da polícia num romance inglês, Bucket foi uma figura mitológica para a sua era. Deslizava e flutuava até novas zonas como um fantasma ou uma nuvem: «O tempo e o espaço não conseguem limitar o senhor Bucket.» Ele tinha «adaptabilidade a todos os níveis». Tinha ido buscar algum do brilho do detective amador de Edgar Allan Poe e do mágico intelectual Auguste Dupin, que o precedeu em doze anos.

Bucket era genericamente baseado no amigo e chefe de Whicher, Charley Field — em comum tinham um indicador gordo, o encanto natural, o prazer na «beleza» do seu trabalho, a confiança jovial. Bucket também fazia lembrar Jack Whicher. Tal como em Whicher naquele hotel grandioso em Oxford, «não havia nada de extraordinário nele [Bucket] à primeira vista, salvo a forma fantasmagórica como aparecia». Era «um homem «bem constituído, com ar resoluto e olhar penetrante, vestido de preto», que observava e escutava com uma expressão «tão inalterável como o grande anel de luto[1] que trazia no dedo mindinho».

Durante os anos de 1840 a 1850, Whicher aperfeiçoou os artifícios da mão e da mente. Lidou com criminosos que se eclipsavam sob falsas identidades, passando despercebidos no meio de ruas e vielas. Foi posto no encalço de homens e mulheres que falsificavam moeda, assinaturas em cheques, ordens de pagamento e que fugiam a coberto de identidades falsas largando os nomes como as cobras largam a sua pele. Ele era especialista na «ralé janota», burlões e carteiristas que se vestiam como grandes senhores e conseguiam abrir um bolso com uma faca escondida, sacar um alfinete de gravata com a ajuda de um lenço de mão. Punham em prática os seus estratagemas em teatros, galerias de lojas, locais de diversão como o museu de cera de Madame Tussaud e o Jardim Zoológico de Londres. As maiores colheitas eram obtidas em grandes eventos públicos — corridas de cavalos, exposições agrícolas, reuniões políticas — para onde se deslocavam de comboio nas carruagens de primeira classe para se insinuarem junto dos homens e mulheres que esperavam roubar.

Em 1850, Charley Field contou a Dickens um truque que Whicher usara nas corridas de Epsom. Field, Whicher e um amigo chamado Tatt estavam os três no bar a beber — iam no terceiro ou quarto xerez — quando foram violentamente abalroados por quatro indivíduos janotas. Os bandidos derrubaram-nos e estalou uma violenta briga — «Ali estávamos nós todos juntos no meio do chão, num monte de pés e cabeças, a lutar no chão do bar — se calhar nunca viram uma confusão assim!» Quando os meliantes tentaram fugir, Whicher pôs-se à porta e cortou-lhes a saída. Os quatro foram levados para a esquadra local. O senhor Tatt descobriu que o seu alfinete de diamantes tinha sido roubado durante a briga, mas nenhum dos larápios janotas o tinha. Field estava a sentir-se muito desanimado com a vitória dos ladrões quando Whicher abriu a mão e mostrou o alfinete. «Macacos me mordam», disse Finch, «como

---

[1] Anéis usados em memória de alguém que morreu, muito populares até à época vitoriana. *(N. da T.)*

é que conseguiu isso?» «Eu digo-vos como é que consegui», disse Whicher. «Vi qual deles o tirou e, quando estávamos todos no chão à luta, dei-lhe um pequeno toque na costa da mão como sabia que o seu comparsa faria, e ele pensou que era o comparsa e deu-mo a mim!»

«Talvez tenha sido uma das coisas mais *fantásticas* que alguma vez foi feita», disse Field. «Fantástica. Fan-tás-ti-ca... Foi uma ideia maravilhosa!» A arte do crime era um conceito familiar apresentada de forma impressionante no ensaio irónico de Thomas Quincey, *Do Assassínio como Uma das Belas Artes* (1827), mas a arte de quem garantia o cumprimento da lei era algo de novo. No início do século XIX, o tema de uma história de crime era o criminoso e a sua audácia; agora, era com mais frequência o detective e a sua análise.

Whicher, que diziam ser o agente favorito do comissário Mayne, foi promovido a inspector em 1856 e o seu salário aumentou para mais de cem libras. Charley Field tinha deixado a polícia para se tornar investigador privado e Whicher e Thornton eram agora os responsáveis pelo departamento. Em 1858, Whicher apanhou o criado de quarto que tinha roubado o quadro de Leonardo da Vinci *A Virgem e o Menino* ao conde de Suffolk. Nesse mesmo ano, participou na caça aos revolucionários italianos que tinham tentado assassinar Napoleão III em Paris — os terroristas tinham tramado a conspiração e fabricado as bombas em Londres — e liderou a reabertura de uma investigação ao assassínio de um agente da polícia num campo de milho do Essex. Em 1859, Whicher investigou se o reverendo James Bonwell, pastor de uma igreja na zona este de Londres, e a sua amante, filha de um clérigo, tinham matado o seu filho ilegítimo. Bonwell tinha pago a um cangalheiro dezoito xelins para enterrar o bebé em segredo, introduzindo-o no caixão de outra pessoa. O juiz de instrução ilibou o casal da acusação de homicídio, mas censurou-os pelo seu comportamento e, em Julho de 1860, o bispo de Londres processou Bonwell por comportamento impróprio.

Dois meses antes de ser enviado para Road Hill, Whicher localizou os responsáveis por um furto de jóias no valor de doze mil libras, perto do Palais Royal, em Paris. Os ladrões, Emily Lawrence e James Pearce, usavam o aparato da alta burguesia para aplicar os seus golpes em joalharias onde Lawrence «palmava» medalhões e pulseiras dos expositores e os metia no seu regalo (as ladras estavam bem equipadas com locais onde esconder os objectos roubados — xailes, estolas, regalos, grandes algibeiras nas suas crinolinas). Com os seus companheiros favoritos, os sargentos-detectives «Dolly» Williamson e «Dick» Tanner, Whicher conseguiu entrar em Abril na casa dos ladrões de jóias em Stoke Newington, a norte de Londres. Quando acusou Emily Lawrence, viu-a mexer as mãos e pediu para ver o que segurava. Seguiu-se uma luta durante a qual o namorado ameaçou esmagar o crânio de Whicher com um atiçador e Lawrence deixou cair no chão três anéis de diamantes.

Das suas breves aparições em livros de memórias, jornais e revistas, Jack Whicher surge como uma figura amável, lacónica, consciente do lado de comédia que havia no seu trabalho. Era um «excelente agente», no dizer de um colega detective, «calmo, perspicaz e prático, sem pressas, geralmente bem-sucedido e pronto a aceitar qualquer caso». Tinha uma forma de expressão um pouco estranha. Se Whicher tinha a certeza de alguma coisa, tinha «tanta certeza como de estar vivo». «Isto serve!», dizia quando encontrava uma pista. Era benevolente com os inimigos — concordou em tomar uma bebida com um ladrão antes de o fazer prisioneiro e em poupá-lo às algemas: «Estou disposto a comportar-me como um homem para consigo», disse ele, «se estiver disposto a comportar-se como um homem para comigo.» Também era capaz de uma brincadeira: em Ascot, no final dos anos 1850, ele e alguns colegas aproximaram-se sorrateiramente de um inspector que estava a dormir — o qual tinha muito orgulho nas suas suíças — e raparam-lhe os tufos negros do lado esquerdo.

Contudo, Whicher era um homem reservado quanto ao seu passado. Pelo menos um episódio triste perseguia-o. A 15 de Abril de 1838, uma mulher que dizia chamar-se Elizabeth Whicher, depois de ter sido Green e cujo nome de solteira era Harding, dera à luz no bairro de Lambeth um rapaz chamado Jonathan Whicher. Na certidão de nascimento, registou o nome do pai como Jonathan Whicher, polícia de profissão, com morada no número 4 de Providence Row. Estava com cerca de quatro semanas de gravidez quando Jack Whicher se candidatara para ingressar na polícia — poderá ter sido a perspectiva de ir ter um filho que o impeliu a isso.

Três anos depois, Whicher estava a viver na esquadra de Hunter Place, em Holborn, como se fosse solteiro. Nem o filho nem a mãe da criança parecem constar dos registos de óbito efectuados entre 1838 e 1851, nem em algum recenseamento realizado nesse século. À excepção da certidão, não há qualquer prova de que Jack Whicher alguma vez tivesse tido um filho. A única coisa que subsiste é o registo de nascimento do rapaz.

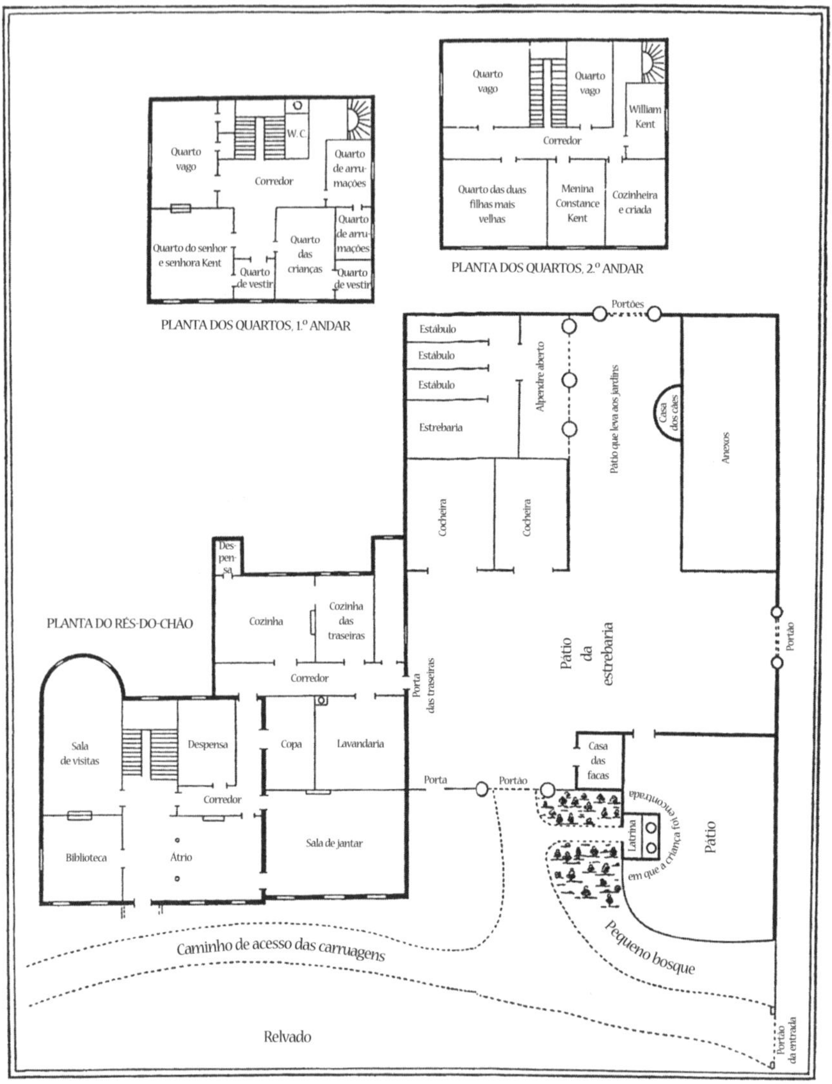
PLANTA DOS QUARTOS, 1.º ANDAR
Quarto vago
W. C.
Corredor
Quarto de arrumações
Quarto de arrumações
Quarto do senhor e senhora Kent
Quarto de vestir
Quarto das crianças
Quarto de vestir
PLANTA DOS QUARTOS, 2.º ANDAR
Quarto vago
Quarto vago
William Kent
Corredor
Quarto das duas filhas mais velhas
Menina Constance Kent
Cozinheira e criada
PLANTA DO RÉS-DO-CHÃO
Portões
Estábulo
Estábulo
Estábulo
Estrebaria
Alpendre aberto
Pátio que leva aos jardins
Casa dos cães
Anexos
Cocheira
Cocheira
Despensa
Cozinha
Cozinha das traseiras
Corredor
Porta das traseiras
Pátio da estrebaria
Portão
Sala de visitas
Despensa
Copa
Lavandaria
Casa das facas
Corredor
Porta
Portão
Biblioteca
Átrio
Sala de jantar
Latrina em que a criança foi encontrada
Pátio
Caminho de acesso das carruagens
Pequeno bosque
Relvado
Portão da entrada

CAPÍTULO 5

TODOS OS FIOS PARECEM CORTADOS

16 de Julho

Na manhã de segunda-feira, 16 de Julho, o superintendente Foley levou Whicher até Road numa caleche, tomando o mesmo caminho por onde Samuel Kent regressara à povoação ao saber da morte do filho. Era outro dia seco — não chovia desde o assassínio de Saville. À medida que os polícias se foram afastando da cidade cheia de fuligem, as planícies começaram a dar lugar às colinas, florestas e pastagens. Havia gado nos campos e aves escuras nas árvores: gralhas, pegas-rabudas, melros e corvos. Aves mais pequenas faziam ninho na relva e no tojo — felosinhas cor de azeitona, codornizões de asas castanhas — enquanto as andorinhas e os andorinhões planavam nas alturas.

A povoação de Road ficava nos limites de dois condados: embora a Casa de Road Hill e a Igreja de Cristo do Reverendo Peacock ficassem em Wiltshire, a maior parte das várias centenas de aldeãos viviam na base da colina, em Somersetshire. Nesta parte de Inglaterra, as pessoas ainda se tratavam por *thee* e *thou*[1] e falavam com uma pronúncia gutural — *farmer* era *varmer, sun* era *zun, thread* era *dread.* O distrito tinha um vocabulário distinto: alguém que tinha o rosto picado pelas bexigas como Whicher era *pockfreden; to skummer* um pedaço de tecido era conspurcá-lo com líquido sujo; *to buddle* uma criatura era sufocá-la na lama.

---

[1] Formas arcaicas correspondentes ao pronome pessoal de segunda pessoa. *(N. da T.)*

Road era uma aldeia pitoresca com casas feitas de pedra calcária ou de blocos de grés com janelas quadradas. Havia pelo menos quatro *pubs* (o Red Lion, o George, o Cross Keys e o Bell), uma fábrica de cerveja, duas igrejas anglicanas, uma capela baptista, uma escola, um posto dos correios, padeiros, merceeiros, magarefes, ferreiros, sapateiros, alfaiates, costureiras, fabricantes de selas, etc. Trowbridge ficava oito quilómetros para nordeste, e Frome, uma cidade de Somersetshire conhecida pelos seus lanifícios, à mesma distância, mas para sudoeste. Alguns dos aldeãos teciam em teares manuais nas suas casas. A maioria trabalhava nos campos ou em alguma das várias fábricas na vizinhança; a de Shawford era especialista em trabalhos de tingir lã com uma roda hidráulica movida pelo rio Frome — entre as tintas locais, contava-se o verde-escuro do alfeneiro; o castanho do teixo; e o anil do pastel-dos-tintureiros. Junto à ponte de Road, havia uma fábrica dedicada ao «pisoamento», um processo de malhar a lã molhada até os fios individuais desaparecerem e o pano ficar denso, teso, impossível de desfiar.

A povoação vibrava de especulação sobre a morte de Saville. O seu assassínio despertara «um estado de espírito» entre o povo, segundo escreveu Joseph Stapleton no seu livro sobre o caso, «que era capaz de ser difícil controlar ou suprimir». Nas palavras do *Bath Chronicle:*

> *Há um forte sentimento entre a classe mais baixa dos habitantes da povoação contra a família do senhor Kent, assim como contra ele próprio, e nenhum deles consegue andar pela povoação sem ser insultado. O pobre inocente vítima deste assassínio tenebroso é falado em toda a povoação em termos muito afectuosos. É descrito como tendo sido uma criança robusta e bonita, com um rosto alegre e risonho e cabelo loiro encaracolado. As mulheres falam dele com lágrimas nos olhos e [...] recordam os seus modos cativantes e tagarelice inocente.*

Os aldeãos recordavam Saville como um doce querubim e injuriavam a sua família como gente malvada.

De qualquer forma, ninguém gostava de Samuel Kent no distrito. Em parte, isto devia-se ao seu trabalho — era responsável por fazer cumprir a Lei das Fábricas de 1833, concebida sobretudo para proteger as crianças do excesso de trabalho e dos acidentes, o que era malvisto quer pelos donos das fábricas quer pelos operários. Os inspectores das fábricas, como os inspectores da polícia, eram agentes de fiscalização.

De acordo com o *Frome Times,* quando Samuel se mudou para a Casa de Road Hill em 1855, muitos habitantes locais disseram: «Não o queremos aqui; queremos alguém que nos dê pão e não alguém que nos venha tirá-lo.» Recentemente, tinha expulso mais de vinte rapazes e raparigas com menos de treze anos de uma fábrica em Trowbridge, privando-os dos seus proventos de três ou quatro xelins por semana.

Samuel não fez nada para melhorar as relações com os seus vizinhos. Segundo Stapleton, construiu uma «vedação impenetrável» «contra a vigilância e a intrusão» dos habitantes das casinhas que orlavam a viela junto à Casa de Road Hill. Nos seus terrenos pôs tabuletas a dizer «Passagem Proibida» junto ao rio onde os aldeãos costumavam pescar truta. Estes vingavam-se nos empregados e na família de Samuel. Stapleton escreveu que «os filhos dos aldeãos chamavam nomes aos filhos dele quando estes saíam para passear ou para ir à igreja». Desde a morte de Saville, Samuel tinha dado voz repetidamente às suas suspeitas de que esses aldeãos tinham alguma coisa a ver com o assassínio.

Às onze horas, Whicher e Foley juntaram-se às diligências secretas no Temperance Hall. Whicher observou como os magistrados voltaram a interrogar Samuel Kent, o reverendo Peacock e depois o principal suspeito da polícia local, Elizabeth Gough. À uma da tarde, foi posta em liberdade. Os repórteres que se tinham juntado lá fora viram-na sair do edifício. «Parecia sofrer de grave angústia mental desde que tinha sido detida», escreveu o homem do *Bath Chronicle,* «já que o seu rosto, antes bem-disposto e alegre, tinha agora um aspecto muito abatido e preocupado; na verdade, ficámos espantados com a grande mudança operada nas suas feições durante esta curta detenção.» A ama contou aos repórteres que ia regressar à Casa de Road Hill para ajudar a senhora Kent durante o parto — o bebé devia nascer dentro de poucas semanas.

Os repórteres tiveram então autorização para entrar na sala onde um dos magistrados falou para eles. Disse-lhes que a investigação estava agora nas mãos do inspector-detective Whitcher e que havia uma recompensa de duzentas libras para qualquer pessoa que desse informações que levassem à condenação do assassino de Saville: cem libras tinham sido disponibilizadas pelo governo e cem libras por Samuel Kent. Se um cúmplice entregasse o assassino, ele ou ela receberia um indulto. O inquérito judicial foi suspenso até sexta-feira.

Whicher ia juntar-se à investigação com duas semanas de atraso. O corpo da vítima tinha sido metido no caixão e sepultado, o depoimento das testemunhas já tinha sido feito, as provas já haviam sido recolhidas ou destruídas. Ele ia ter de reabrir as feridas, quebrar o selo no cenário do crime. Os superintendentes Foley e Wolfe, ambos da polícia de Wiltshire, levaram-no colina acima até à casa.

A Casa de Road Hill, sobranceira à povoação, era um bloco de pedra calcária de Bath de cor creme escondida da estrada por árvores e muros. Um mercador de tecidos, Thomas Ledyard, construíra a propriedade por volta de 1800 quando dirigia a fábrica de pisoamento de Road Bridge. Era uma das casas mais bonitas da área. O caminho de acesso descrevia uma curva sob os teixos e ulmeiros até ao alpendre baixo da entrada que sobressaía da face lisa do edifício como uma guarita. Escondida no matagal, à direita do relvado, ficava a latrina em que Saville fora encontrado — uma instalação sanitária num barracão construído sobre um buraco na terra.

Passando a porta principal da casa, um grande átrio levava à escadaria principal. À direita do átrio ficava a sala de jantar — um rectângulo elegante que se alongava na parte lateral do edifício — e à esquerda o quadrado aconchegado da biblioteca com as suas janelas altas em arco que davam para os relvados. Por detrás da biblioteca ficava a sala de estar, que terminava num crescente de janelas salientes que davam para os jardins das traseiras — tinha sido uma delas que fora encontrada aberta por Sarah Cox a 30 de Junho.

As escadas, cobertas por passadeira grossa, levavam ao primeiro e segundo andares. Entre os pisos havia patamares com vista para as traseiras — um jardim florido, uma horta, um pomar, uma estufa e, mais ao fundo, vacas, ovelhas, um campo relvado e uma linha de árvores ao longo do rio Frome.

No primeiro andar, por detrás do quarto principal e do quarto das crianças, havia três quartos vagos e uma casa de banho. No andar de cima, juntamente com os quatro quartos ocupados, havia mais dois quartos vagos e uma escada para o sótão. Este andar era mais escuro do que os inferiores, com tectos mais baixos e janelas mais pequenas. A maioria dos quartos da casa ficavam virados para sul, com vista para o caminho de entrada e para o relvado, com a povoação lá em baixo ao fundo, embora o quarto de William desse para leste, para as pequenas casas da vizinhança e para os torreões góticos gémeos da Igreja de Cristo.

Por trás do quarto de William, as escadas das traseiras desciam em espiral até ao primeiro andar e rés-do-chão. Ao fundo dos degraus, ficava a passagem da cozinha, cheia de portas para a copa, cozinha, lavandaria, despensa e os degraus para a cave. Ao fundo da passagem, havia uma porta que dava para um pátio calcetado, ocupado pela casa da carruagem, estábulos e anexos. A latrina ficava para a direita e entrava-se por uma porta junto à casa das facas. Do lado direito da propriedade, junto ao bairro das pequenas casas, havia um muro de pedra com três metros de altura com um portão para os comerciantes.

Stapleton fez uma descrição exagerada desse aglomerado de pequenas casas onde os Holcombe, os Nutt e os Holley viviam: «Uma cervejaria impõe-se no centro, ladeada por uma casa que só não cai devido ao suporte precário de escoras de madeira enterradas no chão. As janelas estão esmagadas ou metidas para fora pelas paredes em ruínas que já fizeram fugir os seus ocupantes. Há mais uma série de casas ali agrupadas e algumas delas dão para a propriedade do senhor Kent. É um verdadeiro "pardieiro" — um bocadinho de St. Giles que fugiu da cidade e se refugiou no campo. Pode ser confundido com um antro de marginais e um covil de ladrões.»

Desde o homicídio, a Casa de Road Hill transformara-se num quebra-cabeças, num enigma tridimensional, e as plantas dos seus diversos andares e respectivo mobiliário numa espécie de código esotérico. A tarefa de Whicher era decifrar a casa — enquanto cenário do crime e enquanto guia do carácter da família.

Os muros e vedações que Samuel erguera à volta do seu terreno indicavam que gostava de privacidade. Contudo, dentro de casa, crianças e adultos, serviçais e patrões estavam estranhamente misturados. Normalmente, nesta fase intermédia da época vitoriana, as pessoas ricas preferiam manter os serviçais à parte da família e as crianças nos seus alojamentos. Aqui, a ama dormia a uns metros do quarto principal e a menina de cinco anos dormia com os pais. As outras criadas e os enteados partilhavam todos o último andar como coisas amontoadas num sótão. Esta disposição sublinhava o estatuto inferior dos filhos da primeira senhora Kent.

Nos seus relatórios para a Scotland Yard[1], Whicher observou que Constance e William eram os únicos membros da família que tinham quarto próprio. Isto não era um indicador de estatuto, resultando apenas do facto de nenhum deles ter um irmão do mesmo sexo e de idade parecida com quem o pudessem partilhar. O significado era apenas logístico: qualquer deles poderia ter-se escapulido durante a noite sem que alguém percebesse.

No quarto das crianças, mostraram a Whicher a forma como o cobertor tinha sido retirado do meio das roupas de cama de Saville na noite da sua morte e como o lençol e a colcha estavam «muito bem dobrados para trás» até ao fundo do berço — coisa que, segundo ele, «dificilmente se suporia ter sido um homem a fazer». Juntamente com Foley e Wolfe, levou depois a cabo uma experiência para ver se era possível levar uma criança de três anos do berço sem a acordar ou a qualquer outra pessoa que estivesse no quarto. Os jornais não divulgaram qual a criança de três anos usada na experiência, nem como foi induzida a adormecer repetidamente, mas afirmaram que os polícias a realizaram por três vezes.

Na sala de visitas, Whicher viu que a janela só podia ter sido destrancada pelo lado de dentro. «Esta janela, que tem cerca de três metros de altura, fica a poucos centímetros do chão», relatou ele a *Sir* Richard Mayne, «dá para o relvado das traseiras da casa e abre-se levantando a vidraça inferior que foi encontrada levantada cerca de quinze centímetros. Estas portadas eram trancadas por dentro com uma barra, por conseguinte não podiam entrar a partir do exterior.» Mesmo que alguém tivesse entrado na casa por esta janela, observava ele, não podia ter ido muito longe, uma vez que a porta da sala estava fechada à chave do outro lado. «Portanto, é praticamente certo», concluía, «que ninguém entrou por aquela janela.» Também tinha a certeza de que ninguém fugira do local por aquela janela, uma vez que Sarah Cox lhe disse que as portadas estavam parcialmente fechadas pelo lado de dentro. Isto, segundo ele, confirmava a sua convicção de que tinha sido alguém da casa que assassinara o rapaz.

---

[1] A análise do assassínio desenvolvida por Whicher foi exposta em três relatórios dirigidos a *Sir* Richard Mayne, o comissário da Polícia Metropolitana: o primeiro desapareceu; Whicher escreveu o segundo em 22 de Julho e começou o terceiro passado apenas uma semana. Os relatórios que chegaram até nós encontram-se no ficheiro da Polícia Metropolitana sobre o homicídio da Casa de Road Hill nos Arquivos Nacionais — MEPO 3/61. *(N. da A.)*

A única indicação de que poderia ter havido um intruso no cenário do crime era o pedaço de jornal ensanguentado descoberto ao pé da latrina. No entanto, Whicher descobriu que não tinha sido rasgado do *Morning Star* como fora sugerido no inquérito judicial, mas do *The Times,* o jornal que Samuel Kent recebia diariamente.

Whicher explicou nos seus relatórios que pensava que o assassino não tinha levado Saville lá para fora através da janela da sala, mas por outro caminho: descera as escadas das traseiras, percorrera o corredor de passagem até à cozinha, saíra pela porta da cozinha que dava para o pátio e passara aí pela outra porta que dava acesso à latrina no meio do pequeno bosque. O assassino tivera de desaferrolhar, desacorrentar e destrancar a porta da cozinha e de destrancar a porta do pátio, voltar depois a fechar ambas as portas ao regressar a casa, mas isso era perfeitamente exequível e valia o esforço. Whicher referia que a porta da cozinha ficava apenas a umas vinte jardas da latrina, ao passo que a distância da janela da sala para a latrina era de setenta e nove jardas. Ir da sala até à latrina também significava ter de contornar a parte da frente do edifício mesmo por baixo das janelas onde o resto da família e as serviçais dormiam. Qualquer pessoa que vivesse naquela casa saberia que a passagem da cozinha oferecia um percurso muito mais directo e discreto — nas palavras de Whicher, «o caminho mais curto e mais secreto». Significava passar pelo cão de guarda, mas o cão podia não ter ladrado perante um rosto familiar. «O cão», escreveu Whicher, «é perfeitamente inofensivo.» Mesmo quando o detective, um perfeito estranho, se aproximou do animal à luz do dia, este não ladrou nem mordeu[1].

«Portanto, estou convencido», concluía Whicher, «de que as portadas da janela foram simplesmente abertas por um dos residentes para levar à suposição de que a criança tinha sido roubada.»

Whicher estava familiarizado com este tipo de simulação, a pista falsa deixada numa tentativa para enganar a polícia. Em 1850, tinha descrito a um jornalista os métodos dos ladrões da Escola de Dança de Londres. Vigiavam uma casa durante dias e descobriam a que horas era

[1] Trinta e dois anos mais tarde, no conto de Sherlock Holmes, *Silver Blaze* (1892), Arthur Conan Doyle referiu «o curioso incidente do cão durante a noite», e o curioso incidente consistia no facto de o cão não ter ladrado ao encontrar um intruso. A solução para o mistério era o cão conhecer o intruso. Mas o assassínio na Casa de Road Hill, sendo real e não uma ficção, tinha pistas mais complicadas e ambíguas: o cão tinha ladrado na noite do crime, mas não muito. *(N. da A.)*

servido o jantar; era este o momento ideal para um roubo, já que o jantar ocupava tanto os senhores como as criadas. À hora marcada, um membro do bando escalava silenciosamente a parede, ou «dançava» até chegar às águas-furtadas e roubava valores de pequena dimensão, normalmente jóias, dos andares de cima. Antes de sair pelos telhados com o produto do seu roubo, o ladrão «entregava» (tramava) uma criada, escondendo uma das jóias debaixo do seu colchão. A jóia ali deixada, tal como a janela aberta na Casa de Road Hill, era um logro destinado a levar os detectives na direcção errada.

Whicher pensou que o assassino não só planeara iludir a polícia quanto à forma como Saville fora retirado da casa, como também quanto ao lugar para onde fora levado — a janela aberta dava para os jardins e campos por trás da casa. O assassino podia ter tido a esperança de que a polícia não encontrasse o corpo na latrina que ficava na direcção oposta. Whicher especulou que «a intenção original do assassino teria sido atirar a criança pela latrina [...] pensando que ela se afundaria na imundície e ninguém a veria». A latrina «tem uma grande fossa com cerca de três metros de profundidade, formando um quadrado com dois metros de lado», relatou ele, «e na altura continha uma boa altura de água e de excrementos moles». Whicher acreditava que o agressor pretendia que a criança se afogasse ou sufocasse nos excrementos e depois desaparecesse neles. Se este plano tivesse resultado, não teria havido marcas de sangue para identificar o cenário do crime ou o assassino. Mas a protecção de madeira recentemente instalada por ordem de Samuel Kent deixava uma abertura de apenas alguns centímetros entre o assento da latrina e a parede, de forma que bloqueava a descida do corpo até ao fundo. O assassino, disse Whicher, «ficando desorientado recorreu à faca», tirando uma arma do cesto que se encontrava na passagem da cozinha e esfaqueando o menino na garganta e no peito para ter a certeza de que o matava. Ele disse ao *Somerset and Wilts Journal* que pelo menos três das facas que se encontravam no cesto poderiam ter servido para esse propósito.

Nessa tarde, Whicher revistou o quarto de Constance. Na cómoda, descobriu uma lista da roupa interior que tinha trazido da escola e que incluía três camisas de noite. Já lhe tinham dito que uma delas desaparecera. Mandou chamar Constance.

— Isto é uma lista da sua roupa?

— Sim.

— De quem é esta caligrafia?

— É minha.

— Aqui diz três camisas de noite — disse ele, apontando para a lista. — Onde estão elas?

— Tenho duas; a outra perdeu-se quando foi para lavar na semana a seguir ao assassínio.

Ela mostrou-lhe as duas que ainda tinha na sua posse — peças simples de tecido grosseiro. Whicher reparou noutra camisa de noite e num barrete de dormir em cima da cama. Perguntou a Constance de quem eram.

— São da minha irmã — disse ela.

Como a senhora Holley continuava a recusar levar a roupa da família para lavar, as duas camisas de noite de Constance estavam sujas e no sábado tinha pedido a Mary Ann ou a Elizabeth que lhe emprestassem uma limpa. Whicher disse a Constance que tinha de lhe confiscar a lista da roupa interior e as restantes camisas de dormir. A camisa de noite em falta era a sua primeira pista.

Em inglês, a palavra «pista» (*clue*) deriva de *clew,* que significa um novelo de linha ou fio. Passara a significar «aquilo que aponta o caminho», por causa do mito grego em que Teseu usa um novelo de fio, que Ariadne lhe deu, para encontrar o caminho para sair do labirinto do Minotauro. Em meados do século XIX, os escritores ainda tinham esta imagem presente quando usavam a palavra. «Há sempre um prazer em desvendar um mistério, em pegar no fio da teia que levará à certeza», observou Elizabeth Gaskell em 1848. «Pensei que tinha visto a ponta de um fio bom», disse o narrador da obra de Andrew Forrester *The Female Detective* (1864). Em 1850, William Wills, assistente de Dickens, prestou homenagem ao brilhantismo de Whicher, observando que o detective encontrou o caminho mesmo quando «todos os fios parecem cortados». «Pensava que estava a agarrar o fio», declarou o narrador de *The Woman in White* num fascículo publicado em Junho de 1860. «Quão pouco sabia então dos meandros do labirinto que haviam de continuar a induzir-me em erro!» Uma intriga era um nó e uma história terminava com um «desenlace», ou seja, com o desfazer do nó.

Nessa altura, tal como agora, muitas pistas eram literalmente feitas de pano — os criminosos podiam ser identificados por pedaços de tecido. Um caso que dependeu desse tipo de prova ocorreu próximo de onde Jack Whicher morava. Em 1837, seguiram a pista de um assassino até Wyndham Road, a rua do próprio Whicher, em Camberwell. James Greenacre, marceneiro, que tinha oito casas nessa rua, matou e desmembrou a noiva, Hannah Brown, em casa dele, em Dezembro de 1836. Embrulhou a cabeça dela numa saca e levou-a de diligência para Stepney, na zona este de Londres, onde a atirou para um canal. Desfez-se do torso em Edgware Road na parte noroeste da cidade e das pernas numa vala em Camberwell. A estrela da investigação policial foi Pegler da Divisão S (Hampstead), que encontrou o torso de Hannah Brown. Conseguiu chegar a Greenacre através de um pedaço de tecido — a serapilheira em que as partes do corpo foram embrulhadas — e garantiu a sua confissão através de outro: um fragmento de algodão grosso encontrado em Edgware Road que condizia com um remendo no vestidinho do filho da namorada. O desvendar do crime foi relatado com fascínio pela imprensa. Greenacre foi enforcado em Maio de 1837. Whicher entrou para a polícia quatro meses depois.

Em 1849, os detectives de Londres, entre eles Whicher, Thornton e Field, descobriram a assassina Maria Manning por intermédio de um vestido ensanguentado que ela enfiara num cacifo de uma estação de caminhos-de-ferro. Manning e o marido tinham assassinado o seu antigo amante e tinham-no enterrado debaixo do chão da cozinha. Os detectives chegaram até eles com a ajuda de telegramas, comboios expresso e navios a vapor. Whicher verificou os hotéis e estações de caminhos-de-ferro em Paris e, depois, os navios que partiam de Southampton e Plymouth. Usou a sua experiência na localização de notas para ajudar a conseguir provas contra os assassinos. Manning acabou por ser apanhada em Edimburgo e o marido em Jersey. Acusaram-se mutuamente de ter cometido o crime e ambos foram sentenciados à morte. As execuções atraíram dezenas de milhares de espectadores, enquanto as baladas em «panfletos» sobre o caso venderam dois milhões e meio de cópias. Uma série de xilogravuras impressas nesse ano mostravam os investigadores como heróis arrojados e o comissário elogiou os seus homens pela «extraordinária aptidão e esforço» com que haviam trabalhado no caso. Concedeu a Whicher e a Thornton um bónus de dez libras a cada um; Field, como inspector, recebeu quinze libras.

No ano seguinte, Whicher contou a William Wills uma história banal de como as roupas podiam ajudar a capturar um criminoso. Um sargento-detective — provavelmente o próprio Whicher — foi chamado por um hotel elegante em Londres para descobrir um homem que, na noite anterior, tinha roubado uma grande mala de couro de um hóspede. O detective encontrou um botão no tapete do quarto onde a mala fora roubada. Observou os hóspedes e o pessoal do hotel durante todo o dia inspeccionando cuidadosamente as suas roupas — correndo o risco, disse Whicher depois, de ser «tomado por um qualquer crítico excêntrico de roupa». Acabou por detectar um homem a quem faltava um botão na camisa com a linha ainda pendurada; os outros botões condiziam com o «pequeno indício» que o detective encontrara.

O caso de Road Hill era fértil em tecido. O cenário do crime era uma região onde se fazia vestuário, terra de ovelhas e fábricas de lanifícios. A roupa suja da família estava no centro da investigação, a sua lavadeira era uma testemunha fulcral e a investigação reunira três pistas relacionadas com roupa: uma flanela, um cobertor e uma camisa de noite em falta. Whicher agarrou-se a esta última de forma semelhante àquela que o narrador de *The Diary of Anne Rodway,* um conto de 1856, da autoria de Wilkie Collins, se agarrou a um plastrão rasgado: «Fiquei possuído por uma espécie de febre — um desejo veemente de continuar a partir desta primeira descoberta e descobrir mais independentemente do risco. O plastrão tornou-se realmente [...] a pista que eu estava resolvido a seguir.»

O fio que levou Teseu para fora do labirinto era fiel a outro princípio da investigação de Whicher: o progresso de um detective fazia-se retrocedendo. Para encontrar o caminho que lhe permitiria escapar ao perigo e à confusão, Teseu teve de voltar atrás, regressar à origem. A solução para um crime era o início assim como o fim da história.

Através das suas entrevistas aos Kent e àqueles que os conheciam, Whicher conseguiu fazer a família recuar no tempo. Embora existissem hiatos, contradições, indícios de outros segredos, ele construiu uma narrativa que acreditava poder explicar o crime. Grande parte dela foi relatada no livro sobre o caso que Joseph Stapleton publicou em 1861; a versão do cirurgião era muito tendenciosa em relação a Samuel Kent, mas era suficientemente escrupulosa — e escabrosa — para deixar entrever as muitas fissuras na história da família.

Na zona este de Londres, em 1829, Samuel Kent, de vinte e oito anos, filho de um tapeteiro do subúrbio nordeste de Clapton, casou com Mary Ann Windus, de vinte e um anos, filha de um próspero fabricante de carruagens do distrito vizinho de Stamford Hill. Numa miniatura pintada no ano anterior ao casamento, Mary Ann aparece com cabelo castanho encaracolado, olhos negros, lábios vivos e contraídos num rosto pálido, e uma expressão cautelosa e recatada. O pai era membro da Royal Society of Antiquaries e especialista na ânfora de Portland; a casa da família estava repleta de quadros e objectos de arte.

O casal recém-casado mudou-se para uma casa perto de Finsbury Square, no centro de Londres. Embora o primeiro filho, Thomas, morresse de convulsões em 1831, tiveram um segundo filho, Mary Ann, antes de terminado o ano, e um terceiro, Elizabeth, no ano seguinte. Samuel trabalhou como sócio numa firma que vendia carnes enlatadas e picles, mas em 1833 demitiu-se devido a uma doença não especificada. «A saúde do senhor Kent tornou-se tão precária», disse Stapleton, «que foi obrigado a abandonar a sua parte no negócio.» Levou a família para Sidmouth, na costa de Devonshire. Aí, conseguiu o cargo de subinspector das fábricas para o oeste de Inglaterra, o eixo do comércio da lã.

De acordo com Samuel, a senhora Kent mostrou sinais de loucura pela primeira vez em 1836, um ano depois do nascimento de outro filho, Edward. Sofria de «fraqueza e desnorteamento intelectual» e de «várias paranóias, embora inofensivas». Mais tarde, Samuel deu três exemplos da perturbação mental da esposa: uma vez perdeu-se enquanto andava a passear na rua com as crianças perto de casa; num domingo, enquanto ele estava na igreja, arrancou as imagens de um dos livros dele e queimou-as; e encontraram uma faca escondida debaixo da sua cama. Samuel consultou médicos por causa dos problemas da senhora Kent e um tal doutor Blackall de Exeter confirmou que ela era fraca de espírito. A sua condição física também era má.

Mesmo assim, Samuel continuou a engravidá-la e o casal viu morrer quatro bebés uns atrás dos outros: Henry Saville em 1838, aos quinze meses; Ellen em 1839, aos três meses; John Saville em 1841, aos cinco meses; e Julia em 1842, também aos cinco meses. («Saville» — umas vezes escrito com um «l», outras sem o «e» — era o nome de solteira da mãe de Samuel, que descendia de uma família do Essex que tinha uma boa situação.) A causa de várias dessas mortes foi atribuída a «atrofia» ou definhamento. Todos foram sepultados no cemitério de Sidmouth.

Constance Emily nasceu a 6 de Fevereiro de 1844. Samuel entregou a filha aos cuidados de Mary Drewe Pratt de vinte e três anos, filha de um lavrador, que viera juntar-se à família no ano anterior como preceptora das raparigas mais velhas. Era uma jovem baixa, atraente e segura de si, que já anteriormente fora contratada como preceptora não residente pelas famílias de um advogado e de um clérigo; veio recomendada por um médico de Sidmouth. A menina Pratt ficou responsável por Constance e dedicou-se à sua obrigação. Engordou a frágil bebé até esta se tornar numa menina lustrosa e forte. Constance foi a primeira dos filhos dos Kent a sobreviver em quase uma década.

No ano seguinte, a 10 de Julho de 1845, Mary Ann Kent deu à luz o seu último filho, William Saville. Samuel disse que na sequência dos partos de Constance e William a sua loucura se agravou. A administração do lar ficou inteiramente nas mãos da menina Pratt.

Em 1848, o patrão de Samuel, um dos quatro inspectores das fábricas, incitou-o a mudar de casa para escapar aos mexericos sobre a família: o inspector do governo e a mulher meio alienada e a preceptora favorita (o triângulo fazia lembrar o que aparecia em *Jane Eyre,* de Charlotte Brontë, publicado no ano anterior). Os Kent deixaram a sua casa de campo com gelosias e telhado de colmo na falésia e fixaram residência em Walton Manor, em Walton-in-Gordano, uma pequena aldeia de Somersetshire. Em 1852, voltaram a mudar-se para evitar a curiosidade dos vizinhos, desta vez para a Casa de Baynton, na parte leste de Coulston, Wiltshire. Foi aí que a 5 de Maio, enquanto a menina Pratt estava de visita aos pais em Devonshire, Mary Ann Kent morreu aos quarenta e quatro anos de «uma obstrução intestinal»[1]. Foi sepultada no cemitério vizinho.

Em Agosto de 1853, Samuel Kent casou com a preceptora. Viajaram até Lewisham, a sul de Londres, para a cerimónia. As três filhas de Samuel — Mary Ann, Elizabeth e Constance — foram as damas de honor. Edward Kent, agora um jovem voluntarioso de dezoito anos, alistara-se na marinha mercante e estava no mar quando o pai e a menina Pratt casaram. Quando regressou, ficou horrorizado ao saber do casamento e discutiu amargamente com o pai. Alguns meses mais tarde

---

[1] Há muitas causas possíveis para esta situação, incluindo tumores, hérnias, uso de narcóticos (como o ópio), desequilíbrio metabólico e doença renal. *(N. da A.)*

— em 1854, ano em que Constance fez dez e William nove —, o navio de transporte em que Edward seguia afundou-se a caminho de Balaklava e pensou-se que toda a tripulação tivesse morrido afogada. Quando os Kent se preparavam para ir até Bath, a fim de comprar roupa de luto, o carteiro chegou com uma carta de Edward: tinha sobrevivido ao naufrágio. «O pai recuou para dentro de casa a cambalear, quase desmaiando», escreveu Stapleton. «Devemos fechar a porta sobre a cena que se seguiu; sobre aquela reviravolta de sentimentos cujo choque deve ter feito que o seu coração quase parasse de alegria.»

No mês de Junho, noutro violento choque de emoções contrárias, a nova esposa de Samuel deu à luz prematuramente o seu primeiro filho nado-morto.

Dizia-se que a segunda senhora Kent era uma mulher impaciente que dirigia a casa com severidade. Constance tornou-se problemática e por vezes insolente. Para a castigar, a sua antiga preceptora puxava-lhe as orelhas ou, mais frequentemente, expulsava-a da sala de estar para o átrio.

Em 1855, o patrão de Samuel incitou-o a encontrar outra casa, agora que a morte da primeira mulher eliminara a necessidade de se esconder do mundo. A Casa de Baynton era demasiado isolada, disse o inspector-chefe; Kent devia estar mais próximo das fábricas que supervisionava e dos caminhos-de-ferro que usava para viajar pela sua região, uma área que se estendia por centenas de quilómetros, de Reading a Land's End. Para bem da família — sobretudo de Mary Ann e Elizabeth, que já tinham mais de vinte anos e casamento nada — devia viver mais perto de outras pessoas da sua condição.

A mudança para a Casa de Road Hill, uma residência ligeiramente mais modesta, também é capaz de ter aliviado algumas dificuldades financeiras — Stapleton referiu que Baynton não estava ao alcance dos meios de um empregado do governo com uma família de quatro filhos, sendo uma casa adequada «às necessidades e pretensões de um fidalgo rural de fortuna considerável e independente»[1].

---

[1] A imprensa disse que Samuel Kent recebia oitocentas libras por ano, um número que ele não corrigiu; mas os arquivos do Ministério da Administração Interna mostram que o seu salário era de apenas 350 libras em 1860. Era capaz de ter também um pequeno rendimento privado. Em *The Book of Household Management* (1861), a senhora Beeton calculava que era necessário um rendimento de quinhentas libras por ano para suportar uma casa com três serviçais (o salário médio para uma cozinheira, segundo o mesmo livro, era de vinte libras, para uma criada de doze libras e para uma ama de dez libras). *(N. da A.)*

Em Junho de 1855, a segunda senhora Kent deu à luz Mary Amelia Saville. Em Agosto do ano seguinte, teve o primeiro filho, Francis Saville, conhecido como Saville. A segunda filha, Eveline, nasceu em Outubro de 1858. O senhor e a senhora Kent estavam fascinados com os seus filhos. Nesse ano, Edward, agora com vinte e dois anos, foi para as Antilhas com a marinha mercante e em Julho morreu de repente de febre amarela em Havana.

Segundo um boato relatado por Stapleton, Edward era o pai de Saville, o suposto meio-irmão. Se assim fosse, a fúria de Edward em relação ao segundo casamento do pai teria sido desencadeada pela rivalidade sexual e não pela desaprovação. Mas Stapleton insistia em que a nova senhora Kent e o enteado não eram amantes — bizarramente, a justificação que dava para isto era o seu primeiro filho ter nascido morto. Este acontecimento indicava que Samuel a tinha engravidado pelo menos uma vez (Edward estava no mar quando o bebé foi concebido), embora nada sugerisse quanto à paternidade dos dois filhos seguintes, Mary Amelia e Saville.

A história da família que Whicher reconstituíra na Casa de Road Hill sugeria que a morte de Saville fazia parte de uma rede de falsidade e dissimulação. Os romances policiais que o caso gerou, começando com *The Moonstone* em 1868, aprenderam esta lição. Todos os suspeitos num mistério de um crime de morte clássico têm segredos e para os guardarem mentem, dissimulam, esquivam-se às perguntas do investigador. Toda a gente parece culpada porque toda a gente tem alguma coisa a esconder. No entanto, para a maior parte deles, o segredo não é o assassínio. É este o truque a que a ficção policial recorre.

Num caso de assassínio real, o perigo era o detective não conseguir resolver o crime que o tinham mandado investigar. Em vez disso, podia perder-se no emaranhado do passado, atolado na porcaria que tinha desenterrado.

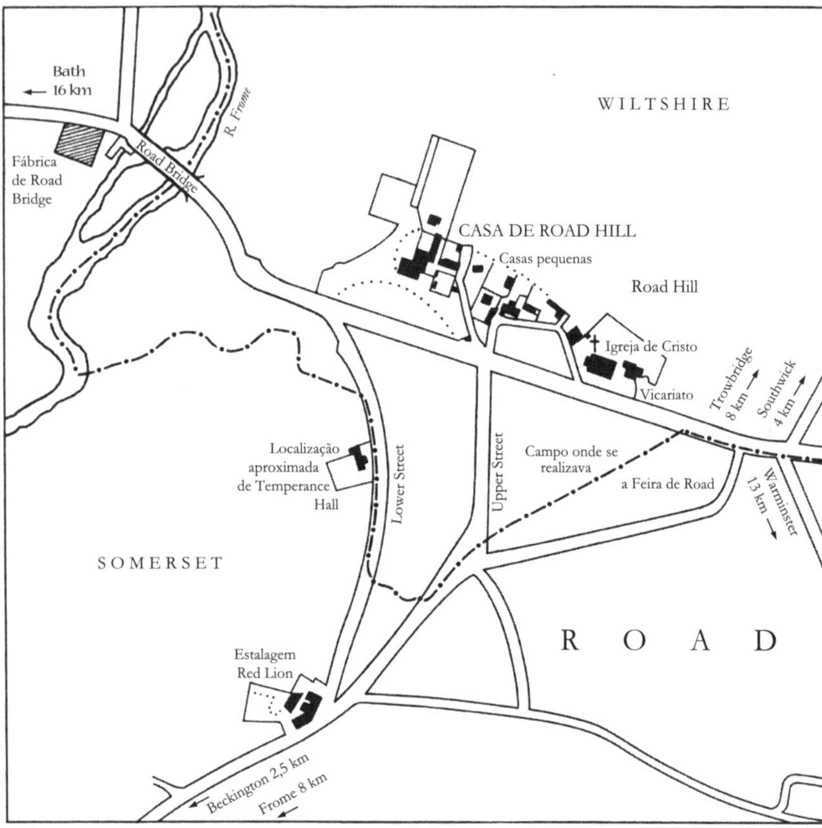
Bath
16 km
WILTSHIRE
R. Frome
Road Bridge
Fábrica de Road Bridge
CASA DE ROAD HILL
Casas pequenas
Road Hill
Igreja de Cristo
Vicariato
Trowbridge 8 km
Southwick 4 km
Localização aproximada de Temperance Hall
Lower Street
Upper Street
Campo onde se realizava a Feira de Road
Warminster 13 km
SOMERSET
ROAD
Estalagem Red Lion
Beckington 2,5 km
Frome 8 km

CAPÍTULO 6

ALGO NA SUA FACE SOMBRIA

17 de Julho

Na terça-feira, 17 de Julho, Jack Whicher começou a fazer investigações fora de Road. Seguindo a sua pista da camisa de noite desaparecida, começou por visitar a escola de Constance em Beckington. Partiu para a povoação que ficava a dois quilómetros e meio, ao fundo de uma estrada estreita bordejada por espinheiros, canas e urtigas e salpicada com as flores brancas das sempre-noivas. Ia armado com a flanela de peito encontrada no buraco da latrina. O tempo estava bom e a ceifa quase feita.

Sendo filho de jardineiro, Whicher estava à vontade entre campos e flores. O sargento Cuff, o detective em *The Moonstone,* tinha as mesmas origens:

— Não tenho muito tempo para gostar seja do que for. Mas quando *tenho* um momento para dar ternura, a maior parte das vezes... são as rosas que a recebem. Comecei a minha vida entre elas no jardim do meu pai e hei-de acabar a vida entre elas, se puder. Um dia destes (por favor, Deus) vou deixar de apanhar ladrões e experimentar a minha habilidade a cultivar rosas.

— Parece-me um gosto estranho, senhor — diz o companheiro —, para um homem com a sua profissão.

— Se olhar à sua volta (o que a maior parte das pessoas não faz) — diz Cuff — verá que a natureza dos gostos de um homem é a maioria das vezes a mais oposta possível à natureza do ofício de um homem.

Mostre-me duas coisas mais opostas do que uma rosa e um ladrão e eu corrigirei os meus gostos de acordo com isso.

Cuff acaricia as flores brancas de uma rosa damascena e fala com ela com tanta ternura como se fosse uma criança: «Minha linda!» Ele não gosta de apanhar as flores e diz: «Perturba-me imenso separá-las do seu caule...»

Quando chegou à povoação, Whicher passou pela Casa de Manor, a escola que Constance frequentava há nove meses, os últimos seis como interna. A directora, Mary Williams, e a sua assistente, a menina Scott, tinham a seu cargo trinta e cinco raparigas durante o período de aulas juntamente com cerca de quatro empregadas e mais duas professoras. Estabelecimentos como este eram, na verdade, escolas complementares que ensinavam ou aperfeiçoavam os dotes femininos: canto, piano, costura, dança, porte, um pouco de francês e de italiano. Normalmente, uma rapariga de boas famílias ficava lá um ano ou dois durante a adolescência, depois de ter sido ensinada por uma preceptora. As meninas Williams e Scott disseram que Constance estava a sair-se bem. No período anterior, tinha recebido o segundo prémio da escola por boa conduta. Whicher mostrou às professoras a flanela com os atilhos cortados que Foley encontrara na latrina e perguntou se a reconheciam. Disseram que não. Ele pediu os nomes e moradas das melhores amigas de Constance para as interrogar mais para o fim da semana.

Enquanto esteve em Beckington, Whicher também visitou Joshua Parsons, o médico dos Kent, na casa seiscentista de dupla empena que partilhava com a mulher, sete filhos e três criadas. Como membro da nova classe média profissional, Parsons estava socialmente equiparado a Samuel Kent. Um dos seus filhos, Samuel, tinha apenas mais uns meses do que Saville.

Joshua Parsons nasceu de pais baptistas em Laverton, uns três quilómetros a noroeste de Beckington, a 30 de Dezembro de 1814. O médico tinha cabelo escuro, lábios cheios, nariz abatatado e grandes olhos castanhos. Em Londres, onde tinha exercido como médico de clínica geral, tinha feito amizade com Mark Lemon, mais tarde o editor de *Punch* e amigo de Dickens, e com John Snow, o epidemiologista e anestesista que descobriu a causa da cólera. Parsons e Whicher viveram durante um breve período na mesma parte da cidade: Whicher entrou

Samuel Kent, cerca de 1863

A segunda senhora Kent, cerca de 1863

Esboço de Elizabeth Gough, em 1860

Constance Kent, cerca de 1858

Edward Kent,
no início dos anos 1850

Mary Ann Windus,
em 1828, um ano antes de
se tornar a primeira
senhora Kent

Casa de Road Hill, vista de frente

Casa de Road Hill, vista das traseiras, com as janelas da sala de visitas à direita

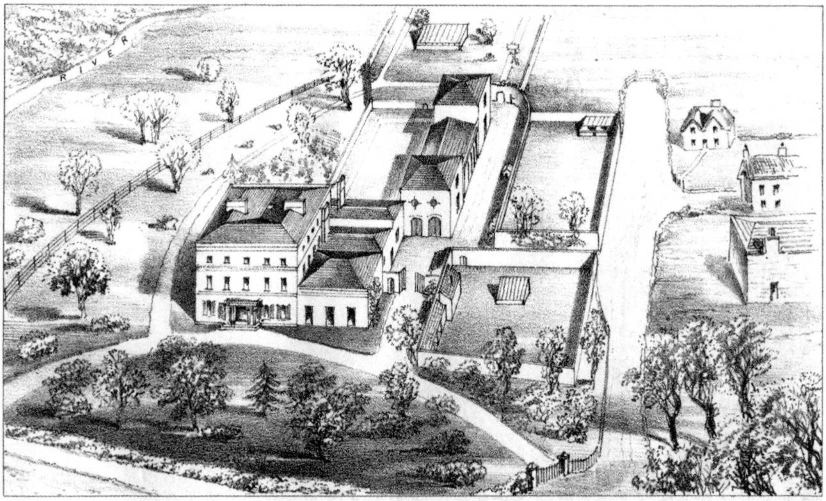

Gravura da Casa de Road Hill em 1860, vista de cima

Gravura da Casa de Road Hill em 1860, vista das traseiras

Adolphus «Dolly» Williamson, detective da polícia, nos anos 1880

Richard Mayne, comissário da Polícia Metropolitana, nos anos 1840

Vista de Trowbridge, Wiltshire, em meados do século XIX

O centro de Trowbridge no final do século XIX

Lápide no cemitério de East Coulston, Wiltshire

para a polícia e mudou-se para Holborn um mês antes de Parsons deixar o seu alojamento perto de Soho Square para voltar a Somersetshire. Em 1845, Parsons fixou residência em Beckington com a sua mulher, Letitia, agora com trinta e seis anos. Era um jardineiro dedicado, apaixonado sobretudo por plantas que crescem em rochas e por vivazes.

Parsons explicou a Whicher as conclusões que retirara da autópsia. Ficara convencido de que Saville devia ter sido parcial ou totalmente sufocado antes de ter sido atacado com a faca. Isto explicaria o tom escuro à volta dos lábios e a falta de sangue nas paredes da latrina: o coração do menino tinha parado antes de lhe terem infligido o golpe na garganta, por isso o sangue em vez de explodir em jactos e salpicos tinha fluido lentamente para o buraco sob a retrete. Parsons acreditava que a verdadeira arma do crime não era uma faca mas sim um bocado de tecido. Joseph Stapleton tinha a certeza de que o corte da garganta era a causa da morte e que o enegrecimento dos lábios de Saville resultava de ter sido deixado de cabeça para baixo na latrina. Sugeriu que a maior parte do sangue tinha ficado ensopado no cobertor.

A diferença de opinião dos médicos tinha implicações importantes. Se Saville tivesse sido sufocado e os golpes fossem uma mera tentativa de disfarçar a causa da morte, poderia ter sido assassinado de forma impulsiva para garantir o seu silêncio. Os assassinos podiam ter sido a ama e o pai surpreendidos na cama. Era muito mais difícil acreditar neste cenário se Saville tivesse sido vítima de um ataque de fúria com uma faca.

De qualquer forma, Parsons não concordava com este cenário. Tinha a certeza de que Constance era a assassina. Disse que, quando examinara a camisa de noite que ela tinha em cima da cama no sábado em que o crime ocorrera, descobriu que não estava apenas limpa, «mas extraordinariamente limpa». Pensou que era uma camisa de noite lavada e não uma já com seis dias de uso. Referira esse aspecto a Foley, mas o superintendente tinha ignorado a dica. Parsons contou a Whicher que Constance tinha uma história de instabilidade e despeito. Disse estar convencido de que ela estava «afectada por loucura homicida» e que pensava que a causa estivesse no sangue.

Os médicos do século XIX que se tinham especializado em doenças mentais, conhecidos como médicos de malucos ou alienistas, acreditavam que a maior parte da loucura era hereditária: a mãe era a origem mais forte e a filha a receptora mais provável. Dizia-se que a primeira senhora Kent tinha sofrido um ataque de insanidade enquanto estava grávida de Constance, e pensava-se que uma criança nascida nessas circunstâncias estivesse muito mais sujeita a enlouquecer: em 1881, George Henry Savage escreveu que dois bebés que encontrara no hospício de Bethlehem «estavam saturados de insanidade enquanto estavam no útero [...] estas crianças pareciam ser perfeitos diabinhos desde o nascimento». Outra teoria — mais psicológica do que fisiológica — era que meditar na tara hereditária da loucura podia por si só fazê-la desencadear-se (foi esta ideia que esteve presente na intriga de *Mad Monkton,* um conto escrito por Wilkie Collins em 1852). O resultado era o mesmo. Parsons disse a Whicher que «não dormiria numa casa onde a menina Constance estivesse sem ter a porta bem trancada».

Havia o perigo de as alegações de Parsons sobre Constance se virarem contra ele. No final dos anos 1850, descobriu-se que vários médicos tinham confinado mulheres de espírito são a hospícios — a facilidade com que se conseguia que um médico atestasse a loucura de uma mulher tornara-se um escândalo nacional. Uma comissão parlamentar investigou o fenómeno em 1858, e *The Woman in White* estava a dramatizá-lo em 1860. O público estava agora familiarizado com a figura do médico que prestava falsas declarações sobre a loucura de uma mulher.

De volta a Road, Whicher pôs a flanela de peito em exibição no Temperance Hall e convidou os aldeãos a identificá-la. Esta flanela, segundo o repórter do *Somerset and Wilts Journal,* devia ter sido usada para administrar clorofórmio a Saville ou para abafar os seus gritos; a outra explicação possível para a sua presença na latrina, escrevia ele, era ter sido «deixada cair acidentalmente pelo assassino enquanto este se debruçava para executar o seu trabalho sangrento, o que pareceria indicar uma pessoa em estado de relativa nudez». A partir da flanela, o repórter conjurou a imagem de uma mulher quase nua a esfaquear o menino na latrina. Tinha ficado tão contagiado pela busca incessante de significado que esquecera uma quarta possibilidade: a flanela podia não ter nada a ver com o homicídio.

Whicher salientou no seu relatório que a latrina era usada por todos os empregados da Casa de Road Hill e pelos comerciantes que a visitavam. A flanela não tinha sido encontrada com o corpo, mas sim nos «excrementos moles» na fossa que havia por baixo. O detective observou que «é provável que tenha caído na latrina antes do assassínio e, caso tenha sido mostrada à pessoa a quem pertence, esta pode ter negado reconhecê-la *com medo de se tornar suspeita*»[1]. Era preciso ter cabeça fria para aceitar que um objecto aparentemente banal era por vezes verdadeiramente banal, e que as pessoas eram capazes de mentir não porque fossem culpadas, mas porque tinham receio. Whicher identificou outra possibilidade: talvez o assassino tivesse deixado cair a flanela na latrina para enganar a polícia: «Pode lá ter sido posta de propósito», adiantava, «para lançar suspeitas sobre uma pessoa inocente.»

A flanela de peito era uma das várias pontas soltas no caso a que os investigadores — polícia, repórteres, leitores dos jornais — tentavam dar significado e transformar numa pista. Enquanto o crime estivesse por resolver, tudo era potencialmente significativo e cheio de segredos. Os observadores, como paranóicos, viam mensagens em toda a parte. Os objectos só podiam recuperar a sua inocência quando o assassino fosse apanhado.

Como Whicher tinha a certeza de que o assassino era um dos residentes da casa, todos os seus suspeitos continuavam em cena. Este era o mistério do assassínio na casa de campo original, um caso em que o investigador tinha de encontrar não uma pessoa, mas sim o seu eu escondido. Era o policial puro, um concurso de inteligência e sangue-frio entre o detective e o assassino. Ali estavam os doze. Um era a vítima. Qual deles era o traidor?

Penetrar nos pensamentos e sentimentos mais íntimos das pessoas que viviam em casa dos Kent era mais uma questão de instinto do que de lógica, aquilo que Charlotte Brontë descrevia como «sensibilidade — essa peculiar faculdade de apreensão do detective». Estava a surgir um vocabulário para captar os novos métodos de investigação difíceis de apreender. Em 1849, usou-se pela primeira vez a palavra *hunch* com o significado de palpite ou empurrão no sentido de determinada solução. Foi nos anos de 1850 que a palavra *lead* ganhou o significado de indicação ou pista.

Whicher observou os habitantes da Casa de Road Hill, os seus tiques e entoações, os movimentos inconscientes dos seus corpos e faces.

---

[1] Nos relatórios que escreveu a Mayne, Whicher sublinhou as expressões e frases que pretendia destacar. As palavras sublinhadas encontram-se aqui em itálico. *(N. da A.)*

Deduziu o seu carácter a partir do seu comportamento. Nas suas próprias palavras, «avaliou-os». Um detective cujo nome não é referido tentou explicar este processo ao jornalista Andrew Wynter descrevendo como apanhara um larápio janota numa cerimónia em Berkshire em 1856, quando a rainha estava a lançar a primeira pedra do Wellington College, perto de Crowthorne. «Se me pedisse para explicar por que razão pensei que aquele homem era um ladrão assim que o vi, não poderia dizer-lhe», disse o detective. «Nem eu próprio sabia. Havia qualquer coisa nele, como em todos esses larápios janotas, que atraiu imediatamente a minha atenção e me levou a dirigir o olhar para ele [*sic*]. Não pareceu notar o facto de o estar a vigiar, meteu-se no meio da multidão, mas depois virou-se e olhou para o local onde eu estava — isso foi o suficiente para mim, embora nunca o tivesse visto antes e ele tenha tentado sem eu reparar esconder algo no bolso. Fui imediatamente ter com ele e, batendo-lhe no ombro, perguntei-lhe abruptamente: "O que está aqui a fazer?" Sem hesitar, disse num fio de voz: "Não teria vindo se soubesse que ia encontrar um de vocês." A seguir perguntei-lhe se estava a trabalhar com outros companheiros e ele respondeu: "Não, dou-lhe a minha palavra de que estou sozinho." Depois disto, levei-o para o aposento que tínhamos providenciado para guardar aquela gente em segurança.» A audácia do detective, o seu instinto para perceber alguma coisa de «errado» numa pessoa, a sua familiaridade com a ralé elegante e a forma simples e dramática como contou a sua história sugerem que o informador de Wynter foi Whicher. E havia alguns tiques significativos na sua linguagem: Whicher usou a expressão «isso foi o suficiente para mim» numa conversa registada por Dickens.

Era difícil transmitir por palavras o tipo de movimentos subtis em que um detective baseava os seus palpites: o esgar momentâneo, o gesto fugidio. O inspector-detective James McLevy, de Edimburgo, descreveu muito bem a situação nas memórias que publicou em 1861. Enquanto observava uma criada à janela «até conseguia ver o seu olhar, nervoso e irrequieto, e o movimento furtivo de recolher a cabeça quando via o homem, e depois o ligeiro assomar-se quando o via ocupado». O jornalista William Russell, num dos policiais que publicou como Waters, na década de 1850, tentou captar as complexidades do olhar: «O seu olhar furioso, bastante furioso, permanentemente fixo em mim — um olhar furioso introspectivo — em busca dos registos do seu próprio cérebro e dos sinais inscritos no meu rosto — examinando-os e comparando-os.» Esta formulação captava a forma como o perfeito detective trabalhava: olhava atentamente o mundo e em simultâneo dentro de si, com igual perspicácia, à procura dos registos da sua memória. Os olhos dos outros eram os livros que tinham de ser lidos, a sua própria experiência o dicionário que lhe permitia ler.

Whicher dizia que conseguia ver os pensamentos das pessoas nos seus olhos. «O olhar», disse ele a William Wills, «é o grande detector. No meio da multidão, conseguimos dizer o que um larápio se prepara para fazer pela expressão dos seus olhos.» A experiência de Whicher «guiava-o por caminhos praticamente invisíveis aos olhos dos outros», escreveu Wills. Já McLevy disse que nos rostos «é sempre possível encontrar algo capaz de ser lido [...] raramente me engano quando ponho os meus olhos neles».

Whicher lia corpos assim como rostos — um esgar, um sobressalto, um mexer de mãos debaixo de uma capa, um aceno de cabeça a um cúmplice, uma corrida para uma viela. Uma vez, prendeu dois homens jovens e bem vestidos que tinham andado a rondar à porta dos teatros Adelphi e Lyceum porque «suspeitou dos seus movimentos» (quando os revistou, descobriu que não tinham sequer dinheiro para pagar os bilhetes mais baratos na plateia, o que confirmava a ideia de que estavam a planear roubar carteiras). O seu olho para os movimentos suspeitos tinha-o levado a encontrar os diamantes roubados por Emily Lawrence e Louisa Moutot.

A visão aparentemente sobrenatural dos primeiros detectives foi cristalizada por Dickens no inspector Bucket, um «mecanismo de observação» com «um número ilimitado de olhos» que «monta uma torre de vigia na sua mente e vê tudo em seu redor». A «velocidade e certeza» das interpretações do senhor Bucket era «pouco menos do que miraculosa». Os vitorianos desta época estavam obcecados pela ideia de que os rostos e corpos podiam ser «lidos», que a vida interior estava impressa nas formas das feições e na agitação dos dedos. Talvez o fascínio proviesse da importância dada à privacidade: era aterrador e excitante o facto de os pensamentos serem visíveis, de a vida interior, tão ciosamente resguardada, poder ser exposta de forma instantânea. Os corpos das pessoas podiam traí-las como o bater do coração do assassino na obra de Poe *The Tell-Tale Heart* (1843), que parecia martelar a sua culpa. Mais tarde nesse mesmo século, as revelações inconscientes do gesto e da fala haviam de sustentar as teorias de Sigmund Freud.

O texto de referência sobre a arte de ler o rosto foi *Essays on Physiognomy* (1855), de John Caspar Lavater. A visão do fisionomista, em particular, «tem de ser excelente, clara, penetrante, rápida e firme», escreveu Lavater. «A precisão na observação é a alma da fisionomia. O fisionomista deve possuir um espírito de observação delicado, veloz, seguro e exaustivo. Observar é ser selectivo.» Tal como no trabalho do detective, o homem com bons olhos era o homem que conseguia distinguir, ver aquilo que interessava. «Tem é de se saber *o que* observar», diz Auguste Dupin, personagem de Poe. Detectives e fisionomistas partilhavam esta excelência do olhar que replicava (talvez até desafiasse) o Olho do Céu que via o interior da alma.

«Não há nada mais verdadeiro do que a fisionomia», diz o narrador do conto de Dickens *Hunted Down* (1859), «interpretada em ligação com a maneira de ser.» Ele explica como formou o seu juízo de um homem chamado Slinkton. «Desmontei mentalmente o seu rosto como se fosse um relógio e examinei-o ao pormenor. Não havia muito que pudesse dizer contra qualquer das suas feições analisadas separadamente; e ainda menos podia dizer contra elas quando analisadas em conjunto. "Então não será monstruoso", perguntei a mim mesmo, "que lá por um homem fazer o risco ao meio da cabeça eu me permita suspeitar dele ou mesmo detestá-lo?"» Contudo, defende a sua violenta aversão pelo risco ao meio de Slinkton: «Um observador de homens que se sente firmemente repugnado por uma coisa aparentemente trivial num estranho tem razão em atribuir-lhe um grande peso. Pode ser a chave de todo o mistério. Um pêlo ou dois mostram onde um leão está escondido. Uma chave pequenina abre uma porta muito pesada.» Rostos e corpos continham pistas e chaves; coisas minúsculas respondiam a perguntas enormes.

Na sua narrativa do assassínio de Road Hill, Stapleton afirmava que os segredos da família Kent estavam escritos nos seus rostos. «Talvez não haja nada que revele de forma mais fiel a história e segredos de uma família do que o semblante e expressão das suas crianças», escreveu ele. «Nos seus semblantes, no seu comportamento e no seu génio, nos seus erros e até nos próprios gestos e expressão, está escrita a história das suas casas; tão certo como na planta em crescimento se encontram características correspondentes à natureza do solo em que cresceu, à tempestade que quebrou as suas jovens gavinhas e fustigou os seus jovens rebentos e aos cuidados que a podaram e regaram [...] Na verdade, a fisionomia das crianças pode ser considerada como o melhor indicador da meteorologia da família.» A retórica de Stapleton inspirava-se no turbilhão de ideias vitorianas que tinham culminado em *A Origem das Espécies,* de Darwin, publicado no ano anterior — Darwin esperava com ansiedade por um tempo «em que olhemos toda e qualquer produção da natureza como algo que teve uma história; em que pensemos em toda e qualquer estrutura complexa como sendo a soma de muitas invenções, todas elas úteis para o seu possuidor». As pessoas tinham-se tornado na soma dos seus passados.

Todos os visitantes da Casa de Road Hill nas semanas após o assassínio perscrutavam os residentes à procura de pistas. Mais literalmente, os médicos examinaram o cadáver de Saville para lerem a história que contava. Outros estudaram os rostos e corpos dos habitantes da casa vivos. Rowland Rodway disse de Elizabeth Gough: «Observei no seu rosto vestígios de emoção e fadiga.» Albert Groser, um jovem repórter que se esgueirou para dentro da casa no dia do assassínio, reparou no comportamento «agitado e perturbado» de Gough. Mas, enquanto as suas suspeitas eram despertadas pela má cara e desassossego da ama, Whicher havia de encontrar os seus indícios nas ausências e silêncios.

No seu relatório para *Sir* Richard Mayne, Whicher descrevia aquilo que notara em relação à família Kent. O senhor e a senhora Kent «tinham um fraquinho» pelos filhos mais novos. William tinha um ar «muito deprimido». Constance e William tinham uma «empatia» e uma «intimidade fechada» (em 1860, este «fechada» significava reservada). Whicher teve em atenção a forma como a família reagiu à morte de Saville. Quando Elizabeth Gough estava a «contar às duas meninas Kent mais velhas que a criança tinha sido levada durante a noite», escreveu ele «*a menina Constance abriu a porta vestida, ouviu o que estava a ser dito, mas não fez nenhum comentário*». A compostura de Constance, nessa altura e depois, pode parecer indiciar uma consciência tranquila, uma vida interior serena, mas também podia ser atribuída a uma hipótese mais sinistra. A frieza era um pré-requisito para um crime engenhoso.

O enigma do caso de Road Hill residia na combinação peculiar de ardor e frieza, planeamento e paixão demonstrada pelo assassino. Quem quer que tivesse assassinado, mutilado e profanado Saville Kent devia estar horrivelmente perturbado, possuído por sentimentos perversamente fortes; contudo, essa mesma pessoa, por não ter sido descoberta até à data, mostrara espantosos poderes de autocontrolo. Whicher tomou a calma fria de Constance como uma pista de que ela matara o irmão.

O confronto de Whicher com Constance em relação à camisa de noite podia ter tido o objectivo de lhe testar os nervos. Se assim foi, a sua inexpressividade imperturbável só confirmou as suas suspeitas. Tal como a sua atitude sem expressão, outro tanto acontecia com a camisa de noite desaparecida: as pistas estavam nas ausências, nas alusões a coisas escondidas. Aquilo que Whicher pensou ver em Constance era tão ténue quanto aquilo que o senhor Bucket detectou na assassina *Madame* Hortense, «os braços cruzados de forma muito composta, [mas] algo na sua face sombria a bater como um relógio». E a convicção de Whicher da culpa da sua suspeita era tão grande quanto a de Bucket: «Juro por Deus que me ocorreu de repente... que tinha sido ela!» Ou, nas palavras do sargento Cuff, o detective ficcionado criado por Wilkie Collins e inspirado em Whicher: «Eu não suspeito. Eu sei.»

Mesmo antes da chegada de Whicher, o caso de Road Hill tinha gerado pretensos detectives entre os leitores dos jornais ingleses. Eles enviavam as suas dicas para a polícia. «Tive um sonho que me deixou muito desconfortável», escreveu um homem de Stoke-on-Trent. «Sonhei que vi três homens a urdir o plano numa casa perto do Finished Building, a cerca de oitocentos metros do cenário do crime [...] Consigo dar uma descrição minuciosa dos homens que vi no meu sonho.» Uma vendedora de jornais em Reading, Berkshire, suspeitou de um homem que visitara a sua loja a 4 de Julho porque ele perguntara «com voz trémula» se havia alguma coisa sobre o assassínio no *Daily Telegraph* do dia anterior.

No dia em que Whicher chegou a Road, outro forasteiro visitara a povoação apresentando-se como professor de Frenologia. Ofereceu-se para examinar as cabeças dos suspeitos: afirmava que através da apalpação dos contornos dos seus crânios conseguia determinar qual o culpado. Um alto por detrás da orelha indicava destrutividade; a parte do crânio logo por cima dessa era o local do secretismo. Provavelmente era o mesmo frenologista que uma semana antes tinha escrito de Warminster, a oito quilómetros dali, oferecendo os seus serviços à polícia. Assegurava praticar uma «ciência experimentada e desinteressada»: «Acho tão fácil detectar a cabeça do assassino como distinguir um tigre de uma ovelha.» A polícia declinou as ofertas — em 1860, a frenologia já tinha sido largamente rejeitada como charlatanice. Mas, em alguns aspectos, era um parente próximo do trabalho de investigação. Muita da excitação deste último estava na sua novidade, no seu mistério e na sua aura de ciência, as mesmas qualidades que haviam sido outrora atribuídas à frenologia. Poe escreveu sobre os seus próprios contos policiais: «Estas histórias de raciocínio dedutivo devem a maior parte da sua popularidade ao facto de serem uma coisa nova. Não quero dizer com isso que não sejam engenhosas — mas as pessoas consideram-nas mais engenhosas do que são — por causa do seu método e aspecto metódico.»

Era possível que as especulações de Whicher não tivessem mais fundamento do que as de qualquer outro observador do crime. Os detectives, tal como os frenologistas, podiam ser mestres da mistificação, homens que encobriam o senso comum sob o manto da complexidade e que mascaravam as conjecturas de ciência.

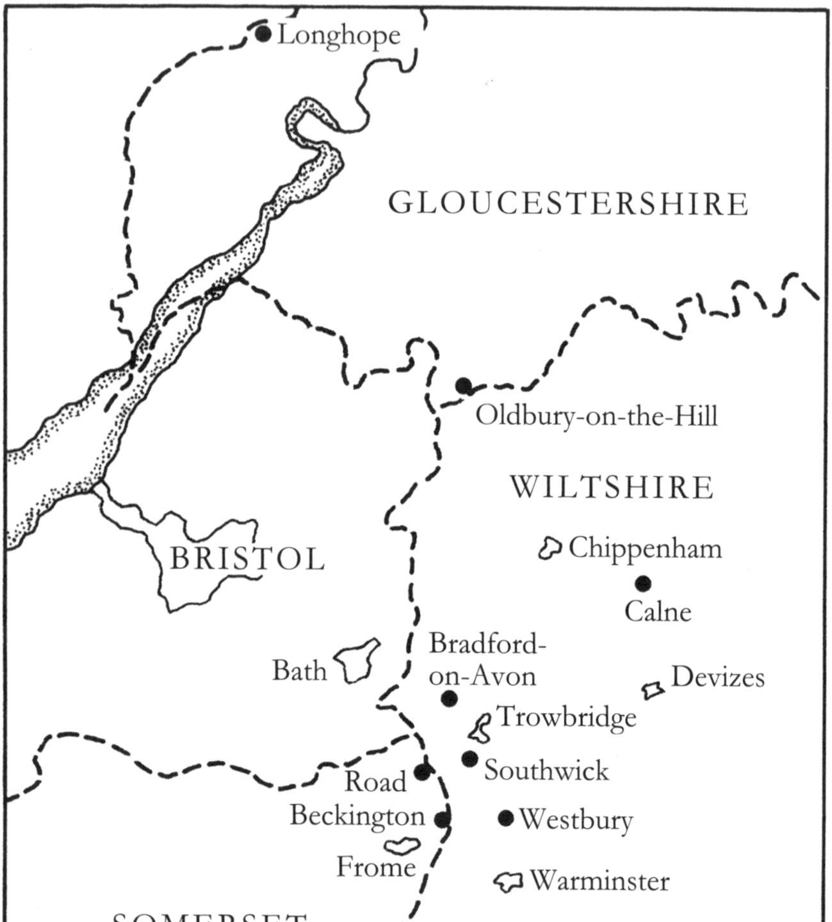
Longhope
GLOUCESTERSHIRE
Oldbury-on-the-Hill
WILTSHIRE
BRISTOL
Chippenham
Calne
Bradford-on-Avon
Bath
Devizes
Trowbridge
Southwick
Road
Beckington
Westbury
Frome
Warminster
SOMERSET

CAPÍTULO 7

TRANSMORFOS

18 de Julho

O tempo quente manteve-se na quarta-feira, embora à tarde houvesse nuvens sobre o West Country ocultando um eclipse parcial do Sol. A polícia local mantinha uma vigilância rigorosa sobre a Casa de Road Hill e distribuiu um milhar de folhetos publicitando a recompensa de duzentas libras por informação que levasse à condenação do assassino de Saville.

Whicher alargou ainda mais as suas investigações. Apanhou o comboio de Trowbridge para Bristol e alugou um cabriolé durante duas horas em Bath. Aí inquiriu a polícia e o proprietário do Greyhound Hotel sobre um estranho episódio que ocorrera quatro anos antes em Julho de 1856.

Nessa altura, os Kent viviam na Casa de Road Hill há cerca de um ano. A segunda senhora Kent estava grávida de oito meses de Saville. Constance e William, com doze e onze anos, estavam em casa, em período de férias do colégio interno. Constance estava aparentemente afectada por tornozelos fracos. Um médico aconselhou que usasse meias medicinais com atilhos e evitasse fazer exercício. Quando a família visitou Bath para a exposição das flores, no Verão, foi levada numa cadeira de rodas.

Um dia, Constance e William fugiram. Na latrina no meio do pequeno bosque, a 17 de Julho, Constance vestiu umas roupas velhas de William que remendara e escondera para esse fim. Depois cortou o cabelo e atirou-o juntamente com o vestido e saiote que despira para o buraco da latrina. Ela e William planeavam ir para o mar como criados de bordo e iam para Bristol. Tal como o seu irmão mais velho, Edward, esperavam conseguir fugir do país. Ao cair da noite, os dois percorreram os dezasseis quilómetros até Bath. Quando tentaram arranjar um quarto onde ficar no Greyhound Hotel, o hoteleiro suspeitou de que andassem fugidos devido às roupas e maneiras finas e fez-lhes um interrogatório cerrado. Constance foi «muito senhora de si e até insolente na atitude e na linguagem», contou Stapleton, mas «William não tardou a ceder e desfez-se em lágrimas». Deitaram William numa cama do hotel e entregaram Constance à polícia. Ela passou a noite na esquadra onde manteve um «silêncio determinado».

Os relatos deste incidente publicados nos jornais locais diferiam da história contada por Stapleton, que é capaz de ter dado mais realce à sensibilidade de William para exagerar a natureza dominante de Constance; a fonte desta história foi quase de certeza Samuel Kent. Num jornal, que caracterizava o episódio como «um caso de amor extraordinário e coragem extraordinária aventureira», William não irrompeu em lágrimas e Constance não foi mal-educada. Tinham sido ambos «extremamente educados» quando interrogados pelo dono do hotel, repetindo simplesmente que iam para o mar. William foi levado para a esquadra. Guardaram o seu segredo até ao amanhecer quando um empregado da Casa de Road Hill chegou a Bath e identificou as crianças, queixando-se de que tinha esgotado três cavalos à procura delas.

William confessou à polícia que tinha fugido de casa, afirmando que fora ele a instigar a fuga: «Disse que desejava ir para o mar e que a sua companheira, a irmã mais nova, tinha vestido roupa dele e cortado o cabelo curto para o acompanhar até Bristol, onde esperava ser contratado como criado de bordo por algum comandante simpático. Só tinham dezoito dinheiros, mas nem a falta de dinheiro nem a distância tinham sido capazes de vencer a determinação do rapaz ou o amor da irmã.» Um outro relato também atribuía a Constance o papel de companheira e a William o de protector: «O rapaz queria ir para o mar e confiou o seu segredo à irmã [...] cujo amor ardente a fez decidir-se a acompanhá-lo, custasse o que custasse». Ela «permitiu que ele lhe cortasse o cabelo e passou a ter risco ao lado».

Stapleton e os repórteres de Bath concordavam na invulgar determinação de Constance, embora a avaliassem de forma diferente. Segundo um dos jornais: «Disseram-nos que a menina se comportou como uma heroína, fazendo o papel de rapaz para admiração de todos quantos a viram. Soubemos pelo senhor inspector Norris [...] que a menina Kent manifestou grande argúcia e determinação. As roupas de rapaz que usava eram pequenas para ela, e trazia um pequeno pauzinho que usava como se estivesse acostumada a isso. Isto foi algum tempo antes de ele suspeitar que a criança era do sexo feminino, o que só descobriu por uma peculiaridade na maneira de se sentar.»

O empregado levou as crianças para casa. Samuel encontrava-se fora em viagem de trabalho a inspeccionar fábricas em Devonshire, mas regressou a Road nessa tarde. William «expressou de imediato o maior arrependimento e contrição e soluçou amargamente», segundo Stapleton. Mas Constance recusou-se a pedir desculpa ao pai ou à madrasta. Só dizia que tinha «querido ser independente».

Segundo o *Bath Express,* foi «um acontecimento muito estranho na família de um senhor finamente educado».

Depois de concluir as suas investigações em Bath, na quarta-feira, Whicher foi de comboio para Warminster, oito quilómetros a leste de Road, para falar com uma das colegas de escola de Constance.

Emma Moody, quinze anos, vivia numa casa em Gore Lane com o irmão, a irmã e a mãe viúva que trabalhavam todos na lã. Whicher mostrou a Emma a flanela de peito que ela disse nunca ter visto antes. Ele perguntou-lhe se Constance alguma vez falara sobre Saville.

«Ouvi-a dizer que não gostava do menino e que lhe dava beliscões, mas foi a brincar», disse Emma. «Estava a rir-se quando disse isso.» Quando questionada sobre o que fazia Constance arreliar os irmãos mais novos, Emma disse: «Creio que era por ter ciúmes e porque os pais mostravam grande parcialidade.» E explicou: «Numa ocasião, quando estávamos a falar sobre as férias — íamos dar um passeio até Road —, disse-lhe: "Não era bom podermos ir já para casa?", e ela respondeu: "Sim, talvez seja bom ires para tua casa, mas na minha é diferente" [...] Disse que a segunda família era muito melhor tratada do que ela e o irmão William. Disse isto em várias ocasiões. Uma vez, estávamos a falar de roupa e ela disse: "A minha mãe não me deixa vestir o que eu quero. Se eu dissesse que queria um vestido castanho, ela só me deixava ter um preto, ou o contrário."» Na maneira de ver de Constance, a madrasta nutria por ela um tal rancor que nem lhe dava a possibilidade de escolher entre preto e castanho. Tal como a camisa de noite grosseira, as roupas sem graça retratavam Constance como uma enteada injustamente tratada e humilhada, uma Cinderela excluída do mundo das outras raparigas.

De acordo com os relatórios de Whicher para os seus superiores, Emma afirmou ter ouvido muitas vezes Constance expressar a sua aversão por Saville, por ser o favorito do senhor e da senhora Kent. Emma disse que uma vez tinha discutido com Constance sobre o assunto, «dizendo-lhe como era errado não gostar do menino por isso, pois a culpa não era dele». A isto Constance replicara: «Bem, talvez seja verdade, mas o que é que sentirias se estivesses no meu lugar?»

O trabalho de Whicher não era apenas descobrir coisas, mas pô-las em ordem. O que estava realmente em causa no trabalho de investigação era a invenção de uma intriga. Whicher pensava que percebia o móbil de Constance: matara Saville por causa dos «ciúmes ou rancor» que sentia pelos filhos da madrasta, agindo por influência de uma «mente algo afectada» por loucura. O tratamento dado à primeira senhora Kent podia ter instigado a filha mais nova à vingança. A segunda senhora Kent, a mulher que tinha criado Constance como se fosse sua para a rejeitar em seguida assim que teve filhos, podia ter sido o objecto da fúria da rapariga.

A fuga das crianças para Bath sugeria a Whicher que Constance e William eram particularmente infelizes e capazes de agir por conta dessa infelicidade. Mostrava que podiam fazer planos secretos e levá-los a cabo, que eram capazes de disfarçar e enganar. Mais importante ainda, apontava para a latrina como o esconderijo das crianças, o lugar em que Constance se desfizera das provas e assumira uma nova identidade. Nos seus relatórios, Whicher chamou a atenção para «a circunstância de o corpo ter sido encontrado na mesma latrina em que ela deitou as suas roupas femininas e o cabelo antes de fugir de casa [...] disfarçada de rapaz, tendo ela própria feito anteriormente uma parte do traje masculino que escondera numa sebe a alguma distância da casa até ao dia da partida». O dia em que fugiu podia ser interpretado como um passo em direcção ao assassínio de Saville.

Whicher trabalhou sozinho nessa semana. Tinha «estado activa e assiduamente empenhado nas suas inquirições», relatou o *Somerset and Wilts Journal,* «sem arranjar confidentes, a menos, é claro, que o senhor Foley assim fosse considerado. Tem perseverado no seu caminho fazendo visitas por conta própria e conversando com todas as pessoas envolvidas nesta catástrofe, e seguindo até onde é possível qualquer raio de luz que consiga vislumbrar sobre ela». O *Western Daily Press* descreveu as investigações do detective como «enérgicas» e «engenhosas».

Whicher manteve o silêncio sobre aquilo que as entrevistas de casa em casa tinham revelado. Passou a palavra à imprensa local de que estava «na posse de uma pista através da qual o mistério será desvendado em breve», o que foi devidamente noticiado pelo *Bath Chronicle.* Isto era uma declaração exagerada — o que ele tinha era uma teoria —, mas era a oportunidade de levar o culpado a confessar. O *Bristol Daily Post* estava céptico quanto à probabilidade de Whicher ser bem-sucedido: «Mais do que esperar que isso aconteça, temos a esperança de que a sua sagacidade possa desvendar o mistério.»

«Sagacidade» era uma qualidade frequentemente atribuída aos detectives, tanto em jornais como em livros. O *The Times* referia-se à «sagacidade usual» de Jack Whicher. Dickens elogiava a «horrível rudeza [...] conhecimento e sagacidade» de Charley Field. Um policial de Waters aludia à «sagacidade manhosa» do herói. Na altura, a palavra denotava mais intuição do que sabedoria. Nos séculos XVII e XVIII, um animal «sagaz» tinha um sentido do olfacto apurado: os primeiros detectives estavam a ser comparados, na sua rapidez e perspicácia, a lobos e cães.

Charlotte Brontë descreveu um detective como um «cão de caça»[1], um cão que seguia o cheiro do animal perseguido ou do seu rasto[2]. Nas histórias de Waters da década de 1850 o herói era uma mistura de caçador e de cão de caça, acercando-se da sua presa: «a caçada foi excitante», «persegui-o até à toca», «estava na pista certa». «Se há hoje profissão animada pela aventura», escreveu o célebre detective de Edimburgo, James McLevy, «é a do polícia-detective. Com o entusiasmo do desportista cujo objectivo é apenas abater e destruir muitas

---

[1] Em inglês, *sleuth-hound. (N. da T.)*

[2] A forma abreviada *sleuth* foi usada pela primeira vez como sinónimo de «detective» nos anos 1870. *(N. da A.)*

vezes animais inocentes, ele é impelido pelo superior interesse de beneficiar a humanidade, livrando a sociedade dos parasitas.» Os detectives urbanos caçavam a sua presa pelas ruas da cidade, deduziam as identidades dos assaltantes e burlões pelos seus sinais e assinaturas, pelos seus rastos e vestígios involuntários. Londres era «um vasto bosque ou floresta», escreveu Henry Fielding um século antes, «em que um ladrão podia albergar-se com tanta segurança como os animais selvagens nos desertos de África ou da Arábia, pois ao vaguear de um lado para o outro, e mudando muitas vezes de alojamento, conseguia praticamente evitar a possibilidade de ser descoberto». Enquanto os exploradores vitorianos palmilhavam o império fazendo mapas de novas terras, os detectives avançavam para o interior, para o núcleo das cidades, bairros que para as classes médias eram tão estranhos como a Arábia. Os detectives aprenderam a distinguir os diferentes tipos de prostituta, de carteirista, de ladrão de lojas e de assaltante e a persegui-los até aos seus covis.

Whicher era especialista nos transmorfos da cidade. Tal como a heroína de *The Female Detective* de Andrew Forrester, ele «tinha estado muito envolvido com pessoas que usavam máscaras». Em 1847, por exemplo, apanhou Richard Martin, aliás Aubrey, aliás Beaufort Cooper, aliás Capitão Conyngham, que recebia encomendas de camisas de luxo fazendo-se passar por *gentleman;* e no ano seguinte capturou Frederick Herbert, um jovem de «exterior elegante» que vigarizara um fabricante de selas londrino com uma caixa de armas, um artista com duas pinturas a esmalte e um ornitólogo com dezoito conjuntos de penas de colibri. O duplo ficcional de Whicher era Jack Hawkshaw, o detective da peça de Tom Taylor, *The Ticket-of-Leave Man* (1863), cujo apelido sugere uma ave de rapina de visão infalível. Hawkshaw é o «detective mais perspicaz da polícia». Persegue um mestre do crime que tem tantas aparências quantos nomes falsos». «É possível identificá-lo hoje como criminoso e tirar-lhe o chapéu amanhã, tomando-o por sacerdote», diz Hawkshaw. «Mas eu descobrirei todos os seus disfarces.»

Alguns dos jornais locais receberam bem a presença de Whicher em Wiltshire. «Foi solicitada a perícia de um detective de Londres com experiência em acções criminosas numa cidade problemática. Para ajudar os nossos competentes polícias», noticiou o *Bath Chronicle* nessa quarta-feira. «Não podemos deixar de acreditar que os investigadores estão na pista certa.» Todavia, o crime nesta bonita povoação levou

Whicher para um terreno mais lúgubre do que alguma vez encontrara na cidade: isto não era uma investigação de nomes e moradas falsos, mas sim de fantasias escondidas, desejos ocultos e personalidades secretas.

PISO DOS QUARTOS

1. Quarto da ama.
2. Berço do falecido.
3. Cama da ama.
4. Berço da menina.
5. Casa de banho.
7. Porta do quarto do senhor e senhora Kent, que, como se vê, fica em frente à porta do quarto da ama.
8. Quarto do senhor e senhora Kent.
9. Porta do quarto de vestir do senhor Kent.
10. Quarto de vestir.

11. Quarto das raparigas.
12. Patamar e escadas.

No espaço vago perto de 5, há outros quartos sobre a cozinha e a saleta.

O leitor desviará agora o olhar até à letra A, na planta seguinte, que mostra uma continuação do trajecto.

RÉS-DO-CHÃO

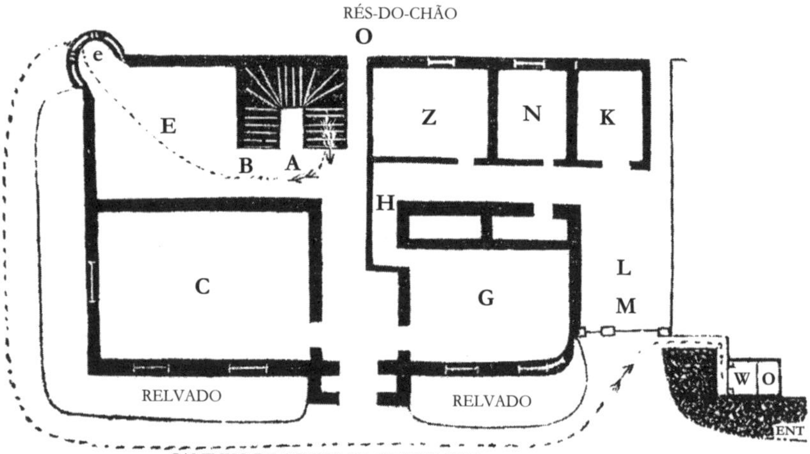

CAMINHO DE ACESSO DA CARRUAGEM

A. Base das escadas. B. Porta da sala de visitas das traseiras. E. Sala de visita das traseiras. «e» minúsculo. Janela que foi encontrada aberta pelo lado de dentro e através da qual o assassino terá supostamente saído com o menino, seguindo a linha pontilhada até WO, a latrina onde o crime foi cometido.
M. Porta do pátio dos estábulos onde o cão estava solto lá dentro. L. Pátio dos estábulos. K. Cocheira e estábulos. N. Copa. Z. Cozinha. O. Porta das traseiras para a horta. H. Corredor de passagem para a casa vindo das casas de serviços domésticos. C. Sala de visitas da parte da frente. G. Pequena sala de visitas.
F. Porta principal. ENT. Entrada para quem vem da estrada com barreira para pagamento de imposto.

[*A vista e plantas acima estão protegidas por* COPYRIGHT *e foram desenhadas expressamente para este documento.*]

CAPÍTULO 8

TUDO BEM FECHADO

19 de Julho

Na quinta-feira, 19 de Julho, Whicher tratou de tudo para fazer baixar as águas do Frome para que o rio pudesse ser dragado. O Frome ficava nos limites da propriedade dos Kent, ao fundo de uma margem íngreme e sob um arco cerrado de árvores. Depois de quase três semanas sem chover, o rio não tinha subido tanto como no início do mês, mas ainda estava cheio e agitado. Para baixar o seu nível, homens bloquearam o afluxo das águas da barragem a montante e depois saíram nos seus barcos, passando rodos e lançando ganchos ao longo do leito do rio na esperança de recolher uma arma ou uma peça de roupa da qual alguém se tivesse livrado.

A polícia remexeu os canteiros e os jardins em volta da casa. Passou a pente fino o campo que ficava para lá dos relvados. Samuel Kent descreveu os terrenos por detrás da sua propriedade: «Nas traseiras da casa, há um grande jardim e um campo que estava cheio de ervas altas; esse campo tem cerca de sete acres de extensão [...] O lugar está muito exposto; a propriedade é grande e de fácil acesso.» A sua descrição de uma casa que estava impotentemente aberta, como se tivesse as traseiras viradas para uma planície, dava a sensação de impossibilidade de defesa depois da morte de Saville. A privacidade da família estava destruída, os seus segredos revelados, a casa, terrenos e vidas de todos os que lá viviam estavam expostos aos olhos de toda a gente.

De início, Samuel fez o possível por afastar a polícia dos quartos da sua família e criadas. Tal como Elizabeth Gough, insistia que tinha sido um estranho que matara Saville. Sugeriu que talvez o assassino fosse um ex-empregado ressabiado que se vingara na família. Antes da chegada de Whicher, Samuel mostrou ao superintendente Wolfe os lugares onde um intruso poderia ter-se escondido. «Aqui está um quarto que muitas vezes não está ocupado», disse ele, indicando um quarto vago mobilado. Wolfe observou que um estranho não podia saber que o quarto raramente era ocupado. Kent levou-o para um quarto de arrumações onde havia brinquedos guardados. Ninguém se esconderia ali, disse Wolfe, porque teria receio de que alguém lá entrasse para ir buscar um brinquedo. Quanto ao sótão por baixo do telhado, disse Wolfe: «Havia uma quantidade de pó considerável [...] e creio que se alguém lá tivesse estado eu teria visto vestígios.»

Alguns jornais especularam que o crime tinha sido cometido por um estranho. «Um conhecimento pessoal íntimo de todos os quartos da Casa de Road Hill [...] convence-nos de que teria sido perfeitamente possível não só uma mas meia dúzia de pessoas esconderem-se na propriedade nessa noite sem correrem o risco de ser detectadas», relatou o *Somerset and Wilts Journal* mais tarde numa exposição espantosamente detalhada dos lugares privados do edifício:

> *Em nenhuma casa de dezanove quartos, que conheçamos, nos lembramos de haver maiores facilidades para alguém se esconder. Uma cave dividida em seis compartimentos grandes e pequenos é servida por duas entradas e escadas. A meio da escadaria das traseiras, há um grande armário vazio. Um quarto vago por cima da sala de visitas contém uma armação de cama com rodapés, uma mesinha de toucador com uma cobertura que chega ao chão e dois grandes armários altos, um dos quais está quase sempre vazio e tanto pode ser fechado por dentro como por fora. Nesse piso também há dois pequenos quartos que comunicam entre si parcialmente cheios de tralha. No piso de cima, há um segundo quarto vago onde há uma armação de cama que também tem rodapés, uma mesa, um biombo e armários como no quarto em baixo [...] dois quartinhos, um quase vazio e o outro contendo o equipamento de viagem do senhor Kent; um armário grande e comprido onde cabiam doze homens de pé ao lado uns dos outros; e um quartinho sem janelas contendo dois tanques de água e uma escada que comunica com as águas-furtadas e o telhado [...] Vimos tudo isto com os nossos próprios olhos.*

Grande parte dos aldeãos já estavam familiarizados com os recantos e vãos da Casa de Road Hill, disse o repórter do *Journal,* «tendo tido livre acesso à casa durante os dois anos em que esta esteve vazia antes de ser ocupada pelo senhor Kent [...] de tal forma que, quando a casa estava a ser preparada para ele, as escadas tiveram de ser pintadas várias vezes devido à entrada de miúdos traquinas da povoação». O edifício «quase tinha sido considerado propriedade pública», disse o *Frome Times*, «pois quem quisesse fazê-lo deambulava por ele sem qualquer impedimento ou estorvo».

Os Kent mantiveram-se dentro de casa durante a primeira semana de Whicher em Road, embora o moço de estrebaria, Holcombe, levasse Mary Ann e Elizabeth na carruagem às lojas na cidade de Frome duas ou três vezes. Em Frome, ao contrário de Road ou Trowbridge, os membros da família Kent podiam passar uma tarde sem serem molestados por apupos e assobios.

Não temos descrições físicas de Elizabeth ou de Mary Ann. Parecem movimentar-se como se fossem uma única pessoa. Só de relance — Elizabeth de pé, sozinha, enquanto sondava o céu nocturno, ou segurando a bebé Eveline quando o corpo de Saville foi trazido para a cozinha — é que adquirem fugazmente personalidades separadas. Eram jovens muito recatadas. Mary Ann ficou histérica quando foi convocada para ir a tribunal. Elizabeth não deixava as criadas mexer nas suas roupas quer antes quer depois de serem lavadas: «A menina Elizabeth faz a sua própria trouxa», disse Cox, «e eu nunca mexo nela.» Como Mary Ann e Elizabeth já estavam perto dos trinta, não era provável que alguma delas casasse. As irmãs mais velhas — tal como Constance e William — mantinham os seus projectos em segredo, pois a ligação que tinham entre si libertava-as da necessidade de os contar às outras pessoas.

No final da semana, Samuel começara a pôr a polícia ao corrente da insanidade de Constance. Tendo negado a possibilidade de culpa da sua filha, parecia agora estar a promovê-la. «O senhor Kent», disse a *Devizes and Wilts Gazette* a 19 de Julho, «não hesitou em dar a entender — e da forma mais clara possível — que a sua *própria filha* cometera o assassínio! E tem sido alegado como razão [...] a sua natureza caprichosa durante a infância.» Estaria ele a incriminá-la para se proteger? Estaria ele a proteger outra pessoa da família? Ou estaria a tentar salvar Constance da pena de morte ao publicitar a sua instabilidade? Circulavam boatos tenebrosos sobre Samuel: alguns diziam que ele e Mary Pratt tinham envenenado a primeira mulher, até mesmo que ele tinha assassinado os quatro bebés Kent que tinham morrido em Devonshire. Talvez a primeira senhora Kent não fosse uma louca furiosa como a esposa trancada no sótão do senhor Rochester, em *Jane Eyre,* mas sim alguém inocente como a heroína de *The Woman in White* enclausurada numa ala da casa para não poder dizer o que sabia.

Em público, Samuel continuava a evitar qualquer comentário directo sobre a saúde mental da sua falecida mulher: «Quanto a saber se já havia um historial de insanidade em qualquer dos ramos da família», dizia o *Bath Chronicle* na quinta-feira, «o senhor Kent foi rigorosamente interrogado sobre isso e afirma que nunca fez qualquer pedido a um médico sobre qualquer coisa do género.» Isto contradizia aquilo que contara a Stapleton — que um médico em Exeter diagnosticara a loucura da falecida —, mas também não negava a sua insanidade. Parsons e Stapleton, ambos amigos de Samuel, estavam à vontade para insistir na natureza volátil de Constance: «Os dois médicos [...] foram inquiridos em privado e são de opinião que a jovem Constance possui um temperamento susceptível de ser influenciado por súbitos ataques de paixão.» A Whicher, Samuel disse abertamente que a família da primeira mulher tinha sido afectada por casos de loucura: «O pai [...] informou-me de que a mãe e a avó [da menina Constance] tinham mentes perturbadas», escreveu o detective, «e que o tio, também do lado da mãe, tinha sido internado num manicómio por duas vezes.»

Whicher descobriu um estranho incidente que ocorrera na Casa de Road Hill na Primavera de 1859 quando Saville tinha dois anos. Uma noite, a ama na altura, Emma Sparks, foi deitar Saville, como era habitual com um par de meias tricotadas calçadas. Na manhã seguinte, escreveu Whicher, a ama descobriu que «*lhe tinham tirado a roupa de cima e descalçado as meias*». As meias foram descobertas mais tarde: uma em cima da mesa do quarto das crianças e a outra no quarto da senhora Kent. Whicher suspeitou de que Constance fosse a responsável, «*já que ela era o único membro da família já crescido, à excepção da senhora Kent, que estava em casa na altura,* pois o senhor Kent estava fora em trabalho e as duas irmãs mais velhas tinham ido visitar um familiar». Ele não mencionou o paradeiro de William — talvez estivesse no colégio interno. Em retrospectiva, o incidente, uma partida vagamente maldosa, podia ser entendido como um ensaio para uma actuação mais violenta. Fazia lembrar a terrível congruência de ternura e dissimulação no assassínio de Saville: o menino adormecido levantado com suavidade do seu berço, transportado com todo o cuidado pelas escadas abaixo, levado lá para fora e assassinado. Não sabemos se Whicher foi avisado sobre o episódio das meias em falta por Emma Sparks ou pelos senhor e senhora Kent — ele interrogou os três sobre o assunto.

O incidente das meias de dormir não tinha qualquer valor como prova: «Não posso fazer qualquer interpretação sobre isso», disse Whicher acerca da história. Contudo, considerou que era uma pista psicológica. Em *Experiences of a Real Detective* (1862), de Waters, o inspector F explica: «Arranjei forma de deduzir determinados factos que, embora não valham nada como prova legal, eram moralmente muito sugestivos.»

Em 1906, Sigmund Freud havia de comparar a investigação à psicanálise:

> *Em ambas estamos preocupados com um segredo, com algo escondido [...] No caso do criminoso, é um segredo que ele conhece e esconde de nós, ao passo que no caso do histérico é um segredo que ele também não conhece, escondido até dele próprio [...] Por conseguinte, a diferença entre o criminoso e o histérico, neste aspecto, é fundamental. No entanto, a tarefa do terapeuta é idêntica à do magistrado que faz a inquirição. Temos de revelar o material psíquico escondido; e, para o fazermos, inventámos uma série de mecanismos de investigação.*

Com efeito, Whicher estava a reunir pistas da vida interior de Constance, do seu material psíquico escondido, assim como dos factos ocultos do crime. Este assassínio era tão carregado de simbolismo que quase transcendia a interpretação. A criança tinha sido atirada para a latrina dos empregados como se de excrementos se tratasse. O seu agressor tentara matá-la, de forma frenética ou ritualista, não uma, mas sim quatro vezes: por asfixia, cortando-lhe a garganta, esfaqueando-lhe o coração e submergindo-a em fezes.

Samuel informou Whicher de outro facto moralmente sugestivo — o fascínio da filha, no Verão de 1857, pelo julgamento por homicídio de Madeleine Smith.

Smith, de vinte e um anos, era filha de um arquitecto de Glasgow e foi acusada de ter assassinado o amante, um letrado francês, deitando-lhe arsénico no chocolate quente. Alegadamente, o móbil era ver-se livre dele para se casar com um pretendente mais rico. Após um julgamento sensacionalista e amplamente difundido, o júri declarou o caso contra ela «não provado», um veredicto que só existia nos tribunais escoceses. De um modo geral, acreditava-se que Smith fosse culpada, mas o facto de ter enfrentado o sistema judicial com uma coragem impressionante só serviu para aumentar o seu fascínio. Henry James, entre outros, era seu admirador — aquele crime era uma «obra de arte rara», escreveu ele. Desejava ardentemente tê-la visto: «Dava tudo por um retrato verídico do seu rosto de *então*.»

Samuel contou a Whicher que a segunda senhora Kent tinha tido a precaução de esconder de Constance as cópias do *The Times* em que o julgamento era relatado — isto sugeria que sabiam que a rapariga tinha um interesse invulgar por crimes sórdidos, mesmo aos treze anos. «Devido à peculiaridade do caso, os jornais contendo a narração do julgamento foram mantidos cuidadosamente afastados da menina Constance», relatou Whicher, «e depois do julgamento foram escondidos, fechados à chave numa gaveta pela senhora Kent.» Alguns dias mais tarde, quando a senhora Kent foi espreitar a gaveta, descobriu que os jornais tinham desaparecido. «Suspeitaram da menina Constance e interrogaram-na, mas negou saber deles. Contudo, ao revistarem o seu quarto, encontraram-nos escondidos entre a armação da cama e o colchão.»

Talvez a leitura dos relatos do julgamento e a absolvição de Madeleine Smith tivessem dado ideias a Constance para o assassínio, tal como acontecera com John Thomson, um homem que em Dezembro de 1857 disse que o caso o inspirara a administrar ácido prússico a uma mulher que o tinha rejeitado. Embora Saville não tivesse sido morto com veneno, o seu assassínio tinha sido bem arquitectado, silencioso e caseiro: a arma do crime era um cobertor tão aveludado e reconfortante quanto uma chávena de chocolate. Madeleine Smith mostrara que, ao ser astuciosa e impassível, uma assassina da classe média podia transformar-se numa figura de *glamour* e mistério, uma espécie de heroína (Thomas Carlyle usara a frase para descrever a assassina de Bermondsey, Maria Manning). E se ela mantivesse a coragem, podia nunca vir a ser apanhada.

Parecia haver uma nova geração de criminosas frias cujas paixões encobertas se tinham transformado em violência. Normalmente as paixões eram de ordem sexual. Maria Manning e Madeleine Smith eram, aparentemente, mulheres respeitáveis cujo primeiro pecado foi terem uma ligação ilícita e o segundo o assassínio de um antigo amante, uma espécie de extinção violenta da sua própria luxúria. *Madame* Fosco, em *The Woman in White,* é levada ao crime pela sua paixão pelo conde dominador e «o seu actual estado de sufocação é capaz de ter guardado algo perigoso na sua natureza, que costumava evaporar-se inofensivamente na liberdade da sua vida anterior». A assassina *Madame* Hortense, em *Bleak House,* que se baseava em Maria Manning, «há muito que estava acostumada a reprimir a emoção e a controlar a realidade». Foi «educada para os seus próprios fins nessa escola destrutiva que silencia os sentimentos naturais do coração como moscas em âmbar».

A expansão vertiginosa da imprensa nos anos 1850 suscitou a preocupação de que os leitores pudessem ser corrompidos, contagiados e inspirados pelo sexo e violência nos artigos dos jornais. Os novos jornalistas tinham muita coisa em comum com os detectives: eram vistos, alternadamente, como paladinos da verdade e como *voyeurs* sórdidos. Havia setecentos jornais publicados na Grã-Bretanha em 1855, e mil e cem em 1860 — dos jornais impressos mais próximo de Road, o *Trowbridge and North Wilts Advertiser* foi fundado em 1855, tal como o *Somerset and Wilts Journal,* enquanto o *Frome Times,* que os Kent assinavam, foi fundado em 1859. Houve um enorme aumento no relato de crimes auxiliado pela velocidade com que as notícias podiam ser transmitidas pelo telégrafo eléctrico, e os leitores dos jornais confrontavam-se com notícias de mortes violentas todas as semanas. Quando o senhor Wopsle, em *Grandes Esperanças (Great Expectations)* (1861), de Dickens, lê as notícias, fica «manchado de sangue até ao sobrolho».

No mês anterior à morte de Saville Kent, foram noticiados nos jornais, pelo país fora, pelo menos três homicídios domésticos em que a garganta havia sido cortada. Em Shoreditch, na zona este de Londres, um fabricante de cachimbos tinha assassinado a sua companheira: «A garganta foi cortada a tal ponto que a cabeça quase ficou separada do corpo», segundo o *Annual Register.* «Deve ter morrido instantaneamente sem luta ou ruído.» Em Sandown Fort, na ilha de Wight, o sargento William Whitworth, da Royal Artillery, matou a mulher e seis filhos com uma navalha de barba, deixando-lhes as gargantas «abertas de forma tão horrível que deixavam ver as vértebras do pescoço». Por cima de uma confeitaria em Oxford Street, Londres, um alfaiate francês decapitou a mulher com uma serra, depois foi para Hyde Park e suicidou-se com um tiro. «O irmão disse que ele tinha o hábito de ir ao Museu Doutor Kahn e de estudar as artérias que havia no pescoço e garganta, familiarizando-se sobretudo com a posição da veia jugular.» O alfaiate tinha-se instruído sobre a forma de matar, e qualquer leitor de jornal poderia fazer a mesma coisa.

A meio da semana, Whicher acompanhou os magistrados até à Casa de Road Hill para interrogarem Constance uma vez mais. Em resposta às suas perguntas, ela descreveu as suas relações com algumas pessoas da casa: «Eu gostava muito de Saville [...] Ele não costumava gostar muito de mim, mas nestas férias parecia estar a gostar mais. O menino não gostava de mim porque eu o arreliava. Eu nunca lhe bati nem o belisquei [...] Dos meus irmãos e irmãs, o meu favorito é o William. Escrevemos um ao outro quando estamos na escola [...] O cão não se atiraria a mim se me reconhecesse, mas morder-me-ia se não me conhecesse [...] Tenho um gato, mas não lhe ligo nenhuma [...] A empregada de que mais gosto é da cozinheira. Gosto bastante da ama.»

Ao ser questionada sobre as suas próprias qualidades, adiantou: «Não sou considerada muito tímida. Não gosto de estar lá fora no escuro [...] Poderia carregar facilmente o falecido ao longo desta sala. De uma maneira geral, era considerada bastante forte na escola.» Negou ter dito às colegas que não queria ir passar as férias a casa. Foi inquirida sobre o julgamento de Madeleine Smith e admitiu que era capaz de ter tirado inadvertidamente um jornal que o relatava: «Ouvi dizer que o amigo de Madeleine Smith foi envenenado. O paizinho costumava falar sobre isso.» Relatou a sua fuga para Bath quatro anos antes: «Uma vez, cortei o cabelo e deitei-o para o mesmo sítio onde o meu irmãozinho foi encontrado. Cortei parte do cabelo e o meu irmão cortou o resto. Pensei no lugar onde havia de o pôr. Eu e o meu irmão William fomos para Bath por uma estrada secundária [...] Fui-me embora porque estava zangada por me castigarem. Convenci o meu irmão William a ir comigo.»

À medida que a semana chegava ao fim, começaram a correr boatos sobre a total incompetência da polícia do condado e sobre as obstruções de Samuel Kent. Em particular, surgiu uma história sobre o que aconteceu na noite a seguir ao corpo de Saville ter sido encontrado.

Na noite de sábado, 30 de Junho, o superintendente Foley ordenou ao agente Heritage, da polícia de Wiltshire, e ao agente Urch, da polícia de Somersetshire, para passarem a noite na Casa de Road Hill. «O senhor Kent dir-vos-á o que fazer», disse Foley. «Não façam barulho, porque o senhor Kent não quer que as criadas saibam que lá estão.» Só a senhora Kent sabia que os polícias estavam no local. Já se percebera que Saville tinha sido assassinado por um dos habitantes da Casa de Road Hill, mas mesmo assim, surpreendentemente, confiou a responsabilidade da operação nocturna da polícia a Samuel Kent.

Por volta das onze da noite, quando toda a gente, excepto Samuel, já tinha ido para a cama, Heritage e Urch bateram a uma janela da biblioteca para que lhes permitissem a entrada. Samuel deixou-os entrar e levou-os para a cozinha dizendo-lhes que permanecessem ali. Informou-os de que a sua tarefa era vigiar se alguém tentava destruir provas no lume da cozinha. Deu pão, queijo e cerveja aos polícias e depois trancou-lhes a porta. Nenhum dos dois sabia que estava ali preso até que, pouco depois das duas da manhã, Heritage tentou sair. Ao descobrir que a porta estava trancada, bateu nela para chamar o senhor Kent. Como não obtivesse resposta, experimentou bater com um pau.

— Estás a fazer barulho suficiente para acordar as pessoas todas da casa — advertiu Urch.

— Estou aqui fechado e tenho de sair — disse Heritage.

Quando Samuel o libertou, cerca de vinte minutos mais tarde, Heritage disse-lhe que não tinham percebido que estavam ali fechados.

— Fui dar uma volta por aí — disse Samuel, ignorando a queixa.

Urch ficou na cozinha durante o resto da noite com a porta trancada. Samuel foi ver como ele estava por duas ou três vezes e o polícia foi-se embora às cinco da manhã.

«Eu estive na biblioteca durante parte da noite», disse Samuel mais tarde, «mas saí de casa uma ou duas vezes. Fui lá fora ver se as luzes se tinham apagado. Fui lá fora várias vezes com o mesmo objectivo.» Segundo afirmou, dera a volta à casa para ver se as velas estavam a arder e se os pavios precisavam de ser espevitados.

Até agora, a polícia fizera segredo do facto de se ter deixado trancar na cozinha de Samuel Kent na noite a seguir ao assassínio. Nas palavras do *Somerset and Wilts Journal*, esta «ocorrência extraordinária» deixara qualquer dos habitantes da casa livre para destruir provas. As acções de Samuel tresandavam a desprezo pela polícia e mostravam a sua determinação em que a casa escapasse à sua análise. Mas o seu comportamento também podia ser visto como exemplar: o primeiro dever de um pai era proteger a sua família.

Quando a polícia lhe pediu plantas dos pisos da Casa de Road Hill nos dias e semanas após o assassínio do filho, Samuel reagiu de forma tão defensiva como se alguém estivesse a tentar tirar o telhado do sítio. Recusou dar-lhes uma planta ou a deixar alguém medir os aposentos. «É explicação suficiente dizer que o senhor Kent ficou ressentido com uma intrusão descortês», disse Rowland Rodway.

A vida da família inglesa tinha mudado desde o início do século. A casa, outrora local de trabalho além de lar, tornara-se um espaço limitado, privado, exclusivamente doméstico. No século XVIII, «família» significara «parentes», as pessoas que tinham uma relação de sangue; agora, o seu principal significado era os habitantes de uma casa, salvo as criadas, ou seja, a família nuclear. Embora os anos de 1850 tivessem começado com a inauguração de uma enorme casa de vidro — o Palácio de Cristal da Grande Exposição de 1851 — o lar inglês fechou-se e ensombrou-se ao longo da década com o culto da domesticidade a ser igualado pelo culto da privacidade. «Todo e qualquer inglês [...] imagina um "lar" com a mulher da sua eleição, sozinhos os dois com os seus filhos», escreveu o erudito francês Hippolyte Taine, após uma visita a Inglaterra em 1858. «Esse é o seu pequeno universo, fechado ao mundo.» A privacidade tornara-se o atributo essencial da família vitoriana de classe média e a burguesia adquiriu mestria no secretismo (a palavra *secretive*[1] foi registada pela primeira vez em 1853). Os interiores das suas casas quase invisíveis muraram-se contra a presença de estranhos, excepto quando abertos por convite a visitantes seleccionados para uma encenação da vida familiar — um jantar de festa, por exemplo, ou um chá.

Todavia, esta era de domesticidade também era uma época de informação, de uma imprensa prolífica e voraz. A 7 de Julho, um repórter do *Bath Chronicle* tinha-se introduzido na Casa de Road Hill disfarçado de detective e fez notas sobre a disposição dos aposentos. Cinco dias mais tarde, o jornal publicou uma planta inexacta dos andares. Quer Samuel Kent gostasse ou não, a casa foi dissecada para todos verem,

[1] Atributo de quem é dado a fazer segredo de tudo. *(N. da T.)*

desajeitadamente desenhada para expor cada um dos andares aos olhares curiosos. O público agarrou-se à informação que os diagramas forneciam. A paisagem da casa assumiu inflexões emocionais: a cave trancada, o sótão poeirento, os quartos de arrumações mobilados com camas e roupeiros não utilizados, as escadas de caracol das traseiras. «Todo o interior moral da casa tinha de ser exposto ao olhar público», argumentou o *Bath Express.*

Um assassínio como este podia revelar aquilo que se desenrolara dentro da casa de classe média de portadas fechadas. Parecia que a família enclausurada, tão enaltecida pela sociedade vitoriana, podia albergar uma sufocação de emoção que era nociva, tóxica, um miasma sexual e emocional. Talvez a privacidade fosse uma fonte de pecado, a condição que permitia que a doce cena doméstica apodrecesse a partir do seu núcleo. Quanto mais reservada fosse a casa, mais poluído poderia tornar-se o seu mundo interior.

Algo entrara em putrefacção na Casa de Road Hill, o equivalente emocional às infecções transmitidas pelo ar que horrorizavam os vitorianos. Um mês antes do assassínio, o *Devizes and Wiltshire Gazette* noticiou uma nova edição de *Notes on Nursing* de Florence Nightingale, publicado pela primeira vez em 1859, citando uma passagem sobre a forma como a doença e a degeneração podiam crescer em casas fechadas e respeitáveis. Nightingale tinha tido conhecimento de vários casos de «infecção purulenta» ou de envenenamento do sangue em «muito boas casas privadas», escreveu ela, e a causa era «ar viciado [...] os quartos não habitados nunca apanhavam sol nem eram limpos ou arejados; os armários eram sempre reservatórios de ar viciado; as janelas estavam sempre bem fechadas à noite [...] poderão encontrar com frequência uma raça a degenerar dessa forma ou, ainda com mais frequência, uma família».

Na quinta-feira, 19 de Julho, o *Bath Chronicle* publicou um editorial sobre o assassínio de Road Hill:

> *Tanto quanto nos lembramos, nunca algum assassínio provocou uma sensação tão singular e dolorosa nos lares do país. Não é apenas o mistério que por agora envolve tal acto que lhe confere esse terrível interesse [...] É o seu carácter estranho e a inocência indefesa da vítima que afecta, respectivamente, a imaginação e o coração [...] As mães de Inglaterra, pensando nos seus próprios filhinhos a dormir em paz*

> *e pureza, estremecem diante da história de uma criança, tão afável e inocente quanto as suas, a ser arrancada ao seu sono durante a calma madrugada e cruelmente sacrificada, e são as mães de Inglaterra que escrevem de forma mais sentida e indignada aos directores dos jornais e quase clamam pela investigação mais implacável e pelos testes mais infatigáveis [...] em muitas casas, onde o intenso afecto se mistura com muito nervosismo por parte do membro mais valioso da família, a mãe, a sua paz será quebrada dias a fio e os seus sonhos perturbados pela lembrança da medonha história de Road. Estranhas dúvidas e desconfianças vagas despertarão na sua mente [...] Um acto que provoca calafrios em todos os lares ingleses adquire uma importância social que justifica toda a atenção que possa ser dada ao assunto.*

Normalmente, num caso de homicídio por resolver, o público receava que o assassino pudesse voltar a atacar. Aqui, contudo, o receio era de que ele ou ela pudessem ser replicados em qualquer lar. O caso acabou com a simples ideia de que uma casa trancada era um lugar seguro. Até ser resolvido, uma mãe inglesa iria ter dificuldade em dormir, obcecada pela ideia de que a sua casa albergava um infanticida — podia ser o marido, a ama, a filha...

Embora constituísse um ataque ao ideal da classe média admitir a hipótese de ter sido o senhor da casa, o protector, a ter matado o próprio filho para encobrir a sua depravação, a imprensa e o público foram surpreendentemente rápidos a acreditar na culpa de Samuel. Quase tão horrível — e tanto quanto parecia igualmente crível — era a ideia de que a ama que fora contratada para cuidar do menino o ajudara a matar. A alternativa era o crime ser uma repetição do assassínio bíblico original em que Caim matou Abel. A 19 de Junho, o *Devizes Gazette* insinuou que um dos irmãos de Saville era responsável pela sua morte: «A voz do sangue de alguém tão inocente quanto Abel clama desde a terra como testemunho contra o assassino[1].»

No mesmo dia, o *Bristol Daily Post* (fundado nesse ano) publicou uma carta de um homem que acreditava que um exame aos olhos de Saville poderia revelar a imagem do assassino. O correspondente baseava a sua sugestão em algumas experiências inconclusivas levadas a cabo nos Estados Unidos em 1857. «A imagem do último objecto visto em vida fica gravada, por assim dizer, na retina do olho», explicava ele,

---

[1] O texto bíblico diz: «E o Senhor disse a Caim, Onde está teu irmão Abel? E ele respondeu: Não sei. Acaso sou eu o guarda de meu irmão? E Ele disse: Que fizeste? A voz do sangue de teu irmão clama desde a terra por mim.» *(N. da A.)*

«e pode ser detectada depois da morte.» De acordo com esta hipótese, o olho era uma espécie de placa de daguerreótipo que registava impressões que podiam ser reveladas como uma fotografia numa câmara escura — até os segredos que um olho morto encerrava podiam estar ao alcance das novas tecnologias. Isto levava ao extremo a forma como o olho fora transformado no símbolo do trabalho de investigação: não era apenas o «grande detector», mas também o grande revelador, o órgão denunciador. A carta foi publicada em jornais de todo o país. Poucos foram os que a trataram com cepticismo. Contudo, o *Bath Chronicle* rejeitou a sua utilidade para o caso, com o fundamento de que Saville estava a dormir quando o assassino atacou, pelo que não poderia existir imagem dele na sua retina.

Na noite de 19 de Julho, uma tremenda carga de água que se abateu sobre Somersetshire e Wiltshire acabou com o breve Verão de 1860. As medas de feno ainda não tinham secado e a maior parte delas perderam-se. Os campos de milho e trigo, não tendo tido tempo para amadurecer ao sol, continuavam verdes.

CAPÍTULO 9

EU CONHEÇO-O

20-22 de Julho

Às onze da manhã de sexta-feira, 20 de Julho, Whicher relatou aos magistrados, em Temperance Hall, os resultados da sua investigação até ao momento. Contou-lhes que suspeitava de que Constance Kent fosse a assassina.

Os magistrados conferenciaram e, depois, disseram a Whicher que queriam que ele detivesse Constance. Ele hesitou. «Chamei-lhes a atenção para a posição desagradável em que essa linha de actuação me deixaria junto da polícia do condado», explicou ele no seu relatório a Mayne, «sobretudo tendo eles opiniões opostas à minha em relação a quem seria a parte culpada, mas eles (os magistrados) recusaram alterar a sua decisão dizendo que consideravam e desejavam que as investigações estivessem inteiramente nas minhas mãos.» O presidente dos magistrados era Henry Gaisford Gibbs Ludlow, comandante do 13.º Corpo de Fuzileiros, vice-governador do condado de Somersetshire e rico proprietário rural que vivia na Casa de Heywood, Westbury, cinco milhas a leste de Road, com a mulher e onze criados. Dos outros magistrados, os mais importantes eram William e John Stancomb, donos de fábricas que tinham mandado construir mansões em lados opostos da Hilperton Road, um novo e selecto bairro de Trowbridge. Foi William quem pressionou o ministro da Administração Interna para recorrer aos serviços de um detective.

Pouco antes das três da tarde, Whicher passou pela Casa de Road Hill e mandou chamar Constance. Ela foi ter com ele à sala.

— Sou agente da polícia — disse ele — e tenho um mandado de captura contra si acusando-a do assassínio do seu irmão Francis Saville Kent, o qual lhe irei ler.

Whicher leu-lhe o mandado e ela começou a chorar.

— Estou inocente — disse ela. — Estou inocente.

Constance disse que queria ir buscar uma touca e uma capa de luto ao quarto. Whicher seguiu-a e ficou a observar enquanto ela os vestia. Foram até Temperance Hall numa caleche em silêncio. «Ela não me disse mais nada», referiu Whicher.

Um grande grupo de aldeãos tinha-se reunido do lado de fora de Temperance Hall tendo ouvido o boato de que tinha sido efectuada uma detenção na Casa de Road Hill. A maioria esperava ver Samuel Kent a ser levado diante dos magistrados.

Em vez disso, viram Elizabeth Gough e William Nutt aproximar-se da sala de audiências ao princípio da tarde — tinham sido chamados para testemunhar — e às três e vinte ficaram espantados ao ver os ocupantes da caleche que parou diante deles: «É a menina Constance!»

Ela entrou no edifício pelo braço de Whicher, com a cabeça baixa, a chorar. Vestia de luto pesado com um véu caído sobre o rosto. «Caminhava com passo firme, mas estava em lágrimas», relatou o *The Times*. A multidão juntou-se mais para entrar atrás dela.

Constance sentou-se, de frente para a mesa dos magistrados, ladeada por Whicher e pelo superintendente Wolfe.

— O seu nome é Constance Kent? — perguntou Ludlow, o presidente.

— Sim — murmurou ela.

Apesar do véu espesso com que Constance se tinha escondido e do lenço de bolso que encostava ao rosto, os repórteres fizeram minuciosas descrições das suas feições e expressão, como se a atenção dada a essas superfícies pudesse revelar o seu interior.

«Ela parece ter cerca de dezoito anos», disse o *Bath Express*, «embora digam que só tem dezasseis. É bastante alta e forte, rosto cheio, que estava muito corado, e testa enrugada, aparentemente contraída. Os seus olhos são peculiares, muito pequenos e fundos, o que talvez deixe uma impressão algo desfavorável no nosso espírito. Noutros aspectos, não há nada de pouco simpático na sua aparência, a julgar pelo que vimos ontem; ao mesmo tempo, o terrível crime de que é acusada modificou até certo ponto a expressão habitual do seu semblante, cuja característica predominante dizem ser o ar carrancudo. A jovem envergava um vestido e uma capa de seda pretos, guarnecidos com fita de crepe, e manteve o véu descido durante os autos. Sentou-se com os olhos fixos no chão derramando lágrimas e não os levantou uma única vez. Na verdade, a julgar pelo seu comportamento, parecia sentir vivamente a sua horrível situação, embora não manifestasse qualquer emoção violenta desde a altura em que foi levada até se ir embora quando a inquirição terminou.» O crepe que guarnecia as roupas usadas durante o período inicial do luto era uma gaze baça, feita de fios de seda entrançados e fixados com goma.

Constance tinha uma «constituição forte», de acordo com o *Western Daily Press,* «um rosto redondo e bochechudo que a princípio não transmite uma impressão de grande determinação ou inteligência. Tinha um aspecto sereno e manteve a mesma expressão impassível ao longo do interrogatório».

O repórter do *Frome Times* parecia detectar nela uma qualidade perturbante: uma sexualidade ou raiva reprimidas. Tinha um ar «algo peculiar», escreveu. «Embora tenha um ar ameninado, o corpo é extraordinariamente desenvolvido para a idade, que é de dezasseis anos. As suas feições, que estavam muito congestionadas, são bastante agradáveis, mas têm um ar pesado, quase carrancudo, que pensamos ser característica da família[1].»

Whicher fez a sua declaração ao tribunal.

«Desde o passado domingo que tenho andado a investigar todas as circunstâncias ligadas com o assassínio de Francis Saville Kent, que ocorreu na noite de sexta-feira, no passado dia 29 de Junho, na casa de seu pai, situada em Road, no condado de Wiltshire. Juntamente com o capitão Meredith, o superintendente Foley e outros membros da polícia, examinei o local e acredito que o assassínio foi cometido por um habitante da casa. Das muitas indagações que efectuei e a partir das informações que recebi, mandei chamar Constance Kent na passada segunda-feira ao seu quarto, tendo previamente examinado as suas gavetas

---

[1] Segundo um boato pouco plausível, os Kent eram descendentes ilegítimos da família real. De vez em quando, os repórteres faziam observações sobre as parecenças de Constance com a rainha Vitória. *(N. da A.)*

e encontrado uma lista da sua roupa branca, que agora apresento, em que, entre outros artigos, estão enumeradas três camisas de noite como sendo suas.»

Leu as respostas de Constance às suas perguntas sobre as camisas de noite.

«Peço agora aos senhores magistrados a detenção preventiva da prisioneira de forma a permitir-me recolher provas que mostrem a animosidade que ela nutria pelo falecido, e para procurar a camisa de noite desaparecida que, se existir, é possível que possa ser encontrada.»

Os magistrados ouviram o depoimento sobre o desaparecimento e descoberta de Saville prestado por Elizabeth Gough (que chorou) e por William Nutt. Depois, perguntaram a Whicher de quanto tempo ele precisava para reunir as provas contra Constance. Ele pediu um adiamento até à próxima quarta ou quinta-feira.

— Terá tempo suficiente até quarta-feira? — perguntou o reverendo Crawley.

— Em circunstâncias normais — disse Whicher — uma semana é o tempo para produção de novas provas.

Os magistrados deram-lhe uma semana ordenando que Constance ficasse detida até às onze da manhã da sexta-feira seguinte. Em seguida, Ludlow virou-se para ela:

— Não lhe peço que faça uma declaração — disse ele —, mas tem alguma coisa a dizer?

Ela não respondeu.

Whicher e Wolfe escoltaram Constance até à saída e levaram-na de brisca — uma carruagem comprida de capota mole — até à cadeia de Devizes, cerca de vinte e quatro quilómetros para leste de Road. Afastaram-se sob um céu enevoado e «ela, durante a viagem, remeteu-se a uma espécie de silêncio taciturno», escreveu Whicher, «e sem mostrar o menor vestígio de emoção».

«O ser mais inocente ao cimo da terra poderia sentir-se aviltado em circunstâncias similares», observava o *Bristol Daily Post,* «e o mesmo poderia acontecer (presumindo sempre que ela possui determinação suficiente) ao mais ofensivo.»

A multidão ficou calada quando a carruagem partiu, disse o *Western Daily Press.* Segundo o *Trowbridge and North Wilts Advertiser,* Constance partiu sob «repetidos aplausos». A maior parte dos aldeãos estavam convencidos da sua inocência, relatou o jornal. Acreditavam que ela era apenas uma «excêntrica»: o verdadeiro assassino roubara-lhe a camisa para a incriminar.

Depois de Whicher e Constance se terem ido embora, os magistrados mandaram chamar o doutor Mallam, o padrinho de Saville, a Frome, e «uma mulher que vivera anteriormente na casa do senhor Kent — provavelmente, Emma Sparks, a antiga ama. Era provável que Whicher tivesse citado o testemunho de ambos aos magistrados e que estes agora quisessem ouvi-lo em primeira mão.

Os magistrados ordenaram que a Casa de Road Hill fosse revistada novamente para tentar encontrar a camisa de noite. Samuel Kent deixou a polícia entrar e, ao final da tarde, tudo o que lá havia tinha sido «virado de pernas para o ar e esvaziado, das águas-furtadas à cave», disse o *Frome Times*. A camisa de noite não foi encontrada.

Whicher devia ter a esperança de que a detenção levasse Constance a confessar. Um dos seus estratagemas favoritos era fazer *bluff* quando não tinha provas, acusar com confiança. Esta técnica desempenhou um papel na sua primeira detenção registada — a da criada que estava a usar uma boa num bordel em Holborn — e numa história que ele contou a Dickens sobre ter apanhado um ladrão de cavalos num *pub* rural isolado. «É escusado», disse Whicher ao homem do qual suspeitava mas que nunca vira. «Eu conheço-o. Sou agente policial em Londres e vou prendê-lo por crime grave.» Afugentou os dois comparsas do vigarista fingindo que tinha amigos ali perto: «Não estou aqui sozinho, se é isso que pensam. Metam-se na vossa vida e não interfiram. Vai ser melhor para vocês, pois conheço-os muito bem aos dois.» O ladrão de cavalos e os seus comparsas tinham cedido. Constance não. Whicher tinha agora uma semana para encontrar provas que justificassem levá-la a julgamento.

De Trowbridge, Whicher enviou um telegrama de cinco xelins para a estação, aberta dia e noite, em Strand, perto da Scotland Yard, pedindo a *Sir* Robert Mayne que enviasse ajuda. «No cumprimento de um mandado judicial, detive hoje Constance Kent, a terceira filha, que fica em prisão preventiva durante uma semana. Os magistrados deixaram o caso inteiramente nas minhas mãos para arranjar as provas. Estou numa situação incómoda e preciso de ajuda. Peço-lhe que envie o sargento Williamson ou Tanner.» Williamson e Tanner eram os colegas em que Whicher mais confiava. Quando Mayne recebeu a mensagem nesse dia, escreveu na parte de trás: «Deixem o sargento William ou Tanner partir imediatamente.»

O sargento-detective Williamson foi convocado com urgência para ir na sexta-feira à tarde a casa de Mayne, em Chester Square, Belgravia. O comissário deu-lhe as suas instruções para ir para Road, e Williamson apanhou um cabriolé até à estação de telégrafos de Strand, de onde enviou uma mensagem para Trowbridge a dizer a Whicher que estava a caminho.

Frederick Adolphus Williamson — «Dolly» — era protegido de Whicher. Tinham trabalhado juntos muitas vezes, mais recentemente na captura de Emily Lawrence e James Pearce, os célebres ladrões de jóias. Dolly era um homem inteligente e enérgico de vinte e nove anos que estudava francês nos seus tempos livres. Tinha um rosto redondo e suave e olhos bondosos. O pai, um superintendente da polícia, tinha fundado a primeira biblioteca de esquadra. Dolly partilhava o alojamento, no número 1 da Palace Place, Great Scotland Yard, com outros dezasseis polícias solteiros. Um deles, Tim Cavanagh, relatou a relação de Dolly com um gato que se afeiçoara à casa. Este animal, o *Tommas,* tinha o hábito de «matar e comer os gatos locais», de acordo com Cavanagh, e os vizinhos dos polícias exigiram que ele fosse destruído. «Com muita pena nossa, tivemos de atar uma pedra ao pescoço do pobre animal e lançá-lo ao rio. Isto foi um grande choque para Dolly, que estava muito afeiçoado ao *Tommas* e, se me é permitido revelar agora um segredo, até treinava o "guerreiro" para o seu trabalho nocturno. Em mais de uma ocasião [*Tommas*] trouxe uma bela peça de carne de veado, ou uma lebre, ou um coelho de um vizinho.» Williamson sai desta história como pessoa cruel e ao mesmo tempo sensível, um homem capaz de treinar um gato para matar e depois chorar a sua morte. Haveria de vir a chefiar o departamento de investigação.

Whicher não podia saber se o público iria acreditar que uma adolescente fosse capaz de um crime tão horrível e bem organizado como o assassínio na Casa de Road Hill. Mas ele sabia, pela sua experiência em «pardieiros» ou bairros miseráveis, do que as crianças tristes e velhacas eram capazes de fazer. A 10 de Outubro de 1837, durante o primeiro mês de Whicher na polícia, uma menina de oito anos foi apanhada a pregar um belo golpe perto do bairro degradado de St. Giles, Holborn. Punha-se a chorar amargamente na rua até reunir um grupo de gente à sua volta. Soluçando, explicava à audiência que perdera dois xelins e tinha medo de ir para casa com receio de ser castigada. Mal conseguia umas moedas de meio dinheiro, seguia o seu caminho e voltava a repetir o estratagema algumas ruas mais à frente. Um agente da Divisão E viu-a fazer isto três vezes antes de a prender. No Tribunal de Magistrados, voltou a alegar o terror que tinha dos pais; é difícil saber se estava a justificar-se ou a repetir o seu esquema. «A prisioneira, a chorar, disse que o pai e a mãe a mandavam ir para a rua vender pentes», relatou o *The Times,* «e, se ela não levasse dois ou três xelins para casa todas as noites, espancavam-na cruelmente. Por isso, não tendo vendido nenhum durante o dia, agia da forma descrita para conseguir o dinheiro que eles lhe exigiam.» No dia seguinte, 11 de Outubro, uma menina de dez anos foi acusada de ter partido uma vidraça num assalto a um relojoeiro em Holborn. Um bando de outros miúdos de dez anos acompanhou-a ao Tribunal de Magistrados. «Estavam vestidos de forma vistosa», disse o *The Times,* «e o seu aspecto e maneiras indicavam que eram ladrões e prostitutas, embora fossem tão jovens.» Um dos rapazes disse que pagava a multa da rapariga no valor de três xelins e seis dinheiros, o custo de substituir o vidro da janela. Ele atirou o dinheiro com desdém.

As crianças criminosas eram quase sempre crianças maltratadas. Nas primeiras semanas em Holborn, Whicher viu muitos exemplos da forma negligente ou mal-intencionada como os pais podiam tratar a sua prole. O seu colega Stephen Thornton prendeu uma varredora de rua embriagada, Mary Baldwin (aliás, Bryant), membro da família com a pior reputação de St. Giles, que foi vista a tentar matar a filha de três anos. Pôs a criança num saco e bateu violentamente com ele contra o passeio. Quando um transeunte ouviu os gritos da menina e protestou junto da mãe, Mary Baldwin correu para a estrada e colocou o saco na trajectória de uma diligência. A criança foi salva por alguns dos passageiros.

Desde esse tempo, tornara-se evidente que as crianças da classe média também podiam ser molestadas ou corruptas; às vezes, era quase impossível distinguir uma da outra, a vítima do vitimador. Em 1859, uma menina de onze anos chamada Eugenia Plummer acusou o reverendo Hatch, seu professor particular e capelão da cadeia de Wandsworth, de a molestar sexualmente, assim como à irmã de oito anos, enquanto estavam em sua casa como alunas internas. A menina de oito anos, Stephanie, confirmou a história. Após um julgamento sensacionalista, em que Hatch (sendo réu) não teve autorização para depor[1], este foi sentenciado a quatro anos de prisão com trabalhos forçados. Mas em Maio de 1860, algumas semanas antes do assassínio de Road Hill, Hatch processou Eugenia por perjúrio com êxito. Desta vez, era ela a acusada e, por conseguinte, não podia depor. O júri decidiu que ela tinha inventado tudo. Concordaram com o advogado do clérigo em que a acusação que ela fizera era «uma total ficção, resultado de uma imaginação lúbrica e depravada».

No seu influente editorial sobre o assassínio de Road Hill, o *Morning Post* aludia a esse caso: «Ter sido uma criança [a matar Saville] seria espantoso se Eugenia Plummer não nos tivesse ensinado até que ponto pode ir a precocidade perversa de algumas crianças.» A precocidade de Eugenia era de ordem sexual, mas também estava presente na frieza com que enganara na sua compostura sob pressão, na forma como refreava e canalizava a sua perturbação para mentiras. Se os leitores de jornais tinham ficado horrorizados ao ver um clérigo condenado por molestar sexualmente uma criança em 1859, devem ter ficado ainda mais perturbados, um ano mais tarde, ao descobrirem que a situação se invertera e que a criança era o agente do mal, uma criatura que tinha dado cabo da vida de um homem com a sua imaginação libidinosa[2]. Mas nem havia a certeza de isso ser verdade. Tal como a *Blackwood's Edinburgh Magazine* salientou em 1861, o único facto indiscutível era que «um dos júris condenara uma pessoa inocente».

No sábado de manhã, Whicher viajou para Bristol, quarenta quilómetros a noroeste de Trowbridge, onde visitou o superintendente John Handcock, que vivia na cidade com a mulher, quatro filhos e duas criadas. Handcock era um velho colega de Whicher que trabalhara nas ruas de Holborn juntamente com ele, quando ambos eram polícias, vinte anos antes. Whicher passou duas horas de cabriolé a fazer investigação em Bristol e arredores e depois apanhou o comboio trinta e poucos quilómetros a norte de Charbury, Gloucestershire. A seguir, percorreu os restantes trinta quilómetros de carruagem até Oldbury-on-the-Hill, onde morava Louisa Hatherill, com quinze anos, outra das colegas de Constance.

---

[1] Até 1898, um acusado não era autorizado a depor no seu próprio julgamento. *(N. da A.)*

[2] Se Eugenia estava a mentir, devemos interrogar-nos sobre o papel desempenhado na sua vida pelo médico da família, o senhor Gay, a quem ela — aos onze anos — já estava prometida em casamento. O cirurgião referia-se-lhe como a sua «mulherzinha» e foi ele que lhe examinou o corpo à procura de indícios de molestamento sexual. Gay observou «ligeiras marcas de violência», disse ele. *(N. da A.)*

«Ela falou-me dos filhos mais novos lá em casa», disse Louisa, «e disse que os pais demonstravam uma predilecção por eles. Falou do irmão William ser obrigado a empurrar o carrinho com os mais pequenos e disse que ele não gostava de o fazer. Disse que tinha ouvido o pai a comparar o filho mais novo com o mais velho, e a dizer como ele se tornaria num rapaz muito mais bonito [...] Nunca disse nada em particular sobre a criança falecida.» Por aquilo que Louisa relatara, parecia que toda a raiva que Constance sentia era por causa de William.

Tal como Emma Moody, Louisa confirmou a Whicher que a amiga era uma jovem forte. Ele observou no seu relatório que Constance era uma «rapariga muito robusta e bem constituída, e as colegas afirmam que ela gostava muito de lutar com elas, de exibir a sua força, e que manifestava por vezes o desejo de brincar ao Heenan e Sayers». O combate de pugilismo de pesos-pesados entre o americano John Heenan e o inglês Tom Sayers, em Abril desse ano, tinha sido uma obsessão nacional e acabou por ser o último disputado ao abrigo das regras antigas e brutais com as mãos nuas. Heenan tinha mais quinze centímetros do que Sayers e era vinte quilos mais pesado. Numa luta sangrenta de duas horas, que terminou num empate, Sayers fracturou o braço direito a bloquear um soco, enquanto Heenan partiu a mão esquerda e ficou quase cego com as investidas contra os seus olhos. As raparigas disseram a Whicher que Constance se gabava da sua força e que uma rixa com ela «era temida por todas».

O artigo desse sábado no *Somerset and Wilts Journal*, o jornal que mais simpatia demonstrava pelas opiniões de Whicher, aludia veladamente à cumplicidade de William no crime. Transmitia aos leitores a observação feita por Gough de que o rapaz estava «acostumado a usar as escadas das traseiras por causa das suas botas serem mais grossas». Isto reforçava a sensação de que o senhor e a senhora Kent rebaixavam William e, ao mesmo tempo, associava-o às escadas das criadas pelas quais Whicher pensava que o assassino tinha levado Saville de casa. O repórter sugeria que o esfaqueamento de Saville «poderia ter sido feito pelo cúmplice, se realmente era obra de duas pessoas, de forma que podiam estar ambos igualmente implicados». Enquanto Constance estava na prisão, circulou o boato de que William também fora detido.

Em Bristol, e depois de regressar a Trowbridge, Whicher pôs os repórteres ao corrente da sua investigação, sublinhando a infelicidade de Constance e a insanidade do lado materno. «As investigações do senhor

Whicher foram especialmente dirigidas à questão da provável insanidade», disse o *Trowbridge and North Wilts Advertiser*. Segundo foi dito ao repórter, a razão para isso era a de que «há poucos casos registados de homicídio, se é que os há, cujas vítimas tenham sido crianças de pouca idade, em que o homicida não tenha agido sob a influência de uma doença mental mórbida». Quanto ao motivo: «Foi-nos dito que a criança falecida era o favorito da família e que a mãe tinha um fraquinho por ele.» O repórter foi informado de que as criadas e os filhos do primeiro casamento eram tratados com dureza, já que a segunda senhora Kent «governa, segundo se diz, com mão severa, tem tudo sob o seu controlo».

O sargento-detective Williamson chegou a Trowbridge na tarde de 21 de Julho. A edição desse dia do *All the Year Round* trazia um artigo da autoria de Wilkie Collins sobre uma nova biografia do detective francês Eugène Vidocq. Collins elogiava os métodos «insolentes, engenhosos e audazes» de Vidocq, a sua «habilidade e capacidade de resistência para perseguir e capturar a sua caça humana» e a sua «inteligência». O francês — um mestre do crime que se tornara chefe da polícia — era o herói-detective com o qual os seus homólogos ingleses eram comparados.

No seu quarto na Woolpack Inn, no domingo 22 de Julho, Whicher escreveu o segundo relatório para *Sir* Richard Mayne, um documento de cinco páginas em que descrevia as provas contra Constance. Segundo ele, o seu argumento assentava na camisa de noite desaparecida e no testemunho das colegas de Constance. Listava as outras circunstâncias suspeitas: o assassínio ocorreu pouco depois de Constance e William terem regressado a casa do colégio interno; ela e William eram as únicas pessoas da casa que dormiam sozinhas; o par já usara a latrina antes como esconderijo. Assegurava a Mayne que ela tinha força suficiente para ter matado Saville, quer do ponto de vista físico quer psicológico — «ela parece possuir uma mente muito forte». Whicher agradecia a Mayne por lhe ter enviado Williamson e recordava-lhe a sua má relação com a polícia local. «Estou numa posição muito desagradável para trabalhar juntamente com a polícia do condado devido ao seu natural ressentimento relativamente a este assunto, pois suspeitam do senhor Kent e da ama e, caso venha a verificar-se no final que as minhas opiniões estão correctas, isso significará que eles estavam errados, mas tenho-me esforçado por actuar o mais possível em concertação com eles.» Whicher teve o cuidado de se proteger de eventuais acusações de desrespeito para com outros polícias.

Nos relatórios que enviou a Mayne, Whicher apresentou as suas razões para rejeitar as conjecturas da polícia de Wiltshire. Defendia o comportamento de Samuel Kent logo a seguir ao crime. Muitos desconfiavam dos motivos de Samuel para ter deixado a casa — se tivesse estado envolvido no assassínio, a fuga para Trowbridge ter-lhe-ia dado oportunidade de se desfazer de qualquer prova incriminatória, assim como o teria poupado a estar presente quando o corpo fosse descoberto. Mas havia explicações inocentes para o seu comportamento: o desejo de ter a certeza de que era dado o alarme, a inquietação despertada pela ansiedade. «No que respeita às suspeitas contra o senhor Kent», escreveu Whicher, «em relação à sua conduta depois do assassínio — ir a cavalgar durante seis quilómetros até Trowbridge para avisar a polícia de que o filho fora roubado —, acho-a perfeitamente consistente, dadas as circunstâncias, e era a atitude mais natural que podia tomar, uma vez que, em minha opinião, teria levantado muito mais suspeitas se tivesse ficado em casa, tendo sido anteriormente efectuada uma busca parcial ao local, a qual prosseguia no momento da sua partida.»

Havia relatos contraditórios relativamente ao tempo que Samuel levara a fazer a viagem até Trowbridge e ao facto de Peacock o ter alcançado antes ou depois de ele ter mandado chamar Foley. A versão no *Somerset and Wilts Journal* de 7 de Julho dizia que Peacock apanhou Kent antes de este chegar a Trowbridge e que Kent fez imediatamente meia-volta enquanto o clérigo prosseguiu até à cidade para ir buscar Foley e os seus homens. Como Kent já tinha saído há uma hora e Trowbridge ficava apenas a seis ou sete quilómetros de Road, isto deixava uma série de tempo por explicar. Poderia Kent ter usado esse tempo para se livrar da arma do crime ou de outras provas? Um mês depois, o *Journal* corrigiu a sua história original: dizia que Kent estava de regresso a Road quando Peacock o interpelara, e que já tinha informado Foley do desaparecimento do filho. Esta narrativa — que se encontrava de acordo com a primeira versão publicada sobre os acontecimentos no *Bath Chronicle* de 5 de Julho — tornava os *timings* mais razoáveis.

Alguns dos aldeãos falavam de Kent como de um senhor muito arrogante e de trato difícil, que era grosseiro ou lascivo para as suas criadas, e dizia-se que já tinham passado mais de cem pela Casa de Road Hill desde que ele se mudara para lá. Mas Whicher considerava-o um homem decente e até sentimental. «No que respeita ao seu carácter moral», escreveu Whicher, «não consigo encontrar nada contra ele, e fui informado pelas criadas — as que estão agora ao serviço da família e por aquelas que se foram embora — que ele e a senhora Kent viviam em perfeita harmonia, e uma delas (a antiga ama) afirmou que ele era loucamente apaixonado e indulgente com ela e que tinha um fraquinho pelo falecido filho, *que receio tenha levado a esta morte prematura.*»

Outro suspeito era William Nutt, que parecera prever a sua própria descoberta do corpo de Saville. Ele sentia rancor por Samuel por este ter perseguido um membro da sua família por roubar maçãs do pomar de Road Hill. Havia quem apontasse Nutt como o amante imaginário de Elizabeth Gough. «Não creio que exista fundamento para a suspeita em relação à testemunha "Nutt" que encontrou a criança», escreveu Whicher, «pois parece natural que ele tenha feito a observação de "procurar uma criança morta ou viva", pois na altura ele e Benger tinham revistado outros locais e iam também ver a latrina.» Quanto à sugestão «de ter uma ligação imprópria com a ama, não há o menor fundamento para essa suspeita. Em primeiro lugar, ela não o conhecia bem e, em segundo, não me parece que falasse muito com ele ou condescendesse em falar-lhe de forma mais íntima do que enquanto seu admirador, pois trata-se de uma rapariga superior para a sua posição, em aspecto e comportamento, enquanto Nutt é um homem desleixado e porco, fraco, asmático e coxo».

Whicher defendeu a inocência de Gough com firmeza. Alegando que não via nada na sua conduta que a tornasse uma provável suspeita. Isto fazia tábua rasa das suas estranhas contradições em relação à altura em que dera pela falta do cobertor de Saville: a princípio, disse ter notado a sua falta antes de o corpo ter sido encontrado; depois só tinha dado por isso mais tarde. Mas se isto era uma mentira e não uma confusão, parecia ser uma mentira inútil. Gough não tinha necessidade de esconder o facto de saber que o cobertor tinha sido levado — teria sido natural da sua parte analisar cuidadosamente a roupa da cama. Ao mudar a sua história, só estava a atrair suspeitas sobre si. Havia uma ambiguidade similar na sua explicação para não ter dado o alarme quando se apercebeu da ausência de Saville às cinco da manhã: a demora em fazê-lo parecia estranha. Contudo, se ela fosse culpada certamente não teria tocado no assunto. Havia quem considerasse suspeito o facto de Gough não ter mencionado a ausência de Saville a Emily Doel, sua ajudante, antes das sete na manhã do seu desaparecimento; Whicher considerava que esse silêncio «parecia falar a seu favor» porque indicava que ela acreditava realmente que a mãe do menino o tinha levado e que não havia razões para alarme. Ele também referia a inocência implicada pelas palavras que ela usara ao despertar a senhora Kent às sete e um quarto: «As crianças estão acordadas?»

A polícia em Isleworth, terra natal de Gough, tinha recebido ordens para fazer indagações sobre o seu carácter e o relatório enviado a 19 de Julho estava de acordo com as impressões de Whicher: «É conhecida como pessoa respeitável, viva, de bom temperamento e muito amiga de crianças.» Quanto ao suposto amante, o detective não conseguiu encontrar qualquer prova de «que ela se desse fosse com que homem fosse, tanto em Road como nas povoações vizinhas».

Especulou-se que a senhora Holley destruíra a camisa de noite de Constance para incriminar a rapariga e proteger William Nutt, que era casado com uma das suas filhas — a versão mais completa sobre esta teoria identificava cinco conspiradores: Nutt, Holley, Benger (a quem aparentemente Samuel acusara uma vez de lhe levar dinheiro a mais pelo carvão), Emma Sparks (a ama que testemunhou em relação às meias de dormir e fora dispensada por Samuel no ano anterior) e um homem anónimo que Samuel processara por pescar no rio. Havia poucas provas contra qualquer um deles, a não ser o facto vagamente suspeito de a senhora Holley afirmar ter ouvido rumores, antes de segunda-feira 2 de Julho, de que havia uma camisa de noite em falta. Whicher tinha uma explicação: «O boato acerca da camisa de noite [...] devia estar relacionado com a camisa manchada de Mary Ann que a polícia confiscara e examinara, mas que lhe fora devolvida nessa manhã.»

No domingo, Samuel Kent obteve autorização para visitar a filha na prisão. Foi acompanhado até Devizes, outra cidade da lã em Wiltshire, por William Dunn, um advogado viúvo nascido na zona este de Londres e que vivia em Frome. (Rowland Rodway tinha desistido de ser o representante legal de Samuel porque acreditava que Constance era culpada; concordou depois em representar a senhora Kent, que devia partilhar da sua opinião.) Este caso devia transcender as atribuições normais de Dunn. No tribunal do condado, no mês anterior, representara um homem ao qual tinha sido vendido um cortador de nabos defeituoso e outro cuja vaca desenvolvera um quisto do tamanho de dois punhos depois de ter sido picada com um pau por um criador de gado rival.

Quando chegaram à cadeia — projectada como uma roda, com o gabinete do director ao centro, de onde irradiava uma centena de celas à sua volta —, Samuel não conseguiu enfrentar a filha e mandou Dunn à cela em seu lugar. As suas razões eram insondáveis. O *The Times* relatou que «os sentimentos do pai levaram a melhor sobre ele e não foi capaz de aguentar o encontro», mas não deixava claro se o que estava em causa eram os sentimentos de Samuel enquanto pai de Constance ou de Saville: Provavelmente pesou a compaixão que sentia por Constance, ou o horror que ela lhe inspirava. O *Bath Chronicle* fez eco da incerteza: «Ele não conseguiu suportar a provação de um encontro com a filha e, consequentemente, permaneceu num quarto adjacente, enquanto o advogado conferenciava coma menina Kent.» Podia muito bem acontecer que Samuel sentisse aversão por ter de debater a morte do filho. Nas semanas decorridas desde o assassínio, a sua estratégia parecia ter sido o silêncio. «O senhor Kent nunca aludiu ao crime ao falar comigo do primeiro ao último dia», observou mais tarde Elizabeth Gough. «As meninas mais velhas sim, e o mesmo fez a menina Constance, mas não o senhor Kent. O menino William chorava com frequência por causa do sucedido.»

Quando Dunn visitou Constance na sua cela, ela disse-lhe repetidamente que estava inocente. O advogado mandou ir buscar um colchão confortável a um hotel local para lhe tornar mais agradável a semana na cadeia, e diligenciou para que lhe servissem refeições especiais.

Um funcionário da prisão deu informações aos repórteres de serviço. «Sabemos, de fonte credível, que o comportamento da menina Kent na prisão foi calmo e sossegado», adiantava o *Western Morning News*, «e que ela parecia estar ciente da sua inocência e envergonhada por se ver em tal situação.»

«Fomos informados de que ela esteve perfeitamente calma e tranquila ao longo da conversa», disse o *Bath Chronicle*, «como na verdade sempre se manteve desde o seu encarceramento, embora muito naturalmente o carácter doloroso da sua situação horrivelmente crítica tivesse operado uma mudança nas suas feições; mesmo assim, o seu comportamento em geral produzira uma tal impressão nos funcionários da cadeia, que estes não hesitaram em declarar que, fosse como fosse, o seu aspecto parecia provar a sua inocência naquela situação horrível.»

CAPÍTULO 10

OLHAR DE RELANCE PARA UMA ESTRELA

23-26 de Julho

Na altura em que foi encarregado de deslindar o homicídio de Road, Whicher já por duas vezes conduzira uma investigação relacionada com a morte misteriosa de um rapazinho. Uma foi o caso do reverendo Bonwell e do seu filho ilegítimo, que ainda estava a ser julgado no tribunal de Arches, o principal tribunal eclesiástico de Londres. A outra ocorreu uma década antes em Dezembro de 1849, quando um superintendente da polícia de Nottinghamshire apareceu na Scotland Yard e pediu a ajuda dos detectives de Londres num caso de suspeita de infanticídio. Este foi entregue a Whicher.

Em North Leverton, Nottinghamshire, um homem informara a polícia de que recebera pelo correio uma caixa contendo o cadáver de um rapaz. A criança tinha um vestidinho, chapéu de palha, meias e botas, e estava embrulhada num avental marcado com o nome «S Drake». O homem contou à polícia que a sua mulher tinha uma irmã chamada Sarah Drake que trabalhava como cozinheira e governanta em Londres.

Whicher e o superintendente de Nottinghamshire foram directamente à casa onde Sarah Drake trabalhava, no número 33 de Upper Harley Street, e acusaram-na do homicídio da criança. «Como sabe isso?», perguntou ela. Contaram-lhe sobre o avental marcado com o nome dela. Ela sentou-se e começou a chorar.

Nessa mesma noite, na esquadra, Drake confessou à «revistadora» que estava encarregada de examinar as suas roupas e pertences que tinha matado o menino cujo nome era Louis. Ele era seu filho ilegítimo, disse-lhe Drake, e durante os seus primeiros dois anos de vida tinha conseguido manter o emprego como criada pagando a outra mulher para tomar conta dele. Contudo, quando se atrasara com os pagamentos, a mãe adoptiva devolvera-lhe Louis, zangada. Aterrada com a perspectiva de perder o «lugar» em Upper Harley Street, que lhe rendia cerca de cinquenta libras anuais, Sarah Drake tinha estrangulado o filho com um lenço. Depois metera-o dentro de uma caixa e enviara-o à irmã e ao cunhado, que viviam no campo, na esperança de que eles o sepultassem.

Whicher reuniu as provas para confirmar a confissão de Drake. Foi uma tarefa extremamente fácil. No seu quarto, encontrou três aventais idênticos ao que vinha dentro da caixa e uma chave que servia na fechadura. Interrogou a senhora Johnston, a mulher que tomara conta de Louis desde os três meses por cinco xelins por semana. Ela disse que a 27 de Novembro tinha devolvido Louis à mãe em Upper Harley Street. Quando Drake lhe implorou que ficasse com ele durante mais uma semana, recusou. Disse que gostava do menino, mas que a mãe já por várias vezes faltara com o pagamento e estava agora com vários meses em atraso. Antes de deixar Louis em Upper Harley Street, a senhora Johnston insistiu com Sarah Drake para que tomasse conta do filho.

> *Disse-lhe que ele estava muito bem e se tinha transformado num menino robusto. Disse-lhe também que era melhor tirar-lhe o chapéu e a peliça [um casaco debruado a pele], caso contrário ele ia ter frio quando saísse. Ela assim fez. Ele tinha um lencinho ao pescoço e ela disse-me: «Isto é seu, é melhor tirá-lo.» E eu respondi: «Sim, mas guarde-o para lho pôr quando sair para o manter quente.» Também lhe disse que ele não tardaria a querer comer, ao que ela respondeu: «Muito bem! Ele come de tudo?» Eu disse que sim e fui-me embora.*

Quando ia a sair, Drake chamou-a para lhe perguntar quanto é que lhe devia exactamente. A senhora Johnston respondeu que eram nove libras e dez xelins, ao que Drake nada disse.

A senhora Johnston disse a Whicher que, quando lá passara na sexta-feira seguinte para ver Louis, Sarah Drake afirmara que ele estava com uma amiga. «Pedi-lhe que desse um beijo ao menino da minha parte, e ela respondeu: "Sim, eu dou".»

Whicher interrogou a criadagem no número 33 de Upper Harley Street. A criada da cozinha contou que na noite de 27 de Novembro Drake lhe pedira para levar uma caixa do seu quarto para a despensa do mordomo: «Vi-me aflita para a levantar.» O mordomo disse que Drake lhe pedira para pôr o endereço na caixa e para tratar das coisas para a levarem na manhã seguinte para a estação de Euston Square. O lacaio disse que levou a caixa até à estação, onde foi pesada — tinha dezassete quilos — e pagou oito xelins para a enviarem para Nottinghamshire.

A senhora Johnston acompanhou a polícia a North Leverton para identificar o corpo. Confirmou que se tratava de Louis. «O lenço que lhe deixara ao pescoço, a peliça e a capa também lá estavam.» O cirurgião que efectuou a autópsia disse que não tinha a certeza de que o lenço tivesse sido suficientemente apertado para matar o rapaz; havia indícios de que tinha sido espancado, e esta era a causa de morte mais provável.

No julgamento, Sarah Drake fixou os olhos no chão e embalou o corpo para trás e para a frente ocasionalmente tomada por tremuras. Mostrava sinais de grande angústia. O juiz disse ao júri que, embora ela não tivesse antecedentes de loucura, podiam decidir que o choque e o terror de se ter visto de repente com a criança nos braços lhe tinha perturbado a razão. Advertiu que «deviam ponderar bem antes de o fazer [...] os júris nunca poderiam, nem seria correcto, inferir insanidade meramente a partir da atrocidade do crime». Os jurados declararam Sarah Drake inocente, alegando insanidade temporária. Ela desmaiou.

Muitos bebés ilegítimos eram mortos por mulheres pobres e desesperadas na Inglaterra vitoriana: em 1860, os jornais noticiavam infanticídios quase todos os dias. Normalmente, as vítimas eram recém-nascidos e os agressores as suas mães. Na Primavera de 1860, numa estranha repetição do crime de Sarah Drake, Sarah Gough, governanta e cozinheira em Upper Seymour Street, a cerca de quilómetro e meio de Upper Harley Street, matou o filho ilegítimo, embrulhou-o e mandou-o de comboio de Paddington para um convento perto de Windsor. Também ela foi facilmente apanhada: no embrulho, estava um papel com o nome do seu patrão.

Os júris mostravam compaixão em relação a mulheres como Sarah Drake e Sarah Gough, preferindo considerá-las mentalmente transtornadas a depravadas. Eram ajudados nisto pelas novas ideias jurídicas e médicas. Nos tribunais, desde 1843 que a Lei McNaghten permitia que a «insanidade temporária» fosse usada como defesa. (Em Janeiro de 1843, um torneiro escocês, Daniel McNaghten, tinha atingido fatalmente a tiro o secretário de *Sir* Robert Peel tomando-o pelo primeiro-ministro). Os alienistas especificaram os tipos de loucura de que as pessoas aparente e normalmente sãs de espírito podiam ser vítimas: uma mulher podia sofrer de mania puerperal antes ou depois de dar à luz; qualquer mulher podia ser tomada por histeria; e qualquer pessoa podia ser afectada por monomania, uma forma de loucura que deixava o intelecto intacto — o doente podia ficar emocionalmente transtornado, mas mesmo assim, mostrar frieza e astúcia. De acordo com estes critérios, qualquer crime invulgarmente violento podia ser entendido como prova de insanidade. O *The Times* apresentou este dilema com clareza num editorial de 1853:

> *Nada é mais difícil de definir do que a linha de demarcação entre a sanidade e a insanidade [...] Façam a definição demasiado restrita, e ela deixa de fazer sentido; façam-na demasiado ampla, e toda a raça humana fica presa na rede de arrasto. Em rigor, somos todos loucos quando cedemos à paixão, ao preconceito, ao vício, à vaidade; mas se todas as pessoas apaixonadas, preconceituosas e vaidosas fossem enclausuradas como loucas, quem ficaria a guardar a chave do manicómio?*

A suspeita de que Constance Kent ou Elizabeth Gough fossem loucas continuava a surgir na imprensa. Chegou até a ser levantada a hipótese de a senhora Kent ter matado o filho durante um ataque de mania puerperal. Enquanto Constance aguardava na prisão, um tal senhor J.J. Bird escreveu ao *Morning Star* sugerindo que o assassínio de Saville tinha sido obra de um sonâmbulo. «A maior parte das pessoas sabe bem a precisão e o cuidado com que os sonâmbulos actuam», dizia ele. «Os suspeitos deviam ser vigiados à noite durante algum tempo.» Citava um caso em que um sonâmbulo alucinado, de olhos esbugalhados e fixos, apunhalara uma cama vazia por três vezes. Ele dizia que, se os sonâmbulos podiam cometer actos de violência de forma inconsciente, era possível que o assassino de Saville não tivesse consciência da sua culpa. Talvez o assassino tivesse dupla consciência. A ideia de que a loucura podia assumir esta forma, de que um corpo podia ser habitado por diferentes personalidades, fascinava os alienistas e os leitores de jornais de meados do século. A carta de Bird foi reeditada na semana seguinte em vários jornais regionais.

Na segunda-feira 23 de Julho, Whicher pôs Dolly Williamson ao corrente da investigação realizada até ao momento. Levou-o a Bath, a Beckington e a Road. Na terça-feira, Whicher pôs um anúncio na porta de Temperance Hall; «Recompensa de cinco libras — Desaparecida da residência do senhor Kent uma camisa de noite de senhora que se supõe ter sido deitada ao rio, queimada, ou vendida nos arredores. A recompensa referida será paga a quem a encontre e a traga à esquadra de Trowbridge.» Nesse dia preparou as provas que reunira contra Constance — Henry Clark, o escrivão do tribunal, anotou as conclusões em quatro páginas de papel ministro. Na quarta-feira, Whicher foi a Warminster para citar a sua principal testemunha, Emma Moody, e mandou Williamson ao colégio interno de William em Longhope, Gloucestershire, para ver o que conseguia saber sobre o rapaz.

Enquanto a chuva caía, os dois detectives procuraram a camisa de noite nos terrenos da Casa de Road Hill.

No fascículo daquele fim-de-semana de *The Woman in White* — o trigésimo quarto — o herói descobrira o segredo que *Sir* Percival Glyde tentara tão desesperadamente esconder, a vergonha que manchava o passado da sua família. Contudo, o seu conhecimento não era suficiente; para apanhar o vilão, tinha de encontrar a prova. A situação em que Whicher se encontrava era semelhante. No caso de Sarah Drake, tinha conseguido a confissão de que precisava ao confrontar a suspeita com o avental; se encontrasse a camisa de noite de Constance, poderia garantir o mesmo resultado: a prova física e a confissão de uma só vez.

Dupin, a personagem de Poe, observa: «A experiência demonstrou, e uma filosofia verdadeira sempre demonstrará, que uma grande parte da verdade, se não a maior, deriva do aparentemente irrelevante.» Se soubéssemos como lê-las, havia histórias escondidas inscritas em eventos perfeitamente banais. «Fiz uma investigação particular na semana passada», conta o sargento Cuff em *The Moonstone*. «Numa ponta da investigação estava um homicídio, e na outra uma mancha de tinta numa toalha de mesa que ninguém conseguia explicar. Em toda a minha experiência com as coisas mais sórdidas deste pequeno mundo nunca me deparara com algo tão insignificante.»

Como não conseguia encontrar a camisa de noite, Whicher regressou à fase em que ela desaparecera. Perguntou a Sarah Cox, a criada, quando é que a tinha mandado para lavar. Na segunda-feira depois do crime, disse-lhe ela mesmo antes do inquérito judicial. No dia 2 de Julho, por volta das dez horas, recolhera a roupa suja dos quartos da família. «A da menina Constance geralmente era atirada para o chão do quarto ou do patamar, alguma no domingo e outra na segunda-feira.» Cox lembrava-se de que a camisa de noite de Constance estava no patamar. Não tinha nódoas, disse ela, estava apenas ligeiramente suja como de costume. «Parecia estar suja como qualquer camisa que tivesse sido usada durante cerca de uma semana pela menina Constance.» Cox levou as roupas para um quarto de arrumações no primeiro andar para as separar. Depois de ter feito isso, pediu a Mary Ann e a Elizabeth que registassem as peças no livro da roupa, enquanto ela as arrumava em cestos que a senhora Holley iria recolher. Lembrava-se de ter lá posto três camisas de noite — a da senhora Kent, a de Mary Ann e a de Constance — e lembrava-se de Mary Ann as ter anotado no livro. (Elizabeth fez um molho separado com as suas roupas e anotou-as também num livro separado.)

Quando Whicher interrogou Cox de forma mais cerrada, ela lembrou-se de que Constance tinha visitado o quarto de arrumações enquanto estavam a organizar a roupa para lavar. A criada já tinha arrumado as roupas — «Já tinha tudo arrumado menos os panos do pó» — e Mary Ann e Elizabeth tinham-se ido embora deixando lá o livro onde as anotavam. Constance «deu um passo para dentro do quarto [...] Pediu-me para espreitar o bolso da combinação e ver se ela tinha deixado lá o porta-moedas». Cox remexeu o cesto que continha as peças maiores até encontrar a combinação. Tirou-a para fora e revistou o bolso. «Disse-lhe que o porta-moedas não estava lá. Nessa altura, pediu-me se ia lá abaixo e lhe trazia um copo de água. Assim fiz. Quando saí do quarto, seguiu-me até ao cimo das escadas das traseiras. Quando voltei com o copo de água, encontrei-a onde a deixara. Não devo ter estado ausente mais de um minuto.» Constance bebeu a água, pousou o copo e foi para o seu quarto. Cox juntou os panos do pó ao resto da roupa para lavar e terminou colocando uma toalha de mesa por cima de um cesto e um vestido da senhora Kent por cima do outro.

Às onze horas, Cox e Elizabeth Gough saíram para ir prestar depoimento ao Red Lion como o juiz de instrução solicitara. Cox disse a Whicher que deixou o quarto de arrumações destrancado, sabendo que a senhora Holley devia estar a chegar para recolher os cestos durante essa hora.

Whicher concentrou-se no relato de Cox. «Quando estou profundamente perplexo», diz o narrador da obra de ficção *Diary of an*

Ex-Detective (1859), «tenho o hábito de ir para a cama e ficar ali deitado até ter resolvido as minhas dúvidas e perplexidades. Com os olhos fechados, mas completamente desperto e sem nada para me perturbar, consigo resolver os meus problemas.» Desde o início que o detective era imaginado como um pensador solitário que precisava de se retirar do mundo sensorial para entrar no mundo livre e fantástico das suas hipóteses. Ao reunir a informação que recolhera, Whicher compilou uma história sobre a camisa de noite.

Concluiu que Constance pediu a Cox para procurar o porta-moedas como forma de a fazer tirar a roupa do cesto para poder ver onde é que estava a camisa de noite. Depois, enquanto Cox foi lá abaixo buscar a água, Constance regressou ao quarto que nem uma seta, tirou a camisa de noite e escondeu-a talvez por baixo das saias (a moda das saias compridas e rodadas estava no auge em 1860[1]). O mais importante é que aquela não era a camisa de noite ensanguentada que Whicher acreditava que Constance já tinha destruído, mas sim uma substituta limpa que ela vestira no sábado. A razão para a recuperar do cesto era matemática: se parecesse que a lavadeira tinha perdido uma camisa de noite imaculada, não dariam pela falta da camisa ensanguentada que Constance vestia quando matara Saville.

Whicher escreveu:

> *Sou de opinião de que a camisa de noite que usou quando cometeu o crime foi depois queimada ou escondida por ela,* mas mesmo assim devia estar com receio de que a Polícia lhe pudesse perguntar quantas camisas de noite tinha quando viera da escola *e, para se preparar para essa contingência, acredito que tenha recorrido a um estratagema engenhoso para dar a impressão de que a que lhe faltava tinha sido perdida pela lavadeira na semana a seguir ao assassínio, que suspeito tenha levado a cabo da seguinte maneira.*
>
> *A roupa suja da família foi recolhida como de costume na segunda-feira (dois dias) depois do assassínio e entre ela estava uma camisa de noite que pertencia à menina Constance, aquela que presumo tenha vestido a seguir ao crime. Depois de recolhida, a roupa foi levada para um quarto vago no primeiro andar, onde foi contada pela criada e listada no livro da roupa pela irmã mais velha. Foi depois colocada em dois cestos de roupa pela criada,* mas mesmo antes de ela sair do quarto,

[1] Nesse mês, de acordo com o *News of the World,* uma operária que trabalhava numa fábrica de rede de aço em Sheffield foi morta pela sua crinolina, quando esta foi apanhada pelo eixo giratório de uma máquina e a puxou para a morte. *(N. da A.)*

a menina Constance entrou *e pediu-lhe para tirar a roupa dos cestos [...] para ver se tinha deixado o porta-moedas no bolso da combinação* [...] segundo creio, isto fazia parte do seu estratagema para averiguar *em qual dos cestos estava a sua camisa de noite,* já que pediu de imediato à criada que fosse lá abaixo buscar um copo de água, *coisa que ela fez deixando-a junto à porta do quarto onde a encontrou ao regressar com a água,* e durante este tempo sou de opinião de que se apoderou da camisa de noite, *que nessa altura já constava do livro da roupa, e que a pôs novamente a uso, calculando que no final da semana, quando a roupa voltasse para casa, dariam pela sua falta e culpariam a lavadeira, e isso explicaria* o facto de lhe faltar uma se fosse interrogada sobre esse ponto.

Whicher acreditava que, para encobrir a destruição da prova, Constance tratara das coisas para que uma inocente camisa de noite fosse considerada perdida por mais alguém além dela. A irmã e a criada iriam jurar que a camisa tinha ido no cesto; e também que não tinha manchas de sangue. Desviou a atenção da camisa de noite manchada, desviou a atenção da casa. Era uma forma de se esquivar e de encobrir o homicídio em simultâneo.

Tal como o senhor Bucket diz em *Bleak House* quando é surpreendido pela esperteza de um assassino: «É um belo caso — um belo caso.» Depois, corrige-se ao recordar que está a falar com uma jovem respeitável. «Sabe, menina, quando o descrevo como um belo caso», prossegue, «quero dizer do meu ponto de vista.»

O trabalho do detective era reconstruir a história a partir de indicadores minúsculos, pistas, fósseis. Estes vestígios eram simultaneamente trajectórias e restos mortais: caminhos que remontavam ao acontecimento tangível no passado — neste caso um assassínio — e minúsculos pedaços desse acontecimento, recordações. Tal como os historiadores naturais e arqueólogos de meados do século XIX, Whicher tentou encontrar uma história para ligar os fragmentos que descobrira. A camisa de noite era o seu elo de ligação em falta, um objecto imaginado que dava sentido às suas outras descobertas, o equivalente ao esqueleto que Charles Darwin precisava para provar que os homens tinham evoluído a partir de macacos.

Dickens comparou os detectives aos astrónomos Leverrier e Adams que em 1846 descobriram Neptuno, em simultâneo e separadamente, observando os desvios nas órbitas de Urano. Estes cientistas, disse Dickens, descobriram um novo planeta de forma tão misteriosa como os detectives revelaram uma nova forma de crime. No seu livro sobre Road Hill, Stapleton também comparou os astrónomos aos detectives. «O instinto do detective iluminado pelo génio», escreveu ele, «marcou infalivelmente o lugar desse planeta em falta que nenhum olho avistara e cujo único registo foi encontrado nos cálculos da astronomia.» Leverrier e Adams reuniram as suas pistas a partir da observação, mas fizeram a sua descoberta por dedução, adivinhando a existência de um planeta através da sua possível influência sobre outro. Foi um trabalho de lógica e imaginação como a teoria da evolução de Darwin e a teoria de Whicher sobre a camisa de noite de Constance.

«Olhar de relance para uma estrela, vê-la de esguelha», diz Dupin em *The Murders in the Rue Morgue,* «é ver a estrela nitidamente.»

Entretanto, a polícia de Wiltshire estava a fazer campanha para desacreditar Whicher. A teoria do inspector sobre o assassino era oposta à da polícia, e ele deve ter deixado claro que pensava que a investigação não fora bem conduzida nos quinze dias antes de ele ter vindo de Londres. Os seus modos — na melhor das hipóteses calmos e auto-suficientes, na pior desdenhosos — devem ter contribuído para os deixar ainda mais irritados. As coisas só pioraram com a chegada do seu talentoso jovem colega Dolly Williamson.

Na quarta-feira, 25 de Julho, o superintendente Wolfe e o capitão Meredith foram à escola de Constance, em Beckington, e interrogaram as meninas Williams e Scott como Whicher fizera uma semana antes. Depois, deram informações ao *Bath Chronicle* sobre a sua visita. Os professores «falaram de Constance nos termos mais elogiosos dizendo que ela era uma aluna bem-comportada em todos os aspectos [...] e que era tão interessada nos seus estudos que se tornara uma concorrente de peso no exame semestral tendo obtido o segundo prémio. Somos levados a pensar que este facto exclui a possibilidade de ter cismado nesse terrível acto, como foi insinuado por algumas fontes, antes de vir para casa de férias».

Wolfe disse ao *Bath Chronicle* e ao *Trowbridge and North Wilts Advertiser* que tinha investigado a vida de Constance desde a infância e não descobrira qualquer prova de insanidade, «tendo a sua infância sido muito racional». «O boato sem fundamento, tão diligentemente posto a circular, de que a criança falecida sentia uma forte antipatia pela menina Constance é tão falso como perverso», disse o *Chronicle.*

O *Frome Times* minimizou a importância da fuga de William e Constance para Bath e da loucura na família materna. Em vez disso, repetiu a informação dada por «uma amiga íntima da família» de que Constance e Saville se davam muito bem, «como pode ser provado pelo facto de ele, no dia anterior à sua triste morte, a ter presenteado com um anel de contas que tinha feito para ela». O *Bristol Post* repetiu a teoria de que o verdadeiro assassino estava a incriminar a «alegre e irrequieta» Constance.

Vários jornais expressaram o seu cepticismo em relação ao caso contra Constance. «Consideramos o novo episódio na história sobre o caso apenas uma forma experimental», disse o *Bath Chronicle* na quinta-feira, «e depois de termos reflectido sobre isso não estamos de forma alguma inclinados a declarar a investigação materialmente avançada.» Não havia «uma partícula» de novas provas. O *Manchester Examiner* estava igualmente céptico: «Este passo parece mais uma disposição da parte de um detective de Londres para incriminar alguém como bálsamo para a opinião pública.»

Na quarta-feira, um tal senhor Knight Watson, de Victoria Street, uma nova estrada que atravessava Pimlico, passou pela Scotland Yard e pediu para falar com um detective. Disse que conhecia uma mulher chamada Harriet que já trabalhara para os Kent e que poderia dar informações úteis a Whicher sobre a família. O sargento-detective Richard Tanner ofereceu-se para interrogar a mulher, que era agora criada em Gloucester Terrace, perto de Paddington. Dick Tanner trabalhara regularmente com Whicher desde que se juntara à divisão em 1857. O comissário Mayne deu-lhe luz verde.

No dia seguinte, Tanner escreveu um relatório a Whicher sobre a sua reunião com Harriet Gollop. Disse que ela tinha trabalhado para os Kent como criada durante quatro meses em 1850 quando viviam em Walton-in-Gordano, Somersetshire.

> *Nessa altura, a primeira senhora Kent estava viva, mas, durante o tempo em que ali trabalhara, a «senhora Kent» nunca dormia com o senhor Kent. Ocupava sempre aposentos separados para dormir e durante todo o tempo em que ela (Harriet Gollop) lá estivera, a senhora Kent parecia muito triste e infeliz. Nessa altura, a menina Pratt era a preceptora da família e o seu quarto ficava próximo do quarto do «senhor Kent» e as criadas de lá achavam que havia uma intimidade indecorosa*

entre ela e o senhor Kent, e a mulher também pensava o mesmo. A menina Pratt referida era agora a senhora Kent, a mãe da criança que fora assassinada.

Gollop afirmou que a menina Pratt tinha «o total controlo de todas as crianças e que o senhor Kent deu instruções a todas as criadas para considerarem a menina Pratt como sua patroa». Era evidente que a antiga criada não gostara desta situação. «Harriet Gollop diz que a primeira senhora Kent era uma verdadeira senhora e que a considerava perfeitamente sã de espírito».

Whicher viu a carta na sexta-feira de manhã. O testemunho de Gollop dava substância ao boato de que Samuel Kent e Mary Pratt já eram amantes quando a primeira senhora Kent ainda era viva, e pintava um quadro negro da vida na casa dos Kent. Mas Whicher não podia servir-se disso. As recordações da criada fragilizavam o caso contra Constance — se a primeira senhora Kent estava mentalmente sã, a filha tinha menos probabilidades de estar louca — e podiam dar crédito à ideia de que Samuel, enquanto adúltero confirmado, tinha matado o filho depois de ser surpreendido na cama com Gough.

No lar da era vitoriana, as criadas eram muitas vezes receadas como estranhas que podiam ser espias ou sedutoras, até mesmo agressoras. O lar dos Kent, com a sua elevada rotatividade do pessoal doméstico, tinha tido muitas criadas perigosas. Havia Emma Sparks e Harriet Gollop que actuavam como informadoras sobre a vida sexual e pecadilhos da família. Havia duas que Samuel referira como possíveis suspeitas: uma cozinheira que ele metera na prisão e uma ama que ele despedira sem lhe pagar porque ela tinha o hábito de beliscar as crianças. Acabou por se verificar que ambas estavam a menos de trinta e poucos quilómetros de Road na noite do assassínio.

Samuel disse que havia uma criada que se tinha ido embora da Casa de Road Hill no início de 1860, jurando vingança contra a senhora Kent e os seus «horríveis filhos» e em particular Saville. Provavelmente, o menino queixara-se dela: talvez fosse aquela que gostava de dar beliscões, ou talvez fosse a ama que Samuel proibira de se encontrar com o namorado nas casas pequenas perto da sua. «Ela foi-se embora horrivelmente furiosa», disse Samuel. «E foi excessivamente insolente.» E, no seio da própria família, havia a antiga empregada que se tornara na senhora da casa, a preceptora que fisgara o amo e o levara a trair a primeira mulher e a negligenciar os filhos do primeiro casamento.

As criadas podiam corromper as crianças assim como os seus pais. Em *Governess Life: Its Trials, Duties, and Encouragements,* um manual de 1849, Mary Maurice advertia que «foram descobertos casos assustadores em que a pessoa aos cuidados de quem as crianças estão entregues, em vez de manter as suas mentes inocentes e puras, se tornou na sua corruptora — foi ela a primeira a levá-las a iniciar-se no pecado, a insinuar e a tecer intrigas e, finalmente, a ser o instrumento para destruir a paz das famílias». Em 1860, Forbes Benignus Winslow, um eminente alienista, descreveu essas mulheres como «fontes de contaminação moral e deterioração mental, das quais os pais mais vigilantes nem sempre são capazes de proteger os seus filhos».

A teoria dominante sobre o assassínio de Saville também apresentava uma criada como a serpente da casa. Segundo ela, Elizabeth Gough induzira o pai de família a uma traição tão absoluta que este acabara por matar o filho. Nos jornais, a menina Gough, à qual faltava um dente, tornou-se objecto de fantasia sexual. O repórter do *Western Daily Press* achava a sua aparência «decididamente agradável e superior à sua posição social». O *Sherborne Journal* descreveu-a como uma jovem «muito bem parecida», que à noite «se deitava [...] numa cama francesa sem cortinas perto da porta do quarto». Estava perigosamente integrada na família a um passo dos aposentos do amo.

O detective era outro membro da classe trabalhadora cuja imaginação perniciosa podia conspurcar um lar da classe média. Normalmente, como acontecera no caso de Sarah Drake e do filho assassinado, as suas investigações confinavam-se aos aposentos das criadas. Ocasionalmente, como em Road, aventurava-se junto dos senhores da casa. Um artigo publicado na *Household Words* em 1859 atribuía as fraquezas da força policial às origens dos seus agentes: «Nunca é um procedimento sensato ou seguro colocar a autoridade ou o poder arbitrário nas mãos das classes mais baixas.»

A segunda semana de investigação de Whicher não produzira mais nenhuma prova, apenas uma ideia nova: um pensamento sobre uma camisa de noite.

CAPÍTULO 11

AS COISAS QUE SE PASSAM

27-30 de Julho

Às onze da manhã de sexta-feira de 27 de Julho, os magistrados reuniram-se em Temperance Hall para interrogar Constance Kent. A sua tarefa era avaliar se ela deveria ser enviada a um tribunal superior para julgamento. Cá fora, havia vinte e quatro membros da imprensa à espera. Antes de iniciada a sessão, Whicher falou em privado com Samuel Kent. Disse-lhe que acreditava na sua inocência e estava preparado para fazer um depoimento nesse sentido. Kent recusou a oferta — «por razões de prudência», disse o seu advogado. As *nuances* das relações entre pai, filha e detective eram delicadas; podia prejudicar Samuel o facto de parecer estar conivente com o acusador de Constance.

Houve outros sinais de que Whicher tinha poucas certezas de ter sucesso no seu caso contra Constance. Nessa manhã, pagou a um grupo de trabalhadores para desmontar a latrina onde Saville fora encontrado e para limpar e drenar a fossa. Esta foi uma última tentativa para encontrar a camisa de noite desaparecida ou a faca. A busca foi infrutífera. Whicher deu aos homens seis xelins e seis dinheiros mais um xelim para tomarem qualquer coisa.

Constance chegou a Road às onze e meia escoltada pelo director da cadeia de Devizes. Após um breve atraso no início dos trabalhos, durante o qual esperou em casa de Charles Stokes, o fabricante de selas, acercou-se do salão de audiências. «Estava vestida como antes», relatou o *The Times,* «de luto carregado, mas usava um véu grosso que protegia o seu semblante do olhar curioso da maioria dos espectadores reunidos cá fora.» O véu era visto como um sinal de modéstia e decoro. O facto de uma mulher se esconder, bem como aos segredos da família, não era sinistro, mas sim conveniente. Contudo, também era desesperante. Num romance dos anos 1860, *A Skeleton in Every House,* Waters escreveu sobre «os segredos sombrios que palpitam e estremecem sob os finos véus».

«Ao ser levada para o salão», prosseguia o *The Times,* «a menina Constance Kent caiu nos braços do pai e beijou-o. Depois, ocupou o lugar que lhe tinham destinado e rompeu em lágrimas.» O *Somerset and Wilts Journal* descreveu a sua postura vacilante na sala de audiências: entrou «caminhando com passo hesitante e, dirigindo-se ao pai, deu-lhe um beijo trémulo».

Em contraste com a sua fragilidade, a multidão era forte e veemente. O salão ficou «instantaneamente cheio», segundo o *The Times.* A assistência «entrou com uma pressa tremenda ocupando todo o espaço disponível», disse o *Journal.* Só lá coube metade; o resto juntou-se lá fora, à espera das novidades. Havia três filas cheias de repórteres. As transcrições completas e literais da audição haviam de ser publicadas no dia seguinte por toda a Inglaterra.

Os magistrados sentaram-se na tribuna juntamente com os detectives Whicher e Williamson, o capitão Meredith, o superintendente Wolfe e Henry Clark, o escrivão. Caberia a Clark inquirir Constance em nome dos magistrados.

Numa mesa em frente da tribuna, estava sentado Samuel Kent e o seu advogado, William Dunn, de Frome, e em frente deles o advogado contratado para defender Constance: Peter Edlin, de Clifton, Bristol. Tinha um «olhar vivo, uma dicção perfeita e uma expressão algo cadavérica», relatou o *Somerset and Wilts Journal.*

Constance inclinou a cabeça para a frente e não se mexeu nem falou. Esteve todo o tempo imóvel e curvada. «Era evidente que se ressentia dos acontecimentos do último mês», adiantava o *Somerset and Wilts Journal,* «pois era difícil reconhecer no seu rosto pálido e magro a rapariga robusta e bem constituída de há cinco semanas atrás. Contudo, a mesma expressão singularmente sinistra continuava a caracterizar-lhe as feições.»

Samuel descansou o queixo sobre a mão e olhou em frente. Parecia «muito deprimido», segundo o *Bath Express,* «e o seu semblante apresentava indícios inequívocos de uma profunda dor [...] A seguir à prisioneira, ele e o senhor Whicher dividiam a atenção do público». Nenhum dos três iria desempenhar um papel formal nos trabalhos do dia — estavam lá para observar e serem observados. A lei impedia especificamente Constance, enquanto acusada, de prestar testemunho.

Elizabeth Gough foi a primeira a ser chamada e os magistrados retomaram o interrogatório da sexta-feira anterior. «Parecia consideravelmente macilenta», de acordo com o *Somerset and Wilts Journal*. O repórter deste jornal dizia ver as mulheres suspeitas no caso a desaparecer diante dos seus olhos, como que lentamente consumidas pela fome que o público tinha de as ver.

Clark inquiriu Elizabeth sobre o cobertor. «Não dei pela falta do cobertor no berço do menino até ter sido trazido juntamente com o corpo», disse ela.

Edlin interrogou a ama sobre a relação entre a sua cliente e o jovem meio-irmão. «Nunca ouvi Constance dizer nada de desagradável a Saville», disse Gough. «Nunca a vi comportar-se com ele de outra forma a não ser com gentileza.» Não foi capaz de confirmar que Saville dera um anel de contas a Constance no dia em que morrera ou que Constance tivesse dado um desenho a Saville.

Foi chamado William Nutt. Edlin interrogou-o sobre a sua «predição» de que Saville seria encontrado morto e Nutt repetiu aquilo que dissera no inquérito judicial: só tinha querido dizer que receava o pior.

A seguir, foi a vez de Emma Moody, a colega de Constance.

— Alguma vez ouviu a prisioneira usar alguma expressão de má vontade para com o falecido? — perguntou Henry Clark.

— Ela não gostava dele porque tinha ciúmes — respondeu Emma.

Perante isto, Edlin interveio:

— Isso não é uma resposta à pergunta. O que é que a prisioneira disse?

Emma repetiu parte do que contara a Whicher: que Constance admitia arreliar e beliscar Saville e Eveline, que nunca estava ansiosa de ir para casa durante as férias porque sentia que os pais preferiam os filhos mais novos.

Clark perguntou se ela se recordava de Constance ter dito mais alguma coisa sobre Saville. Embora Emma tivesse contado a Whicher que uma vez censurara Constance por ela dizer que odiava o meio-irmão, a rapariga não fez referência a isso.

— Não me lembro de mais nenhuma conversa com ela sobre a criança falecida. Só a ouvi referir-se-lhe por alto.

— Alguma vez a ouviu dizer mais alguma coisa em relação ao irmão falecido? — perguntou Clark, mas Edlin interveio.

— Permitam-me alegar que isto não é correcto; o interrogatório que está a ser feito não é normal e é inadequado... Parece-me que está a ir por um caminho invulgar e inédito.

— O meu propósito era apenas esclarecer os factos — contrapôs Clark.

— Reconheço-lhe o desejo sincero de querer cumprir o seu dever — disse Edlin —, mas na ânsia de o fazer acabou involuntariamente por se exceder.

Agora, foi a vez de Henry Ludlow intervir para defender o escrivão.

— Talvez seja melhor explicar de que forma. Esse é um termo demasiado forte.

— Digo-o com toda a cortesia — disse Edlin. — Creio que o senhor Clark se excedeu no seu dever; parece tê-lo entendido mal. Tem uma colega da prisioneira à sua frente e em vez de se limitar a fazer perguntas e a ficar satisfeito com as respostas, questionou a testemunha segundo um método que mais parece um contra-interrogatório. Esta não é a forma como estes interrogatórios são geralmente conduzidos, e muito menos num caso de natureza tão importante. — Rebentaram aplausos na sala, que Ludlow mandou silenciar encolerizado.

— Se tiverem mais alguma manifestação desse género — advertiu — os magistrados darão ordem para evacuar a sala. — Virou-se para Edlin. — Talvez possa apresentar uma objecção específica, senhor Edlin, em vez de avançar com objecções de carácter geral.

Clark acrescentou:

— Se temos uma testemunha que não percebe aquilo que lhe perguntamos, não vejo como se há-de obter o depoimento a não ser que se faça novamente a pergunta.

— Mas depois de ter obtido uma resposta — disse Edlin — não deve repetir a pergunta à maneira de um contra-interrogatório.

— Tenho estado a fazer as perguntas de acordo com as normas — disse Clark — e se não obtenho uma resposta tenho de voltar a fazer a pergunta.

— Então fez a mesma pergunta vezes sem conta e por conseguinte está arrumada.

Clark dirigiu-se a Emma:

— Ouviu a prisioneira dizer alguma coisa em relação ao falecido irmão?

— Essa pergunta já foi feita vezes sem conta — disse Edlin — e foi respondida negativamente, portanto está arrumada.

Edlin estava precisamente a fazer a mesma coisa de que acusava Clark: a usar a repetição como meio de intimidação.

Ludlow assumiu o controlo:

— Gostaríamos que dissesse aquilo que realmente se passou — disse ele a Emma. — Qualquer conversa que tenha tido com a prisioneira — nada de coisas por ter ouvido dizer. Não pretendemos fazer nada que não seja estritamente legal e correcto. Talvez nunca tenha estado anteriormente num tribunal e, seguramente, também numa ocasião tão solene; agora, pergunto-lhe se alguma vez teve uma conversa com a prisioneira na escola relativamente aos sentimentos que ela sentia pelo falecido.

— Não me lembro de mais nada.

No seu contra-interrogatório, Edlin fez perguntas pormenorizadas sobre as visitas de Whicher a Warminster.

— Passou uma vez por nossa casa — disse Emma — e outra vez pela casa do senhor Baily, um senhor muito discreto. É um senhor casado e eu conheço-o porque mora precisamente do outro lado da rua. A senhora Baily, ao ver-me no jardim da minha mãe, mandou-me chamar e eu fui e deparei-me com o senhor Whicher. Não fiquei surpreendida ao vê-lo ali porque a senhora Baily interessara-se pelo assunto e fizera-me perguntas.

Ela confirmou que Whicher lhe mostrara uma flanela de pôr no peito.

A linha de pensamento que Edlin estava a usar no interrogatório retratava Whicher como dissimulado e insinuante — dava a entender que, para conseguir o testemunho de Emma Moody, Whicher fora no seu encalço, enviara uma cúmplice da casa que ficava em frente como isco para a atrair, mostrara-lhe uma peça de roupa interior feminina, persuadira-a a transformar as suas recordações numa condenação da colega de escola.

Enquanto isto, Whicher interrompeu para se dirigir directamente a Emma:

— E transmiti-lhe a importância de dizer a verdade e nada mais do que a verdade.

Esperava com esta intervenção encorajá-la a dar o testemunho que pretendia.

Edlin tentou anular o apelo.

— Tomamos isso como certo — disse ele a Whicher.

— Preferia ouvi-lo da prisioneira — disse Whitcher. (Emma não era prisioneira, mas sim testemunha. O deslize de Whitcher reflectia a sua frustração em relação à rapariga.)

Emma admitiu que Whicher a exortara a dizer a verdade.

Ludlow perguntou-lhe uma vez mais se ela se recordava de qualquer outra conversa com Constance sobre Saville. Ela disse que não.

— A pergunta já foi feita vezes sem conta — disse Edlin novamente.

— Discutiu com a prisioneira em relação a alguma conversa que teve com ela? — perguntou Ludlow.

— Sim, senhor — disse Emma, abordando finalmente a conversa que tivera com Whicher.

Mas Edlin objectou de imediato. Os magistrados não deviam fazer essas perguntas, disse; em nome da humanidade, apelou a que deixassem Emma ir embora.

Após conferenciarem em privado com Edlin, os magistrados concordaram em dispensar Emma Moody.

Joshua Parsons deu o seu testemunho sobre a autópsia em conformidade com o que relatara no inquérito judicial. «Eu conhecia muito bem o pequenino que foi morto», acrescentou. O médico testemunhou que tinha visto uma camisa de noite muito limpa em cima da cama de Constance na manhã do assassínio. Em resposta a Edlin, reconheceu que «*podia* ter sido usada uma semana ou perto disso» e que teria sido necessária «muitíssima força» para infligir o golpe no coração de Saville. Não foi interrogado sobre aquilo que pensava em relação a Constance ser ou não maníaca.

Quando Henry Clark interrogou Louisa Hatherill, a outra colega de Constance, ela repetiu aquilo que Constance lhe dissera sobre a predilecção manifestada em relação à nova família e as desconsiderações para com William.

Sarah Cox testemunhou em relação à camisa de noite desaparecida: descreveu a forma como Constance visitara o quarto onde ela estava a arrumar a roupa suja na segunda-feira seguinte ao homicídio e o escândalo lá em casa quando se descobriu que faltava a camisa. Contudo, Clark não conseguiu expor a teoria de Whicher sobre a forma como Constance retirara uma camisa de noite inocente para encobrir a destruição da culpada.

Cox não manifestou hostilidade nem suspeita em relação a Constance. «Não observei nada de invulgar nos modos ou comportamento da prisioneira depois do assassínio a não ser a dor habitual», testemunhou. «Nunca vi nem ouvi da parte dela nada de indelicado ou impróprio de uma irmã em relação ao falecido.»

A senhora Holley foi a última testemunha. Foi inquirida acerca da camisa de noite em falta. Ela disse que, desde que lavava a roupa dos Kent há cinco anos, só tinham desaparecido duas coisas: «Uma era um pano do pó antigo e a outra uma toalha velha.»

Edlin iniciou o seu discurso de encerramento pedindo aos magistrados que libertassem Constance Kent de imediato. «Não há a mínima prova contra esta jovem.» Com uma ousadia extraordinária, comparou a investigação do crime com o próprio crime: «Digo que foi cometido um assassínio atroz, mas receio que tenha sido seguido por um assassínio judicial de natureza pouco menos atroz.»

«Nunca, mas nunca se esquecerá», prosseguiu, «que esta jovem foi arrastada de sua casa e enviada como um vulgar criminoso — um vulgar vagabundo — para a cadeia de Devizes. Por conseguinte, digo que esse passo só devia ter sido dado depois de se pensar maduramente no assunto e depois de alguma prova palpável e não com base no facto de ter desaparecido uma simples camisa de noite — que o inspector Whicher sabia estar lá em casa e que o senhor Foley examinou com o médico no dia a seguir ao crime, assim como às gavetas da jovem.» Edlin estava a chamar a atenção para a quantidade de homens que tinham andado a remexer na roupa interior de Constance. Deliberadamente ou não, percebeu mal a teoria de Whicher sobre a forma como a destruição da camisa de noite tinha sido disfarçada. Se a camisa de noite não tinha manchas, perguntou Edlin, que objectivo poderia haver em retirá-la? Insistiu no facto de a camisa de noite desaparecida «ter sido esclarecido para satisfação de todos quantos tinham ouvido os testemunhos naquele dia, e que não restava qualquer dúvida de que esse pretexto, em que aquela terrível acusação se baseara, tinha caído por terra».

Nesta altura, tanto Samuel como Constance Kent sucumbiram às lágrimas e esconderam o rosto entre as mãos. Edlin prosseguiu:

«As providências que tomaram são de ordem a estragar-lhe a vida para sempre — já não há qualquer esperança para esta jovem rapariga [...] E onde está a prova? O único facto — e até sinto vergonha de o referir nesta terra de liberdade e justiça — é a *suspeita* do senhor Whicher, um homem desejoso de encontrar o assassino e ansioso pela recompensa que oferecem [...] Não pretendo queixar-me inutilmente do senhor Whicher, mas na presente situação creio que o seu empenho profissional na perseguição do criminoso o levou a enveredar por uma via inédita para provar um móbil; e não posso deixar de fazer referência à mesquinhez — digo, à indelével mesquinhez, atrever-me-ia a dizer ao descrédito, e estive quase a dizer à vergonha, mas não quero dizer nada que deixe uma impressão desfavorável para o futuro —, ao inefável descrédito com que ele perseguiu duas colegas de escola e as trouxe aqui para prestarem o depoimento que ouvimos. Que a responsabilidade e a vergonha de tal procedimento recaiam sobre aqueles que trouxeram aqui as testemunhas! [...] Parece-me que ele se deixou levar de forma algo estranha neste assunto. Ficou frustrado e desgostoso por não encontrar uma pista e agarrou-se a uma coisa que não era pista alguma.»

O advogado concluiu: «Tanto quanto sei, nunca houve caso mais injusto, mais inadequado e mais improvável, relativamente aos factos descritos nos testemunhos, que tivesse sido apresentado em qualquer tribunal e em qualquer lugar, envolvendo uma acusação de natureza tão grave e procurando, como é o caso, fixar essa acusação numa jovem com a posição social da menina Constance Kent.»

O discurso de Edlin foi muito interrompido pelos aplausos da assistência. Terminou pouco depois das sete da tarde. Os magistrados conferenciaram e, quando a assistência teve autorização para voltar à sala, Ludlow anunciou que Constance era livre de se ir embora na condição de que o pai disponibilizasse duzentas libras como garantia de que voltaria a comparecer no tribunal se necessário.

Constance deixou o Temperance Hall escoltada por William Dunn. Lá fora, a multidão recuou para os deixar passar.

Segundo o *Western Daily Press,* quando Constance chegou à Casa de Road Hill «as irmãs e os pais agarraram-se a ela de forma arrebatada e emocionante abraçando-a ternamente, e os soluços, choros e abraços continuaram durante um tempo considerável. Por fim, acabaram por se acalmar e desde então a jovem tem apresentado uma expressão muito controlada e contemplativa». Remeteu-se novamente ao silêncio.

O argumento de Whicher tinha sido frágil, fossem quais fossem os critérios. Havia várias razões de ordem prática para o seu fracasso: foi chamado tarde para o local do crime, viu a sua acção contrariada por agentes da polícia local incompetentes e na defensiva, foi incitado a fazer uma detenção e foi mal representado em tribunal — tal como sublinhou no relatório que enviou a Mayne, «*não havia nenhum profissional a conduzir o caso, do lado da acusação*». Samuel Kent, que em circunstâncias normais ter-se-ia encarregado de tratar da acusação ao suspeito de ter assassinado o seu filho, dificilmente iria financiar um ataque à própria filha. Whicher tinha a certeza de que um advogado profissional poderia ter explicado melhor a teoria da camisa de noite desaparecida e persuadido Emma Moody a repetir aquilo que lhe contara sobre Constance não gostar de Saville; estas duas situações podiam ter feito toda a diferença. No fim de contas, os magistrados não precisavam de decidir sobre a culpa de Constance, mas apenas sobre se havia provas suficientes para justificar mandá-la a julgamento.

Naquele dia, aquilo que acabou por virar as coisas contra Whicher foi o discurso de Edlin, a sua descrição do detective grosseiro, ganancioso e predatório na forma como destruíra a vida de uma jovem. Havia uma insinuação sexual, uma sugestão de que o polícia era um espoliador desajeitado e de classe inferior de uma virgem inocente. O público sentiu-se atraído pela análise de Edlin. Embora os aldeãos de Road estivessem prontos a acreditar que os filhos adolescentes de Samuel Kent, estranhos e infelizes, tivessem morto o irmãozinho, a maior parte dos ingleses rejeitava a ideia como grotesca. Era quase inconcebível que uma rapariga respeitável pudesse estar possuída por fúria e emoção suficientes para matar, e fosse suficientemente fria para disfarçar. O público preferia acreditar na vileza do detective e atribuir-lhe a poluição moral.

A investigação de Jack Whicher tinha deixado entrar a luz na casa fechada, aberto as janelas; mas, ao fazê-lo, expusera a família à imaginação lúbrica do mundo exterior. Houve uma crueza necessária nos procedimentos policiais: mediram-se peitos, examinaram-se camisas de dormir à procura de marcas de suor e sangue, fizeram-se perguntas indelicadas sobre jovens simpáticas. Em *Bleak House,* Dickens imagina os sentimentos de *Sir* Leicester Dedlock quando a sua casa é revistada: «A nobre casa, os retratos dos antepassados, estranhos a desfigurá-los, agentes da polícia a tratar rudemente os seus bens mais preciosos, milhares de dedos a apontar para ele, milhares de rostos a rirem-se dele.» Enquanto a literatura policial das décadas de 1830 e 1840 habitara os pardieiros de Londres, o crime sensacionalista começara a invadir o lar da classe média nos anos de 1850 tanto na ficção como na realidade. «Chegam ao nosso conhecimento coisas muito estranhas que se passam nas famílias», diz Bucket. «E mesmo em famílias distintas, em famílias importantes, em grandes famílias [...] não fazem ideia [...] das coisas que se passam.»

Durante as investigações de Whicher, o *Frome Times* fez «um protesto indignado contra a conduta de alguns dos representantes da imprensa. Fomos informados de fonte segura de que alguém entrou na casa disfarçado de detective enquanto outra pessoa teve a audácia de impor a sua presença ao senhor Kent e perguntar-lhe pormenores sobre o assassínio do filho! Em nossa opinião, a audácia e falta de compaixão desta pessoa dificilmente será igualada à do vilão que perpetrou este horrível crime». Esta teoria também apresentada por Edlin era possível pela sensibilidade vitoriana à «exposição», ao escândalo e à perda da privacidade. As investigações numa casa da classe média, efectuadas pela imprensa e, acima de tudo, pelos detectives, eram consideradas como se fossem ataques. A exposição podia destruir, como o homicídio tornava claro — quando os pulmões, as vias respiratórias, as artérias e o coração eram repentinamente abertos ao ar, eles entravam em colapso. Stapleton descreveu a morte de Saville nestes termos: o habitante da «casa da vida» tinha sido «afastado rudemente por um intruso não autorizado e violento».

A palavra «detectar» derivava do latim *de-tegere* ou «destelhar», e a figura original do detective era o diabo coxo Asmodeu, «o príncipe dos demónios», que tirava os telhados às casas para espiar as vidas lá dentro. «O diabo Asmodeu é o diabo da observação», explicou o romancista francês Jules Janin. No seu livro sobre o assassínio de Road Hill, Stapleton usou a figura de Asmodeu «a espreitar as privacidades» da casa da família Kent para personificar o fascínio público pelo caso.

«Se todas as divisões de uma casa fossem vistas por um observador secreto», escreveu o detective escocês McLevy em 1861, «seria algo ainda mais maravilhoso do que uma viagem oferecida.» Um polícia à paisana era precisamente um desses observadores secretos, um homem autorizado a espiar. O herói-detective podia a qualquer momento virar-se e revelar o seu duplo sorridente, o *voyeur*.

«Anjo e diabo à vez, não é?», observa o senhor Bucket.

Depois de paga a fiança de Constance, Whicher disse a Ludlow que não via razão para ficar em Wiltshire. «Não vislumbrei qualquer hipótese de conseguir mais provas se prolongasse a estada», disse ele no seu relatório, «já que a única prova complementar seria descobrir a camisa de noite que eu receava que tivesse sido destruída.» Ludlow concordou em que ele devia ir-se embora. Assegurou a Whicher que estava convencido da culpa de Constance e que enviaria cartas para esse efeito a *Sir* George Cornewall Lewis, ministro da Administração Interna, e a Mayne. Henry Clark redigiu as cartas de imediato: «Foi-nos pedido pelos magistrados [...] que lhe transmitíssemos os seus agradecimentos pelos serviços do senhor inspector Whicher e do senhor sargento Williamson. Embora as provas ainda não tenham conseguido estabelecer a culpa da pessoa detida, os magistrados estão impressionados com a ideia de que a menina Constance Kent é culpada e esperam que ainda possa ser produzida prova para levar o perpetrador do crime à justiça. Estão extremamente satisfeitos com o esforço desenvolvido pelos agentes acima mencionados.»

Whicher e Williamson regressaram a Londres no dia seguinte. Whicher levou as relíquias da sua investigação: as restantes duas camisas de noite de Constance, a lista da sua roupa, o pedaço de jornal ensanguentado. Na nova edição de *All the Year Round,* o herói de *The Woman in White* também concluiu as suas investigações no terreno. O episódio terminava assim: «Meia hora mais tarde, já estava de regresso a Londres no comboio expresso.»

Nesse fim-de-semana, houve várias tempestades nas proximidades de Road. Os relâmpagos iluminaram os campos, o rio Frome subiu quase noventa centímetros e o granizo fustigara o milho.

No decorrer dos autos em Temperance Hall, a senhora Kent tinha entrado em trabalho de parto. «A agitação e *suspense* de aguardar pelo resultado da nova inquirição de testemunhas revelou-se demasiado para ela», relatou o *Bath Chronicle,* «e a consequência foi o trabalho de parto prematuro.» Correu o boato de que o bebé nascera morto, mas isso era falso. A senhora Kent deu à luz um menino na segunda-feira 30 de Julho, um mês depois do assassínio do seu primeiro filho, e chamou-lhe Acland Saville Kent.

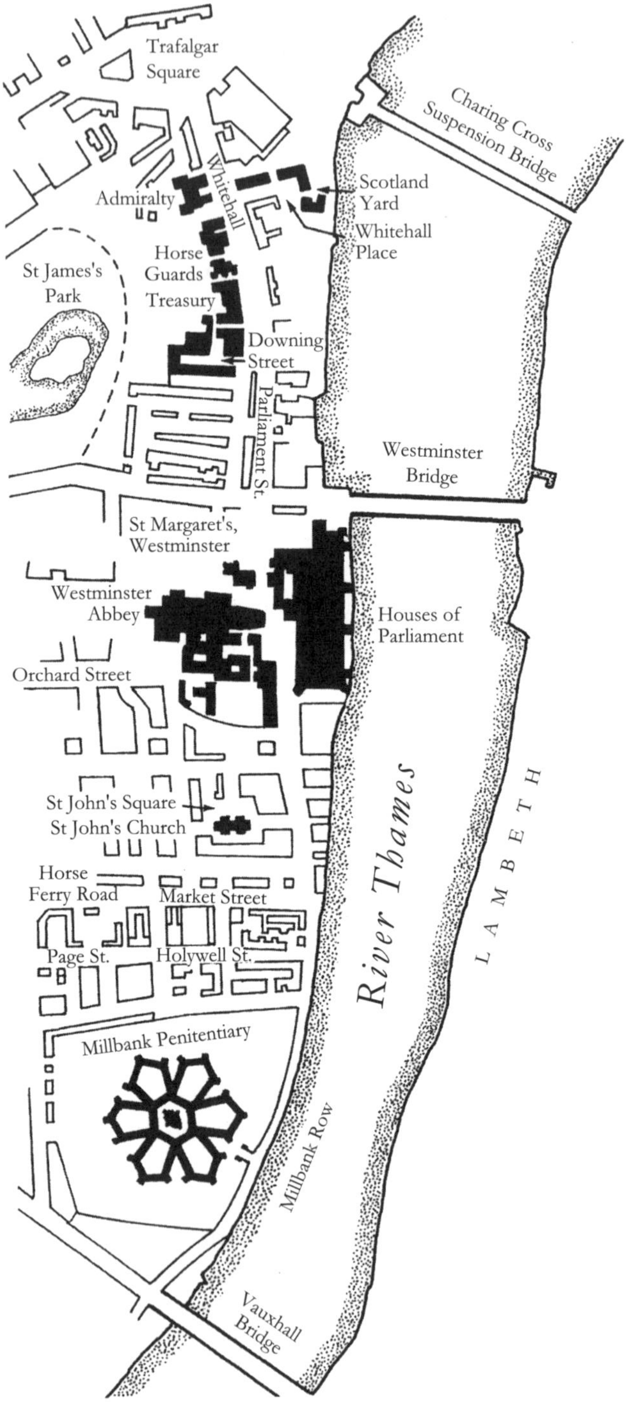

Trafalgar Square
Charing Cross Suspension Bridge
Whitehall
Scotland Yard
Admiralty
Whitehall Place
Horse Guards
St James's Park
Treasury
Downing Street
Parliament St.
Westminster Bridge
St Margaret's, Westminster
Westminster Abbey
Houses of Parliament
Orchard Street
St John's Square
St John's Church
River Thames
LAMBETH
Horse Ferry Road
Market Street
Page St.
Holywell St.
Millbank Penitentiary
Millbank Row
Vauxhall Bridge

CAPÍTULO 12

A FEBRE DO DETECTIVE

Londres, Julho-Agosto de 1860

Whicher chegou à estação de Paddington na tarde de sábado, 28 de Julho, e chamou um cabriolé para o levar, e à sua bagagem, para Pimlico — provavelmente para o número 31 de Holywell Street, em frente de Millbank Row. Esta era a casa onde a sua sobrinha Sarah Whicher, uma governanta solteira de trinta anos, tinha um quarto alugado e foi a morada que ele deu como sua três anos depois[1]. Nos anos de 1850, o seu amigo e colega Charley Field vivia no número 27 com a mulher e a sogra

---

[1] Embora o seu nome não aparecesse no recenseamento de 1861, há indícios de que Whicher vivia nesta casa em 1860. Numa circular da polícia de 1858, ele pedia aos colegas que o informassem na Scotland Yard se vissem um senhor de vinte e quatro anos que tinha desaparecido, «alegadamente com perturbações mentais»; duas semanas depois disso, apareceu um anúncio particular no *The Times* pedindo notícias desse mesmo homem com o seu «rosto de frente e bastante pálido», oferecendo uma recompensa de dez libras — presumivelmente teria sido colocado por Whicher, mas pedia que a informação fosse transmitida ao «senhor Wilson» para o número 31 de Holywell Street. O pseudónimo escondia o facto de a polícia andar à procura daquele senhor macilento. «Os truques dos detectives da polícia são infinitos», observa o narrador de *The Female Detective*. «Receio que muitos anúncios bem-intencionados escondam o dedo da investigação.» Um ano mais tarde em 1859, o gabinete do comissário difundiu um pedido de informação sobre um cão branco arraçado de lobo que desaparecera do número 31 de Holywell Street. Normalmente, um cão perdido não era do foro da Scotland Yard — talvez o cão-lobo branco pertencesse à senhoria de Whicher (Charlotte Piper, uma viúva de quarenta e oito anos que vivia dos rendimentos) ou ao próprio detective. *(N. da A.)*

enquanto a sobrinha de Whicher, Mary Ann, trabalhava como criada numa família de estofadores no número 40.

A área estava a mudar rapidamente. Para oeste, a estação de caminhos-de-ferro de Victoria estava quase pronta e, para norte, o Palácio de Westminster, monumento gótico reconstruído por Charles Barry, também estava quase concluído — o Big Ben tinha sido instalado um ano antes, embora continuasse sem carrilhão e a ter apenas um ponteiro. Na nova ponte de Westminster, tinham sido instalados nesse Verão treze candeeiros a carbureto: eram alimentados por uma série de minúsculas explosões de oxigénio e hidrogénio que deixavam as pedras de carbureto tão quentes que estas entravam em combustão libertando um brilho incandescente. Dickens visitou Millbank num dia quente em Janeiro de 1861, e dirigiu-se para oeste ao longo do rio: «Segui em frente *durante uns cinco quilómetros* por uma magnífica e ampla via sobranceira ao Tamisa, onde se erguiam imensas fábricas, vias-férreas e coisas quejandas, e onde os estranhíssimos inícios e fins das múltiplas ruas se projectavam quase no próprio Tamisa. Quando eu era remador naquele rio, aquilo não passava de terreno irregular e valas com um ou dois *pubs* aqui e ali, uma velha fábrica, uma chaminé alta. Nunca a vira em estado de transição, embora suponha que conheço tão bem esta grande cidade como qualquer outra pessoa que lá more.»

A parte de Millbank em que Whicher vivia era um bairro barulhento e industrial à beira-rio, constituído por filas de casas amarelas dominadas pela grande flor de seis pétalas da prisão de Millbank. O romancista Anthony Trollope descreveu a área como «extremamente monótona e, quase se poderia dizer, feia». Holywell Street estava separada do muro limítrofe da prisão apenas por gasómetros, uma serração e uma fábrica de mármore. As traseiras do número 31 davam para aí e a fachada para uma enorme fábrica de cerveja e para um cemitério. A fábrica de pianos Broadwood ficava um quarteirão mais para norte e a destilaria de gim Seager um quarteirão para sul. Logo a seguir à destilaria, havia barcos a carvão atracados no cais, enquanto do outro lado do rio ficavam as grandes olarias e as pútridas fábricas de triturar ossos de Lambeth. Os vapores com rodas propulsoras levavam e traziam habitantes de Londres do trabalho agitando as águas dos esgotos despejadas no Tamisa — a atmosfera estava carregada com o fedor que se elevava do rio.

Na segunda-feira, 30 de Julho, Jack Whicher foi para o seu gabinete na Scotland Yard, pouco mais de quilómetro e meio para norte de Holywell Street, ao longo do Tamisa, depois dos pardieiros insalubres dos Campos do Diabo e dos altos edifícios de Westminster e Whitehall. A entrada pública para a sede da polícia ficava em Great Scotland Yard, embora a morada fosse no número 4 de Whitehall Place. Havia um grande relógio na parede que dava para o pátio, um cata-vento no telhado e cinquenta divisões lá dentro. Estas albergavam a administração da Polícia Metropolitana desde 1829 e a força dos detectives (em três pequenos aposentos) desde a sua formação em 1842. O pensionato que Dolly Williamson partilhava com outros agentes solteiros ficava a uma esquina da Great Scotland Yard, por detrás de Groves, a peixaria. Noutra esquina, ficava um *pub,* à porta do qual uma velhota bêbeda vendia pés de porco ao sábado à noite. Para norte, ficava Trafalgar Square e, para sul, o rio.

Sir Richard Mayne, cujo gabinete também ficava na Scotland Yard, prezava Whicher acima de todos os outros polícias: no final da década de 1850, «todos os casos importantes foram postos nas suas mãos por *Sir* Richard», relatou Tim Cavanagh nas suas memórias. O comissário Mayne, agora com sessenta e seis anos, «tinha cerca de um metro e setenta, magro, mas bem constituído», escreveu Cavanagh; tinha um «rosto esquálido, boca crispada, cabelo grisalho e suíças, olhos de falcão e coxeava ligeiramente, devido segundo creio a doença reumática na articulação da anca». Era «respeitado mas temido por todos os que estavam ao serviço». Quando Whicher e Williamson regressaram ao trabalho, Mayne assinou-lhes as ajudas de custo incluindo os pedidos de pagamento extra por terem estado fora da cidade (onze xelins por dia para um inspector e seis xelins para um sargento). O comissário entregou a Whicher um monte de cartas de membros do público propondo soluções para o caso de Road Hill. As cartas, dirigidas a Mayne ou ao ministro da Administração Interna, continuaram a chegar ao longo do mês.

«Peço para vos apresentar uma ideia que me ocorreu e que poderá ajudar a desvendar o mistério», escrevia um tal senhor Farrer. «Envio-a a título confidencial e espero que mantenham o meu nome como seu autor em rigoroso segredo [...] Essa Eliz Gough, a ama, pode ter levado William Nutt para passar a noite com ela, e o menino (FS Kent) pode ter acordado e, receando que ele pudesse gritar e alarmar os pais, estrangularam-no e, enquanto Nutt levava o corpo para a latrina, ela voltou a fazer a cama.» O senhor Farrer acrescentava um *post-scriptum:* «Como William Nutt está ligado pelo casamento à família da lavadeira, é capaz de ter conseguido subtrair a camisa de noite para lançar suspeitas sobre outra pessoa.»

A teoria de que Nutt e Gough tinham assassinado o menino era de todas a mais popular. Um dos autores dessas cartas, que achava que Constance tinha sido «usada cruelmente e transformada em bode expiatório», argumentava que as provas médicas indicavam que tinha sido usada uma faca com «ponta *enviesada*» — «muito provavelmente, uma faca de sapateiro *com muito uso*». Nutt era sapateiro. «*A garganta estava cortada de orelha a orelha separada até à coluna,* ora isto é mais sintomático da força e determinação de um homem do que de uma rapariga nervosa de dezasseis anos», e «Muitas vezes, os sapateiros têm *duas* facas e *uma* pode ter sido lançada *pela latrina abaixo*». Um correspondente de Mile End tinha uma opinião semelhante, tal como o capelão da Bath Union Workhouse em Bath, o dono do albergue em Axbridge, Somersetshire, o senhor Minot, de Southwark, e um senhor Dalton que escrevia de um hotel em Manchester. Um alfaiate de Cheshire queria que pusessem Gough «sob rigorosa vigilância».

Um coadjutor de Lancashire, ele próprio magistrado, descreveu pormenorizadamente a teoria:

> *Embora as suspeitas que estou prestes a mencionar tenham sido frequentemente aventadas na minha própria família desde o início da investigação, a verdade é que consideraria injusto divulgá-las, caso a imprensa pública (o* Morning Post*) não tivesse aludido veladamente ao indivíduo citado — estou a falar do assassínio de Kent.*
>
> *Não seria possível que a ama tivesse um amante, quer fosse alguém da casa ou pessoa tão habituada a ela que lhe pudesse aceder facilmente durante a noite [...] É claro que por aquilo que ouvimos somos levados a pensar de imediato em Nutt [...] Se ele fosse um admirador da rapariga, o exame médico não deveria ser capaz de determinar a probabilidade de ela ter ou não recebido visitas nocturnas? Ele tinha todos os meios ao dispor — facas — e a noite para tratar das coisas. É parente da lavadeira e, se esta soubesse que havia alguma coisa entre esses dois, isso teria levantado a suspeita na sua cabeça, sobretudo depois de ele ter encontrado o corpo tão facilmente. Poderá não ter sido a única a esconder a camisa de noite e ter mudado assim imediatamente a direcção de qualquer coisa que então pudesse existir na forma de suspeita e atribuí-la à excêntrica menina Kent, que há algum tempo fugira vestida de homem. É claro que tudo isto são meras suspeitas, mas, quando todos parecem andar tão longe da verdade até agora, isso leva-nos a pensar que as pessoas que foram utilizadas fizeram o seu trabalho com uma opinião* a priori *sobre o caso*

> *e rejeitaram ou desprezaram aquilo que não corroborava as suas próprias suspeitas [...] tendo tido alguma experiência no tribunal num distrito problemático, aprendi a analisar os possíveis motivos das pessoas com mais atenção do que se assim não fosse.*

No princípio de Agosto, *Sir* George Cornewall Lewis, ministro da Administração Interna, recebeu duas cartas identificando Elizabeth Gough e um amante como os assassinos. Uma era de um advogado de Guildford, que escreveu em tom condescendente sobre os esforços de Whicher: «Um polícia pode ser uma boa ajuda para descobrir um *criminoso,* mas detectar um *crime* e solucionar um mistério requer intelecto e uma mente desenvolvida pela observação.» A outra carta era de *Sir* John Eardley Wilmot, de Bath, baronete e antigo advogado que se tinha interessado de tal maneira pelo caso que persuadiu Samuel Kent a deixá-lo visitar a Casa de Road Hill e interrogar alguns dos residentes. Horatio Waddington, o formidável subsecretário de Estado permanente na Administração Interna, reenviou as cartas para Mayne. «Esta é agora a teoria favorita», escreveu Waddington num dos envelopes, com uma caligrafia pontiaguda. «Gostaria de ouvir os comentários do inspector Whicher sobre estas duas cartas, pois se a rapariga tivesse um amante, com certeza alguém devia saber disso ou, pelo menos, suspeitar.» Depois de Whicher ter feito isso com um relatório em que sublinhava os seus contra-argumentos («Receio que *Sir* John não tenha estudado suficientemente os factos [...]»), Waddington concordou: «Inclino-me mais para a opinião do polícia.»

Quando Eardley Wilmot enviou outra carta, desta vez sugerindo que Gough namorava um soldado, Waddington escreveu no envelope: «Nunca tinha ouvido falar deste *soldado.* Não sei onde é que ele o foi buscar.» O subsecretário permanente garatujou os seus comentários depois da torrente de palavras do baronete: «Um estranho entusiasmo, é o que me parece»; «Este senhor tem uma monomania em relação ao assunto»; e «Será que pretende ser contratado como detective, ou quê?»

Os autores das cartas sugeriam mais uns quantos suspeitos. George Larkin, de Wapping, confidenciou:

> *Senhor, há três semanas sucessivas que sempre que acordo tenho o crime de Frome na cabeça e não consigo livrar-me desse pensamento. O facto de o senhor Kent ser o assassino ocorreu-me da seguinte maneira, e o facto de ele oferecer uma* recompensa *é tudo uma ilusão (disparate). A minha impressão é a de o senhor Kent foi*

> *ao* quarto da ama *com* algum propósito, *que a criança acordou e reconheceu o pai, e que o pai, com receio de um escândalo na família, a estrangulou no quarto depois de a ama ter adormecido, a seguir levou-a para a latrina e cortou-lhe a garganta.*

Um residente em Blandford, Dorset, escreveu: «*Eu* acredito firmemente que foi a *senhora Kent* quem matou a criança em Road», ao passo que Sarah Cunningham, da zona oeste de Londres, afirmou que «passo a passo consigo seguir a pista do assassino até ao *irmão* de William Nutt e genro da senhora Holly, a lavadeira».

O tenente-coronel Maugham escreveu de Hanover Square, Londres:

> *Com a vossa graça, permitam-me que sugira [...] que se investigue se havia clorofórmio na casa onde a criança foi assassinada [...] se não havia, indaguem se compraram algum nos arredores ou nas vilas ou aldeias onde as crianças da família do senhor Kent frequentavam a escola [...] Gostaria ainda de sugerir que investigassem se foi roubada ou comprada alguma arma nas* proximidades das escolas.

Numa nota para Mayne, Whicher observou que Joshua Parsons não detectara nenhum vestígio de clorofórmio no corpo de Saville. «Quanto à sugestão de poder ter sido comprada uma arma nas proximidades da escola ou trazida de lá pela menina Kent, esse ponto já foi investigado.»

Na maioria das cartas do público, Whicher escrevinhou: «Não há nada que ajude a investigação»; ocasionalmente, alongava-se demonstrando impaciência: «Já que todos os pontos já foram devidamente considerados por mim», ou «vi todas as pessoas referidas enquanto estive no local e estou convencido de que nada têm a ver com o assassínio».

A única carta que deu mais informação do que especulação foi a de William Gee, de Bath: «Quanto ao senhor Kent, soube pela viúva de um mestre-escola meu amigo que há quatro anos estava a passar por dificuldades, ao ponto de não conseguir pagar as contas referentes aos semestres do filho no valor de quinze ou vinte libras. Não consigo conciliar o facto de viver numa mansão tão bonita (a segunda mais bonita das poucas que ali existem) com a forma como ele [ilegível] um pobre professor.» A incapacidade de Samuel para pagar as contas da escola do filho sugeria que estava com tão pouco dinheiro quanto Stapleton insinuara; também indicava falta de interesse em relação ao bem-estar de William.

As cartas para a Scotland Yard eram fruto de uma nova obsessão inglesa com a investigação. O público estava fascinado pelo assassínio, especialmente quando era doméstico e misterioso, e também estava a ficar cativado pela sua investigação. «Gosto de um bom assassínio que não pode ser descoberto», diz a senhora Hopkinson no romance de Emily Eden, *The Semi-Detached House* (1859). «Isto é, claro que é muito chocante, mas gosto de ouvir falar sobre isso.» O caso de Road Hill levou o entusiasmo nacional por crimes desconcertantes a um novo nível. Em *The Moonstone,* Wilkie Collins apelidou esta mania de «febre do detective».

Enquanto a imprensa e o público condenavam as especulações lúbricas e impertinentes de Whicher, iam fazendo livremente as suas. O primeiro detective na literatura inglesa era um detective amador: Auguste Dupin, personagem criada por Poe, resolvia os crimes sem procurar as pistas no local do crime, mas antes descortinando-as nos relatos dos jornais. A era do detective profissional mal começara, mas a do detective amador já desabrochara por completo.

Num panfleto anónimo impresso em Manchester — *Quem cometeu o assassínio de Road? Ou no encalço da pista do sangue* — «um discípulo de Edgar Allan Poe» escarneceu da investigação de Whicher. «Até agora, o brilhante esforço do detective tem sido associar aquela camisa de noite à menina Constance Kent; provar que a sua culpa está embrulhada nela e descobrir onde está. Está tudo mal! Distingo a inocência dela na sua perda e, na sua perda, a culpa de outra pessoa. O ladrão furtou essa camisa para se proteger a *si mesmo* lançando suspeitas sobre *alguém do seu próprio sexo.*» O autor do panfleto já interiorizara um princípio da ficção policial: a solução deve ser sempre labiríntica, indirecta, paradoxal. A camisa de noite perdida devia significar precisamente o contrário daquilo que parecia: «Distingo a inocência dela na sua perda.»

O autor perguntava a si mesmo se a povoação teria sido minuciosamente revistada à procura de roupa manchada de sangue, se as chaminés da Casa de Road Hill teriam sido examinadas para tentar encontrar fragmentos de provas queimadas, se os registos dos vendedores de facas locais teriam sido verificados. Ele ou ela usou um perturbador artigo de reconstrução imaginativa para defender que, se a garganta de Saville tinha sido cortada da esquerda para a direita, o assassino devia ser canhoto: «Desenhem uma linha imaginária no corpo de uma criança rechonchuda [...] Uma pessoa normal que cometesse tal crime colocaria (de forma normal) a mão esquerda sobre o peito da criança e cortaria na sua direcção com a mão direita.»

Os jornais também faziam as suas conjecturas. O *Globe* culpava William Nutt, o *Frome Times* apontava o dedo a Elizabeth Gough, o *Bath Express* dava a entender a culpa de William Kent. O *Bath Chronicle* — num artigo que provocou um processo por difamação — fixava-se em Samuel:

> *Se a hipótese de que a rapariga tinha uma relação secreta e de que a outra parte dessa relação preferia o assassínio ao escândalo estiver correcta, infelizmente teremos de encontrar alguém para quem esse escândalo tivesse sido a perdição ou, de qualquer modo, tivesse produzido um estado de coisas tão terrível para si próprio que, num momento de puro terror, tivesse lançado mão aos meios mais medonhos de o evitar. A quem é que isto se aplicaria? [...] àquela estranha hora da manhã, em que temos todo o poder do pensamento quase dolorosamente vivo, mas em que ainda não temos a mesma vontade e sensatez que surge quando despertamos e nos dedicamos às tarefas do dia [...] Um homem fraco, mau, aterrorizado e violento vê uma criança entre ele e a perdição — e o terrível acto é loucamente cometido.*

Até agora, a identidade do «homem violento» era pelo menos, parcialmente ambígua, mas nas frases finais do artigo só faltava o autor dizer o nome de Samuel Kent:

> *Uma criança desaparece do seu quarto, que não fica em local exposto, mas sim no primeiro andar e na parte mais recôndita da mansão, a uma hora em que nenhum visitante do exterior se pode ter aproximado do quarto, e um homem, para quem aquela criança devia ser muito querida, um homem que devia ser muito determinado e prático nas tentativas para a encontrar, adopta a ideia frívola e romanceada de que a criança foi roubada por ciganos! Tivesse ele dito que tinha sido levada por anjos e a sugestão, dadas as circunstâncias, não teria sido mais ridícula.*

Havia consenso em relação ao sexo ter sido o motivo do crime — mais particularmente, à catástrofe ter derivado do facto de uma criança ter testemunhado uma transgressão sexual. Na opinião de Whicher, Constance vingara a relação sexual entre o pai e a antiga preceptora destruindo a prole dessa ligação amorosa. Na opinião generalizada, tinha sido Saville que testemunhara um encontro sexual e fora assassinado por causa do que vira.

O tema dominante na imprensa era a desorientação. Sabia-se tanta coisa e, contudo, havia tão poucas conclusões: as colunas da cobertura jornalística só amplificavam ainda mais o mistério. «Aqui termina o nosso conhecimento», dizia um editorial no *Daily Telegraph*. «Aqui, as nossas investigações são despistadas. Tropeçamos na soleira e o vasto panorama do crime está todo por descobrir para além dele.» A história por detrás do crime era decisiva, mas não estava à vista. A Casa de Road Hill podia ter sido revistada da cave às águas-furtadas, mas simbolicamente a sua porta estava bem fechada.

Na ausência de uma solução, a morte de Saville tornou-se um pretexto para especulação desenfreada; libertou uma espécie de imaginação selvagem. Ninguém sabia quais as identidades escondidas que poderiam revelar-se «àquela estranha hora da manhã». As personagens envolvidas no caso tinham adquirido dupla personalidade: Constance Kent e Elizabeth Gough eram anjos dentro de casa ou diabos de saias; Samuel era o pai extremoso esmagado pela dor e ultraje, ou um tirano impiedoso e doido por sexo; Whicher era um visionário ou um simples idiota.

Um editorial do *Morning Post* mostrava como a suspeita continuava a recair praticamente sobre todos quantos habitavam a casa, e também sobre várias pessoas no exterior. O artigo dizia que Samuel ou William podiam ter assassinado Saville, ou então que podia ter sido a senhora Kent «sob o efeito de um daqueles delírios a que as mulheres na sua situação [isto é, grávidas] estão por vezes sujeitas». Saville podia ter sido assassinado por «um ou mais dos jovens da família tomados pelo ciúme; ou por alguém que quisesse atingir os pais no seu ponto mais sensível». O autor especulava sobre os antecedentes de Sarah Kerslake, as facas de William Nutt, as mentiras de Hester Holley. A sua imaginação levava-o aos pontos mais recônditos da Casa de Road Hill, aos seus pontos mais sensíveis. «Terão revistado os poços, os lagos, os esgotos, as chaminés, os troncos das árvores, a terra macia do jardim?»

«Tenebroso como é este mistério», escrevia ele, «estamos convencidos de que a sua solução depende da camisa de noite e da faca.»

Poucos dias depois de ter chegado a Londres, Jack Whicher e Dolly Williamson foram postos a trabalhar num novo caso de homicídio, outro espectáculo de horror doméstico que envolvia camisas de noite e uma faca. «Mal ouvimos dizer que foi cometido um crime atroz e cruel», observava o *News of the World,* «e que é pouco provável descobrir o autor, e logo descobrimos que a impunidade está a provocar o resultado habitual, com homicídio atrás de homicídio a surgir em diferentes pontos como a eclosão repentina de uma terrível epidemia.» Um homicídio não resolvido parecia ser contagioso. Ao não ser capaz de apanhar um assassino, um detective podia estar a dar rédea solta a uma série deles.

Na terça-feira, 31 de Julho, a polícia foi chamada a uma casa em Walworth, um bairro do Sul de Londres entre Camberwell e o rio. O senhorio e um inquilino tinham ouvido um grito e um baque pouco depois do amanhecer. Quando os agentes da polícia local lá chegaram, encontraram um jovem baixo, muito pálido, de camisa de noite a vigiar os cadáveres da mãe, dos dois irmãos (de onze e seis anos) e de uma mulher de vinte e sete. Estavam todos vestidos com a roupa de dormir. «Isto foi obra da minha mãe», disse o homem. «Ela acercou-se da cama onde eu e o meu irmão estávamos a dormir. Matou-o com uma faca e ainda me feriu. Para me defender, arranquei-lhe a faca da mão e matei--a, se é que está morta.» O sobrevivente do massacre era William Youngman. Quando foi preso por suspeita de assassínio, disse: «Muito bem.»

Whicher e Williamson foram destacados para ajudar o inspector Dann da divisão de Lambeth. Ao contrário de Foley, Dann era um polícia competente e continuou como responsável pela investigação. A polícia não tardou a estabelecer que Youngman estava noivo da jovem Mary Streeter e que lhe tinha feito um seguro de vida no valor de cem libras seis dias antes da sua morte. Whicher descobriu que os banhos do casamento já tinham sido publicados na igreja paroquial. Veio a saber-se que Youngman comprara a arma do crime duas semanas antes dos homicídios — ele dizia que a tinha comprado para cortar o pão e o queijo.

Havia semelhanças entre os crimes de Road e de Walworth: a compostura dos principais suspeitos, a extrema violência para com membros da família próxima, as sugestões de loucura. Mas o *The Times* achava que as diferenças ainda eram maiores. O crime de Londres tinha uma «literalidade e uma clareza repulsivas», dizia, parecendo aceitar que o móbil de Youngman para chacinar a família era puramente financeiro. «A mente do público não está atormentada pelo *suspense* nem excitada pela incerteza.» A solução era demasiado óbvia e o crime não significava nada para além do seu próprio horror. Não faltava nada. O caso de Road, pelo contrário, constituía um enigma torturante e a sua solução parecia uma preocupação urgente e pessoal para muitas famílias de classe média.

O *News of the World* concordava em que havia algo no assassínio de Road Hill que «parece diferenciá-lo totalmente numa classe própria». Contudo, o jornal via uma ligação perturbante entre os vários homicídios cruéis de 1860 — eram praticamente todos destituídos de móbil: «ficamos desde logo surpreendidos pela brutalidade do crime e pela insignificância do motivo». Tanto o assassino de Road como o de Walworth pareciam quase, embora não completamente, loucos: a sua ferocidade parecia desproporcionada em relação ao potencial ganho e, todavia, tinham planeado com todo o cuidado a forma de cometer e em seguida encobrir os seus crimes. O jornal observava em relação aos homicídios em Walworth: «Das duas uma: ou este crime resulta de um surto de insanidade ou, então, é o homicídio mais horrível e chocante alguma vez cometido por mãos humanas.»

Passados pouco mais de quinze dias do início da investigação, Youngman foi julgado no tribunal de Old Bailey. Ele «parecia perfeitamente despreocupado», relatou o *The Times*, «exibiu a mais extraordinária frieza e autodomínio, e [...] não evidenciou a mais pequena emoção». Quando o júri o condenou por homicídio, disse «Sou inocente», deu meia-volta e «saiu do banco dos réus com passo firme». As sugestões de que era louco foram rejeitadas e foi sentenciado à morte. Assim que chegou à cela, Youngman pediu para jantar. Comeu com gosto. Enquanto aguardava na prisão pela sua execução, uma senhora enviou-lhe um folheto religioso em que sublinhara as passagens que considerava aplicáveis ao seu caso. «Quem me dera que ela tivesse mandado antes qualquer coisa para comer», observou ele, «pois era capaz de comer uma galinha e um bocado de porco em conserva.»

A participação de Whicher no caso de Walworth passou praticamente despercebida na imprensa, que continuou a publicar críticas indignas relativamente à sua investigação em Road Hill. Enquanto escrevinhava as suas respostas nas cartas que chegavam à Scotland Yard, tinha de ficar calado quanto à discussão pública sobre a sua conduta.

A 15 de Agosto, no dia antes do julgamento de Youngman, Whicher foi denunciado no Parlamento. *Sir* George Bowyer, o principal orador católico romano na Câmara dos Comuns, queixou-se da qualidade dos inspectores da polícia britânica usando Whicher como exemplo. «A recente investigação relativa ao assassínio de Road facultou provas impressionantes da incapacidade de alguns dos actuais agentes», disse. «Um inspector chamado Whicher foi enviado para investigar o assunto. Ora, esse polícia deteve uma jovem que vivia na casa onde o crime foi cometido com base em indícios muito ténues, apenas porque uma das suas camisas de noite desaparecera, e assegurou aos magistrados que estaria preparado, dentro de poucos dias, para produzir prova de que o homicídio fora cometido por ela.» Acusou Whicher de actuar «de forma repreensível. Depois de se ter gabado das provas que poderia apresentar, a jovem tinha sido despronunciada pelos magistrados». *Sir* George Cornewall Lewis, ministro da Administração Interna, ainda defendeu o detective argumentando que «o agente tinha justificação para a linha de acção que adoptara».

No entanto, o estado de espírito da nação estava com Bowyer. «Podemos exprimir o sentimento do público sem hesitações», afirmava o *Frome Times*. «Um polícia que é capaz de jogar à sorte com uma acusação tão horrível como a de homicídio voluntário, e que é capaz de prometer aquilo que devia saber não poder cumprir não pode esperar ser olhado de outra forma a não ser com desconfiança.» «A teoria de Whicher não conseguiu lançar qualquer luz sobre a densa escuridão deste horrível mistério», dizia o *Newcastle Daily Chronicle*. «Tem de se descobrir uma nova pista para a justiça conseguir abrir caminho no labirinto de Road.» O *Morning Star* não ligava muito ao «testemunho frívolo, mexeriqueiro e totalmente desenxabido da colega de escola» em que Whicher se fiara.

O *Bath Chronicle* criticou «as escassas especulações que foram frouxamente reunidas e aduzidas como prova [...] a experiência efectuada foi terrivelmente cruel». Num ensaio publicado na *Cornhill Magazine*, o distinto advogado *Sir* James Fitzjames Stephen dizia que o preço de tentar resolver um homicídio — os danos infligidos pelo escândalo, pela intrusão policial — às vezes, era demasiado elevado: «As circunstâncias do assassínio de Road são extremamente curiosas porque proporcionam uma ilustração tão exacta desse preço que, se tivesse sido cometido de propósito, dificilmente poderia ter saído melhor.» Como não conseguiam encontrar outro culpado, responsabilizavam Whicher pela embrulhada e mistério de Road. O *Discípulo de Edgar Allan Poe* brincava com as associações sinistras do seu nome quando dizia no seu panfleto que «Constance é reconhecida como estando inocente, embora a *witchery*[1] metropolitana a tenha comprometido anteriormente».

Uma das acusações mais graves efectuadas contra Jack Whicher era a de que ele era impelido pela ganância. Os primeiros detectives eram frequentemente apresentados como patifes glamorosos pouco diferentes dos vilões que procuravam. Eugène Vidocq, o criminoso francês que se tornou detective, cujas memórias grandemente ficcionadas foram traduzidas para inglês em 1828 e dramatizadas para o palco londrino em 1852, tinha trocado alegremente as vilanias pelo trabalho policial quando isso serviu os seus interesses financeiros.

As recompensas que os detectives podiam ganhar descendiam do «dinheiro de sangue» do século XVIII pago aos caçadores de criminosos ou informadores. Em Agosto de 1860, o *Western Daily Press* aludiu desdenhosamente ao facto de o zelo de Whicher ter sido «espicaçado pela oferta de uma bela recompensa». Uma carta assinada por «Justiça» publicada na *Devizes and Wiltshire Gazette* comparava Whicher a Jack Ketch, um carrasco do século XVII reconhecidamente desajeitado que infligia grande sofrimento às suas vítimas: Whicher era «absolutamente irresponsável», escrevia «Justiça», «tentado pela perspectiva de uma recompensa de duzentas libras, fazendo que prendessem uma jovem de quinze anos numa cadeia comum durante uma semana». Como muitas das pessoas que escreviam, «Justiça» mostrava desagrado pelo tipo da classe trabalhadora que se tinha intrometido nos assuntos da classe média. Os detectives eram gananciosos e incompetentes porque não eram *gentlemen*. Talvez Whicher fosse condenado com tanta veemência porque estava a fazer, de facto, aquilo que as legiões de novos leitores de jornais estavam a fazer em termos imaginários — a espreitar e a bisbilhotar, a arregalar os olhos e a interrogar-se sobre os pecados e sofrimentos dos outros. Os vitorianos viam no detective a personificação deles mesmos e expulsavam-no através da auto-repugnância colectiva.

Ergueram-se algumas vozes em defesa de Whicher. O sempre leal *Somerset and Wilts Journal* criticou a «burla engenhosa» e o «truque manhoso» de Edlin, através dos quais distorceu a teoria sobre a camisa de noite. O *Daily Telegraph* anuiu: «Não podemos concordar com

---

[1] *Witchery*, termo usado aqui pela proximidade fonética com o nome do detective, Whicher, pode traduzir-se como «bruxaria». *(N. da T.)*

o senhor Edlin nas suas ardentes denúncias da crueldade de prender essa jovem [...] A fazer fé no raciocínio *ad captandum* do advogado da jovem, o importante ponto dessa peça de vestuário não ter aparecido foi satisfatoriamente esclarecido, mas parece mais o contrário. Onde está a camisa de noite? [...] *As coisas teriam sido muito diferentes se tivesse sido encontrada uma camisa de dormir manchada de sangue.* Alguns dos nossos leitores são capazes de se lembrar da circunstância horrível do lençol cheio de sangue na história de Beatrice Cenci. Esse elo isolado havia de completar a corrente de provas que rapidamente se transformaria num nó corredio.» Beatrice Cenci era uma nobre romana do século XVI executada por ter assassinado o pai; no século XIX, transformara-se numa espécie de heroína romântica, a bela vingadora de um tirano violento e incestuoso. A prova da sua culpa foi um lençol ensanguentado. Shelley retratou Beatrice como uma rebelde apaixonada no seu drama em verso *The Cenci* (1819). Uma personagem de *The Marble Faun* (1860), de Nathaniel Hawthorne, descreve-a como um «anjo caído, caído e ainda assim isento de pecado».

O *Northern Daily Express* observava: «A camisa de noite de Constance Kent com folhos simples — já que quem a usava ainda não atingira os anos da maturidade e da renda — arrisca tornar-se tão famosa quanto a gola de tufos da rainha Isabel e de Shakespeare, o fato cor de rapé do doutor Johnson, o barrete de dormir de Cowper como foi pintado por Romney, ou o colete às riscas de Burns.»

Henry Ludlow, o presidente dos magistrados de Wiltshire, continuou a dar o seu apoio a Whicher. «A conduta do senhor inspector Whicher em relação ao assassínio de Road tem sido muito censurada», escreveu ele numa carta a Mayne. «O senhor Ludlow tem muito prazer em testemunhar o seu discernimento e capacidade no caso. Concordo totalmente com o senhor Whicher em relação ao responsável por esse crime misterioso [...] tinha todas as razões para agir como agiu.» Talvez Ludlow se sentisse culpado pelo papel que desempenhara ao encorajar Whicher a deter Constance. Toda a culpa pelo caso recaíra sobre o detective.

«Peço ainda para relatar», começou Whicher na segunda-feira, 30 de Julho, «para informação de *Sir* R. Mayne, em relação ao assassínio de "Francis Saville Kent" em Road Wilts na noite de 29 de Junho, que a reinquirição de "Constance Kent" ocorreu em Temperance Hall Road na passada sexta-feira [...]»

Ao longo de dezasseis páginas numa caligrafia inclinada para a frente, Whicher defendia os seus argumentos. Irritado, desvalorizava as várias teorias rivais avançadas por quem tinha remetido cartas e pelos jornalistas. Expressava as suas frustrações relativamente à investigação da polícia local: as provas contra Constance «teriam sido muito mais conclusivas», disse ele, «se a polícia tivesse averiguado, mal chegara, *quantas camisas de dormir* ela devia ter em sua posse». Se ao menos Foley tivesse «agarrado na *insinuação feita*» por Parsons quanto à camisa de dormir que estava em cima da cama de Constance ter um aspecto muito limpo e a tivesse «interrogado imediatamente *em relação a quantas tinha* na sua posse, creio que teriam dado *imediatamente pela falta* da camisa manchada de sangue e, *possivelmente, tê-la-iam encontrado*». Whicher queixava-se de que o advogado de Constance tinha «dito que o mistério em relação à camisa de noite desaparecida *tinha sido esclarecido,* mas que não era esse o caso, já que uma das três que ela trouxera da escola para casa *continuava desaparecida* e eu encontro-me presentemente na posse das outras duas». Ele suspeitava de que não tardaria a haver uma confissão, mas «seria feita sem dúvida a alguém da família e, portanto, era possível que não fosse divulgada».

Whicher assinou, mas não enviou o documento. Pouco depois, riscou a sua assinatura e prosseguiu: «Peço ainda para relatar [...]» e escreveu mais duas páginas, expandindo e clarificando as suas descobertas. E nove dias depois disso, ainda sem conseguir pôr uma pedra sobre o assunto, retomou a escrita: «Peço para acrescentar as seguintes observações e explicações [...]» O relatório que ele entregou a Mayne, a 8 de Agosto — com um total de vinte e três páginas — estava repleto de sublinhados a tinta, correcções, adaptações, inserções, asteriscos, asteriscos duplos e palavras riscadas.

CAPÍTULO 13

JUNTAR AS COISAS PELO LADO ERRADO

Agosto-Outubro de 1860

No princípio de Agosto, com a autorização do ministro da Administração Interna, a polícia de Wiltshire exumou o corpo de Saville Kent. Disseram que esperavam encontrar a camisa de noite da irmã escondida no caixão. Era como se a polícia, na sua frustração, não pudesse fazer mais nada senão voltar ao ponto de partida. Os polícias escavaram e desaparafusaram a caixa, mas deram apenas com o corpo de Saville e respectivas roupas. Os gases fétidos que emanavam do caixão eram tão fortes que o superintendente Wolfe ficou doente e só recuperou passado alguns dias.

Os agentes vigiavam a Casa de Road Hill vinte e quatro horas por dia. Voltaram a examinar o cano de esgoto que ia da casa até ao rio. Os seus chefes informaram a imprensa local sobre os seus esforços incansáveis: «A ideia de que a polícia local não prestou ao senhor Whicher a ajuda que devia na investigação das circunstâncias deste misterioso caso é totalmente infundada», relatou o *Bath Chronicle*, «já que lhe facultaram toda a informação que tinham obtido anteriormente para além de o acompanharem sempre que era necessário. Não há dúvida de que os últimos passos apressados dados pelo inspector Whicher reavivaram em grande medida, se é que não aumentaram, a dificuldade que a Polícia do condado tem em lidar no prosseguimento das suas investigações.»

A polícia continuou a receber cartas do público. Um homem em Queenstown, Irlanda, informou-os que Constance Kent tinha cometido o assassínio; se lhe mandassem o bilhete, acrescentava, levar-lhes-ia a camisa de noite desaparecida. Eles recusaram a oferta.

Na estação de comboios de Wolvertown, Buckinghamshire, na sexta-feira 10 de Agosto — no dia a seguir àquele em que Saville Kent teria feito quatro anos — um homem atarracado, de rosto redondo e corado, acercou-se do sargento Roper, da polícia da North-Western Railway e confessou o homicídio. «Fui eu que o cometi.» O homem dizia ser pedreiro em Londres e que lhe tinham oferecido um soberano (cerca de uma libra) se matasse o rapaz. Recusava identificar a pessoa que o contratara ou dizer o seu próprio nome — disse que não queria que a mãe soubesse onde ele estava. Disse que tinha decidido entregar-se porque via a imagem da criança assassinada a andar à frente dele por todo o lado. Tinha estado quase para pôr a cabeça nos carris e deixar um comboio passar-lhe por cima, mas em vez disso decidira entregar-se.

Na manhã seguinte, a polícia levou-o de comboio para Trowbridge. A notícia da sua detenção tinha sido enviada por telegrama e havia centenas de pessoas à beira dos carris desde Wolverton, via Oxford e Chippenham. Numa paragem, um homem pôs a cabeça dentro da carruagem e perguntou quem era o assassino. O pedreiro sacudiu os punhos algemados e confidenciou ao polícia junto dele: «Sou bem capaz de lhe dar um soco na barriga.» Quando chegaram à esquadra de Trowbridge, os magistrados mandaram que o mantivessem preso até segunda-feira. Tinha uma «tez corada», disse o *Somerset and Wilts Journal*, «e uma grande cabeça estranhamente achatada na coroa. Queixava-se muito de dor de cabeça e recusava toda a comida».

Na segunda-feira, o pedreiro já protestava a sua inocência e forneceu um álibi para a noite de 29 de Junho — disse que tinha estado numa estalagem em Portsmouth a desinfectar um furúnculo que tinha nas costas com água e açúcar — e escreveu o seu nome para os magistrados: John Edmund Gagg. Quando lhe perguntaram o que o levara a confessar um homicídio que não cometera, disse: «Confessei porque estava nas lonas e pensei que era melhor se fosse enforcado. Estou farto e cansado da minha vida.» Tinha um historial de quedas, carbúnculos, ataques, «um afluxo excessivo de sangue à cabeça», mas aparentemente era são de espírito. A tensão de um assassínio por resolver podia repercutir-se num homem frágil, que já estava sob pressão. Como muitos, Gagg estava obcecado pelo crime. A sua decisão de confessar levou ao extremo a ambição do detective amador: resolveu o assassínio reclamando a sua autoria.

Os magistrados enviaram uma mensagem a Jack Whicher para a Scotland Yard, pedindo-lhe para localizar a mulher de Gagg em Londres. Whicher informou-os de que ela era «uma senhora muito respeitável, que vivia do seu trabalho com a mãe e os filhos». Os álibis de Gagg em Portsmouth revelaram-se sólidos. Na quarta-feira, 22 de Agosto, foi posto em liberdade e os magistrados pagaram-lhe o bilhete de comboio para Paddington.

Nessa semana, Elizabeth Gough disse aos Kent que desejava deixar o seu emprego. O *Somerset and Wilts Journal* explicou que ela «tinha estado sujeita a uma desagradável vigilância por parte das pessoas que viviam na casa». Foi mais tarde relatado pelo jornalista de Frome Albert Groser, numa carta ao *The Times,* que depois do assassínio de Saville os Kent não tinham deixado as filhas pequenas Mary Amelia e Eveline dormir no quarto de Gough. Na segunda-feira, 27 de Agosto, deixou a Casa de Road Hill com o pai e regressou com ele a Isleworth para se juntar à mãe, às duas irmãs mais novas e aos dois irmãos mais novos na padaria da família.

A 29 de Agosto, o caso do reverendo Bonwell, que Whicher investigara em 1859, chegou ao fim: a Igreja de Inglaterra privou Bonwell das suas funções, como punição pela sua escandalosa relação e pela tentativa de encobrir o nascimento e morte do filho. Uma semana depois, a 5 de Setembro, mais de vinte mil habitantes de Londres reuniram-se para ver William Youngman, o assassino de Walworth, ser executado no exterior da cadeia de Horsemonger Lane. Foi a maior aglomeração de pessoas para assistir a um enforcamento desde que Frederick e Maria Manning tinham sido enforcados naquele mesmo lugar em 1849. No dia da sua morte, Youngman bebeu cacau e comeu pão com manteiga ao pequeno-almoço. Lá fora, os rapazes jogavam ao eixo por baixo do cadafalso e o *pub* em frente da «largada» estava a fazer um negócio tremendo. Segundo o *News of the* World, quando Youngman caiu pelo alçapão «a tremer e a contorcer-se no ar», várias pessoas de ambos os sexos, que tinham estado a beber durante a manhã inteira, desataram num choro desenfreado. Tinha passado pouco mais de um mês desde o quádruplo homicídio da mãe, irmãos e noiva de Youngman. No último fascículo de *The Woman in White,* a 25 de Agosto, a descrição que o conde Fosco fazia de Inglaterra como sendo «a terra da felicidade doméstica» era inequivocamente irónica.

O último trigo foi ceifado nos campos em redor de Road em Setembro. No início do mês, foram enviadas duas petições ao ministro da Administração Interna — uma organizada pelo *Bath Express,* outra pelo *Somerset and Wilts Journal* — a solicitar que o crime de Road fosse investigado por uma comissão especial. *Sir* George Cornewall Lewis, o ministro, indeferiu os apelos, mas por sugestão dos magistrados de Wiltshire nomeou E. F. Slack, advogado de Bath, para conduzir uma investigação. A princípio, a origem da autoridade de Slack não era clara e William Dunn, em representação dos Kent, expressou a relutância da família em cooperar: «Por aquilo que sabemos, *poderá* estar a actuar seguindo ordens do detective cujos procedimentos anteriores neste caso têm sido condenados pela voz quase universal do país.» Slack acabou por divulgar que estava a trabalhar para o governo. O *Bath Express,* entre outros, falava depreciativamente sobre a forma como a administração liberal de Lorde Palmerston estava a tratar a investigação — o artigo descrevia Cornewall Lewis como tímido, cheio de medo das críticas e absurdamente reservado.

Slack falou com toda a gente envolvida no caso. Efectuou entrevistas privadas ao longo de três semanas no seu gabinete, em Bath, num *pub* em Beckington e na sala de visitas da Casa de Road Hill. Em determinada altura, ficou a saber que havia uma pequena parcela de terra na propriedade que era conhecida como «o jardim da menina Constance» e ordenou que a escavassem. Não foi encontrado nada de importante. Tentou entrevistar Mary Amelia Kent de cinco anos, mas foi impedido por Dunn, que disse que a filha do seu cliente era demasiado pequena para ser interrogada. Mais tarde, Dunn descreveu como se determinara que ela não estava apta a testemunhar: quando lhe perguntaram a idade, disse erradamente que tinha quatro anos; afirmou que a família ia diariamente à igreja, embora a Igreja de Cristo não estivesse aberta todos os dias; e não foi capaz de soletrar o nome do irmão assassinado, Saville: «Por favor, senhor, não me ensinaram isso.»

Na segunda-feira, 24 de Setembro, Slack encerrou a sua investigação dando a saber que acreditava na inocência de Constance Kent. Disse que o seu porta-moedas tinha sido encontrado por trás da cómoda, o que dava força à sua afirmação de que andava à procura dele quando pedira a Sarah Cox para procurar nos cestos da roupa suja no dia do inquérito judicial. Por ordem de Slack, o superintendente Wolfe deteve Elizabeth Gough, em Isleworth.

Na segunda-feira, 1 de Outubro, Gough foi levada diante dos magistrados no tribunal da polícia de Trowbridge. A família Kent chegou num cabriolé «e tiveram a sorte de entrar sem serem vistos», disse o *Bristol Daily Post,* «e consequentemente sem qualquer manifestação desagradável por parte das pessoas reunidas na localidade».

No tribunal, Gough sentou-se com as mãos erguidas até à garganta, como que em oração ou para se proteger. Estava ainda «mais magra e mais pálida e esgotada», segundo o *Bristol Daily Post,* e assistiu aos trabalhos dos quatro dias seguintes com uma «ansiedade febril».

O advogado de acusação de Gough argumentou que ninguém podia ter raptado e assassinado Saville sozinho e que, se tinham sido duas pessoas, uma era de certeza a ama. Questionou a credibilidade das declarações de Gough até à data. Porque havia ela de presumir que a mãe de Saville o levara naquela manhã, se a sua gravidez estava tão adiantada que já nem conseguia pegar-lhe ao colo? Porque alterara a sua história sobre a altura em que dera pela falta do cobertor? Como é que ela conseguia ver se Saville estava no berço sem sair da cama?

Quando Samuel Kent tomou o seu lugar na barra das testemunhas, perguntaram-lhe porque tivera tanta relutância em deixar alguém desenhar uma planta da sua casa, porque tinha ido até Trowbridge no dia em que o filho desaparecera e porque fechara os dois polícias na cozinha naquela noite. Ele manifestou confusão em relação aos acontecimentos do dia da morte de Saville: «O meu espírito está tão perturbado que há muitas coisas que não estão tão claras como eu gostaria.» À pergunta sobre o encarceramento dos polícias na cozinha, disse: «Tranquei a porta para que a casa estivesse como de costume e para que ninguém soubesse que havia polícias dentro de casa.» Foley foi inquirido sobre o incidente. «Eu não pretendia que ele os trancasse», disse o superintendente. «Fiquei muito surpreendido quando soube disso.» Tentou menosprezar o seu papel naquela confusão com uma piada ligeira, mas afiada: «Eles deviam ter controlo sobre a totalidade da casa, mas só ficaram com a área da cozinha[1].» Samuel chorou quando contou o momento em que Peacock o pusera ao corrente do assassínio do filho.

O testemunho do resto da família Kent distinguiu-se pela brandura. Mary Kent ergueu relutantemente o véu de luto grosso e preto para prestar depoimento; mal se conseguia ouvir e foi repetidamente instada a falar. De Gough, disse: «Tanto quanto sei, esta rapariga era particularmente atenciosa com o menino e parecia gostar muito dele; ele gostava muito dela; não sei dizer se ficou muito consternada naquela manhã; eu estava demasiado ocupada com os meus próprios sentimentos e os do meu marido [...] O menino era um rapazinho muito brincalhão, bem-humorado e conversador e querido por todos; não sei de alguém que nutrisse sentimentos de vingança contra a minha família ou contra o menino.»

Mary Ann Kent disse: «O pobre pequenino que foi assassinado era meu irmão.» Elizabeth disse: «Eu sou [...] irmã do pobre menino que foi assassinado.» Pouco mais divulgaram para além das horas a que tinham ido para a cama e acordado na noite da sua morte.

Constance, com um véu sobre o rosto, testemunhou que Saville «era um miúdo alegre e bem-humorado que gostava de fazer traquinices. Costumava brincar com ele muitas vezes. Tinha brincado com ele nesse dia. Parecia gostar de mim e eu gostava dele». William, que tinha sido mandado buscar ao colégio interno perto de Gloucester, respondeu às perguntas que lhe foram feitas com «Sim, senhor» e «Não, senhor» — «não é um jovem com ar muito forte», observou o *Bristol Daily Post.* Elizabeth arrolou Mary Amelia de cinco anos como testemunha, mas estalou uma discussão sobre se estaria apta a depor: sabia o catecismo ou entendia o que era um juramento? Acabou por ser levada do tribunal sem ser interrogada.

As criadas da Casa de Road Hill fizeram tentativas engenhosas — e comoventes — para ajudar Gough, demonstrando que Saville poderia ter sido levado por um estranho. Na terça-feira, Sarah Kerslake, a cozinheira, disse ao tribunal que ela e Sarah Cox, a criada, tinham experimentado a janela da sala logo nessa manhã. Queriam determinar se alguém que estivesse do lado de fora da casa conseguiria puxá-la para baixo até ficar a uns quinze centímetros do chão, situação em que havia

[1] A piada referida é feita à custa de um trocadilho na língua inglesa, já que *kitchen range* (aqui traduzido como «área da cozinha») poderia significar, de forma redutora, «fogão de cozinha». *(N. da T.)*

sido encontrada no dia em que Saville morrera. «As pessoas disseram que não era possível fazê-lo do exterior e eu e Cox queríamos testar se o seria ou não; descobrimos que era possível fazê-lo pelo lado de fora com toda a facilidade.» O presidente dos magistrados observou que, mesmo que tivessem razão, continuava a ser impossível a janela ter sido aberta pelo lado de fora.

Quando Sarah Cox foi chamada no dia seguinte, disse ao tribunal que a seguir a essa experiência tentara ajustar as portadas da janela da sala a partir do exterior, mas não tinha sido bem-sucedida porque o vento era demasiado forte. O superintendente Wolfe discordou dela: tinha testemunhado o exercício, disse, e o vento não tinha nada que ver com o seu fracasso. Acrescentou que também ele levara a cabo uma experiência naquela manhã e que só confirmara a teoria de que Gough não poderia ter detectado o desaparecimento da criança da forma que descrevera. Na experiência de Wolfe, a senhora Kent levou Eveline, agora com vinte e três meses, para o quarto das crianças, e Elizabeth Kent aconchegou-a no berço de Saville. A mulher do agente Dallimore, Eliza, que tinha um tamanho semelhante ao de Gough, ajoelhou-se depois sobre a cama da ama para testar se conseguia ver a criança. Disse que só conseguia ver uma pequena parte da almofada.

Foi o trabalho de detective amador de Eliza Dallimore que suscitou mais desaprovação no tribunal. Quando chegou a vez de ela depor, fez relatos pormenorizados das conversas que tivera com Gough enquanto a ama estava instalada na esquadra no início de Julho.

Eliza Dallimore disse que numa ocasião Gough lhe perguntou:

— Senhora Dallimore, sabe que desapareceu uma camisa de noite?

— Não. De quem era?

— Da menina Constance Kent — disse Gough. — Pode ter a certeza de que essa camisa de noite vai levar à descoberta do assassino.

Noutra ocasião, a senhora Dallimore perguntou-lhe se Constance poderia ser a assassina.

— Não creio que a menina Constance Kent fizesse uma coisa dessas — disse Gough.

Quando lhe perguntou se William poderia ter ajudado a rapariga a cometer o crime, Gough exclamou:

— Oh, o menino William é mais talhado para rapariga do que para rapaz.

E acerca do senhor Kent:

— Não, nem por um momento consigo imaginar que tenha sido ele a cometer o crime. Gosta demasiado dos filhos...

Uma noite, a senhora Dallimore voltou a perguntar a Gough:

— O que é que acha da possibilidade de ter sido a menina Constance?

— Não posso dizer nada sobre isso — replicou a ama —, mas eu vi a camisa de noite dentro do cesto.

William Dallimore entrou e, tendo ouvido o final da conversa, perguntou:

— Então viu a camisa de noite dentro do cesto, ama, tal como Cox?

— Não — disse Gough. — Não tenho nada a dizer sobre isso. Já me chegam os meus problemas.

Dito isto, foi deitar-se, segundo Eliza Dallimore.

A senhora Dallimore também relatou outras observações que Gough lhe fizera, algumas delas aparentemente suspeitas — por exemplo, a previsão de que o canalizador não encontraria nenhuma prova na latrina e a sua descrição de Saville como linguareiro.

O advogado de Gough, o senhor Ribton, tentou desacreditar o depoimento da senhora Dallimore fazendo alusões sarcásticas à sua «maravilhosa memória» e fazendo troça dela. A senhora Dallimore mencionou o facto de as flanelas de peito serem usadas tanto pelas mulheres jovens como pelas velhas e doentes:

— Eu própria uso uma.

Isto provocou risadas que se fizeram ouvir novamente quando Ribton retorquiu:

— Não vou tomar a liberdade de lhe perguntar a idade, minha senhora.

A senhora Dallimore ficou consternada com a falta de seriedade da sala de audiências.

— Não me parece que um assunto tão sério deva ser ridicularizado — disse. — Fico horrorizada só de pensar nisso.

— A senhora irrita-se com facilidade, não é? — perguntou Ribton.

— Sim. Se calhar, o senhor também.

— Então não nos horrorize — disse Ribton. — E quanto à flanela de peito? Serve-lhe bem?

— Sim, senhor.

— Muito bem mesmo?

— Sim, senhor.

— Talvez a tenha andado a usar?

Isto foi saudado com mais risos.

— Saber quem cometeu o crime é uma coisa muito séria, senhor.

A senhora Dallimore era a versão na vida real de uma heroína ficcional do século XIX: a detective amadora, tal como caracterizada em *The Experiences of a Lady Detective* (1861), de W.S. Hayward, e em *The Female Detective* (1864), de Andrew Forrester. As suas investigações, tal como as da senhora Bucket em *Bleak House,* eram tão enérgicas e perspicazes quanto as efectuadas pelo seu marido polícia e pelos colegas deste. No entanto, o inspector Bucket refere-se respeitosamente à mulher como «uma senhora com talento natural para detective», ao passo que a senhora Dallimore era tratada como mexeriqueira e tola. Em teoria, a investigação era entendida como um talento claramente feminino — as mulheres tinham oportunidades de «observação íntima», disse Forrester, e um instinto para decifrar aquilo que viam. Na prática, uma mulher que se entregasse a esse trabalho era vista como irmã da senhora Snagsby em *Bleak House,* cuja curiosidade ciumenta a leva «a examinar os bolsos do senhor Snagsby durante a noite; à leitura secreta das cartas do senhor Snagsby [...] a vigiar às janelas, a escutar atrás das portas e a juntar as coisas pelo lado errado».

Na recapitulação que fez na quinta-feira, Ribton disse que «raramente vira algo tão infame numa testemunha como o depoimento prestado pela senhora Dallimore, ou mais calculado para fazer que toda a gente ficasse arrepiada de horror, receando pela sua vida, liberdade e carácter». A senhora Dallimore tinha tomado o lugar de Whicher enquanto personificação do espião. Ribton lidou com as contradições de Gough em relação ao cobertor sugerindo que ela dera pela sua falta logo de manhã, mas que depois no meio de toda a confusão e dor se esquecera disso. Rejeitou o facto de a flanela lhe servir, dizendo que, de qualquer forma, podia não ter ligação com o crime.

Os magistrados libertaram a ama no meio de grandes aplausos, na condição de que a sua família pagasse uma caução de cem libras para assegurar que voltaria para novas averiguações se necessário. Esta quantia foi paga por um dos dois tios de Gough, que tinham vindo para a levar para casa. Apanharam o último comboio para Paddington, via Chippenham, que saiu de Trowbridge às sete e cinquenta da tarde. Em todas as paragens ao logo do caminho, havia pessoas aglomeradas nas plataformas das estações para espreitar através das janelas da carruagem.

«Se o falecido Edgar Poe se tivesse sentado para inventar um conto de mistério», observou o *The Times* dois dias depois da libertação de Elizabeth Gough, «não teria conseguido imaginar nada mais estranho e desconcertante [...] O assunto continua tão obscuro quanto antes. Reúnam três ou quatro pessoas e, certamente, terão tantas teorias diferentes quantas as pessoas reunidas [...] As pessoas estão inquietas [...] Tem havido um desejo incontrolável de apurar a verdade relativamente ao infanticídio de Road.»

A agitação e a desordem estiveram em evidência em Road no dia seguinte. No domingo, 7 de Outubro, seis homens bem vestidos, de bigode, entraram a cavalo nos terrenos da Casa de Road Hill a rir, a fumar e a gracejar. Um deles, de cabelo ruivo, montava um cavalo preto e usava um fato preto e uma boina escocesa; outro, num cavalo cinzento, tinha cabelo louro encaracolado. Viram uma rapariga a uma janela e gritaram: «Lá está Constance!» Quando confrontados por Samuel Kent, foram-se embora.

Nesse mesmo dia, quando o senhor e a senhora Kent iam a caminho da Igreja de Cristo, um grande grupo gritou-lhes e apupou-os: «Quem matou o filho dele?» «Quem matou a criança?» Perante isto, a senhora Kent quase caiu de tanta dor. Na semana seguinte quando a vigilância policial da Casa de Road Hill foi levantada, relatou o *Somerset and Wilts Journal,* «a gente curiosa» ganhou o hábito de passar pela propriedade dos Kent. Segundo o *Western Daily Press,* dois polícias continuaram a acompanhar Samuel todos os domingos até à Igreja de Cristo.

O *Manchester Examiner,* identificando outra espécie de emoção forte, afirmou que Constance Kent tinha recebido várias ofertas de casamento. O *Somerset and Wilts Journal* negou isto: «No entanto, teve inúmeros convites de estranhos para visitá-los, alguns da aristocracia.» Este jornal, apesar de dar a entender a culpa de Constance, repetia a ideia de que a acusação feita por Whicher podia vir a revelar-se um crime muito pior do que o próprio assassínio: «Se a opinião do senhor Whicher estava errada, então, não há dúvida de que foi cometido um crime infinitamente mais grave do que o assassínio de Francis Saville Kent, e que irá afectar Constance, pobre rapariga, até ao dia da sua morte.»

A polícia local continuava a importunar Elizabeth Gough. No final de Outubro, o superintendente Wolfe transmitiu à Scotland Yard que corria o boato de que ela fora despedida em Knightsbridge por «dar guarida a soldados». Whicher respondeu secamente que a informação de Wolfe «parece incorrecta» — não havia sinais de que a ama tivesse estado alguma vez empregada naquela parte de Londres. Algumas semanas mais tarde, veio a lume que uma criada chamada Elizabeth Gough, a quem faltava um dente da frente, tinha sido outrora despedida por «comportamento impróprio» de uma casa em Eton, Berkshire. Whicher relatou que o seu patrão em Eton se tinha deslocado à padaria da família Gough, em Isleworth, para a identificar, mas descobriu que ela não era a sua antiga criada.

Quando Gough foi acusada no Tribunal de Magistrados de Wiltshire, Samuel Kent também foi indirectamente acusado: «Se o senhor Kent ainda não foi submetido formalmente a julgamento», observou Joseph Stapleton, «nem por isso deixou de estar sujeito à sua infâmia pelo procurador de Elizabeth Gough.» Depois da libertação da ama, tanto Joshua Parsons como a senhora Kent — percebendo que o sentimento contra Samuel estava a atingir níveis sem precedentes — fizeram declarações à imprensa em sua defesa. A senhora Kent disse que Samuel não saíra do pé dela na noite da morte de Saville; tinha a certeza disso porque a sua avançada gravidez lhe tornara o sono muito leve. Parsons disse que a mente de Samuel «estava tão afectada pela excitação intensa e pela perseguição que sofrera, que não se devia confiar em quaisquer declarações que ele pudesse fazer em tais circunstâncias». Considerava que o seu estado mental era «muito precário». Stapleton apresentou justificações semelhantes para o seu amigo: Samuel estava «atordoado e confuso» com a morte do filho, disse o cirurgião, de forma que a «sua mente parecia vaguear de forma irregular, digressiva e instável ao longo de um campo enorme».

Dickens pensava que Gough e o patrão eram os assassinos. O romancista tinha perdido a fé nos poderes de dedução dos detectives. Numa carta a Wilkie Collins datada de 24 de Outubro esboçou a sua teoria: «O senhor Kent enrolado com a ama, a pobre criança acorda no berço e senta-se a contemplar os actos de prazer. A ama estrangula-o ali mesmo. O senhor Kent golpeia o corpo para enganar quem o descobrir e livra-se dele.»

A imprensa estava desiludida com o trabalho de investigação. Em Setembro, a *Saturday Review* chegou mesmo a rejeitar as histórias de Poe como «ilusões» de inteligência, «jogando xadrez com a mão direita contra a esquerda». Quanto aos detectives da vida real, «trata-se de pessoas vulgares, que não valem nada quando são levados para lá da sua rotina». O consenso em Road, de acordo com o *Western Daily Press,* era de que só uma confissão poria fim à incerteza e a confissão poderia levar muito tempo a surgir: «Sim», predisseram os aldeãos, «isto só vai acontecer no leito de morte.»

Instalou-se a ideia de que a Inglaterra se tinha tornado vítima de surtos de estranha violência. Alguns culpavam o tempo. «Como é possível que os jornais diários estejam agora tão cheios de horrores?», perguntava a revista *Once a Week*. Estimava que os jornais de grande formato estivessem a dedicar dezasseis a vinte colunas por dia a homicídios. «As pessoas [...] disseram [...] que a longa duração do mau tempo — a eterna escuridão — a chuva perene dos últimos doze meses, inspirou um certo grau de melancolia e acrimónia nas mentes dos nossos concidadãos.»

No final do ano, uma tempestade inesperada atingiu Wiltshire. A 30 de Dezembro de 1859, um furacão desceu sobre Calne, cerca de trinta e poucos quilómetros a nordeste de Road, e despojou uma faixa de terra de dez quilómetros em cinco minutos: o tornado arrancou árvores do solo e partiu-as como paus de fósforo levantando os seus troncos e batendo com as pernadas no chão; arrancou os telhados às casas pequenas e atirou-os para o lado; atirou um vagão por cima de uma sebe. Pedras de granizo gigantescas caíram do céu e cortaram as mãos daqueles que tentaram apanhá-las; os bocados de gelo tinham a forma de cruzes, dentes e dardos, de acordo com uma habitante local, e um tinha a forma de uma pequena criança. Em Janeiro, apareceram turistas para ver o cenário da tempestade tal como apareciam perto do final do ano para ver o local em que Saville Kent morrera.

CAPÍTULO 14

MULHERES! CALEM-SE!

Novembro-Dezembro de 1860

Nos primeiros dias frios de Novembro, começou em Temperance Hall o inquérito judicial mais estranho possível. Thomas Saunders, advogado e magistrado de Bradford-upon-Avon, Wiltshire, convencera-se de que os aldeãos de Road estavam na posse de informação importante sobre o assassínio e resolveu extraí-la deles. Embora estivesse a agir inteiramente por sua iniciativa, o seu estatuto de magistrado de Wiltshire dava-lhe uma autoridade aparente e, a princípio, ninguém contestou o seu direito a investigar o caso.

A partir de 3 de Novembro, Saunders convocou uma série de habitantes locais para falarem sobre os seus pensamentos e observações, alguns dos quais lançaram luz sobre a vida na aldeia e na Casa de Road Hill, mas quase todos perfeitamente irrelevantes para o assassínio. Aquele era o material que Whicher analisara durante os quinze dias que passara em Road, a enorme quantidade de boatos e pormenores periféricos que uma investigação policial lançava e que, normalmente, nunca chegavam a público. Saunders ventilou estas informações avulsas de forma claramente desorganizada: «As provas, se é que se pode chamar a isto provas, foram aduzidas de maneira singular e pouco digna», disse o *Bristol Daily Post*. «Em várias ocasiões, aqueles que estavam presentes não fizeram qualquer esforço para esconder o riso que os trabalhos suscitavam e, durante todo o tempo, pareciam considerar que tudo aquilo fora planeado para seu especial divertimento e não para a elucidação de um crime misterioso e terrível.»

As duas semanas seguintes em Road pareceram um interlúdio cómico numa peça trágica com Saunders a fazer de bobo, a tropeçar em palco para deturpar e interpretar incorrectamente tudo aquilo que o precedera. Abria e encerrava os trabalhos a seu bel-prazer, esquecia-se do nome das testemunhas e ficava todo inchado com alusões misteriosas aos «segredos que guardo no meu peito», enquanto entrava e saía de Temperance Hall com uma garrafa de líquido que, segundo o *Bristol Daily Post,* «se parecia muito com aguardente». Saunders disse que era remédio para tratar uma constipação que apanhara por causa de uma janela aberta no edifício (ele castigou o vigilante da sala Charles Stokes pelo mau isolamento). O magistrado bebia a sua poção durante os trabalhos e debicava biscoitos. Interrompia frequentemente as testemunhas para exigir que levassem para fora da sala os bebés aos berros ou que as mulheres ficassem em silêncio: «Mulheres! Calem-se!»

Uma testemunha típica foi a senhora Quance, uma velhota que vivia nas casas pequenas junto à Casa de Road Hill. Na terça-feira, Saunders inquiriu-a sobre um rumor de que tinha dito que o marido, que trabalhava na fábrica em Tellisford, vira Samuel Kent num campo às cinco da manhã no dia 30 de Junho. Ela negou terminantemente, queixando-se de que a polícia já a interrogara sobre esse assunto.

— Penso que foi feito com demasiada esperteza para ser descoberto — acrescentou ela —, a não ser que um deles se «chibe» [denuncie o outro].

— O que é que foi feito com demasiada esperteza? — perguntou Saunders.

— O assassínio da criança.

Nessa altura, a senhora Quance ergueu-se abruptamente, arrastou os pés e disse:

— Oh, meu Deus, não posso ficar aqui, a caldeira tem estado a trabalhar durante todo este tempo — e saiu precipitadamente por entre assobios apreciativos dos espectadores.

James Fricker, canalizador e vidraceiro, testemunhou em como tinham insistido com ele para arranjar a lanterna de Samuel Kent na última semana de Junho: «A princípio, não me pareceu haver nada de estranho naquela pressa do candeeiro em pleno Verão, mas depois sim.»

Antes de Saunders ter aberto o seu inquérito judicial, andara por Road a meter o nariz em tudo, e relatava agora as suas observações ao tribunal. Disse que uma noite ele e um polícia tinham visto uma jovem vestida de preto com um saiote branco que ia na direcção da Casa de Road Hill. Parou ao portão, seguiu em frente mais um pouco e depois voltou para trás e entrou. Alguns minutos mais tarde, Saunders viu uma jovem, possivelmente a mesma, a pentear o cabelo a uma janela do andar de cima. A sua descrição deste incidente banal motivou queixas por parte da família Kent e, ainda durante essa semana, ele pediu desculpa, reconhecendo que o «ligeiro tremor» que a jovem manifestara poderia ter sido desencadeado pelo facto de haver «duas pessoas estranhas a vigiar-lhe os movimentos». Alguém na assistência gritou que a jovem era Mary Ann.

A última testemunha a ser interrogada por Saunders foi Charles Lansdowne, um operário «cujo depoimento consistiu basicamente», segundo observou secamente o *Frome Times,* «em dizer que não tinha visto nada, não tinha ouvido nada e não sabia nada sobre o que acontecera na Casa de Road Hill na noite de 29 de Junho».

Os jornalistas que estavam a cobrir o caso desde Julho ficaram estupefactos com a inquirição efectuada por Saunders. O repórter do *Morning Star,* perplexo com os «procedimentos absurdos» do «trapalhão disparatado», disse que tinha sido apanhado entre a «admiração da audácia [de Saunders] e o desprezo pela sua loucura». O *Bristol Mercury* descreveu o magistrado como «monomaníaco». Saunders era um satírico involuntário, uma caricatura do detective amador que via significado em todos os factos banais, em todas as circunstâncias triviais, que acreditava que só ele poderia desvendar um mistério que tinha confundido os profissionais. Sentia que tinha o direito de espiar, o dever de especular. Tinha um apurado «sentido da profunda importância dos depoimentos irrelevantes», disse o *Somerset and Wilts Journal,* e um grande respeito pelas cartas que recebia do público: «Cada uma delas contém pistas de grande importância.» Leu várias dessas cartas em tribunal, incluindo uma de um seu colega advogado que observava: «O senhor é um velho idiota e presunçoso, metediço e sem educação.»

Contudo, este inquérito judicial revelou um facto importante. Uma carta de James Watts, sargento da polícia de Frome, incitava Saunders a interrogar vários agentes sobre uma descoberta que a polícia fizera na Casa de Road Hill no dia do assassínio e que depois encobrira. Em Temperance Hall, na quinta-feira 8 de Novembro, ele questionou o agente Alfred Urch sobre o assunto e na sexta-feira recolheu o depoimento do sargento James Watts e do superintendente Foley.

A assistência ouviu que, por volta das cinco da manhã do dia 30 de Junho, Watts encontrara uma camisa de mulher embrulhada em jornal na abertura da caldeira da cozinha, a abertura onde se acendia o fogo por baixo da chapa do fogão. Urch e o agente Dallimore também a viram: «Estava seca, senhor», disse Urch a Saunders, «mas muito suja [...] como se tivesse sido usada durante muito tempo [...] Tinha algum sangue [...] eu não lhe toquei. O sargento Watts desdobrou-a, olhou para ela e levou-a para a cocheira.» Saunders perguntou se era grosseira ou fina. «Diria que era de uma das criadas, senhor [...] Reparámos que era pequena, as duas ou três pessoas que lá estávamos.»

Aquele tipo de camisa era uma peça em linho que se usava por baixo do vestido durante o dia, ou sozinha à noite. Podia chegar aos joelhos, às canelas ou aos tornozelos. As mangas eram normalmente curtas e o estilo simples. Já uma camisa de noite era tipicamente uma peça de roupa que chegava ao chão, com mangas até aos pulsos, aplicações de renda ou bordados na gola, punhos ou bainha. Havia uma zona de fronteira em que era possível confundir a camisa encontrada com uma camisa de dormir. Pelo menos, era possível que a peça que estava na abertura da caldeira fosse a camisa de noite desaparecida.

— Era uma camisa de noite ou uma camisa de dia? — perguntou Saunders a Urch para gáudio da assistência.

— Bem, senhor, era uma camisa.

— Tem conhecimento suficiente de camisas?

Perante isto, os espectadores riram a bom rir.

— Silêncio! — gritou Saunders. — Silêncio!

Watts examinou a camisa na cocheira. Estava «muito ensanguentada», disse. «Na altura estava seca, mas não me parece que as manchas estivessem lá há muito tempo [...] Havia sangue na parte da frente e sangue na parte de trás. Voltei a embrulhar a camisa e quando vinha a sair vi o senhor Kent no pátio à porta dos estábulos. Perguntou-me o que é que eu encontrara e disse que tinha de ver isso e o doutor Parsons também. Não deixei o senhor Kent vê-la, mas entreguei-a ao senhor Foley.

Foley tratou imediatamente de ocultar a descoberta da camisa. «Estremeci», explicou ele, «de pensar que o homem que a descobriu tinha sido tão tolo ao ponto de a exibir.» Tinha a certeza de que as manchas eram inocentes e de que a camisa tinha sido escondida por vergonha por uma criada. Um médico — Stapleton — confirmara a sua opinião de que as manchas tinham «causas naturais» (ou seja, que eram marcas de sangue menstrual).

Saunders perguntou a Foley:

— Ele [Stapleton] observou-a com um microscópio?

— Não, não creio que o tenha feito — respondeu Foley, com indignação.

O superintendente tinha então entregue a peça de roupa ao agente Dallimore, que a levou de volta para a esquadra de Stallard Street.

Em Setembro, Watts tinha encontrado Dallimore na feira de queijo e gado de Road Hill e perguntara-lhe o que fora feito da camisa. Dallimore disse-lhe que tinha voltado a pôr a *shimmy* (anglicização de *chemise*[1]) na cozinha, na segunda-feira, dia do inquérito judicial. Planeava repô-la na abertura da caldeira, mas tinha sido surpreendido pela cozinheira a entrar na copa, por isso atirara-a para o lado da caldeira. Logo depois, a ama, que acabara de regressar de um passeio com as duas meninas mais pequenas, sugeriu que ele revistasse o telhado por cima da cozinha, e ele assim o fez — teve de trepar por uma janela cheia de hera. Quando regressou à cozinha meia hora mais tarde, a camisa tinha desaparecido, presumivelmente recuperada pela sua proprietária.

Se a distinção entre tipos de camisa era território desconcertante para os polícias, o mesmo acontecia com a distinção entre tipos de sangue. As formas de identificar sangue menstrual e roupa interior feminina eram algo nebulosas, mais ainda quando os artigos a ser examinados eram levados tão rapidamente. Grande parte da confusão em relação à roupa interior e às suas manchas era provocada pelo embaraço.

Por um estranho acaso, na quinta-feira em que a história da abertura da caldeira foi conhecida, o investigador privado Ignatius Pollaky chegou a Road para assistir à actuação de Saunders. Pollaky, húngaro, era «superintendente» de um gabinete de investigação dirigido por Charley Field, amigo de Charles Dickens e de Jack Whicher, e tinha-se reformado da Polícia Metropolitana em 1852. Os agentes de investigação privados, como eram conhecidos, eram uma coisa nova, alguns deles detectives reformados como Field. (Field viu ser-lhe retirada a pensão da polícia por um breve período, durante os anos 1850, por continuar a usar indevidamente o título anterior de inspector-detective na sua prática privada.) O principal negócio do agente era a matéria sórdida do tribunal de divórcio — o divórcio tinha sido legalizado em 1858, mas era necessária prova de adultério se o homem se quisesse ver livre

---

[1] Termo francês para camisa. *(N. da T.)*

da mulher; uma mulher precisava de provar crueldade para pôr fim ao casamento.

«O misterioso senhor Pollaky», como o *The Times* o descrevia, a princípio recusou falar com Saunders ou com a polícia. Durante o fim-de-semana, foi visto em Bath e Bradford. Na semana seguinte, visitou Frome, Westbury e Warminster, voltou a Londres (provavelmente, para relatar as suas descobertas e receber mais instruções) e depois regressou a Road. «Há boas razões para acreditar que o seu objectivo mais directo não é identificar o assassino», disse o *Bristol Daily Post;* segundo o repórter deste jornal, em vez disso, o agente estava lá para vigiar Saunders. Houve outros jornais que confirmaram isto: o seu trabalho era mais intimidar do que investigar. Talvez Field tivesse enviado Pollaky para Road como um favor a Whicher, cujas conclusões tendiam a ser minadas por Saunders. Pollaky tirava notas sempre que Saunders fazia declarações excêntricas e conseguiu enervar o magistrado. O *Frome Times* relatou que «fomos informados de que o senhor Saunders teve uma entrevista com esse senhor [...] e perguntou se era verdade que a sua missão era recolher provas para um *lunatico inquirendo* contra ele. Sabemos que o senhor Pollaky se recusou a responder». Agora, até os investigadores do assassínio de Road Hill receavam ser acusados de insanidade. O inquérito judicial aberto por Saunders foi suspenso a 15 de Novembro.

Inadvertidamente, Saunders dera força ao argumento de Whicher. Quando surgiu uma notícia no *The Times* sobre a camisa ensanguentada, Whicher enviou um memorando a *Sir* Richard Mayne chamando-lhe a atenção para o artigo. «Visto», escreveu Mayne no memorando no dia seguinte.

Havia o perigo de as investigações do homicídio estarem agora a fazer mais para encobrir a solução do que para a revelar. «Não é provável que as consciências daqueles que estejam ao corrente do segredo tenham ficado mais sensíveis, ou a sua imaginação menos fértil ao longo dos inúmeros procedimentos legais que já ocorreram», adiantava o *The Times*. «Qualquer investigação fútil é um ganho para o culpado; mostra-lhe quais as lacunas que devem ser preenchidas e as contradições a evitar.» O autor do artigo estava preocupado com a falta de método no trabalho de investigação — com a sua dependência da imaginação, da intuição, das conjecturas — e ansiava por uma actuação mais desapaixonada: «É sabido que os detectives começam por presumir a culpa de alguém e depois vêem até que ponto as suas hipóteses se enquadram nas circunstâncias. Ainda há espaço para a aplicação de um processo mais científico e até pode acontecer que os factos, se analisados de forma mais calma e imparcial, contem a sua própria história.» A *Saturday Review* fazia eco disto, solicitando «um processo de dedução baconiana mais severo» a partir dos factos empíricos: em vez de começar com uma teoria, o detective devia fazer «um registo rígido, imparcial e desapaixonado dos fenómenos». Dizia-se que o detective perfeito era mais uma máquina do que um cientista.

O sentimento persistente contra Samuel Kent, que sustentava o inquérito judicial de Saunders, era evidente num panfleto de seis dinheiros da autoria do anónimo «Um Advogado». O autor identificava-se com os «detectives amadores, os perspicazes leitores forenses dos jornais, os mexeriqueiros locais e os desocupados com olhos de lince» e listava quinze perguntas sobre o comportamento de Samuel Kent no dia do assassínio (por exemplo, «Por que razão pediu ele a sua carruagem e foi procurar um polícia tão longe quando tinha um a viver tão perto?»), assim como nove sobre Elizabeth Gough («Poderia ela, da sua própria cama, ter visto a criança no berço?») e uma sobre Constance («O que foi feito da camisa de dormir?»).

Rowland Rodway, o advogado de Trowbridge, veio em defesa de Samuel protestando numa carta ao *Morning Post* em que dizia que «a imprensa, com poucas excepções, parece apontar o senhor Kent como assassino do filho e está a reunir à sua volta uma tempestade de indignação pública que destruiu a posição social da sua família e ameaça a sua própria segurança pessoal». Nesta altura, Samuel não tinha qualquer hipótese de ver-lhe ser atribuído o cargo de inspector a que se candidatara.

Tinham de ser os colegas a efectuar por ele as inspecções às fábricas. «Presentemente, seria quase impossível a Kent visitar as fábricas em Trowbridge», escreveu um deles, «tal é o sentimento das classes mais baixas contra ele [...] O senhor Stapleton [...] levou consigo um senhor à fábrica Brown & Palmer, a quem as pessoas que estavam no tear tomaram por Kent, e logo se levantou uma gritaria que continuou até o engano ser desfeito.» Este inspector acrescentou que a hostilidade em relação a Kent predominava mais entre as classes trabalhadoras: «Não creio que as pessoas bem informadas e respeitáveis em Trowbridge o considerem culpado.» Outro inspector escreveu ao ministro da Administração Interna dizendo que a má vontade contra Kent, «injustamente acusado», era tão intensa, «não só na sua área, mas em toda a parte», que até mesmo uma transferência seria inútil. Além disso, «dificilmente o senhor Kent teria possibilidade de sair de casa e estar ausente durante a noite nos próximos tempos». Esta frase revela a forma como a família Kent estava a passar aquele Inverno: num estado de tal ansiedade, talvez até de receio mútuo, que o pai não se sentia capaz de os deixar sozinhos em casa depois do anoitecer. Cornewall Lewis escrevinhou a sua resposta no envelope: «Eu próprio não acredito que Kent seja culpado, mas, quer o seja quer não, é um alvo demasiado suspeito para poder desempenhar as suas funções — poderá ser suspenso durante um tempo?» Duas semanas mais tarde, a 24 de Novembro, foi concedida a Samuel uma licença de seis meses.

Nos últimos dias de Novembro, Jack Whicher escreveu ao seu antigo colega John Handcock da polícia de Bristol reiterando a sua teoria sobre a camisa de noite desaparecida.

> *Depois de tudo o que foi dito relativamente a este caso e as diferentes teorias que foram avançadas, na minha humilde opinião só há uma solução possível; e se tivesse feito as investigações pessoais que empreendi, tenho a certeza de que teria chegado à mesma conclusão. Mas possivelmente ter-se-á deixado guiar inteiramente, tal como outros, por aquilo que ouviu, sobretudo em relação à teoria de o senhor Kent e a ama estarem implicados no assassínio, simplesmente com base na vaga suspeita de que ele poderia estar no quarto dela, etc. Agora, em minha opinião, se alguma vez houve um homem mais digno de compaixão, ou que tenha sido mais caluniado do que qualquer outro, esse desafortunado é o senhor Kent. Já foi suficientemente mau ver o seu querido filho cruelmente assassinado; mas ser rotulado de assassino é muito pior; e, de acordo com o estado actual da opinião pública, carregará esse rótulo até ao dia da sua morte, a menos que haja uma confissão por parte da pessoa que acredito firmemente ter cometido o crime. Tenho poucas dúvidas de que essa confissão teria sido feita se a menina Constance tivesse ficado detida preventivamente por mais uma semana. Agora, a minha opinião é [...] que o facto de haver duas famílias [...] foi a principal causa do assassínio; e que o móbil foi o ciúme dos filhos do segundo casamento. O falecido era o filho predilecto, e acredito que o despeito em relação aos pais tenha sido o móbil da actuação de Constance Kent [...] a menina Constance possui uma mente extraordinária.*

A raiva de Whicher em relação à forma como estavam a tratar Samuel é capaz de ter sido espicaçada pelo facto de ele próprio ter ficado estigmatizado para sempre pelo caso. Ambos eram inspectores do governo e tinham-se tornado objectos de inspecção extremamente crítica.

Na sua carta, Whicher mencionava que um dos magistrados de Wiltshire o visitara para discutir a questão da camisa que a polícia «desastrada» perdera. Whicher suspeitava de que a polícia a tinha reposto na abertura da caldeira como isco para atrair a proprietária e a apanhar em flagrante — isto poderia explicar por que razão os agentes tinham sido destacados para a cozinha na noite de 30 de Junho. «Foley nunca me explicaria isso [...] o senhor Kent disse no seu depoimento que Foley lhe disse que era para ver se alguém se levantava para destruir alguma coisa.» Whicher concluiu que, quando a camisa desapareceu, a polícia firmou «um pacto de segredo».

Depois das revelações do inquérito efectuado por Saunders, os magistrados de Wiltshire investigaram a questão da camisa na abertura da caldeira. A 1 de Dezembro, convocaram uma audição pública em que tanto Cox como Kerslake negaram que a camisa fosse sua. Watts descreveu a forma como descobrira a peça de roupa: «Estava dentro [...] como que para acender o lume [...] empurrada o mais fundo possível.» Isto significava que a camisa devia ter sido escondida depois das nove da manhã quando Kerslake apagava o lume. Watts disse que a camisa era fina, com «uma aba para prender à frente e outra atrás» e estava quase gasta — tinha buracos por baixo dos braços. O sangue «cobria praticamente a parte da frente e de trás. Não havia marcas de sangue acima da cintura; o sangue estendia-se uns quarenta centímetros acima da bainha. Pelo aspecto, sou levado a pensar que o sangue tinha vindo do interior».

Eliza Dallimore disse que pensava que a camisa era de Kerslake porque estava «muito suja e era muito curta [...] não me chegava aos joelhos». A cozinheira tinha-lhe dito que a sua «roupa interior estava muito suja porque ela tinha muito trabalho para fazer». Dallimore referiu que nem Kerslake nem Cox tinham vestido uma camisa lavada no sábado da morte de Saville — ela tinha-lhes visto a roupa interior quando estavam a experimentar a flanela de peito.

A entusiástica descrição pormenorizada que a senhora Dallimore fez da roupa interior das criadas contrastava fortemente com a aversão que

Foley tinha ao assunto. O superintendente disse que não tinha debatido a descoberta da camisa com os magistrados porque estava demasiado «envergonhado». «Não a tive na minha posse mais de um minuto. Não gostei de lhe tocar [...] Eu disse: "Estão a ver, é uma camisa suja e nojenta, levem-na daqui" [...] Considerei que seria indecente e impróprio expô-la publicamente. Já vi muita roupa manchada. Não creio que haja um homem que tenha visto mais do que eu. Um domingo de manhã, revistei cinquenta e duas camas em Bath, por isso imaginem o que por lá vi [...] mas nunca tinha visto uma peça de roupa mais imunda do que esta.» Disse que tivera vontade de «rastrear» a proprietária da camisa.

Os magistrados criticaram Foley, mas perdoaram-no, descrevendo-o como um agente «astuto e inteligente» cujo erro tinha sido desencadeado por sentimentos de decência e delicadeza.

Seguindo as instruções de Henry Ludlow, o escrivão leu uma carta de Whicher: o detective dizia que a camisa escondida na copa «nunca me foi mencionada por qualquer membro da polícia durante os quinze dias em que estive com eles em Road a ajudar nas investigações e em comunicação diária com o superintendente Foley e com os seus ajudantes [...] Por conseguinte, se os magistrados se sentem aborrecidos com o facto de o assunto lhes ter sido ocultado, peço para declarar que não tomei parte nisso [...] Quero que saibam que a culpa não é minha».

O livro de Joseph Stapleton sobre o assassínio citava outra carta de Whicher que dizia que a camisa e a camisa de noite desaparecida eram uma só. «Quando a descoberta da peça de roupa manchada de sangue na caldeira e o "horrível secretismo" que tinham mantido anteriormente em relação a ela vieram a público», escreveu ele, «senti-me muito satisfeito por ser a camisa de noite com que o crime foi cometido [...] não tenho dúvidas de que foi lá colocada como esconderijo temporário e que a polícia a deixou escorregar por entre os dedos depois disso fruto de alguma negligência. Daí a necessidade de segredo antes, assim como depois de ter vindo a público.» A repetição da expressão «ter vindo a público» por parte de Whicher é impressionante. Ele parece ter uma concepção nítida e visceral do sangue em que quase pôs as mãos, que se repercute na imagem de uma camisa a escorregar como líquido por entre os dedos dos polícias.

TERCEIRA PARTE

O DESLINDAR

«Não era em direcção à claridade que eu parecia flutuar, mas a uma densa escuridão, e, passado um minuto, fruto da minha própria compaixão, senti o terrível rebate de que ele talvez fosse inocente. Foi uma sensação momentaneamente confusa e insondável, pois se ele fosse *inocente, o que fazia* eu *no mundo? Enquanto aquilo durou, paralisado pelo mero aflorar da pergunta, esqueci-o um pouco...»*

The Turn of the Screw (1898), Henry James

CAPÍTULO 15

COMO UM DESEJO

1861-1864

As investigações do assassínio de Road Hill acabaram. No início de 1861, o presidente do Supremo Tribunal recusou uma proposta para abrir novo inquérito sobre a morte de Saville Kent rejeitando as alegações de que o juiz de instrução actuara erradamente ao não ter interrogado Samuel. A polícia de Bath recolheu mais algumas pistas, ou rumores de pistas, que chegaram aos jornais em Janeiro, mas não foram levadas por diante: tinha sido visto um par de galochas de borracha indiana ao fundo das escadas das traseiras pouco depois do assassínio; tinha desaparecido um par de meias. Joseph Stapleton afirmou que tinham sido encontradas umas meias húmidas e sujas num guarda-roupa sob as escadas das traseiras. O *Frome Times* disse que Constance Kent, quando estava na escola da menina Ducker, em Bath, há muitos anos, «em retaliação de uma alegada descortesia, destruiu e deitou pela sanita abaixo uns pertences da sua preceptora». Foi relatado noutro lugar que nessa mesma escola ela tentara provocar uma explosão ligando o gás.

Numa carta para um amigo suíço, datada de 1 de Fevereiro, Charles Dickens expôs a sua teoria sobre os culpados. «Suponho que até em Lausanne falem do assassínio de Road, não? Nem toda a polícia de investigação existente conseguirá alguma vez dissuadir-me da hipótese que gradualmente foi ganhando forma na minha mente. O pai estava na cama com a ama: a criança foi descoberta por eles sentada na sua caminha a olhar e, evidentemente, pronta para ir "contar à mamã". A ama saltou da cama e sufocou-a instantaneamente na presença do pai. Este golpeou a criança para desviar as suspeitas (o que foi feito de forma eficaz) e levou o corpo para onde ele foi encontrado. Quer tenha sido quando ia chamar a polícia, ou quando trancou os polícias lá em casa, ou em ambas as ocasiões, livrou-se da faca, etc. Agora, é provável que a verdade nunca venha a ser descoberta.»

Poderá ser como Poe sugeria em *The Man of the Crowd* (1840): «Há alguns segredos que não permitem ser contados [...] mistérios que não *tolerarão* ser revelados. Infelizmente, de vez em quando, a consciência do homem carrega um fardo de horror tão pesado que só consegue livrar-se dele quando o atira para a cova.»

Joseph Stapleton estava a reunir material para o seu livro em defesa de Samuel. Em Fevereiro, escreveu a William Hughes, o superintendente chefe da polícia de Bath, pedindo-lhe formalmente para refutar os rumores de que o senhor Kent «levava uma vida de deboche habitual» com as suas serviçais. A 4 de Março, Hughes respondeu confirmando que interrogara mais de vinte pessoas sobre esse assunto: «Todas elas afirmaram categoricamente não haver o mínimo fundamento para tal rumor. Do que consegui apurar sobre o assunto, estou convencido de que a sua conduta para com as serviçais era precisamente o *inverso de familiar,* e que sempre as tratou com mais altivez do que familiaridade.»

Mais tarde, nesse mês, Samuel requereu ao ministro da Administração Interna a aposentação precoce da função pública — nesta altura, já tinha gozado mais de metade da sua licença de seis meses. Pediu para que lhe fosse concedida uma pensão de 350 libras, o seu salário completo. «Em Junho de 1860, fui atingido por aquela grande calamidade, o assassínio do meu filho», explicou ele, «uma calamidade que não só amargurou o resto da minha vida, mas que fez abater sobre mim o preconceito e a calúnia popular através das representações confusas da imprensa pública [...] A minha família é grande, o meu rendimento limitado e não poderia renunciar à minha pensão oficial sem grandes privações.» Em resposta, Cornewall Lewis observou que era «a proposta mais estranha de que alguma vez tivera conhecimento — informem-no de que o seu pedido não pode ser atendido». Os jornais noticiaram um boato que corria de que, em Março, Constance confessara a um familiar que tinha assassinado Saville, mas os detectives que tinham investigado o caso consideraram «desaconselhável» reabrir a investigação.

Na quinta-feira, 18 de Abril de 1861, os Kent deixaram Road. Constance foi enviada para uma escola de aperfeiçoamento em Dinan, uma vila medieval com muralhas no Norte de França, e William regressou à sua escola em Longhope, onde ficou em regime interno com cerca de mais vinte e cinco rapazes com idades entre os sete e os dezasseis anos. O resto da família mudou-se para Camden Villa, em Weston-super--Mare, uma estância na costa norte de Somersetshire. A senhora Kent estava outra vez grávida.

Os Kent deram instruções a um leiloeiro de Trowbridge para se desfazer dos seus pertences. Dois dias depois da sua partida, ele abriu a Casa de Road Hill ao público para visionamento. Já tinha tido tantos pedidos de informação que tomara a decisão inédita de vender os catálogos ao preço unitário de um xelim, e de limitá-los a um por pessoa — foram comprados setecentos. No sábado, às onze da manhã, a multidão enchia o edifício. Na sala, os visitantes revezavam-se para levantar a janela de guilhotina central para testar o seu peso, e no quarto das crianças faziam a sua própria apreciação sobre se Elizabeth Gough poderia ter visto o berço de Saville a partir da sua cama (o consenso era que sim, poderia). Examinaram minuciosamente as escadas e as portas. O superintendente John Foley, que fora recrutado para manter a ordem, foi assediado com pedidos de jovens senhoras para verem a latrina onde ainda se viam manchas de sangue no chão. Os visitantes tinham menos interesse na mobília que estava para venda. No seu discurso de abertura, o leiloeiro admitiu que o recheio da casa «não era lá muito elegante», mas que eram peças muito bem feitas «e gostaria de observar que os bens não têm apenas um valor artificial, mas também histórico. Foram testemunhas de um crime que espantou, aterrou e paralisou o mundo civilizado».

As somas conseguidas com os quadros foram decepcionantes — um óleo de Mary, rainha dos escoceses, por Federico Zuccari, pelo qual Samuel Kent afirmava terem-lhe oferecido cem libras, foi vendido por catorze. Mas a esplêndida cama de dossel espanhola do senhor e da senhora Kent arrecadou a soma impressionante de sete libras e quinze xelins e o lavatório e objectos do seu quarto sete libras. O leiloeiro também vendeu 250 onças de pratas, mais de quinhentos livros, várias caixas de vinho, incluindo xerez dourado e claro, um microscópio com lucerna (quando usado com uma luz a gás podia projectar imagens ampliadas numa parede), dois telescópios, algumas peças de mobiliário de jardim em ferro e um cavalo de corrida com um ano. O Porto de 1820 de Samuel (um *vintage* excepcionalmente rico e doce) foi vendido por onze xelins a garrafa, a sua égua por onze libras e quinze xelins, a carruagem por seis libras e a sua Alderney de raça pura (uma vaca pequena e fulva que dava um leite cremoso) por dezanove libras. O órgão de câmara dos Kent foi adquirido para a capela metodista em Beckington. Um tal senhor Pearman, de Frome, pagou cerca de uma libra por cada uma das camas de Constance e de Elizabeth Gough e pelo berço de Eveline, que Saville usara em bebé, fazendo o total reunido pela venda ascender a mil libras. O berço de onde Saville fora raptado não foi posto a leilão, para o caso de ir parar à «Câmara dos Horrores» no museu de cera de Madame Tussaud.

Durante a venda, um carteirista roubou uma bolsa contendo quatro libras a uma mulher no meio da multidão. Embora os homens de Foley trancassem as portas da Casa de Road Hill, efectuassem buscas e detivessem um suspeito, o culpado não foi encontrado[1].

O último filho de Samuel e Mary Kent, Florence Saville Kent, nasceu em casa, na costa de Somersetshire a 19 de Julho de 1861. Durante o Verão, os comissários das fábricas discutiram o lugar para onde poderiam enviar Samuel. Surgiram vagas em Yorkshire e Irlanda, mas receavam que não conseguisse exercer a sua autoridade nessas áreas, onde a hostilidade para com ele era grande. No entanto, em Outubro, apareceu uma vaga para subinspector de fábricas no Norte de Gales, e a família Kent mudou-se para Llangollen no vale Dee.

Uma inglesa que vivia em Dinan em 1861 escreveu, mais tarde, para a *Devizes Gazette,* sobre Constance Kent: «Nunca a vi, mas toda a gente que conheço a viu e todos a descrevem como uma rapariga feia, de rosto espalmado e cabelo ruivo, nem estúpida nem inteligente, nem animada nem taciturna, e que só se destacava por uma característica particular, a saber, a sua extrema ternura e bondade para com as crianças pequenas [...] Na escola onde era aluna, seria provavelmente de entre todas aquela que menos se destacaria se fossem observadas em conjunto.» Constance fazia os possíveis para se tornar invisível e era conhecida na escola pelo seu segundo nome, Emily, mas as outras raparigas conheciam a sua identidade. Era alvo de mexericos e ameaças. No final do ano, Samuel

[1] Na década seguinte, a Casa de Road Hill recebeu o nome de Casa de Langham (como a quinta vizinha). Em 1871, o chefe da família era Sarah Ann Turberwell, uma viúva de sessenta e seis anos que tinha seis empregados: um mordomo, uma criada de quarto, uma governanta, uma criada, uma cozinheira e um lacaio. No século XX, os limites do condado foram alterados, de forma que a casa fica agora em Somerset como o resto da povoação, e o nome da própria povoação foi mudado de Road para Rode. *(N. da A.)*

entregou-a ao cuidado das freiras do Convento de la Sagesse numa falésia sobranceira à cidade.

Durante vários meses, Whicher retirou-se da exposição pública trabalhando apenas em casos onde as hipóteses de atrair as atenções eram poucas. Só houve um deles que mereceu cobertura jornalística — a captura de um clérigo que obtivera seis mil libras forjando o testamento do tio. Timothy Cavanagh, o jovem colega de Whicher então funcionário no gabinete do comissário, afirmou que o assassínio de Road Hill tinha destruído «o melhor homem que o Departamento de Detectives alguma vez tivera». O caso «quase partiu o coração do pobre Whicher» — ele «regressou à sede extremamente desanimado. Isto foi um grande golpe para ele [...] o comissário e outras pessoas terem perdido a fé nele pela primeira vez». Segundo Cavanagh, o caso de Road Hill também mudou Dolly Williamson. Quando Williamson regressou de Wiltshire, deixou de lado o espírito brincalhão, a sua tendência para fazer piadas e jogos perigosos. Tornou-se prudente e distante.

No Verão de 1861, Whicher foi encarregado da investigação de um crime pela primeira vez desde Road Hill. Era um caso aparentemente simples. A 10 de Junho, uma mulher de cinquenta e cinco anos, chamada Mary Halliday foi encontrada morta numa reitoria em Kingswood, perto de Reigate, Surrey, onde se encontrava a tomar conta da casa enquanto o vigário estava ausente. A senhora Halliday parecia ter sido vítima de um assalto desajeitado — uma meia enfiada na boca, provavelmente para a silenciar, tinha acabado por sufocá-la. O intruso ou intrusos tinham deixado pistas: uma moca de faia, alguns bocados de uma invulgar corda de cânhamo atados à volta dos pulsos e tornozelos da vítima e um maço de papéis. Estes incluíam uma carta de uma famosa cantora de ópera alemã, uma carta de pedido de auxílio assinada por «Adolphe Krohn» e documentos de identificação em nome de Johann Karl Franz da Saxónia.

A polícia tinha descrições de dois forasteiros que tinham estado na área naquele dia, um baixo e moreno, o outro mais alto e louro; tinham sido vistos num *pub* em campos perto da reitoria e numa loja em Reigate, onde tinham comprado o mesmo tipo de corda daquele que fora encontrada no cenário do crime. As descrições do mais alto dos dois condiziam com os pormenores constantes nos documentos de identificação. Foi oferecida uma recompensa de duzentas libras pela captura do par que se presumia serem Krohn e Franz.

Whicher mandou o sargento-detective Robinson interrogar *Mademoiselle* Thérèse Tietjens, a célebre cantora de ópera cuja carta tinha sido encontrada na reitoria em sua casa, em St. John's Wood, perto de Paddington. Ela disse que um jovem alemão relativamente alto com cabelo castanho-claro lhe tinha aparecido à porta uma semana antes alegando pobreza e pedindo a sua ajuda para regressar a Hamburgo. Ela prometera pagar-lhe as despesas e dera-lhe uma carta para esse efeito. Whicher pediu a Dolly Williamson para verificar as partidas de barco para Hamburgo e para indagar junto das embaixadas e consulados austríacos, prussianos e hanseáticos.

Foram enviados outros polícias para a zona de Whitechapel conhecida pelas suas refinarias de açúcar no East End, onde muitos alemães itinerantes estavam alojados. Vários mendigos alemães foram levados para ser interrogados. Whicher foi-os excluindo um por um. «Embora corresponda mais ou menos à descrição de um dos homens implicados no assassínio da senhora Halliday», disse ele sobre um suspeito a 18 de Junho, «não creio que seja um deles.»

No entanto, na semana seguinte, Whicher disse a Mayne que encontrara Johann Franz: um vagabundo alemão de vinte e quatro anos, apanhado em Whitechapel, que afirmava que o seu nome era Auguste Salzmann. A princípio, Whicher não conseguiu arranjar testemunhas que confirmassem que era um dos alemães de Kingswood. Pelo contrário: «Tinha sido visto por três pessoas de Reigate e Kingswood, que viram dois forasteiros nas imediações no dia antes e no próprio dia do assassínio, mas não são capazes de os identificar como sendo um deles», escreveu Whicher a Mayne a 25 de Junho. «Também tinha sido visto pelo agente Peck da Divisão P, que encontrou os dois homens em Sutton na manhã do assassínio, mas ele não o conseguiu reconhecer. Embora estas pessoas não tenham conseguido identificá-lo, não tenho dúvidas de que é Johann Carl Franz, proprietário do livro que lá ficou, e, como há outras pessoas que viram os dois forasteiros por ali, sugiro que o sargento Robinson as traga a Londres para verem o prisioneiro.» A autoconfiança de Whicher — ou a sua ideia fixa — valeu a pena. A 26 de Junho, testemunhas do *pub* e da cordoaria em Reigate concordaram em que era o mais alto e louro dos dois alemães que tinham visitado a povoação. Whicher declarou-se «totalmente confiante» em conseguir uma condenação.

Enviou fotografias dos documentos de identificação às autoridades na Saxónia, que confirmaram a sua autenticidade acrescentando que o seu proprietário já tinha estado preso. Whicher também descobriu que, dois dias depois do assassínio, o suspeito tinha dado a guardar ao senhorio uma camisa azul aos quadrados. A camisa condizia exactamente com a descrição daquela que era usada por um dos homens vistos em Kingswood, e enrolado à sua volta estava um bocado de corda igual à que fora usada para atar o corpo da vítima. Os detectives localizaram o fabricante da corda, que confirmou ter feito a que fora encontrada à volta da camisa e dos tornozelos da senhora Halliday: «São todas do mesmo rolo. Tenho a certeza.» Houve mais testemunhas que disseram ter visto o prisioneiro em Surrey. Agora até o agente Peck dizia acreditar que o suspeito era um dos homens que ele encontrara em Sutton. Whicher conseguira reunir uma forte cadeia de provas circunstanciais. A 8 de Julho, o prisioneiro admitiu ser Franz. Foi levado a julgamento.

A história que o alemão contou em sua defesa não tinha pés nem cabeça. Depois de desembarcar de um vapor em Abril, em Hull, disse que fizera amizade com dois outros vagabundos alemães, Wilhelm Gerstenberg e Adolphe Krohn. Gerstenberg, que tinha uma compleição e tez parecidas com as de Franz, instara-o a entregar alguns dos seus documentos de identificação. Franz recusou. Uma noite em Maio, enquanto Franz estava a dormir por trás de uma meda de feno perto de Leeds, os seus dois companheiros roubaram-no levando não só os documentos mas também a sua trouxa e as roupas de reserva, que eram feitas do mesmo tecido que as que ele estava a usar. Isto explicava a semelhança entre a sua camisa e a que fora vista perto de Kingswood, enquanto as suas parecenças com Gerstenberg explicavam por que razão algumas das testemunhas pensavam ter visto Franz em Surrey. O miserável Franz tinha seguido sozinho para Londres. Quando chegou à cidade, ouviu dizer que um alemão chamado Franz estava a ser procurado por homicídio, por isso adoptou rapidamente um novo nome. Quanto à corda que tinha no quarto, disse que a tinha encontrado no passeio à porta de uma tabacaria perto do local onde morava. Portanto, a sua defesa era que um vagabundo alemão, muito parecido com ele, lhe tinha roubado a roupa e os documentos, que tinha mudado de nome com medo de ser tomado por assassino, e que calhara apanhar um bocado de corda numa rua de Londres que correspondia exactamente à corda específica encontrada no cenário do crime.

Tudo isto parecia invenção de um homem desesperado e culpado. Mas nos dias de espera até ao julgamento surgiram vários factos que pareciam corroborar a versão de Franz. Em Northamptonshire, um vagabundo apresentou à polícia alguns documentos desgarrados do maço que Franz afirmava ter-lhe sido roubado — disse que os tinha encontrado num monte de palha num casebre à beira da estrada. Isto sugeria que alguns dos documentos de Franz se tinham extraviado tal como ele afirmava. Quando *Mademoiselle* Tietjens veio ver o prisioneiro, jurou que ele não era o homem de cabelo claro que lhe pedira ajuda no início de Junho. O que levantava a possibilidade de haver realmente outro alemão de cabelo claro que tinha sido cúmplice do moreno Krohn. E veio a saber-se que o fornecedor londrino da corda de cânhamo vendida em Reigate e encontrada no corpo de Mary Halliday estava sediado em Whitechapel perto do sítio onde Franz dizia ter apanhado o bocado com que atara a camisa.

A investigação estava a escapar das mãos de Whicher. Procurou Krohn desesperadamente, pois estava convencido de que a sua captura daria argumentos convincentes contra Franz. Estava tão ansioso por encontrar o alemão desaparecido que, por mais de uma vez, manifestou a convicção de que estava quase a apanhá-lo: «Tenho quase a certeza de que o homem descrito como Adolphe Krohn é um jovem judeu polaco chamado Marks Cohen», escreveu ele a Mayne. Foi demonstrado que estava enganado. Pouco depois, estava «fortemente convencido» de que outro homem era Krohn, mas estava mais uma vez enganado. Whicher não o encontrou.

No julgamento do homicídio de Mary Halliday a 8 de Agosto, o advogado de Franz argumentou, num discurso apaixonado de quatro horas, que as provas circunstanciais no caso precisavam não só de ser consistentes com a culpa, mas também inconsistentes com a inocência. Disse-se que dez dos doze jurados foram para a sala do júri convencidos de que Franz era o assassino, mas quando saíram declararam-no inocente. A Embaixada da Saxónia pagou-lhe o bilhete para casa.

No dia seguinte, o *The Times,* claramente convencido de que Franz matara a senhora Halliday, observou que a prova circunstancial era sempre — teoricamente — consistente com a inocência. Tal prova nunca provava nada: «É apenas uma hipótese que liga determinados factos, embora seja ao mesmo tempo uma hipótese que, por uma lei da natureza, em certos casos, não podemos deixar de acreditar que é a correcta.»

A investigação de Kingswood tinha-se desenrolado como uma piada maldosa fazendo troça das capacidades de um detective. Era uma chamada de atenção para o facto de o trabalho de investigação estar tão dependente da sorte como da acuidade. «Se não era o mais inteligente, coisa de que tenho sérias dúvidas, era certamente o mais sortudo dos detectives», diz o inspector F, narrador de *Experiences of a Real Detective* (1862), de Waters. «Só tinha de ficar de boca aberta, e as coisas caíam lá dentro de moto próprio.» A sorte de Whicher parecia ter acabado. Provavelmente, tinha razão em relação à identidade do assassino de Kingswood, mas, assim que Franz foi absolvido, a confiança do detective começou a parecer outra coisa — talvez arrogância, ou delírio, ou obsessão. Este foi o último homicídio que ele investigou.

No século XIX, estava a ganhar terreno a ideia de que o testemunho humano (confissão ou depoimento de testemunha ocular) era demasiado subjectivo para se confiar nele. Por exemplo, *A Treatise on Judicial Evidence* (1825), de Jeremy Bentham, dizia que o testemunho precisava de ser reforçado pela prova material. Só serviam *coisas:* o botão, a boa, a camisa de noite, a faca. No dizer do inspector F, de Waters: «Acredito que uma cadeia de provas deduzidas das circunstâncias em que não deverá haver nenhuma falha material [...] [é] o testemunho mais fiável em que o julgamento humano se pode basear — já que uma circunstância não está sujeita a perjúrio nem a testemunho corrupto.» Discernia-se a mesma preferência na ficção de Edgar Allan Poe: «Ele anuncia a literatura científica e analítica em que as coisas desempenham um papel mais importante do que as pessoas», observaram os escritores franceses Edmond e Jules de Goncourt em 1856. Os objectos eram incorruptíveis no seu silêncio. Eram testemunhas mudas da história, fragmentos — como os fósseis de Darwin — que podiam cristalizar o passado.

Todavia, o caso de Kingswood e o caso de Road Hill mostraram o carácter fugidio das coisas, deixaram claro que os objectos, tal como as memórias, estavam continuamente abertos à interpretação. Darwin tinha de decifrar os seus fósseis. Whicher tinha de ler os cenários do crime. Uma sucessão de provas construía-se, não se descobria. A mulher-detective de Forrester põe as coisas em termos muito simples: «O valor do detective não reside em descobrir os factos, mas sim em reuni-los e perceber o seu significado.» O corpo mutilado em Road Hill podia ser prova de raiva ou imitação de raiva. A janela aberta podia indicar um caminho de fuga ou a manha de um assassino que continuava escondido na casa. Em Kingswood, Whicher encontrou o tipo de pista mais conclusivo: um pedaço de papel com um nome e uma descrição física. Mas até isso, como veio a verificar-se, podia apontar para o oposto daquilo que parecia — o roubo de uma identidade em vez da própria identidade.

Um novo estado de espírito estava a tomar conta de Inglaterra. Em contraste com a década vigorosa e optimista de 1850, a seguinte haveria de ser caracterizada pelo mal-estar e pelo duvidar de si mesma. A mãe da rainha Vitória morreu em Março de 1861 e o seu adorado marido, o príncipe Alberto, em Dezembro. A rainha deitou luto e passou o resto da vida vestida de preto.

No início da década de 1860, as emoções despertadas pelo assassínio de Road Hill passaram à clandestinidade, deixando as páginas da imprensa para voltarem a aparecer disfarçadas e intensificadas nas páginas da ficção. A 6 de Julho de 1861, quase exactamente um ano depois do assassínio, apareceu o primeiro fascículo de *Lady Audley's Secret,* de Mary Elizabeth Braddon, na revista *Robin Goodfellow.* Este romance, um enorme sucesso de vendas quando foi publicado integralmente em 1862, incluía uma madrasta malvada (uma preceptora que casara com um *gentleman*), um assassínio brutal e misterioso numa elegante casa de campo, um corpo atirado a um poço; as suas personagens estavam fascinadas pela loucura e pelo trabalho do detective e aterradas pelo escândalo. A história de Braddon deu expressão ao desassossego e à excitação que o assassínio de Saville Kent despertara.

Constance Kent estava reflectida em todas as mulheres do livro: *Lady* Audley, de rosto doce e possivelmente uma louca assassina; Alicia Audley, uma maria-rapaz filha da casa; Phoebe Marks, a impassível criada («Calada e reservada, parecia conter-se dentro de si própria e não ser influenciada pelo mundo exterior [...] aquilo é que é uma mulher capaz de guardar um segredo»); e a solitária e apaixonada Clara Talboys, irmã do homem assassinado: «Cresci numa atmosfera de repressão [...] Abafei e reprimi os sentimentos naturais do meu coração até terem adquirido uma intensidade anormal; não me foram permitidos amigos ou amantes. A minha mãe morreu quando eu era muito jovem [...] não tive ninguém, a não ser o meu irmão.»

Jack Whicher revela-se na figura do atormentado detective amador Robert Audley, que leva a cabo uma «investigação de marcha-atrás», uma viagem ao passado do seu suspeito. Enquanto o inspector Bucket em *Bleak House* é delicado, brilhando com o saber oculto, Robert Audley é atormentado pelo sentimento de culpa de estar louco. Quem é o monomaníaco, pergunta-se: será a mulher-criança que ele considera suspeita de loucura e homicídio, ou ao fixar-se nela estará ele apenas a provar que se encontra dominado por um delírio obsessivo?

> *Será uma admonição ou uma monomania? E se, afinal, eu estiver enganado? E se esta cadeia de provas que eu construí elo a elo tiver sido construída a partir da minha própria loucura? E se este edifício de horror e suspeita for uma mera colecção de fantasias — as fantasias nervosas de um solteiro hipocondríaco? [...] Oh, meu Deus, e se for em mim que o infortúnio reside há todo este tempo...*

A cadeia de provas de Whicher em Road podia ser prova da culpa do suspeito ou dos seus próprios delírios, tal como a sua cadeia de provas em Kingswood demonstrara. A incerteza era torturante: «Será que nunca conseguirei aproximar-me da verdade», pergunta Robert Audley, «e que serei atormentado toda a minha vida por dúvidas vagas e suspeitas perversas que podem crescer em mim até me tornar um monomaníaco?» Contudo, se ele conseguir resolver o mistério, isso só poderá ampliar o horror: «Porque hei-de tentar desvendar a meada embaraçada, encaixar as peças do terrível *puzzle* e reunir os fragmentos perdidos que, quando recolhidos, podem constituir um todo tão hediondo?»

Lady Audley's Secret foi um dos primeiros e melhores romances-sensação e «enigma» que dominaram a cena literária da década de 1860, contos labirínticos de infelicidade doméstica, engano, loucura, intriga. Incluíam aquilo que Henry James designou «os mais misteriosos dos mistérios, os mistérios que estão à nossa própria porta [...] os terrores da alegre casa de campo ou das movimentadas residências de Londres». Os seus segredos eram exóticos, mas os seus cenários imediatos — aconteciam agora em Inglaterra, uma terra de telegramas, comboios, polícias. As personagens desses romances estavam à mercê dos seus sentimentos que, não mediados, pressionavam a sua carne: a emoção compelia-os a empalidecer, a corar, a ensombrar-se, a tremer, a sobressaltar-se, a convulsionar-se, e aos seus olhos a chispar, a piscar e a escurecer. Receava-se que os livros actuassem sobre os leitores da mesma forma.

Em 1863, o filósofo Henry Mansel descreveu esses romances como «indicações de uma corrupção generalizada da qual são em parte o efeito e a causa: chamados à existência para satisfazer os desejos de um apetite doente, e contribuindo eles próprios para fomentar a doença e para estimular a necessidade que produzem». Mansel expressou-se com uma força invulgar, mas a sua opinião era comum. Eram muitos os que receavam que os romances de sensação fossem um «vírus» susceptível de criar a corrupção que descreviam, formando um círculo de excitação — sexual e violenta — que atingia todos os estratos da sociedade. Estes livros, os *thrillers* psicológicos originais, eram vistos como agentes do colapso social, até mesmo na forma como eram consumidos — eram lidos na copa e na sala de visitas, tanto pelas criadas como pelas patroas. Aludiam a crimes reais, como o caso de Road Hill, para acrescentar um frémito de autenticidade. «Há alguma coisa de indizivelmente asqueroso neste apetite voraz por carne putrefacta», escreveu Mansel, «este instinto de abutre que sente o cheiro desta massa recente de corrupção social e se apressa a devorar a iguaria repugnante antes do cheiro se ter evaporado.» Os romances de sensação suscitavam os sentimentos brutais dos seus leitores, os seus apetites animais; ameaçavam a crença religiosa e a ordem social de forma similar ao darwinismo. Mansel observou que a ilustração típica da sobrecapa de um desses romances era a de «uma jovem pálida, envergando um vestido branco com um punhal na mão», a cena que Whicher invocara em Road.

O livro de Joseph Stapleton sobre o assassínio *The Great Crime of 1860* foi publicado em Maio de 1861 com o aval de Rowland Rodway. Stapleton estava muito bem informado: ele conhecia os suspeitos no caso e ouvira os mexericos locais. Henry Clark, o escrivão dos magistrados, tinha-lhe fornecido informação sobre os inquéritos judiciais e sobre as investigações da polícia, e Samuel Kent pusera-o ao corrente da história da família. Stapleton fazia alusões veladas à culpa de Constance. Contudo, o tom do seu livro era muitas vezes frenético e bizarro — as sugestões sinistras que lançava não eram apenas sobre a identidade do assassino, mas também sobre a decadência e colapso da sociedade inglesa, uma catástrofe racial.

Em prosa tão acalorada como a dos autores de romances-sensação, Stapleton incitava os seus leitores a «pensar nos corações humanos que pulsam» nas casas das novas classes médias, «nas paixões humanas que ali fervilham [...], nas transgressões da família, nos conflitos da família, nas desgraças da família disfarçadas apenas pelo falso esplendor da gentileza; irrompendo aqui e ali caprichosamente numa chama repentina, devoradora e inextinguível». Assemelhava essas famílias a vulcões: «Em muitos lares ingleses, as amabilidades da vida social vestem com garbo uma crosta enrugada e superficial. A tempestade [...] reúne forças nessas reentrâncias profundas onde a cratera é animada com fogo; e [...] irrompe na sua fúria para projectar violentamente pais, filhos e criadas numa destruição comum, inevitável e promíscua.»

Stapleton sugeria que o público fora corrompido pelo assassínio de Road Hill. «À medida que o mistério ligado ao crime se aprofundou e prolongou, a suspeita tornou-se uma paixão.» Fez uma descrição fantástica dos observadores que assistiram à inquirição judicial relativa ao caso de Saville, comparando-os às mulheres que assistiam às touradas espanholas. «As mulheres tinham enchido a sala para ouvir como uma garganta tinha sido cortada», escreveu ele, «e seguravam criancinhas nos braços para verem a relíquia ensanguentada.» Era como se o anjo doméstico da fantasia vitoriana tivesse dado momentaneamente lugar a um vampiro sedento de sangue: «As suas simpatias pelo sofrimento ficam suspensas até os seus instintos terem sido satisfeitos; e, quando a curiosidade e o amor pelo horrível já foram saciados, a mulher inglesa recupera do seu eclipse e surge novamente entre nós no esplendor dos seus melhores atributos.» Aos olhos de Stapleton, os observadores de uma investigação de homicídio ficavam eles próprios transformados rapidamente, metamorfoseados pela visão da violência. Embora estivesse desejoso de atribuir toda a fome de sangue às mulheres da classe trabalhadora da povoação e de associá-las a estrangeiros para jogar pelo seguro, a curiosidade desmedida por este caso estendia-se a todas as classes sociais inglesas e a ambos os sexos. Ele próprio estava faminto do tema, como o seu livro demonstrava.

Stapleton sugeria que o assassínio era prova da «decadência nacional»: «Uma alegada degradação da raça tornou-se entre nós uma desgraça nacional», escreveu ele, «só porque reconhecemos nela as consequências naturais e a expressão de uma longa série ancestral de prazeres aviltantes, ocupações abjectas e pecados licenciosos.» Subscrevia aqui a teoria da degeneração racial: se os seres humanos podiam evoluir como Darwin defendia, de certeza que também podiam regredir. O passado decadente de uma família podia repercutir-se nos seus filhos, fazendo retroceder a raça. Também Mansel citou o assassínio de Road Hill como prova de degeneração, juntamente com a disseminação do alcoolismo, consumismo, histeria, poluição, prostituição e adultério. Stapleton, embora desejoso de absolver Samuel do homicídio, dava a entender que as perversões e pretensões do seu antigo colega tinham desgraçado a sua família. O médico dizia que a prole de um homem podia ser marcada pela dipsomania, tal como por outros tipos de intemperança, como a ganância pelo dinheiro ou o excesso de desejo sexual.

O assassínio não resolvido de Road representava a visão que os autores do romance-sensação tinham da Grã-Bretanha. O caso não veiculava um significado, produzia apenas um choque como a electricidade. A sua influência era evidente no livro de Charlotte Yonge *The Trial* (1862) sobre senhoras jovens e inteligentes com histórias de crime aterradoras: «Lá vai o tempo [...] em que a rapariga inglesa era olhada, tanto no estrangeiro como no seu país, como o protótipo de tudo o que era puro e inocente, mas as coisas agora mudaram.» As repercussões do caso podiam ser percebidas nos livros que retratavam um polícia rude a desfilar numa cena doméstica refinada — Grimstone, da Yard, por exemplo, com o seu «pequeno bloco de notas engordurado» e o «coto de lápis» em *Aurora Floyd* (1863), de Elizabeth Braddon.

A romancista Margaret Oliphant punha a culpa toda nos detectives. A ficção sensacionalista, dizia ela, era «uma institucionalização literária dos hábitos de raciocínio da nova força policial». «O detective literário», escreveu ela em 1862, «não é um *collaborateur* a quem demos as boas-vindas com prazer na república das letras. O seu aparecimento não favorece o gosto nem a moral.» Um ano mais tarde, lamentou o «detectivismo», a «aparência de tribunal da polícia da ficção moderna».

No dizer de Robert Audley, depois do assassínio de Road Hill, os detectives ficaram «manchados de reminiscências vis e não eram companhia adequada para *gentlemen* honestos». Audley estava profundamente desgostoso com a imagem do detective que ele próprio adoptara: «A sua natureza generosa revoltava-se perante a função para a qual fora arrastado — a função do espião, do coleccionador de factos incriminatórios que levavam a deduções horríveis [...] sempre em frente naquele trajecto ignominioso — o atalho sinuoso da vigilância e da suspeita.»

Na figura febril de Robert Audley, obrigado a procurar aquilo que receia, «sensação» e «detectivismo» fundiam-se. O detective podia ser entendido como um viciado em sensações, ansioso pelos arrepios e calafrios do crime. James McLevy, o detective de Edimburgo cujos dois volumes de memórias foram *best-sellers* em 1861, confessou a excitação inquietante do seu trabalho. Descreveu o seu desejo de recuperar bens roubados como um instinto animal, como o desejo de roubar do ladrão: «Dificilmente se imaginam os sentimentos de um detective ao tirar de um saco misterioso precisamente aquilo que quer. Nem mesmo o ladrão, quando os seus dedos palpitam ao agarrar rapidamente um colar de diamantes, sente maior prazer do que nós quando recuperamos aquele relógio dessas mesmas mãos, agora fechadas num aperto nervoso.» McLevy disse que se sentia atraído pelo perigo, pelo mistério, pelos «lugares onde foram feitas coisas secretas». O desejo que sentia por um homem «procurado» era físico: «qualquer olhar [...] parecia enviar uma energia prévia que me percorria o braço, transmitindo aos dedos qualquer coisa como um desejo de o agarrar». Com um erotismo arrepiante, McLevy comparava a captura de um vilão ao acto de possuir uma amante: «Mas que glorioso amplexo recebi dele [...] não o teria trocado pelo toque na mão de uma noiva com a aliança no dedo [...] a minha fraqueza era tanta que, quando vi Thomson a debater-se inutilmente nas mãos do polícia, coisa por que tantas vezes suspirara em segredo e visionara sem reservas [...], senti um desejo ardente de abraçar o destemido chefe da quadrilha.» McLevy retratava-se como um homem solitário cujas energias eram desviadas e as emoções distorcidas pela obsessão pelos casos em que trabalhava e pelos vigaristas por que ansiava. Tal como Jack Whicher e a maioria dos detectives ficcionados desde então, era solteiro e a sua solidão era o preço da sua excelência.

A imprensa aumentou os ataques a Whicher e aos seus colegas. «O detective moderno está geralmente enganado», declarava o *Dublin Review* — o caso de Road Hill tinha «abalado justamente» a confiança do público na sua «sagacidade e argúcia [...] o sistema dos detectives neste país é essencialmente grosseiro e mesquinho». A palavra *clueless*[1] foi registada pela primeira vez em 1862. A revista *Reynolds* comparava a Polícia Metropolitana a «um gigante cobarde e desajeitado que [...] descarrega toda a mesquinhez e malignidade da sua natureza em todas as criaturas fracas e indefesas que lhe aparecem no caminho». Havia aqui ecos

---

[1] Adjectivo que no seu significado original, e também mais literal, se aplica a alguém que não tem sequer uma pista a partir da qual inferir o que se passa. *(N. da T.)*

da «mesquinhez» que Whicher demonstrou ao prender a indefesa Constance Kent. Uma paródia no *Punch* em 1863 referia-se ao «inspector Watcher» da «Defective Police»[1]. Na *Saturday Review,* James Fitzjames Stephen atacou a apresentação romântica da polícia no domínio da ficção — «esta adoração do detective» — dizendo que, na realidade, não conseguia resolver crimes perpetrados no seio da classe média.

No Verão de 1863, Samuel e William Kent visitaram Constance em Dinan e a 10 de Agosto ela regressou a Inglaterra para ingressar em regime de internato pago no St. Mary's Home em Brighton. Este estabelecimento, fundado pelo reverendo Arthur Douglas Wagner em 1855, foi um dos primeiros conventos na Igreja de Inglaterra. Um grupo de noviças lideradas por uma madre superiora dirigiam uma maternidade para mães solteiras, ajudadas por cerca de trinta penitentes. Wagner era discípulo de Edward Pusey, um líder do Movimento de Oxford ou Movimento Tractariano, criado no século XIX e que advogava a recuperação das toalhas de altar, do incenso, das velas e da confissão sacramental na Igreja Anglicana. Ao juntar-se à comunidade de Wagner, Constance estava a substituir a sua família natural por uma família religiosa libertando-se dos laços de sangue. Tendo adoptado a pronúncia francesa do seu segundo nome, era conhecida como Emilie Kent.

Em Londres, a vida de Jack Whicher tinha desaparecido. Já quase não havia sinal do antigo «príncipe dos detectives» nos jornais. O seu amigo inspector-detective Stephen Thornton morreu de apoplexia em casa em Lambeth em Setembro de 1861, aos cinquenta e oito anos, deixando o caminho livre para Dolly Williamson ser promovido a inspector em Outubro. Williamson foi nomeado responsável pelo departamento.

Depois de Kingswood, Whicher só aparece uma vez nos ficheiros da Polícia Metropolitana em casos importantes. Em Setembro de 1862, ele e um colega, o superintendente Walker, foram enviados para Varsóvia, a pedido dos governantes russos da cidade, para aconselhar na criação de um serviço de detectives. Os russos estavam preocupados com

[1] A paródia consiste, obviamente, na substituição de «Whicher» e «Detective» respectivamente por «Watcher» e «Defective», que, sendo foneticamente parecidas, significam qualquer coisa como «inspector sentinela» da «Polícia Deficiente». *(N. da T.)*

os rebeldes nacionalistas polacos que tinham tentado assassinar a família do czar. «Tudo parece muito calmo», relataram os funcionários ingleses a partir do Hotel Europa a 8 de Setembro, «e não foram feitas outras tentativas de homicídio, embora [...] o governo pareça estar num estado de apreensão constante. A nossa missão aqui tem sido mantida completamente em segredo [...] já que a nossa segurança pessoal pode ficar em perigo se o objectivo da nossa visita for mal interpretado.» Depois disso, os russos foram muito educados em relação aos seus dois convidados — «os dois polícias [...] satisfizeram inteiramente as expectativas de Sua Alteza com a justiça e sagacidade das suas observações» —, mas não adoptaram as suas sugestões. Em Março de 1863, quando os soldados russos estavam a abater os revoltosos em Varsóvia, foram feitas perguntas na Câmara dos Comuns sobre a ética da missão secreta dos detectives.

A 18 de Março de 1864, Jack Whicher deixou a Polícia Metropolitana aos quarenta e nove anos com uma pensão anual de 133 libras, seis xelins e oito dinheiros. Regressou aos seus aposentos em Holywell Street, Pimlico. Nos papéis da aposentação, descreveu o seu estado civil como solteiro e o parente mais próximo como sendo William Wort, proprietário de carruagens que em 1860 casara com uma das sobrinhas do detective, Mary Ann. Os papéis de dispensa referiam a «congestão cerebral» como razão para a reforma antecipada de Whicher. Este diagnóstico era aplicado a todos os tipos de doença como epilepsia, ansiedade, demência vascular. Um ensaio de 1866 descrevia os sintomas como cefaleias latejantes, rosto congestionado e inchado e olhos raiados de sangue, e dizia que a sua causa era «tensão mental prolongada». Era como se os pensamentos de Whicher se tivessem centrado de forma obsessiva no mistério do assassínio de Road Hill e a sua mente tivesse ficado tão «sobreaquecida» quanto a de Robert Audley. Talvez a congestão do cérebro fosse aquilo que acontecia quando o instinto do detective não obtinha resposta, quando a fome de resolução não era saciada, quando a verdade não podia ser destrinçada da aparência.

«Não há nada no mundo que fique escondido para sempre», escreveu Wilkie Collins em *No Name* (1862). «A areia transforma-se em traidora e denuncia a pegada de quem a pisou; a água devolve à superfície o corpo que foi afogado [...] O ódio quebra o secretismo da sua prisão nos pensamentos e sai pela porta do olhar [...] Olhemos para onde olharmos, a lei inevitável da revelação é uma das leis da natureza: a preservação duradoura de um segredo é um milagre a que o mundo ainda não assistiu.»

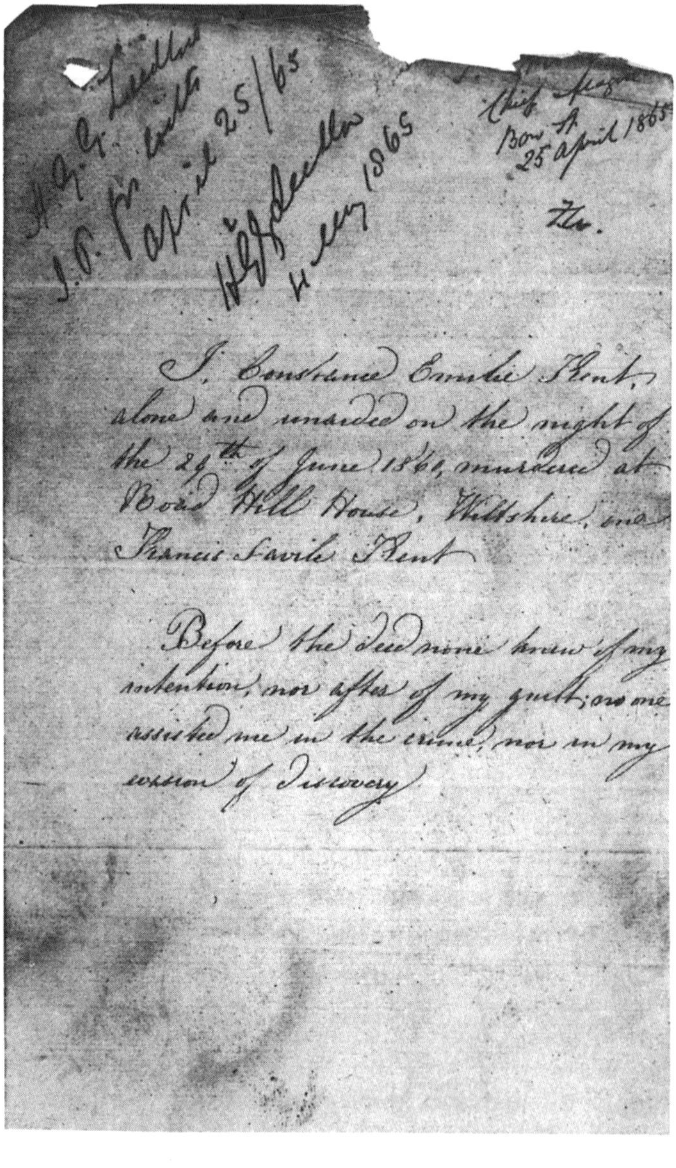

I, Constance Emilie Kent, alone and unaided on the night of the 29th of June 1860, murdered at Road Hill House, Wiltshire, one Francis Savile Kent.

Before the deed none knew of my intention, nor after of my guilt; no one assisted me in the crime, nor in my evasion of discovery.

CAPÍTULO 16

É MELHOR QUE SEJA LOUCA

Abril-Junho de 1865

Na terça-feira, 25 de Abril de 1865, Constance Kent, agora com vinte e um anos, apanhou o comboio de Brighton para a estação Victoria sob um sol abrasador e depois um cabriolé para o Tribunal de Magistrados em Bow Street, Covent Garden. Fazia-se acompanhar pelo reverendo Wagner no seu traje de vigário e por Katharine Gream, a madre superiora de St. Mary's com as vestes da ordem (uma capa preta comprida com um grande folho branco). Constance usava um véu solto. Tinha um aspecto «pálido e pesaroso», disse o *Daily Telegraph,* «mas perfeitamente composto». Quando chegou ao tribunal, pouco antes das quatro da tarde, disse aos funcionários que tinha vindo confessar um homicídio.

O Tribunal de Magistrados de Bow Street, o primeiro e mais famoso de Londres, ocupava duas casas seguidas com fachadas em alvenaria no bairro mal-afamado perto de Covent Garden e do teatro de ópera. Havia um polícia de sentinela sob um candeeiro a gás e o entalhe das insígnias reais. Constance e os seus acompanhantes foram conduzidos ao longo de uma passagem estreita até uma sala de audiências de um só piso por detrás do edifício principal. A sala era cruzada por grades metálicas e estrados de madeira; o sol brilhava através de uma clarabóia no tecto; havia um relógio e vários quadros pendurados nas paredes descoradas. *Sir* Thomas Henry, o primeiro magistrado de Bow Street, estava sentado no lugar do juiz. Constance entregou-lhe a carta que trouxera com ela e sentou-se. A sala, num dia de Abril tão quente como se fosse pleno Verão, estava fechada e abafada.

Henry leu a carta escrita em papel sedoso numa caligrafia confiante e floreada:

Eu, Constance Emilie Kent, sozinha e sem ajuda, na noite de 29 de Junho de 1860, assassinei Francis Saville Kent na Casa de Road Hill, Wiltshire. Antes do crime, ninguém sabia da minha intenção nem da minha culpa depois; ninguém me ajudou no crime, nem a evitar ser descoberta.

O magistrado olhou para Constance.

— Devo perceber, menina Kent — perguntou ele —, que veio entregar-se de livre e espontânea vontade?

— Sim, senhor.

Constance falou «em tom firme, embora triste», disse o *The Times*.

— Tudo o que aqui possa dizer será escrito e poderá ser usado contra si. Está ciente disso?

— Sim, senhor.

— Este documento, que agora me foi apresentado, foi escrito pelo seu punho e por sua livre vontade?

— Sim, senhor.

— Então, que a acusação seja registada nas suas próprias palavras.

O escrivão transcreveu a acusação para um impresso azul perguntando apenas a Constance se ela grafava o segundo nome como «Emily» ou «Emilie».

— Tanto faz — respondeu ela. — Às vezes escrevo-o de uma forma, outras vezes da outra.

— Vejo que neste papel, que diz ter sido escrito pelo seu punho, está grafado «Emilie».

— Sim, senhor.

Henry perguntou-lhe se ela ia assinar a confissão.

— Devo recordar-lhe uma vez mais — acrescentou ele — que é o crime mais grave que pode ser cometido e que a sua declaração será usada contra si no seu julgamento. Mandei copiar as palavras escritas para a folha de acusação, mas não quero que a assine, a menos que deseje fazê-lo.

— Eu assino, se for necessário — disse Constance.

— Não é absolutamente necessário — disse-lhe Henry. — Não há razão para assinar a acusação a não ser que deseje fazê-lo. Vou anexar a sua declaração aos depoimentos e vou voltar a perguntar-lhe se fez isto por sua própria iniciativa e sem que a tenham instigado a entregar-se.

— Sim.

Henry desviou a sua atenção para o reverendo Wagner e pediu-lhe para se identificar. Wagner era uma figura bem conhecida, um cura educado em Eton e Oxford que usou a sua herança para construir cinco igrejas em Brighton, para as quais encomendou janelas ornamentadas e retábulos a artistas como Edward Burne-Jones, Augustus Pugin e William Morris. Estabeleceu a cidade costeira como centro do movimento anglo-católico. Alguns consideravam-no um papista e um perigo para a Igreja inglesa.

— Sou um clérigo e cura perpétuo da Igreja de St. Paul em Brighton — disse Wagner. O vigário tinha um rosto bonito e carnudo com olhos pequenos e inquisidores. — Conheço Constance Kent há quase dois anos, desde o Verão de 1863.

— Desde Agosto — interrompeu Constance.

— Há cerca de vinte e um meses? — perguntou Henry.

— Sim — disse Wagner. — Tanto quanto me lembro, uma família inglesa escreveu-me a solicitar a sua admissão em St. Mary's, em consequência de não ter casa ou de alguma dificuldade em relação a ela. A «casa», ou «hospital» como é agora chamado, é uma residência para religiosas e está ligada à Igreja de St. Mary. Chegou mais ou menos por essa altura como visitante e tem lá estado até hoje.

— Bem, senhor Wagner — disse Henry —, é minha obrigação perguntar-lhe se instigou de alguma forma a prisioneira a fazer esta confissão.

— Não fiz nada disso. Tanto quanto sei, a sua confissão é um acto inteiramente voluntário. Se a memória não me falha, foi há cerca de quinze dias que pela primeira vez tomei conhecimento desta situação. Foi ela que propôs ser levada à presença de um magistrado em Londres. A natureza da confissão que me fez foi substancialmente idêntica à declaração produzida pelo seu próprio punho e transcrita para a folha de acusação.

Wagner acrescentou que, quando falava da confissão de Constance, estava a referir-se à sua declaração pública e não a algo que ela lhe tivesse dito em privado.

— Não insistirei nesse ponto — redarguiu Henry. — Mas é provável que insistam nele durante o julgamento e bastante.

Virou-se novamente para Constance, claramente apreensivo em relação ao papel do padre na sua confissão.

— Espero que compreenda que aquilo que disser deverá resultar de um acto livre e voluntário e que nenhuma instigação exercida sobre a sua pessoa deverá ter qualquer efeito no seu estado de espírito.

— Nunca alguém me instigou, senhor.

— Gostava que pensasse melhor sobre isso.

Wagner falou:

— Gostaria de referir que há muitas que têm o costume de vir confessar-se, como exercício religioso, mas nunca a instiguei a fazer uma confissão pública.

— Sim — disse Henry, um pouco asperamente. — Penso que deve referir isso. Mas em primeira instância tê-la-á instigado a fazer-lhe essa confissão?

— Não, senhor. Não a procurei nem lhe pedi por qualquer outra forma para vir confessar-se. Foi ela que quis fazê-lo.

— Se a confissão que ela está agora a fazer foi induzida em consequência de qualquer coisa que ela lhe tenha dito, ou que lhe tenha dito a ela, terá de o dizer.

— Eu nem sequer o recomendei — insistiu Wagner. — Limitei-me simplesmente a uma atitude passiva. Pensei que ela estava a fazer bem e não a dissuadi.

— Mas está a dizer que não a persuadiu?

— Exactamente.

Henry levantou a carta de confissão de Constance.

— É este o papel que deseja entregar a título de declaração, não é? — perguntou ele. — Mesmo agora, ainda não é demasiado tarde... Não é obrigada a fazer qualquer declaração, a menos que assim o deseje.

O primeiro magistrado perguntou-lhe se o documento tinha sido escrito pelo seu próprio punho.

— Sim — disse ela. — Foi.

Henry perguntou a Wagner se ele conhecia a caligrafia da menina Kent, mas ele disse que não, que nunca a vira escrever.

O escrivão leu a confissão de Constance e ela confirmou a sua exactidão. Assinou-a, usando a grafia original do seu segundo nome: Emily. Quando Henry lhe explicou que a ia levar a julgamento, ela suspirou como que aliviada e voltou a sentar-se na cadeira.

Durante a sua inquirição, o superintendente Durkin e o inspector Williamson tinham entrado na sala, tendo sido mandados chamar à Scotland Yard.

— O crime foi cometido em Wiltshire — observou Henry — e o julgamento deve ser feito nesse condado. Portanto, vai ser necessário mandá-la para ser interrogada pelos magistrados desse condado. O inspector Williamson esteve presente no inquérito judicial anterior e sabe o que se passou e quem eram os magistrados.

— Sim, *Sir* Thomas — disse Dolly Williamson. — É verdade.

— E as residências dos magistrados?

— Um deles reside em Trowbridge.

— Um juiz de paz pode interrogar o réu em primeira instância — disse Henry.

Perguntou onde é que estava o inspector-detective Whicher e Williamson disse-lhe que ele se tinha reformado.

Williamson levou Constance Kent e a menina Gream para a estação de caminhos-de-ferro de Paddington onde, com o sargento-detective Robinson, que trabalhara no caso de Kingswood, apanharam o comboio das vinte e dez para Chippenham. Durante a viagem, Constance permaneceu calada, mesmo quando o inspector tentou incitá-la com perguntas amigáveis. Era a primeira vez que voltava a Wiltshire desde 1861. Williamson disse que ela parecia estar «num estado de profunda depressão». O grupo chegou a Chippenham pouco antes da meia-noite e depois apanhou uma *post-chaise* — uma carruagem fechada de quatro rodas — até Trowbridge, a cerca de vinte e cinco quilómetros. Mais uma vez, Williamson tentou levar Constance a conversar, perguntando-lhe se sabia a que distância estavam da cidade, mas obteve silêncio como resposta. O condutor perdeu-se de tal forma pelos caminhos campestres que só chegaram a Trowbridge às duas da manhã. Na esquadra, Constance ficou ao cuidado da senhora Harris, mulher do novo superintendente (John Foley tinha morrido no passado mês de Setembro aos sessenta e nove anos).

A imprensa recebeu a confissão de Constance com assombro. Vários jornais tiveram relutância em aceitar a validade da sua declaração. No fim de contas, havia algumas pessoas perturbadas que cometiam crimes; outras, como o pedreiro transtornado que afirmara ter morto Saville Kent, fingiam que o tinham feito talvez na esperança de que a confissão de um crime pudesse aliviar um sentimento mórbido de culpa e infortúnio. Talvez Constance fosse «louca em vez de culpada», sugeriu o *Daily Telegraph;* os últimos cinco anos de «lenta agonia» podiam tê-la privado das suas faculdades mentais e tê-la incitado a uma falsa confissão. «Seria cem vezes melhor que se revelasse uma maníaca do que uma assassina.» Contudo, a lucidez e a «terrível coragem» das suas palavras, admitiu o jornal, «não se parecem nada com insanidade». O *Morning Star* sugeriu que Constance tinha assassinado o meio-irmão devido à «ternura apaixonada» que nutria por William. O público vitoriano estava familiarizado com as amizades quase românticas entre irmãos e irmãs — na família enclausurada e vigiada da classe média, um irmão podia ser a única amizade próxima do sexo oposto para um rapaz jovem ou rapariga. O *London Standard* achava que havia alguma coisa de esquisito na declaração que Constance alegadamente redigira: «Isto tem selo de advogado.» A *London Review,* dando a entender que havia ali forças papistas sinistras, encontrava «na linguagem do documento indicações palpáveis de mão desconhecida e de uma influência estranha».

No entanto, o *The Times* acreditava em Constance e adiantava uma explicação para o crime que atribuía sentimentos de ódio violento a metade da população inglesa. «Dos doze-catorze anos aos dezoito-vinte anos, passa-se aquele período da vida em que a maré de afecto natural é mais baixa, deixando o corpo e o intelecto livres e fortes no processo de desenvolvimento, e deixando o próprio coração aberto para as intensas paixões e esmagadoras preferências que dele se apoderam [...] é triste dizer isto, mas diz-se que é sobretudo o sexo mais fraco que atravessa um período de quase total crueldade.» As raparigas eram «mais duras e mais egoístas» do que os rapazes; como preparação para a futura paixão sexual, os seus corações esvaziavam-se de toda a ternura. E quando acontecia uma rapariga ter uma «cisma peculiar, tendência para a morbidez imaginativa e inventiva [...] o sonho parece crescer e tornar-se uma vida interior, não controlada pelo sentimento social nem pela ocupação exterior, até uma mera ideia, igualmente sem motivo e pérfida, enche a alma». O jornal, desafiando a ideia da mulher vitoriana de classe média como «anjo da casa», estava a sugerir que a maioria das raparigas adolescentes eram dadas a desejos assassinos: «Diz-se que Constance Kent só fez aquilo que miríades de pessoas da sua idade e sexo desejam que seja feito por intermédio de outra pessoa que não elas.»

Alguns jornais relataram que Constance já tinha escrito ao pai, em Gales, para lhe poupar o choque de ficar a saber da sua confissão através da imprensa. Mas uma história contada no *Somerset and Wilts Journal* contradizia isto. Um conhecido de Samuel Kent fez referência ao facto de ele estar de bom humor — quando visitou a cidade galesa de Oswestry, perto de sua casa, em Llangollen — na manhã de quarta-feira, 26 de Abril. Por volta das duas da tarde, foi visto a comprar um jornal na estação de caminhos-de-ferro. Enquanto lia o jornal, que trazia uma descrição da confissão da filha em Bow Street na tarde anterior, ficou «temporariamente paralisado» antes de correr pela rua principal até um hotel, de onde pediu uma carruagem e foi imediatamente para casa. Faltou a um encontro que marcara para essa tarde em Oswestry.

Williamson, que tinha sido encarregado do caso, reuniu vários magistrados no tribunal da polícia de Trowbridge às onze horas da manhã de quarta-feira. O presidente, tal como antes, era Henry Ludlow. O escrivão, Henry Clark, também estava presente, assim como o capitão Meredith, o chefe da polícia de Wiltshire, o superintendente Harris, Joseph Stapleton e os dois advogados a que Samuel Kent recorrera em 1860, Rowland Rodway e William Dunn. Os trabalhos foram atrasados pela chegada tardia de uma testemunha-chave, o reverendo Wagner. Centenas de pessoas que não tinham conseguido entrar esperavam lá fora ao sol.

Wagner chegou à estação de caminhos-de-ferro de Trowbridge às doze horas acompanhado pelo sargento-detective Thomas e foi direitinho para o tribunal. A sala estava apinhada. Sentou-se de olhos semicerrados, as mãos sapudas em cima do chapéu-de-chuva e o queixo sobre as mãos.

Constance entrou «calma e firmemente» na sala de audiências, relatou o *Daily Telegraph*. Era uma rapariga entroncada, de estatura mediana, segundo o repórter deste jornal, e parecia estar «com uma saúde robusta [...] as faces tinham um aspecto rosado que não dava aos observadores a ideia de que tivesse sido vítima de uma consciência acusadora. Durante os primeiros minutos, pareceu ser alguém que se sentia numa situação desagradável». A menina Gream, que estava sentada ao lado dela, parecia paralisada pelos nervos.

O escrivão começou a ler a declaração de Wagner e, depois, Ludlow, o presidente, perguntou a Wagner:

— Isto é verdade?

— Sim — replicou ele.

Ludlow virou-se para Constance.

— Tem alguma pergunta para fazer a esta testemunha?

— Não, senhor. Não tenho.

O magistrado voltou-se novamente para Wagner.

— Pode retirar-se.

Williamson tomou o seu lugar na barra e o escrivão leu o seu depoimento. Quando a confissão foi lida ao tribunal, a compostura de Constance cedeu. À palavra «assassinei», desfez-se em lágrimas e quase caiu de joelhos encostando-se à menina Gream e soluçando amargamente. A madre superiora chorou com ela. Embora uma mulher sentada por perto lhe oferecesse um *vinaigrette* — um frasco de sais para cheirar — e outra um copo de água, estava demasiado agitada para aceitar fosse o que fosse. Quando o inspector desceu, Ludlow disse a Constance que ficaria em prisão preventiva durante uma semana. Foi levada para a cadeia de Devizes nesse dia.

Williamson enviou uma carta a *Sir* Richard Mayne pedindo-lhe para autorizar um detective a encontrar Elizabeth Gough e no dia seguinte enviou um telegrama a Dick Tanner a pedir-lhe que localizasse a ama. O inspector-detective Tanner, que tinha inquirido a antiga criada dos Kent, Harriet Gollop, a pedido de Whicher em 1860, tornara-se conhecido por ter resolvido o caso da North London Railway em 1864, o primeiro homicídio em Inglaterra a ocorrer num comboio (ele localizou o assassino, Franz Muller, por meio de um chapéu encontrado na carruagem e foi atrás dele até Nova Iorque num barco a vapor). Embora a imprensa relatasse que corria o rumor de que Gough casara com um criador de gado australiano, Tanner descobriu que ela estava em casa da família em Isleworth a pouco menos de vinte quilómetros de Londres. Jack Whicher, que continuava a viver em Pimlico, foi convidado por Mayne para ir com Tanner inquirir a mulher que defendera tão acalorada e infrutiferamente em 1860. Os dois descobriram que ganhava a vida com dificuldade como costureira, empregada esporadicamente para fazer trabalhos de costura em casas de *gentlemen* durante uma semana de cada vez.

Entretanto, Williamson fez investigações em Road e em Frome, onde interrogou William Dunn e Joshua Parsons — o médico tinha-se mudado de Beckington para lá em 1862 e dirigia agora uma clínica geral muito movimentada. O inspector regressou a Londres no sábado e no domingo visitou Gough levando Whicher consigo.

O ex-detective e o seu outrora protegido trabalharam juntos nessa semana. Depois disso, o mais jovem requereu ao seu antigo chefe para ser reembolsado em cinco libras, sete xelins e seis dinheiros. para «viagens e outras despesas». Tinha passado mais de um ano desde que Whicher saíra do departamento, humilhado e renegado. Alguns jornais referiram-se à forma injusta como ele havia sido caluniado. O *The Times* publicou uma carta de Lorde Folkestone: «Permitam-me que diga, para fazer justiça ao detective Whicher [...], que as últimas palavras que ele disse na altura a um amigo meu foram: "Ouça bem o que lhe digo, senhor, nada se saberá sobre o assassínio até a menina Constance Kent confessar".» O *Somerset and Wilts Journal* recordava aos seus leitores a «implacável e quase universal [...] censura» a que este polícia «competente e experiente» fora sujeito. Mas o facto de Constance ter confessado não foi entendido como um sinal de que o detective tivesse triunfado; tal como as palavras na lápide de Saville prometiam, Deus tinha triunfado onde o homem, a ciência e a investigação fracassaram.

Na segunda-feira, 1 de Maio, Samuel Kent visitou a filha na cadeia de Devizes acompanhado por Rowland Rodway. Constance estava sentada a uma secretária a escrever. Levantou-se para cumprimentar Rodway, mas ao ver o pai desfez-se em lágrimas, recuou e cambaleou em direcção à cama. Samuel tomou-a nos braços. Quando os homens se preparavam para sair, Constance disse ao pai que «a linha de acção que adoptara fora devida a ele e ao seu Deus».

O *Standard* relatou que Samuel ficara «completamente aturdido» com o encontro com a filha: «Ele caminha e fala, por assim dizer, de forma mecânica.» Ele visitou Constance todos os dias dessa semana e tratou que o pessoal do Bear Hotel em Devizes lhe levasse o jantar. Para passar o tempo na prisão, ela lia, escrevia e costurava.

Na quinta-feira, Constance regressou ao tribunal da polícia de Trowbridge. O primeiro magistrado era Henry Ludlow e a sua tarefa, tal como em 1860, era determinar se havia provas suficientes para enviar Constance para ser julgada num tribunal superior. Às onze da manhã, cerca de trinta repórteres correram ao longo da estreita passagem até à sufocante sala de audiências e disputaram os lugares. O banco grosseiro montado para a imprensa nas primeiras audiências do homicídio de Road Hill ainda lá estava, mas não era suficientemente grande para todos eles; alguns tomaram os lugares reservados para os advogados, o que provocou reprimendas iradas dos polícias que tentavam manter a ordem. Havia lugares de pé apenas para uma parte da enorme multidão que se reunira lá fora.

Embora Constance parecesse calma a princípio, mal tomou o seu lugar no banco dos réus «o seu peito palpitante revelava o tumulto que grassava no seu íntimo», disse o *Somerset and Wilts Journal*. As testemunhas iam e vinham, tal como cinco anos antes, repetindo o pouco que sabiam: Gough, Benger, Parsons, Cox (agora Sarah Rogers, tendo casado com um agricultor da aldeia de Steeple Ashton, em Wiltshire), a senhora Holley, a filha Martha (agora Martha Nutt, tendo casado com um dos Nutt de Road Hill), o sargento da polícia James Watts. Para alguns, as imagens do assassínio ainda estavam bem vivas — Benger recordou que, quando levantara o corpo de Saville da latrina, havia «sangue nas pregas do seu pijaminha». Parsons, alterando ligeiramente as suas conclusões de 1860, disse que pensava que a causa imediata da morte de Saville era a incisão na garganta, mas que era capaz de ter sido parcialmente asfixiado antes disso. Repetiu que era impossível ter sido uma navalha de barba a provocar a ferida no peito, que «só podia ter sido infligida por uma faca comprida e forte de ponta afiada [...] havia um pequeno corte de um dos lados como se a faca tivesse sido retirada numa direcção diferente à que fora forçada a entrar». Disse que, quando examinou a camisa de noite que estava em cima da cama de Constance a 30 de Junho de 1860, reparou que os punhos ainda estavam tesos de goma.

Depois de todas as testemunhas terem prestado depoimento, perguntaram a Constance se tinha alguma pergunta a fazer. «Não», suspirou ela. Manteve o rosto velado e os olhos no chão ao longo dos trabalhos, levantando apenas a cabeça para olhar de relance para uma nova testemunha ou para responder com um gesto a uma pergunta do presidente.

Whicher ocupou o seu lugar na barra das testemunhas. Enquanto dava o seu depoimento, apresentou as suas relíquias: as duas camisas de noite que confiscara no quarto de Constance cinco anos antes, a lista manuscrita da roupa de Constance e o mandado emitido para a sua detenção — ele devia estar à espera deste dia. («Devia ter sido detective da polícia», diz *Lady* Audley a Robert Audley, seu perseguidor. Ele replica: «Às vezes penso que devia ter sido um dos bons.» «Porquê?» «Porque sou paciente.») A narrativa de Whicher acerca da sua investigação em Road Hill em 1860 relatava palavra por palavra aquilo que ele dissera aos magistrados nessa altura. Era como se a história se tivesse transformado num encantamento. Não expressou qualquer emoção pelo rumo que os acontecimentos tinham tomado — nenhum rancor, nenhum triunfo, nenhum alívio. Ludlow deu-lhe a oportunidade de esclarecer que a polícia local lhe tinha ocultado aquilo que descobrira: uma camisa manchada de sangue na abertura da caldeira.

— Alguma vez teve conhecimento de que tinha sido encontrada uma peça de roupa ensanguentada? — perguntou o magistrado.

— Nunca tal facto me foi comunicado por algum membro da força policial — disse Whicher. — Nunca ouvi uma palavra sobre isso até cerca de três meses depois quando li a notícia nos jornais.

Katharine Gream foi a pessoa que se seguiu a ocupar a barra das testemunhas e o drama na sala de audiências subiu de tom. Começou por pedir ao tribunal que respeitasse as confidências que Constance lhe fizera, como fariam em relação às confidências entre mãe e filha: «logo desde o início, veio ter comigo como uma filha». Depois, explicou que Wagner lhe contara durante a Semana Santa, que naquele ano tinha sido entre 9 e 16 de Abril, que Constance lhe confessara o crime e que desejava tornar pública a sua confissão. A menina Gream tinha levantado a questão com a rapariga sem nunca mencionar a palavra «homicídio». Perguntou-lhe se «compreendia totalmente o que isso envolvia», o facto de se entregar. Constance disse que sim. Na semana seguinte, Constance disse à menina Gream que descera as escadas com Saville a dormir, que saíra de casa pela janela da sala de visitas, e que tinha usado uma navalha de barba tirada do estojo de viagem do pai «para esse fim». Disse que o fizera, «não por não gostar da criança, mas para se vingar da madrasta». Mais tarde, disse à menina Gream que roubara uma camisa de noite do cesto da roupa para lavar tal como Whicher presumira.

Ludlow, que estava a procurar determinar se tinha sido exercida alguma pressão sobre a rapariga no sentido de confessar, perguntou a Katharine Gream o que levara Constance a dar esses pormenores extra sobre o assassínio.

— Creio que lhe perguntei se a criança lhe tinha implorado misericórdia — disse a menina Gream.

Ludlow perguntou qual a conversa que precedera o acto.

— Estava a tentar mostrar a grandiosidade do crime aos olhos de Deus, e estava a mostrar-lhe a ela aquilo que tornaria o pecado mais grave aos olhos de Deus.

— Depois de toda a conversa que tiveram, em alguma altura a instigou a entregar-se? — perguntou Ludlow.

— Nunca — disse a menina Gream. — Nunca.

Quando Wagner ocupou o banco das testemunhas, cruzou os braços sobre o peito e pediu («num tom lamurioso», adiantava o *Somerset and Wilts Journal*) para ler uma breve declaração que escrevera. Ainda assim, mal a inquirição começou, Wagner declarou:

— Toda a comunicação que tive com a menina Constance Kent foi feita sob o segredo da confissão e, portanto, tenho de recusar responder a qualquer pergunta que envolva a quebra desse sigilo.

Isto era matéria quente. A Igreja Católica Romana podia considerar a confissão sagrada, mas a Igreja Anglicana estava sujeita às leis do Estado. A assistência mostrou o seu desagrado, assobiando.

Ludlow advertiu-o:

— Senhor Wagner, jurou perante Deus que diria a verdade, toda a verdade e nada mais do que a verdade nesta inquirição.

— O meu dever para com Deus — respondeu Wagner — proíbe-me de divulgar seja o que for que me tenha sido dito em confissão.

Mais uma vez, a sala encheu-se de assobios.

Wagner disse que tudo o que podia revelar era que, três ou quatro semanas antes, Constance lhe pedira para comunicar a *Sir* George Grey, que substituíra Cornewall Lewis como ministro da Administração Interna em 1861, que ela era culpada pelo assassínio de Road. Insistiu em que ocasião alguma a instigara a confessar. Ludlow não continuou a desafiar Wagner em relação à confissão — isso podia esperar para o julgamento.

Pouco depois das seis, foi dispensada a última testemunha e perguntado a Constance se tinha alguma coisa a dizer. Ela abanou ligeiramente a cabeça. Ludlow ordenou que fosse submetida a julgamento e ela abandonou calmamente o banco dos réus. Às sete da tarde, foi enviada de volta para a cadeia de Devizes.

Passaram quase três meses até Constance ser julgada por homicídio. Entretanto, Williamson continuava a reunir testemunhas e provas para o caso de ela alterar a sua declaração. No final de Maio, o doutor Mallam, padrinho de Saville, escreveu para a Scotland Yard de Holloway, Norte de Londres, oferecendo-se para falar com os detectives. Quando Williamson o interrogou, Mallam disse que testemunhara a forma como os filhos da primeira mulher de Samuel Kent eram desconsiderados pelo pai e pela madrasta. Se a polícia quisesse corroborar esse facto, sugeriu que perguntassem a Mary Ann. Também descreveu a conversa entre ele próprio, Parsons, Stapleton e Rodway, depois do funeral de Saville, em que todos tinham concordado em que Constance era a culpada. «O doutor Mallam também me informou», escreveu Williamson, «que ouvira dizer que um homem chamado Stephens, agora residente em Frome e que fora jardineiro na família do senhor Kent, declarara que a menina Constance, numa ocasião, cerca de dezoito meses antes do crime, lhe perguntara como é que havia de conseguir tirar uma navalha do estojo de viagem do pai.» Este boato pouco plausível era capaz de ter alguma substância, pois um homem chamado William Stevens estava entre as poucas novas testemunhas arroladas para comparecerem no julgamento da menina Constance em Julho.

Williamson foi para Dublin a 29 de Junho para intimar Emma Moody. Duas semanas mais tarde, foi para Oldbury-on-the-Hill, Gloucestershire, para convocar Louisa Long, antes Hatherill, a outra colega de escola que Whicher entrevistara em 1860.

O reverendo Wagner tornou-se o bode expiatório da imprensa e do público, em vez de lhe ficarem agradecidos por ter ajudado a resolver o crime. Foi esfolado nos jornais ingleses, na Câmara dos Comuns e na Câmara dos Lordes (Lorde Ebury disse que o «escândalo» do seu envolvimento com Constance Kent revelava a forma como a Igreja de Inglaterra estava a ser «minada e destruída»). Ao apresentar-se como guardador dos segredos de Constance, Wagner levou algumas pessoas a um frenesim de frustração. Em Brighton, houve bandos que rasgaram notas confessionais em St. Paul's, onde Wagner pregava, atacaram-no na rua e atiraram objectos às janelas de St. Mary's Home. A 6 de Maio, um correspondente anónimo do *Standard* perguntou o que fora feito do legado de mil libras que Constance recebera pelo seu vigésimo primeiro aniversário em Fevereiro. O advogado de Wagner respondeu que Constance tentara dar oitocentas libras da herança ao St. Mary's, mas que o clérigo recusara. Na noite antes de partirem para Bow Street, ela enfiara o dinheiro numa caixa de recolha de donativos em St. Paul's. Wagner encontrou-o lá no dia seguinte e notificou o ministro da Administração Interna. Esta história foi confirmada por Rowland Rodway, que escreveu para os jornais a dizer que Wagner tinha dado o dinheiro a Samuel Kent para ser usado em favor da filha.

O caso de Road Hill tornara-se um campo de batalha para a grande controvérsia religiosa do século, a luta entre o alto e o baixo anglicanismo. O reverendo James Davies defendia num panfleto que a confissão de Constance Kent provava o valor das instituições monásticas anglo-católicas. Dizia que St. Mary's inspirara a rapariga a confessar: «As vidas devotas, a disciplina abnegada que via à sua volta e a própria atmosfera que respirava naquele santo retiro subjugaram-na, amoleceram-na e moldaram-na como forma de preparação. Depois, quando o coração *se comove* tem de ser *aberto*.» O tom semierótico em que Davies descreveu a entrega da rapariga a Deus fazia lembrar mais os êxtases das santas católicas do que a piedade sóbria de uma heroína protestante.

Em resposta, o pastor congregacional Edwin Paxton Hood publicou um panfleto que lançava dúvidas sobre as famílias religiosas substitutas a que uma jovem devia «submeter-se» sem o assentimento da sua família natural — as práticas da Igreja Alta Anglicana podiam minar a autoridade do lar vitoriano. Paxton Hood estava impaciente com o romance que acabara por rodear Constance Kent: «Não há absolutamente nada de maravilhoso em relação a ela ou ao seu crime, ou aos seus cinco anos de silêncio, ou à sua confissão, a não ser que foi muito cruel, muito reservada e muito insensível. E provavelmente continua a ser assim. A sua confissão não a enaltece e recusamo-nos a aceitá-la quer como penitente modelar quer como heroína, como foi tentado. Trata-se simplesmente de uma jovem muito perversa.»

Algumas pessoas disseram que Wagner encorajara Constance a confessar porque queria publicitar as suas opiniões sobre a santidade do confessionário. Outras suspeitaram de que o fervor do reverendo pela Igreja Alta Anglicana tivesse levado Constance a uma falsa confissão. James Redding Ware reeditou o seu panfleto de 1862, em que dera a entender que uma Elizabeth Gough sonâmbula cometera o crime, com «observações complementares» que lançavam dúvidas sobre a admissão de culpa de Constance. Dizia que a Igreja Romana cultivava a ideia do altruísmo: «Se a confissão da menina Constance Kent mostra mais um "estilo" do que outro, é o de atrair energicamente para si própria todo o ódio ligado à morte do irmão.»

Em Maio, um pastor de Wiltshire que visitou Constance na prisão tentou aferir o estado da sua alma. Quando entrou na cela, encontrou-a a escrever, sentada a uma mesa coberta de livros abertos. Tinha um aspecto «muito vulgar e entroncado», disse ele ao *Salisbury and Winchester Journal,* e «as bochechas muito redondas». Os seus modos revelavam «um perfeito autodomínio, eram duros e frios». Ele perguntou-lhe se acreditava que Deus a perdoara. Ela respondeu: «Não tenho a certeza de que o meu pecado seja perdoado, pois ninguém que esteja deste lado da sepultura pode ter a certeza disso.» Ele disse ainda que ela não manifestara autocomiseração ou arrependimento.

Da sua cela, Constance escreveu ao seu advogado, Rodway:

> *Foi dito que os meus sentimentos de vingança foram despertados em consequência de tratamento cruel. Isso é inteiramente falso. Recebi a maior bondade de ambas as pessoas acusadas de me sujeitarem a ele. Nunca tive qualquer má vontade para com nenhum deles devido à forma como se comportavam comigo, que foi muito afável. Ficaria muito agradecida se usasse esta declaração para que o público possa ser esclarecido sobre este ponto.*

Isto parecia suficientemente directo, mas tornava o móbil de Constance mais misterioso do que nunca. Os jornais mantinham a hipótese de que ela fosse louca. Se o fosse podia ser desculpada, lastimada, internada. «A teoria da insanidade é a que resolve todas as dificuldades», observou o *Saturday Review* a 20 de Maio.

As mulheres acusadas de assassínio alegavam frequentemente insanidade, na esperança de que os tribunais as tratassem com brandura, e teria sido fácil a Constance ou aos seus representantes sustentarem que fora acometida por monomania homicida quando matara o irmão[1]. A sua aparente sanidade não impedia tal alegação — como Mary Braddon escreveu em *Lady Audley's Secret,* «lembrem-se de quantas mentes

[1] Para demonstrar a estranha lógica da monomania homicida, Stapleton contou uma história horrível sobre um jovem afável que estava tão obcecado por moinhos que ficava a olhar para eles durante dias a fio. Em 1843, amigos tentaram distraí-lo da sua fixação levando-o para uma área onde não havia moinhos. Aí o homem dos moinhos atraiu um rapaz para um bosque, depois matou-o e mutilou-o. O seu móbil, explicou ele, era a esperança de que, como castigo, fosse levado para um lugar onde pudesse haver um moinho. *(N. da A.)*

vacilarão na estreita fronteira entre razão e a falta dela, loucos hoje, amanhã sãos, loucos ontem e hoje sãos». A insanidade herdada, dizia o alienista James Prichard, podia estar adormecida até ser trazida à vida pelas circunstâncias e podia amainar de forma igualmente rápida. Pensava-se que as mulheres tinham propensão para a insanidade, fosse em resultado da supressão menstrual, de um acréscimo de energia sexual ou das convulsões da puberdade. Num artigo de 1860, o médico James Crichton-Browne defendeu que a monomania era mais comum na infância. «As impressões criadas pela imaginação sempre fértil de uma criança [...] depressa passam a ser vistas como realidades e tornam-se parte da existência física de uma criança. Na realidade, tornam-se verdadeiros delírios.» As crianças, escreveu ele noutro local, eram «edições diamante dos antepassados remotos, cheias de caprichos e impulsos selvagens». Muitos médicos sublinhavam a loucura, a perturbação e até o carácter diabólico que podia desabrochar nos jovens corações — nem todos os vitorianos suavizavam ou santificavam a figura da criança.

Todavia, quando o eminente alienista Charles Bucknill interrogou Constance na cadeia, ela insistiu em que estava mentalmente sã quer nessa altura quer agora. O médico perguntou-lhe que motivos tinha ela para ter assassinado Saville e por que razão não atacara o verdadeiro objecto da sua raiva, a madrasta. Constance respondeu que isso teria sido «demasiado rápido». Bucknill inferiu da sua resposta que ao assassinar Saville pretendia infligir uma tortura prolongada à mulher que odiava, em vez de uma eliminação rápida. Mais tarde, Bucknill disse ao ministro da Administração Interna que pensava que Constance «herdara uma forte tendência para a insanidade», mas que ela «recusara deixá-lo» expressar publicamente essa convicção porque pretendia proteger os interesses do pai e do irmão. Rodway explicou as razões de Constance em termos semelhantes: «Crê-se que uma alegação de insanidade na altura do crime poderia ter sido apresentada com sucesso», disse ele ao ministro da Administração Interna, «mas ela, receando que tal alegação pudesse prejudicar a vida do irmão, rogou insistentemente para que tal não fosse feito em seu favor.» Estava determinada a proteger William da tara da loucura.

Depois de se encontrar com Constance, Bucknill aceitou a sua vontade e declarou-a sã de espírito, mas deu a entender aos jornais o seu desconforto. Como Whicher, encontrava a indicação do distúrbio de Constance na sua calma. O sensacionalismo do assassínio não se coadunava com a inexpressividade da rapariga. «A única peculiaridade que impressionou Bucknill», relatou o *Salisbury and Winchester Journal*, «foi a sua extrema calma — a total ausência de qualquer sinal de emoção.»

Miss Constance Emily Kent

CAPÍTULO 17

O MEU AMOR TRANSFORMOU-SE

Julho-Agosto de 1865

Na noite de terça-feira, 18 de Julho, Constance foi transferida para a cadeia do condado, em Salisbury. Normalmente, os prisioneiros eram transferidos entre as cidades de comboio, mas o director da cadeia de Devizes levou Constance de *post-chaise* pela planície de Salisbury, uma viagem de sessenta e poucos quilómetros. Ela juntou-se a cerca de quarenta e cinco homens e cinco mulheres na cadeia de Fisherton, nos arredores da cidade. Naquela quarta-feira — dois dias antes do julgamento — Rowland Rodway visitou-a para lhe dizer que os seus advogados acreditavam que, apesar da sua confissão, seria ilibada se declarasse a sua inocência. Incitou-a a fazer as pazes com Deus em privado: argumentou que a sua expiação não dependia de uma confissão pública e da condenação. Constance reiterou a sua intenção de se confessar culpada; era «o seu dever», disse ela ao advogado, «a única forma de satisfazer a sua consciência» e a única que eliminaria as suspeitas em relação a terceiros.

Salisbury estava a encher-se de visitantes. Samuel, Mary, Mary Ann e William Kent tinham quartos no White Hart, um bonito hotel georgiano em frente da catedral. Williamson estava na cidade tal como Whicher, e deve ter ficado com a sobrinha Mary Ann e o marido, William Wort, na sua casa em New Street. Estavam disponíveis mais de trinta testemunhas de acusação caso fossem necessárias. Entre elas, encontrava-se a colega de escola de Constance, Louisa, embora Emma Moody tivesse ficado doente e não estivesse em condições de vir da Irlanda.

John Duke Coleridge QC, um dos advogados mais bem-sucedidos da sua geração, tinha sido nomeado para representar Constance. Na quinta-feira, encontrou-se com Mary Ann e William Kent para discutir o caso da irmã «e depois», escreveu ele no seu diário, «fiquei a pé até perto das três a preparar o meu discurso». Escreveu uma carta para a sua cliente: «Se se declarar inocente, farei tudo o que puder para que seja ilibada. Se se confessar culpada, direi tudo o que puder para esclarecer os outros acerca dos factos, mas aconselho-a a não enveredar por um caminho intermédio.» Constance respondeu na manhã de sexta-feira, 21 de Julho, dia do julgamento: «Estou persuadida de que nada poderá ilibar tão completamente os inocentes como a minha condenação.»

A polícia de Wiltshire tinha erguido barreiras do lado de fora do tribunal e recrutara polícias de todo o condado. Apareceram cerca de trinta repórteres e ficaram furiosos ao descobrir que não tinham contado com eles — as autoridades da cidade não tinham construído o banco para a imprensa como haviam prometido. Só havia catorze lugares destinados aos repórteres; os outros tiveram de tentar a sorte juntamente com o resto da populaça quando as portas foram abertas às nove.

O juiz era *Sir* James Willes, um homem alto com um luxuriante cabelo negro, sobrancelhas e suíças, nariz proeminente e um olhar melancólico e severo. Os modos eram reservados e corteses e a sua voz tinha um ligeiro sotaque irlandês — nascera em Cork, de pais protestantes, em 1814. Quando ele e os vinte e quatro magistrados do Grande Júri já tinham tomado os seus lugares, trouxeram Constance. Usava um véu de estambre preto, uma capa preta lisa, uma touca preta adornada com contas de vidro, um par de luvas pretas de cano alto. Falou brevemente para Rodway, na parte de trás do banco dos réus, depois levantou o véu e avançou. O seu rosto, segundo o repórter do *Daily Telegraph,* era «largo, cheio e desinteressante», com uma «expressão indolente». «Tem olhos rasgados que parecem desconfiar daqueles que a rodeiam, e a melhor forma de os descrever é como o olhar de alguém que tem receio de alguma coisa.» O *News of the World* descreveu-a como «apagada e pesada, testa baixa, olhos pequenos e figura com tendência para o roliço, com uma total ausência de vivacidade no seu aspecto ou semblante».

O escrivão do tribunal leu a acusação e perguntou:

— O que diz, Constance Emilie Kent, é culpada ou inocente?

— Culpada — disse ela em voz baixa.

Willes virou-se para ela.

— Está ciente de que é acusada de ter assassinado o seu irmão premeditadamente e com intenção criminosa?

— Sim.

O juiz fez uma pausa.

— E confessa-se culpada por isso?

Constance ficou calada.

Após alguns momentos, Willes pressionou-a:

— Qual é a sua resposta?

Não respondeu, mais uma vez. Apesar da sua determinação em confessar-se culpada, o silêncio e o secretismo pareciam continuar a exercer influência sobre ela.

— É acusada de ter assassinado o seu irmão premeditadamente e com intenção criminosa — repetiu Willes. — É culpada ou inocente?

Finalmente, respondeu:

— Culpada.

— A alegação deve ser registada — disse Willes.

A sala ficou completamente em silêncio, enquanto o escrivão procedia em conformidade.

Coleridge levantou-se e dirigiu-se ao tribunal em nome de Constance.

— Desejo dizer duas coisas antes de o tribunal emitir a sentença.

Ele era um homem magro, de rosto comprido, olhos penetrantes e compreensivos e voz melodiosa.

— Em primeiro lugar, a prisioneira deseja solenemente, na presença de Deus todo-poderoso e enquanto pessoa que dá valor à sua alma, que eu diga que a culpa é exclusivamente dela e que o seu pai e outros, que durante tanto tempo foram alvo das suspeitas mais injustas e cruéis, são completa e absolutamente inocentes. A seguir, deseja que eu diga que não foi levada a agir por ser tratada de forma menos bondosa em casa, onde só recebeu ternura e amor indulgente, e espero poder acrescentar, sem parecer inconveniente, que me dá um prazer melancólico ser o instrumento de tais declarações, porque por minha honra acredito serem verdadeiras.

Coleridge sentou-se. O escrivão perguntou a Constance se ela queria apresentar alguma razão para não ser sentenciada à morte. Ela nada disse.

O senhor juiz Willes colocou o chapéu preto preparando-se para pronunciar a sentença de morte e dirigiu-se a Constance.

— Depois de ter lido as provas, e considerando-as em ligação com as suas três confissões do crime, não me restam dúvidas de que a sua alegação é a de uma pessoa culpada. Parece ter permitido que sentimentos de ciúme...

— Não foi ciúme! — explodiu Constance.

O juiz prosseguiu:

— ... e raiva se albergassem dentro do seu peito até terem assumido sobre si a influência e o poder do demónio.

Nesta altura, a voz de Willes fraquejou. Quando fez uma pausa, incapaz de falar, Constance olhou-o de relance e ao ver a sua aflição também sucumbiu. Desviou o olhar do juiz, tentando reprimir as lágrimas. Willes estava agora a chorar nitidamente. Prosseguiu com dificuldade.

— Saber se Sua Majestade, a quem cabe a prerrogativa da clemência, deve ser aconselhada a exercer essa prerrogativa no seu caso, tendo em conta a sua juventude na altura em que o crime foi cometido, o facto de ser condenada com base na sua própria confissão e de essa confissão eliminar as suspeitas que recaíam sobre outras pessoas, é uma questão à qual seria presunçoso da minha parte responder. Cabe-lhe agora viver o que resta da sua vida como alguém que está prestes a morrer e procurar uma clemência mais duradoura através da contrição sincera e profunda e da confiança na sagrada redenção.

Pronunciou a sentença de morte, acabando com as palavras:

— Que Deus tenha piedade da sua alma.

Constance ficou completamente estática por um momento, depois baixou o véu. Foi levada para fora do tribunal por uma guarda prisional cujo rosto estava molhado de lágrimas. O julgamento tinha durado vinte minutos.

O grito de Constance «Não foi ciúme!» foi a única afirmação espontânea que fez em público durante os meses da sua confissão e julgamento. Ela admitiria a raiva, admitiria o homicídio, mas recusava-se a admitir que sentira inveja. Talvez protestasse de mais: se tivesse assassinado Saville por raiva, podia imaginar-se como a vingadora heróica da sua mãe biológica e de William; mas se fosse por ciúme, isso fazia dela egocêntrica, infantil e vulnerável. Se fosse ciumenta, aquilo não seria uma mera revolta contra a madrasta e o pai; ela queria o seu amor.

Mal foi pronunciada a sentença de morte, foram produzidos folhetos com baladas sobre o assassínio de Road Hill. Eram narrativas de crimes numa única folha e que obedeciam a uma fórmula própria, publicadas rapidamente e sem qualidade em grandes quantidades para serem cantadas e vendidas nas ruas. O seu papel tinha sido largamente usurpado pelos jornais, que noticiavam o crime pelo mesmo preço e com mais pormenores, para uma população cada vez mais letrada. A maior parte dessas baladas eram escritas na primeira pessoa, na forma de uma confissão e lamento:

De orelha a orelha, a sua pequena garganta cortei,
Embrulhei-o num cobertor e dali para fora rumei
Para a latrina que não tardei a encontrar ao fundo
E depois empurrei-o para baixo, para o solo imundo.

Apesar de todos os desmentidos de Constance, os autores das baladas eram claros sobre o seu móbil:

O meu pai desposou uma segunda mulher
Que encheu o meu peito de melancolia e conflito.

Nas palavras de outro, ela tinha «ciúmes da madrasta». Eram vários os baladeiros que descreviam Constance como estando a ser assombrada pelo fantasma de Saville: «Não tenho descanso nem de noite nem de dia, em sonhos vejo o meu irmão.» Alguns transmitiam uma excitação lasciva diante daquilo que esperavam ver no cadafalso:

Vejo o carrasco perfilado diante de mim
Pronto para me agarrar por ordem da justiça...
Oh, que espectáculo desagradável será ver
Uma donzela na árvore fatal morrer.

Mas os editores destas baladas estavam a precipitar-se — o público clamava para que Constance Kent fosse poupada à sentença de morte. Um magistrado de Devonshire ofereceu-se para confirmar a loucura da primeira senhora Kent, afirmando que ele e outros vizinhos dos Kent haviam testemunhado os seus ataques de loucura na década de 1840. No domingo seguinte à condenação de Constance, o reverendo Charles Spurgeon, o mais popular pregador do seu tempo, deu um sermão para mais de quatro mil pessoas no Tabernáculo Metropolitano, Elephant & Castle, que comparava o crime de Constance Kent com o do doutor Edward Pritchard de Glasgow, outro assassino condenado nesse mês.

Pritchard foi preso quando foram encontrados vestígios de veneno nos corpos da mulher e da mãe, que tinham morrido pouco depois de descobrirem a sua ligação com uma criada de quinze anos. Ele não confessou. Mesmo quando foi considerado culpado de homicídio, tentou culpar outras pessoas pelo assassínio: «Sinto-me como se tivesse vivido numa espécie de loucura desde a minha ligação com Mary McLeod.» Constance, pelo contrário, admitira voluntariamente a sua culpa para levantar as suspeitas sobre aqueles que lhe eram próximos. O reverendo Spurgeon dizia que ela devia ser objecto de clemência. Rowland Rodway, o doutor Bucknill e o reverendo Wagner juntaram-se para implorar ao ministro da Administração Interna que não a executasse, tal como o juiz Willes[1]. Os jornais estavam esmagadoramente de acordo. Para uma infanticida cruel, Constance despertara um nível de simpatia extraordinário. Passado alguns dias, *Sir* George Grey recomendou à rainha que comutasse a sentença para prisão perpétua, que tinha normalmente a duração de vinte anos.

Na manhã de quinta-feira, 27 de Julho, Vitória concordou em poupar a jovem. O director da cadeia de Fisherton apressou-se a ir à cela de Constance para lhe dar a notícia, que ela recebeu com a calma do costume. «Não mostrou a mais pequena emoção.»

Nessa semana, Joseph Stapleton escreveu uma carta ao *The Times* convidando os leitores dos jornais a contribuir para um fundo que ele criara para Elizabeth Gough no Banco de North Wilts, Trowbridge. Durante «cinco longos anos», dizia ele, «esteve excluída de um emprego doméstico rentável» por causa das suspeitas que impendiam sobre ela em Road. Ele atestava «a constante modéstia e pureza do seu carácter, a fidelidade ao amo e à família, a coragem inabalável e a autenticidade que demonstrara por altura do julgamento e em tempo de perigo». Stapleton também chamava a atenção para a situação difícil de William Kent. «Este jovem, agora com quase vinte e um anos, é um bom filho, um irmão dedicado, afável e talentoso para lá do normal dote dessas qualidades; mas a densa nuvem negra da dor persistente desta família paira sobre ele

[1] James Willes separou-se da mulher em 1865 e mudou-se para uma casa nas margens do Colne no Essex. Nos anos seguintes, segundo o *Dictionary of National Biography,* passeou os seus três cães junto ao rio e deu de comer às trutas. Embora tivesse sido um pescador entusiasta na juventude, ganhou um tal amor aos peixes que proibiu o desporto nas suas águas. Em 1872, começou a ter insónias e a ficar esquecido e deprimido. Suicidou-se com um tiro de revólver no coração. *(N. da A.)*

e veda-lhe o acesso à vida. Será que há alguém que leve o caso de William Kent ao conhecimento do governo? Resistiria o governo a um apelo em nome dele para um emprego adequado à sua educação e hábitos?»

Como Constance se confessou culpada, a recusa de Wagner em revelar tudo o que ela lhe contara não chegou a ser contestada em tribunal (na verdade, Willes decidira que iria defender o direito de Wagner ao silêncio sobre esse assunto — mais tarde, disse a Coleridge que tinha ficado satisfeito por haver «um privilégio legal para um padre omitir o que se passara em confissão»). O clérigo continuou leal a Constance. Ele e Katharine Gream visitavam-na regularmente na prisão.

Em Agosto, os escultores de cera do Museu Madame Tussaud modelaram uma efígie de Constance Kent para ser exibida na Câmara dos Horrores do museu juntamente com as figuras recentes de dois outros assassinos — o doutor Pritchard, o envenenador, e John Wilkes Booth. Wilkes Booth assassinara Abraham Lincoln na semana em que Constance se confessara a Wagner; no dia em que ela foi presa em Devizes, ele foi perseguido e abatido num celeiro na Virgínia[1].

A 4 de Agosto, os magistrados de Wiltshire escreveram a *Sir* Richard Mayne para sugerir que fosse dada a Whicher e a Williamson a recompensa de cem libras que o governo oferecera em 1860 pelas provas que levassem à condenação do assassino de Road Hill. Diziam eles que isto serviria como «um ligeiro reconhecimento da grande aptidão e sagacidade por eles demonstradas na sua difícil tarefa». A sugestão foi ignorada.

Antes de ter deixado Brighton para se dirigir ao Tribunal de Magistrados de Bow Street em Abril, Constance tinha escrito uma carta a *Sir* John Eardley Wilmot, o baronete que em 1860 tanto se interessara em ajudar os Kent a limpar o seu nome. Uma parte dessa carta, em que ela fazia o relato completo daquilo que a levara ao homicídio, foi reencaminhada em Julho para Peter Edlin, que ajudou a preparar a defesa. Como não foi apresentada defesa, a carta permaneceu privada. O excerto que subsiste diz o seguinte:

[1] Neste caso, o museu de Madame Tussaud só expôs a réplica de cera de Constance Kent depois da morte de Samuel Kent — talvez por respeito para com os seus sentimentos. Segundo os catálogos do museu, esteve exposta de 1873 a 1877. *(N. da A.)*

Cometi o assassínio para vingar a minha mãe, cujo lugar fora usurpado pela minha madrasta. Esta última vivia com a família desde que eu nascera. Tratava-me com toda a bondade e afeição de uma mãe (pois a minha própria mãe nunca me amou nem se importou comigo) e eu amava-a como se ela assim o fosse.

Não tinha mais de três anos quando comecei a observar que a minha mãe ocupava um lugar muito secundário como esposa e como dona da casa. Era ela *quem na realidade mandava. Muitas foram as conversas que ouvi sobre o assunto, sendo considerada demasiado pequena para as perceber, e que recordei nos anos que se seguiram. Nessa altura, tomava sempre partido contra a minha mãe, a quem também eu desprezava ao ouvir falar dela com desdém. Quando comecei a crescer e compreendi que o meu pai a amava a* ela *e tratava a minha mãe com indiferença, a minha opinião começou a mudar. Sentia uma secreta aversão por* ela *quando falava da minha mãe em termos desdenhosos ou depreciativos.*

A mamã morreu. A partir dessa altura, o meu amor transformou-se no ódio mais implacável. Mesmo depois da sua morte, ela *continuava a referir-se-lhe com desprezo. Nessas alturas, o meu ódio tornava-se tão intenso que eu não conseguia ficar na mesma sala. Jurei uma vingança mortal, renunciei à crença na religião e dediquei-me de corpo e alma ao Espírito Maligno, invocando a sua ajuda no meu plano de vingança. A princípio, pensei em assassiná-la a* ela, *mas pareceu-me um tormento demasiado breve. Ia fazê-la sentir a minha vingança. Ela tinha privado a minha mãe do afecto que lhe era devido, por isso eu ia roubar-lhe aquilo que ela mais amava. A partir dessa altura, tornei-me um demónio sempre à procura de fazer o mal e de levar os outros a fazê-lo, sempre a tentar encontrar uma ocasião para levar a cabo o meu malévolo desígnio. Encontrei-a.*

Tinham passado quase cinco anos desde então, durante os quais vivera num estado de espírito febril e desvairado, feliz apenas a fazer o mal, ou, então, de tal forma deprimida que facilmente poderia ter posto termo à vida, tivesse eu os meios ao meu alcance nesse momento. Sentia ódio por toda a gente e o desejo de os tornar tão desgraçados quanto eu.

Por fim, houve uma mudança. A minha consciência atormentava-me com o remorso. Infeliz, desgraçada, desconfiada, sentia-me como se tivesse o inferno dentro de mim. Nessa altura, resolvi confessar.

Estou agora pronta para restituir aquilo que está ao meu alcance. Uma vida por uma vida é tudo o que posso dar, já que o mal feito nunca poderá ser reparado.

Eu não tive misericórdia, por isso que ninguém a peça para mim, embora, na verdade, todos me devam olhar com demasiado horror.

Não me atrevo a pedir o perdão daqueles a quem tão profundamente magoei. Eu odiei, por isso o seu ódio é a minha justa paga.

Era uma expiação maravilhosamente escrita. A explicação de Constance para ter matado Saville — que desejava infligir à sua mãe má precisamente a mesma dor que fora infligida à boa — era de cortar a respiração, simultaneamente louca e lógica, tal como o próprio assassínio tinha sido metódico e apaixonado. Havia um estranho controlo na narrativa: o ataque furioso a uma criança era apresentado como uma abstracção; procurara uma oportunidade para fazer o mal e «Encontrei-a».

Depois do julgamento, Dolly Williamson fez um relatório para *Sir* Richard Mayne numa caligrafia clara e inclinada. Dizia que lhe tinham contado que Constance afirmava ter tido a intenção de matar a madrasta por duas vezes, «mas fora impedida pelas circunstâncias e que depois lhe ocorrera que, antes de a matar a ela, iria matar-lhe os filhos, pois isso iria provocar-lhe uma agonia adicional, e que fora com esse sentimento que regressara a casa da escola em Junho de 1860». O seu informador era provavelmente o doutor Bucknill, que discutira o homicídio com Constance em pormenor. Só no final de Agosto é que o alienista, numa carta para os jornais, divulgou a descrição que a rapariga fizera da forma como matara Saville:

> *Alguns dias antes do assassínio, apossou-se de uma navalha da barba que estava num estojo verde no guarda-fatos do pai, e escondeu-a. Foi o único instrumento que usou. Também escondeu uma vela e fósforos, colocando-os ao canto da latrina no jardim, onde o homicídio foi cometido. Na noite do crime, despiu-se e foi para a cama porque estava à espera que as irmãs fossem ao quarto. Ficou acordada, de vigia, até ter a certeza de que todos estavam a dormir e, pouco depois da meia-noite, saiu do quarto, desceu as escadas e abriu a porta da sala de visitas e as portadas da janela. Depois, subiu até ao quarto das crianças, retirou o cobertor de entre o lençol e a colcha e pô-lo de lado no berço. Em seguida, tirou a criança da cama e levou-a lá para baixo atravessando a sala de visitas. Tinha a camisa de noite vestida e na sala calçou as galochas. Segurando a criança com um braço, levantou a janela da sala com a outra mão, contornou a casa e foi até à latrina, acendeu a vela e colocou-a sobre a tampa da latrina com a criança embrulhada no cobertor e ainda a dormir. Enquanto a criança estava nesta posição, infligiu-lhe o golpe na garganta. Ela diz que pensou que o sangue nunca mais aparecia e que a criança não estava morta, por isso espetou a navalha no seu lado esquerdo e deitou o corpo embrulhado no cobertor para o buraco. A luz apagou-se. O pedaço de flanela que tinha com ela fora rasgado de uma peça de roupa velha que estava no saco do lixo e que ela tirara algum*

tempo antes e cosera para usar para se lavar. Voltou para o quarto, examinou a camisa e descobriu apenas duas manchas de sangue. Lavou-as na bacia e deitou a água, que estava apenas ligeiramente tingida, no recipiente onde lavara os pés à noite. Vestiu outra das suas camisas de dormir e foi deitar-se. De manhã, a camisa estava seca nos pontos onde tinha sido lavada. Ela dobrou-a e pô-la na gaveta. As suas três camisas de dormir foram examinadas pelo senhor Foley, e ela pensa que também tenham sido pelo senhor Parsons, o médico da família. Ela pensava que as manchas de sangue tinham sido eficazmente lavadas mas, ao segurar a camisa à luz um ou dois dias depois, descobriu que as manchas ainda eram visíveis. Escondeu a camisa mudando-a constantemente de sítio, e acabou por queimá-la no seu próprio quarto pondo as cinzas no fogão da cozinha. Foi cinco ou seis dias depois da morte da criança que ela queimou a camisa de noite. No sábado de manhã, tendo limpo a navalha, aproveitou uma oportunidade para a repor no estojo dentro do guarda-fatos sem ser vista. Tirou a sua camisa de noite do cesto da roupa quando a criada lhe foi buscar um copo com água. A peça de roupa manchada encontrada na abertura da caldeira não tinha ligação com o homicídio. Quanto ao móbil do crime, parece que embora tivesse tido uma grande estima pela actual senhora Kent, se esta fizesse alguma observação em que em sua opinião fosse depreciativa para qualquer membro da primeira família, guardava-a religiosamente na memória determinada a vingá-la. Ela não guardava rancor ao rapazinho, excepto por ser um dos filhos da madrasta...

Contou-me que, quando a ama foi acusada, estava totalmente decidida a confessar caso a ama fosse condenada, e que também estava decidida a suicidar-se se ela própria fosse condenada. Disse que se sentira sob a influência do diabo antes de ter cometido o assassínio, mas que não acreditava, nem acreditara, que o diabo tivesse mais a ver com o seu crime do que com qualquer outra acção perversa. Não dissera as suas orações durante um ano antes do crime, nem depois, até ter ido viver para Brighton. Disse que a circunstância que lhe reavivara os sentimentos religiosos tinha sido pensar em comungar quando fosse crismada.

Bucknill terminava a sua carta observando que Constance, embora não fosse louca, já em criança revelava «uma maneira de ser peculiar» e uma «grande determinação de carácter» que indicavam que «para o bem e para o mal o seu futuro seria notável». Advertia que, caso fosse colocada em prisão celular, poderia sucumbir à insanidade.

Em termos emocionais, a explicação que Constance deu a Bucknill tinha o arrepiante distanciamento que aquele crime devia ter requerido. A metodologia do crime suplantava qualquer sentimento sobre ele. No momento da morte de Saville, a sua atenção passou do corpo desfalecido para a vela bruxuleante em cima do tampo da latrina: «A luz apagou-se.»

No entanto, apesar da frieza da sua precisão, a narrativa era curiosamente imprecisa. A história do crime narrada por Constance não fazia sentido — como a imprensa não tardou a salientar. Como é que ela dobrara para trás e alisara as roupas do berço enquanto segurava num dos braços um rapazinho adormecido de quase quatro anos? Como é que ela, ainda segurando o menino, se inclinara quase até ao chão para levantar a janela da sala? Como é que conseguira depois rastejar sob ela sem o acordar e acender uma vela na latrina para onde o levara? Porque é que levara a toalhinha de rosto para a latrina e porque é que ninguém a vira antes no seu quarto? Como era possível só ter duas manchas de sangue na camisa depois de ter esfaqueado repetidamente o rapaz? Como é que quem revistara a casa depois do assassínio não dera pelas manchas na camisa nem pelo desaparecimento da navalha de barba de Samuel? E como é que ela conseguira infligir aquelas estocadas profundas com uma navalha tendo uma série de médicos declarado que isso era impossível? Contudo, alguns dos pormenores eram convincentes, embora viessem complicar ainda mais o cenário: por exemplo, o pânico de Constance quando pensou que «o sangue nunca mais aparecia» era demasiado específico e macabro para ser inventado.

O *The Times* observou com consternação que o crime «parece não diminuir em perplexidade e estranheza à medida que vai sendo revelado passo por passo. É evidente que ainda não obtivemos uma narrativa completa de todas as circunstâncias». Mesmo depois de uma confissão de assassínio, continuava a haver segredos. «Estamos pouco esclarecidos», disse o *News of the World* — a explicação de Constance só veio trazer «um novo espasmo de horror».

Quarenta anos mais tarde, Freud fez uma asserção gloriosamente confiante sobre a forma impotente como os seres humanos se denunciavam a si mesmos, sobre a forma como os seus pensamentos podiam ser lidos. «Aquele que tem olhos para ver e ouvidos para ouvir pode estar convencido de que nenhum mortal consegue guardar um segredo. Se os seus lábios estiverem calados, ele fala com as pontas dos dedos; transpira denúncia por todos os poros.» Como o autor de um romance-sensação ou um superdetective, Freud acreditava que os segredos acabavam por vir à tona no rubor e na palidez ou por se manifestar no crispar dos dedos. Talvez nas confissões e evasivas de Constance a história reprimida do crime e do seu móbil esteja escondida à espera de se revelar.

CAPÍTULO 18

DE CERTEZA QUE O NOSSO VERDADEIRO DETECTIVE CONTINUA VIVO

1865-1885

Em Outubro de 1865, Constance foi transferida de Salisbury para Millbank, uma prisão com mil celas sobre o Tamisa — «um edifício grande e escuro com torres», escreveu Henry James em *The Princess Casamassima,* «que ficava ali e se espraiava por toda a área com paredes castanhas e nuas, sem janelas, pináculos horríveis e truncados, e um ar indizivelmente triste e severo [...] havia paredes e mais paredes e galerias umas por cima das outras; até a luz do dia perdia a sua cor e era impossível imaginar que horas seriam». As mulheres prisioneiras ocupavam uma ala conhecida como o Terceiro Pentágono. Quem visitasse a cadeia vê-las-ia «erguer-se de repente como fantasmas com feias toucas desatadas nos sinistros cantos e recantos do labirinto cheio de correntes de ar». O *Penny Illustrated Paper* enviou um repórter para ver em que condições estava presa Constance. Ele considerou Millbank «um quebra-cabeças geométrico», «um labirinto excêntrico» com cinco quilómetros de «passagens tortuosas» e abafadas, aparentemente subterrâneas, «escaninhos sombrios ou "meandros" nos corredores em ziguezague», «portas com tranca dupla que abrem em toda a espécie de ângulos esquisitos, levando por vezes a lugares sem saída e, frequentemente, às escadarias de pedra que [...] parecem ter sido *talhadas* na própria estrutura maciça».

Constance ficou numa cela equipada com um candeeiro a gás, um lavatório, um balde de despejos, uma prateleira, canecas de lata, um saleiro, um prato, uma colher de madeira, uma Bíblia, uma ardósia, um lápis, uma cama de campanha, roupa de cama, um pente, uma toalha, uma vassoura e uma vigia gradeada. Tal como as outras prisioneiras, usava um vestido de sarja castanha. O pequeno-almoço era constituído por um quartilho de cacau e melaço; o almoço era carne de vaca, batatas e pão e o jantar era pão e um quartilho de papas de aveia. Nos primeiros meses da sentença, estava proibida de falar com as outras prisioneiras e de receber visitas — o reverendo Wagner e a menina Gream solicitaram uma autorização especial para a ver, mas foi-lhes recusada. Todos os dias limpava a cela e ia à capela. Normalmente, a seguir, punham-na a trabalhar, a fazer roupas, meias ou escovas para as outras prisioneiras. Tinha direito a um banho por semana e a um livro da biblioteca, se quisesse. Como exercício, caminhava em fila única, mantendo uma distância de quase dois metros da prisioneira à sua frente, à volta do terreno alagadiço do pátio murado que rodeava os edifícios da prisão. Podia ver a abadia de Westminster para norte e sentir o cheiro do rio para leste. A casa de Jack Whicher ficava a um quarteirão, invisível por detrás dos muros altos de Millbank.

Entretanto, Whicher voltou à sua vida. Em 1866, casou com a senhoria Charlotte Piper, uma viúva três anos mais velha. Se alguma vez tivesse sido legalmente casado com Elizabeth Green, mãe do seu filho desaparecido, ela já devia ter morrido nesta altura. A cerimónia ocorreu a 21 de Agosto em St. Margaret's, uma encantadora igreja do século XVI nos terrenos da Abadia de Westminster, onde pastavam ovelhas.

Elizabeth Gough também se tinha casado nesse ano. A 24 de Abril de 1866, na Igreja de St. Mary Newington, em Southwark, quase um ano depois da confissão de Constance Kent, tornou-se mulher de John Cockburn, um mercador de vinhos.

No início do ano seguinte, Whicher estava a trabalhar como investigador privado. Não precisava do dinheiro — a sua pensão era suficiente e a nova senhora Whicher tinha rendimentos próprios. Mas o seu cérebro, agora que lhe tinha sido dada razão, deixara de estar congestionado e o seu apetite pelo trabalho de investigação voltara.

Considerava-se que os agentes de investigação privada como Charley Field e Ignatius Pollaky personificavam os aspectos mais sinistros do trabalho de detective. *Sir* Cresswell Cresswell, o juiz que presidia

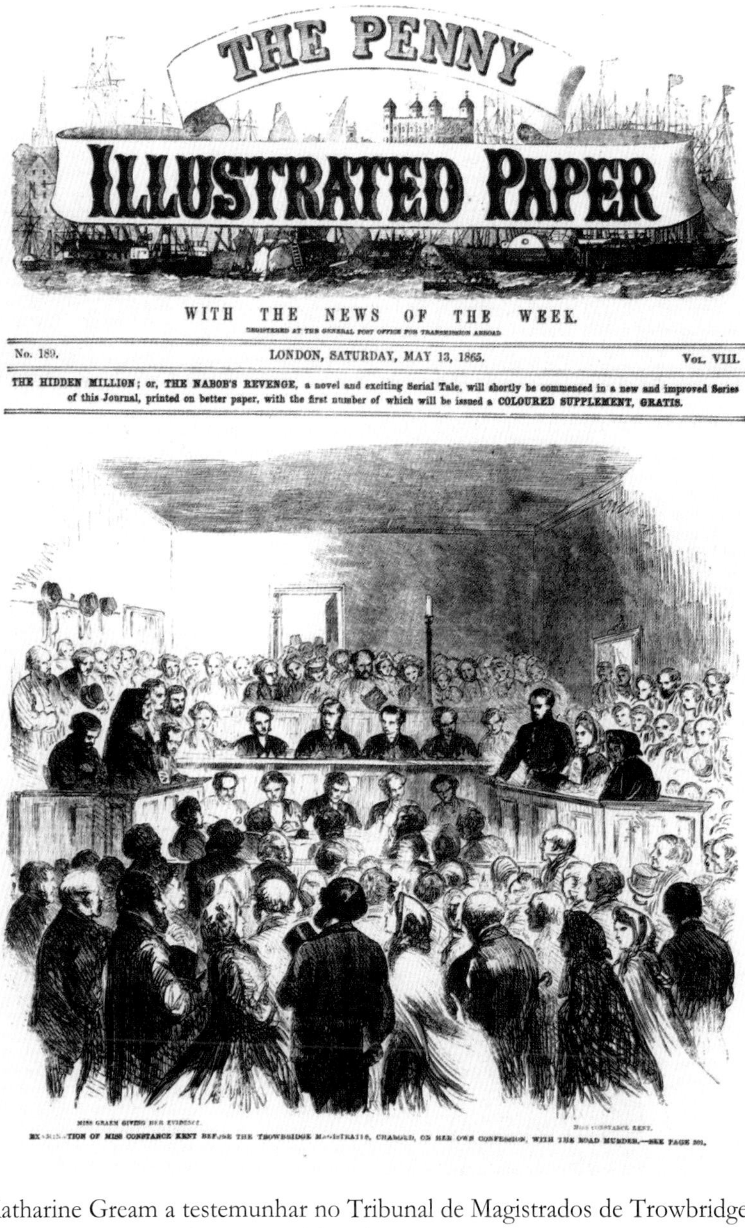

THE PENNY ILLUSTRATED PAPER

WITH THE NEWS OF THE WEEK.

REGISTERED AT THE GENERAL POST OFFICE FOR TRANSMISSION ABROAD

No. 189. LONDON, SATURDAY, MAY 13, 1865. Vol. VIII.

THE HIDDEN MILLION; or, THE NABOB'S REVENGE, a novel and exciting Serial Tale, will shortly be commenced in a new and improved Series of this Journal, printed on better paper, with the first number of which will be issued a COLOURED SUPPLEMENT, GRATIS.

MISS GRAEM GIVING HER EVIDENCE. MISS CONSTANCE KENT.

EXAMINATION OF MISS CONSTANCE KENT BEFORE THE TROWBRIDGE MAGISTRATES, CHARGED, ON HER OWN CONFESSION, WITH THE ROAD MURDER.—SEE PAGE [illegible]

Katharine Gream a testemunhar no Tribunal de Magistrados de Trowbridge, Abril de 1865

Duas fotografias da Casa de Road Hill no século XIX. A origem destas fotografias é discutida no Posfácio, na página 296

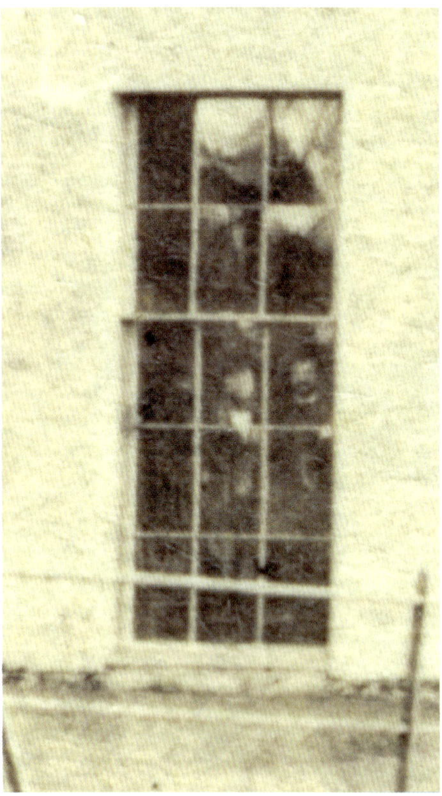

Road Hill House.

NIGHTINGALE,

Photographer, Trowbridge.

Also, post free 2s., a Series of Five Photographs, forming a complete panorama of the whole of the premises.

Etiqueta colada nas costas das imagens acima

Pormenor da janela da sala de visitas na fotografia do lado esquerdo

Constance Kent em 1874

William Saville-Kent na década de 1880

William Saville-Kent a fotografar o peixe e corais
da Grande Barreira de Coral, cerca de 1890

Algumas das fotografias de peixes tiradas por William Saville-Kent e publicadas no seu livro *The Naturalist in Australia* (1897)

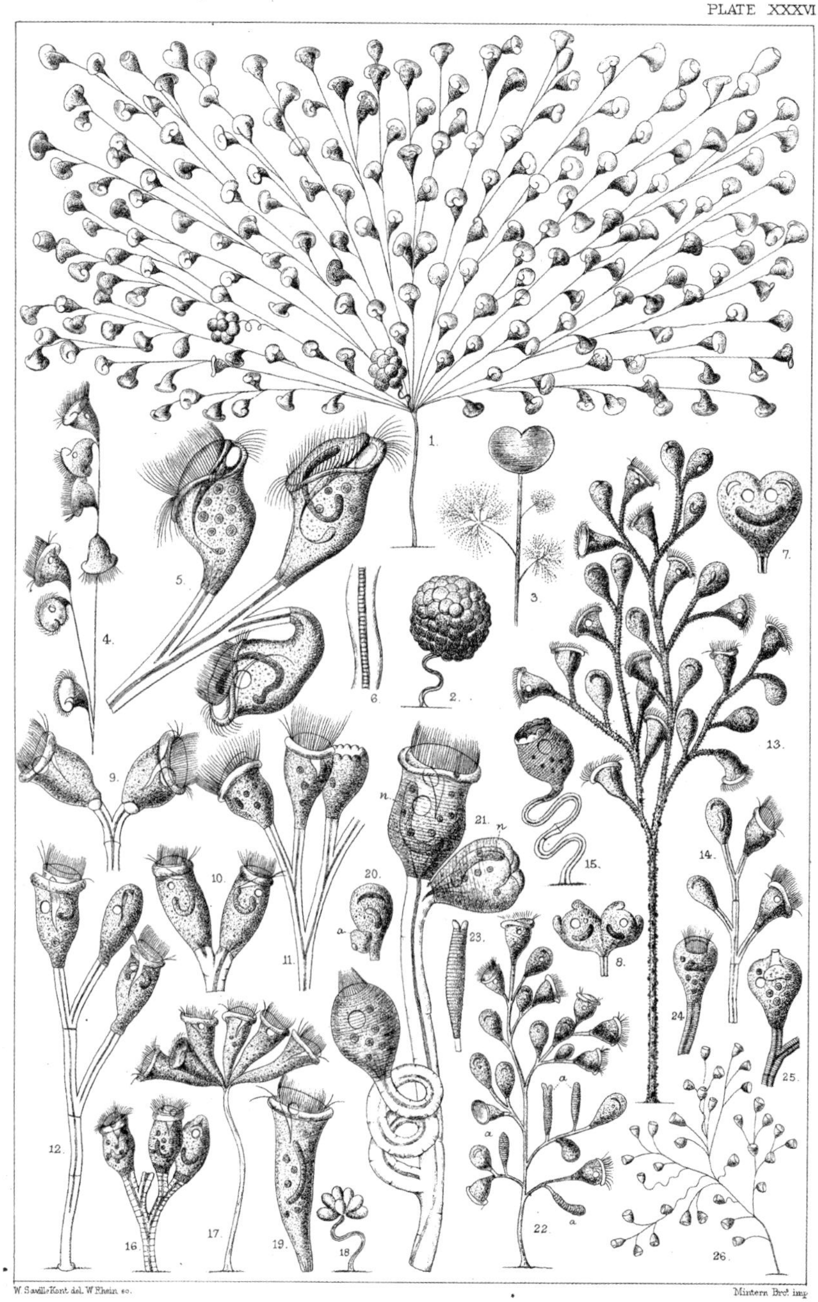

Uma das ilustrações de William Saville-Kent do *A Manualof the Infusoria,* 1880-82

Aguarela dos equinodermes da Grande Barreira de Coral, da autoria de William Saville-Kent, 1893

Aguarela dos corais da Grande Barreira, da autoria de William Saville-Kent, 1893

Emilie Kaye em Sydney, Austrália, em 1944

Pormenor do chão em mosaico na cripta da Catedral de St. Paul, Londres, feita na década de 1870 por prisioneiros da cadeia de Woking

ao tribunal de divórcio, insurgiu-se em 1858 contra «uma pessoa como Field»: «De todos os povos do mundo, o de Inglaterra é o que mais se opõe a qualquer coisa como um sistema de espiões. Ter homens a correr atrás de si para onde quer que vão e a tomar notas de todas as suas acções é aquilo a que têm mais aversão. Todas as actividades desse género são absolutamente detestadas neste país.» Na obra de Wilkie Collins *Armadale* publicada em 1866, o detective privado é uma «criatura vil que a necessidade ainda mais vil da sociedade criou para seu próprio uso. Ali estava ele — o espião de confiança dos tempos modernos, cuja actividade está a expandir-se e cujos gabinetes de investigação privada estão a aumentar a bom ritmo. Ali estava ele — o detective necessário [...] um homem profissionalmente apto perante a suspeita (se a mais leve suspeita lhe pagasse) a meter-se debaixo das nossas camas e a espreitar através de buracos nas nossas portas; um homem que [...] recusaria condignamente a sua situação em quaisquer circunstâncias se estivesse pessoalmente receptivo a sentimentos de piedade ou vergonha». O trabalho era bem pago, embora incerto: em 1854, Field recebeu quinze xelins por dia mais despesas para espiar uma tal senhora Evans, e seis xelins extra por dia se obtivesse a prova de adultério que o marido necessitava para poder divorciar-se dela.

No seu novo papel, Whicher participou na batalha jurídica mais longa e mais famosa do final do século XIX: o caso do demandante Tichborne. No final de 1866, um tipo gorducho e com duplo queixo apareceu em Londres declarando ser *Sir* Roger Tichborne, um baronete católico romano e herdeiro da fortuna da sua família. *Sir* Roger tinha sido dado como morto num naufrágio em 1854, mas o seu corpo nunca aparecera; o demandante disse que tinha sido salvo e levado para o Chile, de onde seguira para a Austrália. Vivia em Wagga Wagga, New South Wales, sob o nome falso de Thomas Castro, até ter ficado a saber que a viúva *Lady* Tichborne, uma francesa excêntrica que persistia em acreditar que o filho estava vivo, tinha colocado um anúncio na imprensa australiana a pedir informações sobre o seu paradeiro.

Lady Tichborne saudou o demandante como seu filho; amigos, conhecidos e antigos criados também assinaram documentos atestando a sua identidade. Até o médico da família insistia em que era aquele o homem de quem tratara desde a meninice, até mesmo pelos seus genitais peculiares (quando flácido, o pénis recolhia para dentro do corpo, como o de um cavalo). Contudo, muitas outras pessoas que tinham conhecido *Sir* Roger escarneciam do demandante, considerando-o um impostor incompetente. Em alguns aspectos, o seu conhecimento era notável — por exemplo, reparou no facto de um quadro na propriedade dos Tichborne ter sido limpo durante a sua ausência — mas também cometia erros elementares e esquecera todas as palavras da sua primeira língua, o francês.

Lorde Arundell of Wardour, um dos cépticos que ainda era parente dos Tichborne, contratou Whicher para desmascarar o demandante. Foi dito ao detective que seria pago generosamente se desse a sua melhor atenção ao assunto. Ao longo dos sete anos seguintes, o caso requereu não só a atenção contínua de Whicher, mas a atenção de todo o país. Era um quebra-cabeças tão confuso que produziu uma espécie de paralisia nacional. «Pesou sobre a mente pública como um íncubo», escreveu um advogado em 1872; «nunca algum assunto ocupou um espaço tão grande da mente humana», relatou o *Observer* em 1874.

Whicher tinha duas décadas de experiência neste tipo de investigação: vigiar, seguir de perto, encontrar testemunhas, sondar mentiras e meias verdades, extrair informação de participantes reticentes, usar fotografias para garantir identificações, avaliar personalidades. Actuando com base numa dica de um detective australiano, começou a fazer investigações em Wapping, um bairro pobre junto às docas do Leste de Londres. Descobriu que no dia de Natal de 1866, horas depois de ter chegado a Londres, o demandante visitara o *pub* Globe em High Street, pedira um xerez e um charuto e perguntara pela família Orton. Dizia estar a procurar, em nome de um tal Arthur Orton, um talhante que ele conhecera na Austrália. Whicher suspeitava de que o demandante era o talhante de Wapping em pessoa.

Durante meses, Whicher percorrera as ruas de Wapping. Convidou alguns moradores que tinham conhecido Orton — fornecedores de víveres, pasteleiros, fabricantes de velas, etc. — para o acompanharem ao alojamento do demandante em Croydon, Sul de Londres. Um por um, foram ter com o detective à estação de London Bridge, apanharam o comboio para Croydon e esperaram do lado de fora da casa do demandante até ele aparecer, ou poder ser visto através de uma janela. A maioria disse que reconhecia o demandante como Arthur Orton. Se o demandante saísse de casa, Whicher escondia-se. Segundo uma testemunha: «Ele disse que não serviria os seus interesses ser visto ali — provavelmente, levantaria suspeitas, e ele deixaria de sair.» Whicher localizou a antiga namorada de Orton, Mary Ann Loder, que jurou que o demandante era o homem que a abandonara em 1852 para tentar a sua fortuna no estrangeiro. Revelou-se uma testemunha importante — curiosamente, até testemunhou que Arthur Orton tinha um pénis regressivo.

O dossiê de Whicher era vasto. Ele não só procurou provas contra o demandante, como tentou persuadir os seus apoiantes a perfilhar a opinião contrária. Em Outubro de 1868, visitou um senhor Rous, o proprietário do Swan em Alresford, Hampshire, e um dos principais conselheiros do demandante. Depois de pedir um copo de grogue (rum e água) e um charuto, o detective perguntou-lhe:

— Acredita que seja ele o homem?

— Com toda a certeza — disse Rous. — Não tenho dúvidas de que é o homem certo, mas imbecil.

— Senhor Rous, não acredite numa coisa dessas. Pode crer que ele não é essa pessoa. Aquilo que lhe vou contar vai deixá-lo muito constrangido.

Whicher prosseguiu, contando a história do demandante.

O demandante — que pesava cento e vinte e sete quilos quando chegou a Inglaterra — estava a ficar cada vez mais gordo. Os seus apoiantes da classe trabalhadora saudavam-no como um herói que estava a ser castigado pela aristocracia e pela Igreja Católica pelas maneiras rudes que adoptara no mato australiano. Mais uma vez, Whicher estava a trabalhar para o *establishment* e contra a classe de onde era originário — ele era o vira-casacas, o polícia arquétipo.

Quando o demandante intentou uma acção pelo controlo dos bens da família em 1871, os Tichborne contrataram *Sir* John Duke Coleridge, que tinha defendido Constance, para representar os seus interesses. No decurso do julgamento, tal como em Road Hill, o outro lado procurou desacreditar Whicher e as suas descobertas. Os advogados do demandante queixaram-se de que o seu cliente tinha sido «perseguido» por detectives e por um em particular. «Creio que a história de Arthur Orton emanou do cérebro de um deles», disse o seu advogado, «e penso que ainda havemos de ficar a saber como foi forjada. Não gosto de pessoas deste género. São totalmente irresponsáveis, não pertencem a nenhum órgão conhecido, não são chamadas a prestar contas da sua conduta. Não pertencem à polícia oficial, são amadores e muitos deles agentes aposentados que ganham um suplemento razoável com as investigações privadas. Sem lhes querer imputar a invenção de provas, posso dizer que há uma coisa chamada o desvirtuamento da prova de forma a fazê-la parecer invulgarmente diferente daquilo que é.»

Em 1872, o demandante perdeu o caso e a Coroa processou-o por perjúrio. Mais uma vez, os advogados do demandante — nessa altura liderados pelo advogado irlandês Edward Kenealy — tentaram rebaixar Whicher com acusações de que subornara e industriara as suas testemunhas. Kenealy fez comentários sarcásticos às testemunhas de acusação quando estas ocuparam o seu lugar no tribunal: «Suponho que tenha tomado um copo com Whicher à conta deste caso?»

Desde Road Hill, Whicher aprendera a encolher os ombros perante a calúnia, a adoptar uma visão de longo prazo. Recuperara a sua autoconfiança. Em 1873, escreveu numa carta a um amigo: «Atrevo-me a dizer que ouves o meu nome frequentemente caluniado em relação ao caso Tichborne, e se irei viver (como no caso do assassínio de Road) para resistir às insinuações e calúnias de Kenealy, isso não sei, mas sei que o demandante é Arthur Orton, isso é tão certo como eu ser o teu velho amigo Jack Whicher.»

Em 1874, o demandante foi considerado culpado e sentenciado a catorze anos de prisão. Foi enviado para Millbank. Embora o advogado dos Tichborne recomendasse à família que pagasse a Whicher um bónus de cem guinéus pelo seu excepcional trabalho no caso, não há registo de que o tenham feito.

Jack Whicher ainda vivia com Charlotte no número 63 de Page Street, em frente de Millbank Row — antes do número 31 de Holywell Street, agora rebaptizada e numerada de novo. A sobrinha Sarah tinha saído de casa em 1862 quando casara com o sobrinho de Charlotte, James Holliwell, que tinha sido galardoado com uma das primeiras cruzes de Vitória pela sua participação no Motim Indiano de 1857: enquanto estava sitiado numa casa em Lucknow, segundo a nomeação, tinha-se comportado «de forma admirável incitando os outros nove homens, que estavam desanimados, a continuar [...] O seu apelo à coragem resultou e montaram uma defesa bem-sucedida numa casa a arder, com o inimigo a disparar através de quatro janelas». James e Sarah viviam agora em Whitechapel na zona este de Londres com os três filhos. Jack e Charlotte, embora sem filhos, também cuidavam de crianças — Amy Gray, nascida em Camberwell por volta de 1856, era uma visita regular desde os cinco anos, e Emma Sangways, nascida em Camberwell por volta de 1863, foi registada como estando sob a tutela dos Whicher em 1871. A ligação do casal às raparigas é um mistério, mas os laços entre eles duraram até à morte.

Em Janeiro de 1868, enquanto Whicher andava atrás de testemunhas em Wapping, apareceu o primeiro fascículo de *The Moonstone,* de Wilkie Collins, em *All the Year Round.* Foi um sucesso de vendas imediato. «É uma história muito curiosa», observou Dickens, «selvagem e, contudo, doméstica.» *The Moonstone,* uma história precursora da ficção policial, adoptou muitas das características da verdadeira investigação em Road: o crime na casa de campo em que o criminoso tem de ser um dos habitantes da casa; as vidas secretas levadas por detrás de uma aparência de decoro; o polícia local desastrado e pomposo; o comportamento que parece apontar para uma coisa e, contudo, revela apontar para outra; o modo como tanto o inocente como o culpado agem de forma suspeita porque todos têm alguma coisa a esconder; a dispersão de «pistas verdadeiras e de pseudopistas», como um crítico as descreveu (a expressão *red herring*[1] — algo que despista os cães de caça/detectives — só foi usada com o significado de «pseudopista» em 1884). Em *The Moonstone* como em Road Hill, a origem do crime foi uma injustiça feita numa geração anterior: os filhos pagavam pelos pecados do pai como uma maldição. Estas ideias foram abordadas por muitos dos romancistas policiais que sucederam a Collins, tal como a atmosfera de incerteza do romance, aquilo a que uma das suas personagens chama «a atmosfera de mistério e suspeita em que todos vivemos agora».

A história diluía o horror de Road Hill: em vez de um infanticídio, havia um roubo de jóias; em vez de manchas de sangue, salpicos de tinta. Contudo, a intriga tinha muitos pormenores do caso de Road: a camisa de noite manchada que desaparecera; o livro com o rol da roupa suja que prova a sua perda; o polícia-detective de renome convocado para vir de Londres para o campo; uma família que estremece com essa invasão; a indelicadeza de um homem de classe mais baixa que acusa uma rapariga da classe média. E, de forma ainda mais significativa, convertia Whicher no protótipo do herói-detective, «o célebre Cuff». (*To cuff,* em

---

[1] Literalmente, «salmão fumado». *(N. da T.)*

calão contemporâneo, significava algemar.) Robert Louis Stevenson, então com dezassete anos, quando leu o romance nesse ano, escreveu à sua mãe: «O detective não é de primeira qualidade?»

Fisicamente, o sargento Cuff é um velho frágil e beligerante muito diferente de Whicher. No entanto, em termos de personalidade, são muito parecidos. Cuff é melancólico, arguto, enigmático, indirecto — a sua forma de trabalhar é cheia de rodeios e secretismo, e é assim que leva as suas fontes a revelar mais do que pretendem. O seus olhos «tinham um truque muito desconcertante ao fitarem-nos, parecendo esperar algo mais de nós do que aquilo que sabíamos». Cuff persegue segredos inconscientes assim como factos que são deliberadamente sonegados. Actua de forma a realçar a sensação do romance, uma máquina de pensar que interpreta as palpitações e o pulsar das outras personagens. Ao identificarem-se com Cuff, os leitores podiam escudar-se das sensações fortes que procuravam — da emoção sem limites da história, do tremor do perigo. A febre de sentir transformava-se na «febre do detective» que consumia as personagens do romance e os seus leitores, uma compulsão para resolver o enigma. Desta forma, o romance policial amansava o romance-sensação, enjaulando o carácter selvagem das emoções numa estrutura elegante e previsível. Havia loucura, mas era dominada pelo método. Foi o detective Cuff que fez de *The Moonstone* um novo tipo de livro.

No entanto, Cuff, ao contrário dos detectives que inspirou, chega à solução errada: «Admito que estraguei tudo», diz ele. Está enganado ao acreditar que o criminoso é a filha da casa — a «estranha e rebelde», «diabolicamente obstinada» e reservada menina Rachel. Acontece que ela é mais nobre do que a sua natureza de polícia é capaz de compreender. Na medida em que reflectia os acontecimentos em Road Hill, o romance ignorava a solução oficial — a culpa de Constance Kent — e, em vez disso, dava voz ao mal-estar que continuava a rodear a história. Ventilava as noções de sonambulismo, actos inconscientes e dupla personalidade que o caso de Road suscitara, o torvelinho vertiginoso de perspectivas que tinham influenciado a investigação. A solução que Collins dava para o mistério da opalina[1] era que a estranha e rebelde menina Rachel tinha atraído as suspeitas sobre si para proteger outra pessoa.

[1] Em inglês, *moonstone*. *(N. da T.)*

Em 1927, T. S. Eliot comparou favoravelmente *The Moonstone* com a ficção de Edgar Allan Poe e Arthur Conan Doyle:

> *O policial, como foi criado por Poe, é algo tão especializado e intelectual como um problema de xadrez, ao passo que a melhor ficção policial inglesa se baseou menos na beleza do problema matemático e muito mais no elemento humano intangível [...] os melhores heróis da ficção policial inglesa foram, tal como o sargento Cuff, falíveis.*

Enquanto foi vivo, Collins foi frequentemente rejeitado como mestre da intriga, com pouca capacidade para retratar a vida interior das suas personagens. Em comparação com romancistas como George Eliot, ele construía as suas histórias a partir do exterior e não a partir de dentro. Henry James caracterizou-as como «monumentos de arte mosaica» e depois rectificou: «Não são tanto obras de arte», disse, «como obras de ciência.»

Em Maio de 1866, Samuel Kent renovou o seu pedido ao Ministério da Administração Interna para se reformar com o salário por inteiro, que tinha aumentado para quinhentas libras quando completara os trinta anos de serviço no mês de Abril. Explicava na carta que, desde a morte de Saville, a família vivia numa «dor e angústia indescritíveis, muito agravadas pelas revelações que o arrependimento da sua filha Constance acabara por obrigá-la a fazer». Dizia que as tentativas que fizera para encontrar o assassino e proteger a sua família o tinham deixado endividado. A saúde da segunda mulher estava «totalmente destruída» — a senhora Kent estava a perder a visão e era vítima de uma «paralisia irremediável e incontrolável», por isso ele tinha de cuidar dela e dos seus quatro filhos pequenos.

Em Agosto, para sua consternação, o Ministério da Administração Interna concedeu a Samuel uma pensão de 250 libras, metade daquilo que ele solicitara, mas o máximo que a lei permitia. Tentou recuar, desesperado, implorando para retirar a sua demissão — dizia que ia continuar a trabalhar, que não tinha pretendido deixar as funções, mas apenas inquirir quanto a essa possibilidade; não conseguia viver com tão pouco dinheiro. O ministério perguntou se ele estava em condições de cumprir os seus deveres. Sim, respondeu ele no final de Agosto: já não precisava de tomar conta da mulher — Mary Kent, cujo nome de solteira era Pratt, morrera no princípio do mês, aos quarenta e seis anos, de congestão pulmonar.

O Ministério da Administração Interna permitiu que Samuel continuasse como subinspector. Nesse Verão, foi-lhe atribuída uma indemnização de 350 libras por danos, a ser paga pelo *Daily News* de Edimburgo por causa de um artigo que retratara a sua segunda mulher como uma pessoa vulgar e cruel. Com os quatro filhos do seu segundo casamento — Mary Amelia, Eveline, Acland e Florence —, Samuel rumou a norte para a pequena povoação galesa de Denbigh, onde contratou uma preceptora australiana e outras duas criadas. As filhas mais velhas, Mary Ann e Elizabeth, mudaram-se juntas para Londres. William também foi para a capital com as mil libras de herança que recebera no seu vigésimo primeiro aniversário em Julho.

Durante o Inverno de 1867, William frequentou aulas nocturnas no King's College, onde estudou a «nova ciência» que estava a ser criada por Darwin e outros. A paixão de William era a microscopia e, no final do ano, tinha sido eleito membro da Microscopical Society. Foi apadrinhado pelo biólogo Thomas Huxley, um dos cientistas mais influentes do seu tempo. Ele encorajou o jovem a investigar os infusórios, bactérias aquáticas unicelulares que só são visíveis através de uma lente de ampliação.

Huxley era conhecido como o «buldogue de Darwin» pelo facto de defender ardentemente as ideias do historiador natural. Deu o nome de «profecia retrospectiva» ao processo de imaginar o passado observando o presente. Um historiador natural procurava prever o passado da mesma forma que um profeta previa o futuro — «Quem me dera que existisse a palavra *backteller*[1]!», dizia Huxley. Numa palestra para trabalhadores em 1868, agarrou no pedaço de giz que segurava como ponto de partida para contar a história geológica da Terra. «Um pequeno começo», concluiu ele, «levou-nos a um grande fim.» A partir do muito pequeno, podia desenvolver-se todo um mundo.

William Kent tinha uma curiosidade desmedida em relação a coisas pequenas, na convicção de que encerravam os grandes segredos. Ao longo dos cinco anos seguintes, prosseguiu a sua vocação no Museu

---

[1] Por oposição a *foreteller*, que significa literalmente alguém que prediz o futuro, e que se traduz como profeta, adivinho. *(N. da T.)*

Zoológico de Cambridge, depois na colecção de invertebrados do Royal College of Surgeons e, a seguir, no departamento de zoologia do Museu Britânico, onde o seu salário ultrapassava as trezentas libras. Aí, entusiasmou-se pelos corais — declarou «estar apaixonado por eles». Os corais são animais marinhos pequenos e macios cujos esqueletos calcários criam recifes nos mares tropicais. Através da sua «acção», nas palavras de William, «conseguem fazer nascer novas ilhas e países no fundo do oceano virgem» — eles ligavam a zoologia e a geologia, os vivos e os mortos.

Charles Dickens morreu em 1870 deixando uma obra inacabada, *The Mystery of Edwin Drood.* À custa da morte do autor, este romance tornou-se no policial de tipo mais puro, aquele em que a tensão nunca chegava a ser desfeita. «Talvez tenha sido o único entre os escritores de policiais que não viveu o suficiente para destruir o seu mistério», escreveu G.K. Chesterton. «Edwin Drood poderá, ou não, ter realmente morrido; mas de certeza que Dickens não morreu. De certeza que o nosso verdadeiro detective continua vivo e irá aparecer nos últimos dias da Terra. A verdade é que uma história acabada pode dar a imortalidade a um homem em sentido corrente e literário; mas uma história inacabada sugere outro tipo de imortalidade, mais essencial e mais surpreendente.»

Em 1865, Dickens, como muitos outros, tinha sido forçado a questionar a sua convicção de que Samuel Kent e Elizabeth Gough tinham cometido o assassínio de Road Hill. Como que revisitando o caso, o seu último romance incluía um irmão e uma irmã que faziam lembrar Constance e William Kent. Os órfãos exóticos, Helena e Neville Landless, fugiam com frequência da casa onde eram infelizes. «Nunca houve nada na nossa infelicidade que a fizesse vergar», diz Neville da irmã, «embora a mim me intimidasse. Quando fugíamos [...] a fuga era sempre ideia e iniciativa dela. Ela vestia-se sempre de rapaz e mostrava a audácia de um homem. Creio que tínhamos uns sete anos da primeira vez que fugimos, mas recordo-me, quando perdi o canivete com o qual ela contava cortar o cabelo, da forma desesperada como tentou arrancá-lo ou cortá-lo à dentada.» Podia ser Helena quem tomava a iniciativa, mas Neville admite ter «uma mente jovem distorcida» e desejos criminosos. Iguala a sua irmã nos sentimentos de aversão e na astúcia: «Desde que me lembro, senhor, sempre tive de reprimir um ódio amargo e mortífero. Isso tornou-me dissimulado e vingativo.»

Dickens descrevia ambos como criaturas sinistras e estranhas, a personificação do *suspense*. São «esbeltos, flexíveis, rápidos no olhar e nos movimentos; meio tímidos, meio desafiadores; ar selvagem; um tipo de pausa indefinível que vai e vem em toda a sua expressão, quer aparente quer formal que pode ser comparada à pausa que precede um agachamento ou um salto».

Em Janeiro de 1872, Samuel Kent ficou gravemente doente com problemas hepáticos e William apanhou o comboio para Gales. Da cabeceira do pai, escreveu uma carta ao seu supervisor no Museu Britânico, que lhe emprestara cinco libras para a viagem: «Pode imaginar o quanto estou agradecido por ter a oportunidade de ficar com ele durante uns dias, havendo tão pouca coisa que eu possa fazer para contribuir para o seu conforto.» A 5 de Fevereiro, escreveu outra carta: «*Acabou* tudo! Na dor em que todos nos encontramos mergulhados, estou certo de que desculpará a minha ausência por mais uns dias.» Samuel foi sepultado junto à segunda mulher em Llangollen. Deixou o seu dinheiro aos filhos do segundo casamento ficando à guarda de terceiros até completarem os vinte um anos. William e o proprietário do *Manchester Guardian* — presumivelmente amigo da família — eram os executores testamentários.

Quatro meses depois da morte do pai, William casou com Elizabeth Bennett de vinte e dois anos, filha de um advogado, e mudou-se para Stoke Newington. A pedido de William, o seu sogro apresentou uma petição ao governo para libertar Constance, mas sem sucesso. Em 1873, William foi nomeado biólogo residente no Aquário de Brighton, que abrira no ano anterior, uma espectacular galeria gótica afundada no passeio junto ao cais. Ele e Elizabeth fixaram residência em Upper Rock Gardens, num edifício estilo Regency próximo da praia.

A loucura pelos aquários proporcionou aos cientistas oportunidades sem precedentes para estudar criaturas marinhas vivas, mas William dizia que os financiadores do empreendimento em Brighton consideravam um naturalista residente «uma extravagância desnecessária» e eram hostis em relação a ele. Também se incompatibilizou com os colegas. Acusou um dos mais novos de minar o seu trabalho e, depois, foi ele próprio acusado de conduta indigna de um cavalheiro por um colega investigador. Ambos tinham visto os dois polvos do aquário a copular e concordaram em escrever um artigo conjunto sobre o assunto. Quando algumas das observações de William apareceram numa carta para o *The Times,* o colega acusou-o de má-fé. Indignado, William demitiu-se do cargo. Ele tinha uma veia despótica e insensível, um efeito secundário da paixão por vezes maníaca com que abordava o seu trabalho.

No ano seguinte, William foi nomeado conservador e naturalista do novo Aquário de Manchester. Reconstruiu os tanques, mandou pôr persianas para eliminar o brilho, instalou um sistema para circular a água e resolveu o problema de como manter vivas grandes plantas marinhas em condições artificiais. O seu guia oficial para as criaturas que tinha ao seu cuidado, publicado em 1875, evocava um mundo subaquático de grande variedade e dramatismo, em que ele observava de igual forma vítimas e predadores com um fascínio firme, mas terno. Escreveu sobre os «olhos expressivos e brilhantes» do bleniídio do tanque 13, um «pequeno cavaleiro corajoso» que protegia as suas «mulheres» bleniídeas; sobre a santola «extraordinariamente belicosa» do tanque 6, que arrancava as pernas aos seus irmãos caranguejos; e sobre o cação sarapintado do tanque 10, cuja segunda pálpebra, durante o dia, permanecia «inteiramente cerrada sobre o olho verdadeiro. Quando a escuridão se instala, este diafragma fica completamente retraído, deixando o globo ocular livre e a brilhar».

No Aquário de Manchester, William descobriu que os cavalos-marinhos usam o som para comunicar:

> *O conhecimento desta circunstância notável chegou da seguinte maneira. No início de Maio passado, a maioria dos espécimes da bela colecção destes singulares peixinhos foi trazida do Mediterrâneo para Inglaterra [...] Entre eles, havia na altura vários exemplares notáveis pela vivacidade das suas cores, sendo uns vermelho-vivo, outros rosa-pálido, amarelos e de um branco quase puro [...] Alguns destes foram mantidos pelo autor durante uns dias num aposento separado para ter a oportunidade de fazer um esboço colorido e apressado. Foi usada uma campânula normal de vidro invertida para a sua recepção, enquanto os indivíduos «que posavam para ser retratados» eram isolados por um curto período de tempo num receptáculo de vidro ainda mais pequeno. Durante uma dessas ocasiões, foi ouvido um pequeno estalido agudo a intervalos curtos e idênticos, que vinha do receptáculo maior sobre uma mesinha lateral e que obteve uma resposta imediata e similar do mais pequeno, que estava ali próximo. A surpresa e admiração foi intensa, ao descobrir que vinha da boca do peixinho normalmente considerado mudo, e uma inspecção mais atenta mostrou que o som era produzido por uma contracção muscular complexa e pela súbita expansão da maxila inferior.*

Em 1875, a mulher de William, Elizabeth, morreu de repente aos vinte e cinco anos de obstrução intestinal. Passado um ano, ele voltou a casar — a sua segunda mulher era Mary Ann Livesey, uma mulher bonita, de rosto quadrado, com trinta anos — e mudou-se para Londres para se tornar conservador e naturalista do novo Aquário Real, uma construção magnificente em frente do Palácio de Westminster. Ao longo dos anos seguintes, William ganhou reputação como especialista em biologia marinha. Em 1882, publicou o terceiro e último volume da sua obra com novecentas páginas, *A Manual of the Infusoria,* com cinquenta ilustrações feitas por ele de criaturas aquáticas microscópicas. No mês de Maio desse mesmo ano, no número 87 de St. Stephen's Avenue, Shepherd's Bush, a sua mulher deu à luz um rapazinho nado-morto.

Por volta de 1880, Jack e Charlotte Whicher mudaram-se para sul do rio, para um bairro residencial no cume de Lavender Hill, Battersea. Esta zona, a quilómetro e meio de Westminster, era conhecida pelas suas hortas, como a povoação onde Whicher fora criado, mas os canteiros e os viveiros de plantas estavam a desaparecer sob filas de casas suburbanas. A casa dos Whicher, no número 1 de Cumberland Villas, tinha um grande jardim nas traseiras — o maior do quarteirão — com vista para o caminho-de-ferro. A partir de Janeiro de 1881, os carros puxados por cavalos enchiam de barulho a estrada em frente da casa. Precisamente em frente, um tal senhor Merryweather dirigia um viveiro de plantas, o último a sobreviver numa colina que, alguns anos antes, ainda era famosa pelos seus campos de alfazema.

No Verão de 1881, Whicher adoeceu com gastrite e uma úlcera no estômago e, a 29 de Junho, depois de uma perfuração da parede do estômago, morreu aos sessenta e seis anos. A jovem à sua guarda, Amy Gray, agora com vinte e cinco anos e modista de chapéus, esteve no leito de morte; na certidão de óbito, foi registada como sua sobrinha. Whicher deixou em testamento 150 libras e um relógio suíço de ouro a Amy. Deixou cem libras a Emma Sangways, a outra rapariga de quem ele e Charlotte tinham tomado conta, e trezentas libras à sua sobrinha, Sarah Holliwell. Legou 150 libras, um relógio e corrente de ouro e um anel de sinete a um amigo chamado John Potter, um inspector que trabalhava em Whitehall Place, e cem libras ao seu amigo e protegido

Dolly Williamson, agora superintendente-chefe da Scotland Yard. Estes dois foram nomeados executores testamentários. O restante património — cerca de setecentas libras — foi para a mulher.

A *Police Gazette* publicou um obituário de Jonathan Whicher com três frases. Já quase o tinham esquecido. Apesar do brilhantismo com que investigou o assassínio de Road Hill, Whicher tinha sido impotente para dar às pessoas a certeza por que elas ansiavam ou para as livrar dos males que ele via. Foi castigado por esse fracasso. A partir de agora, os heróis detectives de Inglaterra só seriam encontrados no reino da ficção[1].

Após a morte de Jack, Charlotte mudou-se para casa de John Potter em Saunders Road, Notting Hill. Amy Gray e Emma Sangways foram com ela. Charlotte morreu em Janeiro de 1883 deixando o grosso dos seus bens a Amy e Emma. Nomeou Dolly Williamson como seu único executor testamentário.

Williamson era «um homem de meia-idade, calmo e despretensioso», recordava o historiador da polícia e director prisional major Arthur Griffiths, «que caminhava calmamente ao longo de Whitehall, equilibrando na cabeça um chapéu um pouco grande para ele e, muitas vezes, com uma folhinha ou flor entre os lábios. Era por natureza muito reticente; não havia estranho que lhe conseguisse arrancar quaisquer pormenores sobre as muitas coisas importantes pelas quais tinha passado». A sua conversa de eleição era sobre jardinagem, pela qual tinha uma perfeita paixão; e as suas flores eram famosas nos arredores, onde passava as horas quando não estava de serviço.

O superintendente-chefe era conhecido como «o Filósofo» por causa do seu ar absorto e intelectual, e dizia-se que, da sua secretária, dirigia operações como se estivesse a jogar uma partida de xadrez. Um colega descreveu-o como «escocês da ponta dos pés à ponta da cabeça, leal, trabalhador, perseverante, fleumático, obstinado, frio, corajoso, tendo sempre a sua própria opinião e sem nunca recear expressá-la, lento a captar uma ideia nova, duvidoso da sua eficácia, vendo mais as suas desvantagens do que as vantagens, mas, ao mesmo tempo, tão perspicaz

---

[1] Seis anos mais tarde em 1887, Arthur Conan Doyle criou o primeiro dos seus muito bem-sucedidos mistérios de Sherlock Holmes. Ao contrário de Jack Whicher, o detective fantasiado por Conan Doyle é um amador e um *gentleman* e tem sempre razão — «a máquina de raciocínio e observação mais perfeita que o mundo alguma vez viu», diz o seu companheiro, doutor Watson em *A Scandal in Bohemia. (N. da A.)*

e tão honesto, tão complacente em relação aos erros, que era um funcionário público muito íntegro e valioso». Williamson era a antítese do primeiro parceiro de Whicher, Charley Field, que se deleitava com a proximidade ao submundo do crime. Estes dois homens faziam grupo com Whicher e definiam o espectro do detective vitoriano. Field — que na década de 1870 estava praticamente reduzido à pobreza — fazia lembrar os caçadores de criminosos do século XVIII, enquanto Williamson apontava para o futuro, para os cuidadosos comandantes do século XX.

Num julgamento famoso em 1877, vários dos homens de Williamson foram considerados culpados de corrupção, confirmando as suspeitas públicas de que os detectives profissionais eram gananciosos e falsos. Ao que parece, Williamson terá ficado desolado com a traição. Assumiu o controlo do Departamento de Investigação Criminal quando foi fundado no ano seguinte. Embora chefiasse o departamento durante as investigações do assassínio das prostitutas de Whitechapel por «Jack, o Estripador» em 1888, estava demasiado doente para participar activamente. Segundo um comissário da polícia, estava «esgotado prematuramente pela constante tensão de um trabalho muito desgastante». Morreu em 1889 aos cinquenta e oito anos deixando mulher e cinco filhos. O caixão de Williamson foi coberto de flores e levado para a Igreja de St. John's em frente de sua casa em Smith Square, Westminster, por seis inspectores-detectives.

«A maior parte dos detectives importantes da actualidade aprenderam o seu trabalho sob as ordens de Williamson», escreveu Griffiths em 1904. «Butcher, o inspector-chefe [...] gosta tanto de flores como o seu chefe gostava e pode ser identificado pela linda rosa na lapela.» Esta paixão pelas flores tinha tido origem no pai de Jack Whicher, o jardineiro de Camberwell, e parecia agora ter sido transmitido de homem para homem ao longo dos primeiros sessenta anos da força de detectives.

Constance Kent andou de cadeia em cadeia — de Millbank para Parkhurst, na ilha de Wight, para Woking, no Surrey, e de volta para Millbank. Em Parkhurst, fez mosaicos, quebra-cabeças geométricos reconstituídos sobre tábuas e enviados para serem colocados no chão de igrejas, no Sul de Inglaterra: Igreja de St. Katharine em Merstham, Surrey; St. Peter em Portland, Dorset; St. Swithun em East Grinstead,

Sussex. Era uma mosaicista dotada. Enquanto esteve em Woking, trabalhou no chão para a cripta da Catedral de St. Paul em Londres. Tal como o irmão William, sentia-se atraída pelas coisas minúsculas, pelos fragmentos que contavam histórias. Entre as imagens no chão da Catedral de St. Paul encontra-se o rosto bochechudo de um menino de olhos arregalados, como que assustado, com asas a sair-lhe dos lados da cabeça.

Em Millbank, Constance trabalhava em várias coisas: na cozinha, na lavandaria e na enfermaria — um conjunto de «câmaras nuas e gradeadas», escreveu Henry James, banhadas por uma «luz pálida». O major Arthur Griffiths, então subdirector da cadeia, elogiou o seu trabalho com os doentes: «Nada poderia exceder a atenção dedicada que ela dava aos doentes ao seu cuidado, enquanto enfermeira.» Ele recordou-a nas suas memórias como

> *uma criatura pequena tipo rato, desaparecendo, quando alarmada, com a prontidão do rato ou do lagarto surpreendidos. A aproximação de qualquer rosto estranho ou desconhecido, que ela receasse poder vir espiá-la e olhá-la fixamente, constituía um verdadeiro alarme para Constance Kent. Quando alguém ia ao ponto de perguntar «Qual delas é Constance?», já ela se tinha escondido algures com uma maravilhosa rapidez e inteligência. Ela era um mistério em todos os aspectos. Era quase impossível acreditar que aquela mulherzinha insignificante e inofensiva pudesse ter cortado a garganta ao seu pequeno irmão em circunstâncias de tamanha atrocidade. Sem dúvida que havia características no seu rosto que o antropólogo criminal teria percebido como sugestivas de criminalidade instintiva — malares salientes, testa baixa e igualmente saliente, olhos pequenos e fundos; mas, no entanto, as suas maneiras eram cativantes e a sua inteligência de elevado nível.*

Noutra memória, Griffiths voltou a referir-se à capacidade da jovem para se esconder:

> *Constance Kent era como um fantasma em Millbank; andava de um lado para o outro sem ruído, a maior parte das vezes invisível [...] Não falava com ninguém, e ninguém se lhe dirigia, o desejo de se eclipsar era sempre respeitado e o seu nome nunca era mencionado.*

Em 1877, Constance fez uma petição a Richard Cross, o ministro da Administração Interna no governo conservador de Benjamin Disraeli, para uma libertação antecipada. O antigo sogro de William, Thomas Bennett, também escreveu para Cross a seu favor. Os seus apelos foram rejeitados. Nesse Verão, o médico de Millbank recomendou que Constance fosse poupada às tarefas de cozinha (eram árduas e as cozinhas sombrias e nuas) e lhe fossem antes atribuídos turnos de costura. Disse que as autoridades deviam considerar a hipótese de a transferir para outra cadeia, pois a sua saúde estava a ficar debilitada e uma «mudança de ares» seria benéfica — mas não recomendava que a mandassem de volta para Woking devido à «grande aversão que, por alguma razão, ela tinha por essa prisão». Mais tarde, nesse mesmo ano, foi enviada para a cadeia feminina de Fulham, no Sudoeste de Londres, que albergava quatrocentas mulheres.

Da cela 29 da cadeia de Fulham, fez nova petição à Coroa em 1878. Nos seus esforços para conseguir misericórdia, invocava a juventude na altura em que assassinara Saville, a sua contrição, a natureza voluntária da confissão, o seu bom comportamento na prisão. Tentou explicar aquilo que a levara a cometer o homicídio em frases insistentes e entrecortadas:

> *A irresistível aversão a alguém que a ensinara a desprezar e a não gostar da própria mãe, que privara essa mãe do afecto do marido e da filha, o sentimento do mal feito à sua mãe quando descobrira o que fizera tornara-se ainda mais intenso depois da sua morte, a sua sucessora nunca aludia a essa mãe de outra forma que não fosse com um sarcasmo ofensivo, e ela procurava retaliar na sua autora a agonia mental que a mãe sofrera.*

A petição foi recusada. Voltou a implorar misericórdia em 1880, em 1881 e 1882 quando juntou à lista das suas atribulações a progressiva perda de visão (ela tinha uma infecção ocular) e as «associações degradantes» a que era sujeita na cadeia. Estes apelos foram recusados pelo novo ministro da Administração Interna, *Sir* William Vernon Harcourt, membro da administração liberal de William Gladstone. O reverendo Wagner escreveu cartas a seu favor e arranjou outros homens da Igreja — como o bispo de Bloemfontein — para também eles fazerem o mesmo. Em 1883, Constance voltou a apelar a Harcourt sem sucesso, e em 1884 estava quase desesperada. Implorou dizendo que tinha cumprido praticamente duas décadas da pena «sem um raio de esperança para alegrar uma vida que, desde que se lembrava, fora passada em reclusão, quer fosse na escola, convento ou prisão, e que à sua frente só via agora o futuro sombrio da velhice depois de uma juventude passada numa horrível espera e desilusão atroz, em completo isolamento de tudo o que faz que a vida valha a pena ser vivida, em ambientes hostis que fazem encolher a mente e o corpo». Harcourt voltou a indeferir a petição.

Só depois de cumprir todos os dias da pena de vinte anos, a 18 de Julho de 1885, é que Constance foi libertada.

Torres Strait
Great Barrier Reef
AUSTRÁLIA
Brisbane
Perth
Sydney
Melbourne
Hobart

CAPÍTULO 19

PAÍSES ENCANTADOS REAIS

1884-

Em 1884, William e a sua segunda mulher apanharam um barco para a Tasmânia. Ele tinha aceitado o cargo de superintendente e inspector das Pescas na colónia por um salário de 350 libras. Adoptou o segundo nome como parte do apelido e era agora conhecido como William Saville-Kent. A sua meia-irmã, Mary Amelia, agora com vinte e nove anos, viajou com eles; tinha estado a trabalhar como preceptora de duas raparigas numa quinta em Wiltshire. Dois anos mais tarde, reuniram-se-lhes em Hobart, a capital da ilha, os outros meios-irmãos de William, primeiro Acland (agora com vinte e seis anos e até há pouco tempo vendedor de linho em Manchester), depois Eveline (vinte e oito anos — a bebé que estava a dormir no quarto das crianças de Road Hill na noite da morte de Saville) e Florence (vinte e cinco anos).

Na Tasmânia, William tinha a principal função de reanimar a indústria de ostras nativa, que estava em risco de ser destruída por causa da exploração excessiva e pela negligência, e avançar com a introdução do salmão nas águas da colónia. Não tardou a fazer inimigos. Os seus colegas, comissários de pescas, queixaram-se de que ele descurava os seus «deveres propriamente ditos» para fazer experiências — tinha construído uma enorme incubadora aquícola em sua casa em Hobart. Além disso, também era «indelicado, com demasiada propensão para atribuir ignorância aos comissários». William afirmava que os tasmanianos não tinham conseguido cultivar o salmão nas suas águas, só a truta. O seu contrato terminou em 1887.

No entanto, por pouco tacto que William tivesse, os seus talentos eram reconhecidos em toda a Austrália. Ao longo da década seguinte, foram-lhe oferecidos cargos como conselheiro dos governos de Vitória, Queensland e Austrália Ocidental. Primeiro, mudou-se para sul, para a cidade de Melbourne, capital de Vitória, conhecida nos anos 1880 como «Maravilhosa Melbourne» e «a Paris dos Antípodas». O seu meio--irmão, Acland, foi para os campos auríferos de Vitória em 1887, mas não tardou a adoecer. Morreu em Melbourne, nesse mesmo ano, com William a seu lado.

William e a mulher mudaram-se em 1889 para uma casa sobre o rio junto a Brisbane, uma cidade improvisada com crescimento descontrolado, que servia de capital ao estado nordeste de Queensland. William adoptou duas equídeas, *Prickles* e *Pins,* como animais de estimação; escreveu que, embora fossem tímidas a princípio, enrolando-se longe dele sob os seus espinhos, passado algum tempo seguiam-no pela casa e pelos campos ou deixavam que ele as carregasse balouçando sobre o seu braço como cãezinhos de colo. Também adquiriu um par de noitibós, «grandes bolas de penugem» com «olhos dourados gloriosos» e «brilhantes», que ele adorava. William tinha deixado crescer uma barba desordenada e crespa, que escondia a parte inferior do seu rosto magro, deixando toda a expressão nos seus olhos grandes e cintilantes. O cabelo caía liso ao longo da cabeça, apartado ao meio. Quando ia inspeccionar as indústrias pesqueiras e os bancos de ostras de Queensland, usava fatos de linho, botas com elásticos e um capacete colonial.

William relatou que os noitibós «excessivamente tímidos» mudavam de forma consoante o que estavam a sentir. Mostravam um «delicioso abandono» diante dos membros da família, mas ficavam imóveis e retraídos assim que se aproximava um estranho, de forma que pareciam paus. Quando William chegava a casa, após uma ausência de alguns dias, o macho tufava as penas de prazer estendendo-as de forma que quase duplicava de tamanho. Os noitibós, tal como os Kent, não tinham prole, mas todos os anos faziam um elaborado ninho. Uma vez, William introduziu sub-repticiamente alguns ovos de galinha no buraco vazio e descobriu que os pássaros se sentavam alegremente sobre eles, à espera que os pintainhos nascessem. Três vezes por dia, alimentava os noitibós à mão, dando-lhes carne crua embebida em água e juntando--lhe um gafanhoto, um escaravelho ou uma traça como acepipe. Para captar a espantosa variedade de humores e formas dos seus pássaros, começou a fazer fotografia. Uma câmara, tal como um microscópio, dava ao seu proprietário poderes extra em termos de visão. William podia agora olhar durante mais tempo assim como mais de perto, e podia mostrar a outras pessoas aquilo que vira. Tirava fotografias, ampliava-as e estudava-as com uma lupa. Com o seu novo instrumento, começou a registar as extraordinárias formas do coral existente nos dois mil quilómetros da Grande Barreira, que descrevia como o seu «país real encantado», ao largo da costa de Queensland.

Em 1892, William regressou a Inglaterra com sessenta caixas de espécimes para oferecer ao Museu de História Natural e uma série de pinturas e fotografias para mostrar a um editor. Vinha acompanhado pela mulher e dos noitibós. O macho começou a gostar de morangos durante a sua estada em Londres e a fêmea de lesmas; ambos tinham um fraquinho pelas carochas da cidade.

The Great Barrier Reef de William Saville-Kent foi publicado em Londres em 1893. Este volume magnificamente produzido tornou famosa a barreira de coral e serviu como obra de referência durante décadas. As chapas fotográficas de William eram reproduzidas junto às descrições escritas das cores vivas dos corais: limão, mirtilo, rosa-camarão, maçã, carmesim, azul-eléctrico. Os peixes que ele fotografara pareciam monstros marinhos com os olhos a brilhar e as escamas escuras como o ferro. No final do livro, havia chapas a cores das suas pinturas de peixes e corais, com anémonas a agitar os seus tentáculos frenéticos e luminosos.

William apanhou o barco de volta para os Antípodas nesse ano, para aceitar uma nomeação na indústria da pesca de ostras em Perth, Austrália Ocidental. Embora os noitibós fossem com ele, Mary Ann ficou em Inglaterra. O seu casamento parecia ter entrado em ruptura. Numa visita à Tasmânia, William ficou em casa da naturalista e aguarelista Louisa Anne Meredith já de uma certa idade, e teve um caso com a sua neta de vinte e um anos.

Contudo, regressou a Inglaterra em 1895 e comprou uma casa com a mulher nas falésias cheias de fósseis de Hampshire, acerca de cento e sessenta quilómetros para leste da casa de campo nas falésias onde ele e Constance tinham nascido. William tinha lagartos australianos na estufa e andava a estudar os tentilhões. Na Casa de Burlington, Londres, em 1896, fez uma exposição das suas fotografias e aguarelas juntamente com «algumas pérolas da Austrália Ocidental com formação anormal», relatou o *The Times,* «uma delas, com cinco centímetros de diâmetro, apresentando uma espantosa semelhança com a cabeça e torso de uma criança». Doou dois lagartos ao Jardim Zoológico de Londres: um lagarto-de-folhos e um lagarto-monitor de cauda espinhosa. Com o primeiro, demonstrou que os lagartos podiam andar sobre duas pernas, o que sugeria que — tal como o seu patrono Huxley defendera — essas criaturas descendiam dos dinossauros bípedes. Os lagartos eram «espécies de ligação» na cadeia evolucionista.

William era um grande entusiasta das espécies rugosas, escamudas, dos bichos raros e extintos da história natural. Em *The Naturalist in Australia* (1897), o seu segundo livro sobre o hemisfério sul, descrevia o seu amor pelo embondeiro com o seu tronco inchado e a coroa espinhosa de ramos. Disse estar impressionado pela «tenacidade de viver» da árvore. Parecia possuída por uma invulgar força criadora. Segundo o que ele escreveu, no mato era comum ver um tronco embondeiro «prostrado, provavelmente desde há séculos, por alguma tempestade anormal, do qual saíra uma nova árvore, qual fénix renascida com juventude e vigor renovados». Disse que só conhecia um embondeiro realmente morto, que fora atingido por um raio, um «derrube cataclísmico» em virtude do qual a árvore fora totalmente destruída. William tirou uma fotografia ao tronco arrasado, parte do qual se erguia sobre a árvore destruída na forma de «um pássaro estranho e monstruoso, que montara guarda e ninho como um espírito incorpóreo sobre a destruição forjada».

Em 1904, William foi atraído de volta à Austrália durante dezoito meses para trabalhar para uma empresa privada que estava a tentar transplantar e cultivar ostras perlíferas. Ao regressar a Inglaterra, encontrou quem financiasse o seu próprio projecto para cultivar pérolas artificialmente e rumou mais uma vez às ilhas do Pacífico Sul.

As pérolas são as únicas jóias feitas por criaturas vivas, objectos brilhantes trancados em estojos rugosos e primitivos. Por volta de 1890, William tornara-se o primeiro homem a cultivar artificialmente meias pérolas, ou pérolas «bolha»; agora, estava a planear criar pérolas completamente esféricas, ou pérolas «livres», que se formavam no interior da ostra. Em 1906, criou um viveiro de pérolas em Thursday Island no estreito de Torres, na ponta setentrional da Grande Barreira de Coral, onde desenvolveu um método de abrir a concha da ostra sem matar a criatura no seu interior, e depois introduzir uma partícula de concha nas suas pregas carnudas. O molusco ia revestindo a substância irritante com finas camadas de nácar, que acabavam por formar uma esfera lustrosa, produto da concha e da carne. Foi atribuído a dois cientistas japoneses o feito de terem sido os primeiros a criar pérolas esféricas em 1907, mas investigação recente sugere que foi William Saville-Kent quem desenvolveu a técnica, e talvez as próprias pérolas antes deles. Recusou divulgar os pormenores do seu método aos investidores, mas concordou em reduzi-los a escrito e depositá-los num banco para serem abertos caso morresse.

Em 1908, William adoeceu e regressou a Inglaterra para morrer. Sucumbiu a 11 de Outubro a uma obstrução intestinal, a mesma doença que matara a mãe e a primeira mulher. Quando os investidores do projecto abriram o envelope que estava no banco, não encontraram lá dentro nada de inteligível — William levou consigo para a cova o segredo do cultivo de pérolas artificiais juntamente com os seus outros segredos. A viúva, que herdou 166 libras, cobriu o seu túmulo na Igreja de Todos-os-Santos em Milford-on-Sea com esqueletos de corais. Vendeu o resto dos seus corais, esponjas, conchas e pérolas, e viveu sozinha na casa da falésia em Hampshire até à sua morte, onze anos mais tarde.

Mary Ann e Elizabeth, as duas irmãs Kent mais velhas, tinham-se mudado em 1886 da sua habitação em Regent's Park para o St Peter's Hospital em Wandsworth, um lar que ficava a quilómetro e meio de Lavender Hill, que albergava quarenta e duas pessoas e tinha a sua própria capela, salão e biblioteca. Mary Ann morreu em 1913, aos oitenta e dois anos, deixando os seus bens (no valor de 129 libras) a Elizabeth. Esta seguiu-a nove anos depois aos noventa anos, legando 250 libras a uma prima chamada Constance Amelia Barnes e cem libras à sua meia-irmã Mary Amelia, com a qual se correspondera até ao fim.

Constance Kent tinha o dom da invisibilidade — os habitantes de Dinan na década de 1860 e os guardas prisionais de Millbank na de 1870 tinham ficado impressionados com a sua capacidade de se fundir com o meio circundante, e nos anos de 1880 desapareceu de forma ainda mais drástica. O público não fazia ideia do paradeiro de Constance depois de ter saído da prisão, e só se viria a descobrir passado quase um século.

Na década de 1950, veio a público que em 1885 quando Constance fora libertada da prisão o reverendo Wagner a tinha levado para uma filial da congregação de St. Mary's, que fundara junto à sua própria casa em Buxted, Sussex. Ela apresentava-se todos os meses à polícia em Brighton, a trinta e dois quilómetros dali. Uma das freiras de Buxted recordou que, ao chegar, Constance andava «como uma reclusa, sem graça» e tinha óculos escuros, cabelo cortado rente e mãos rudes e calejadas. As suas maneiras à mesa eram grosseiras. A princípio, era «muito calada», disse a religiosa, mas depois começou a falar sobre os mosaicos que fizera na prisão, sobretudo dos que estavam na cripta de St. Paul's. Nunca falava da família. Disse às freiras que ia emigrar para o Canadá e arranjar trabalho como enfermeira sob o nome de Emilie King. Isto revelou-se uma meia-verdade, uma informação enganadora.

Nos anos de 1970, descobriu-se que no início de 1886 Constance partiu de barco para a Tasmânia juntamente com as meias-irmãs Eveline e Florence, usando o nome falso de Emilie Kaye (homónimo de Emily K) — Acland fizera a travessia alguns meses antes. Juntaram-se a William e à sua mulher em Hobart. A proximidade destes irmãos e irmãs, que o assassínio poderia ter separado, era uma forma de recordar o quão privada e estranha continuava a ser a vida emocional da família.

Constance e William mantiveram uma ligação constante e delicada enquanto viveram. Constance mudou-se para Brisbane com o irmão e a mulher em 1889 — partilhava uma casa com eles e com os tímidos noitibós. Um ano mais tarde, foi para Melbourne ajudar a cuidar das vítimas de tifóide e por lá ficou para se exercitar como enfermeira. Estava a trabalhar como enfermeira-chefe num hospital privado em Perth quando William lá chegou em 1893. Em meados da década de 1890, mudou-se para Sydney, que William visitou várias vezes entre 1895 e 1908. Trabalhava numa colónia de leprosos em Long Bay e como enfermeira-chefe de um instituto para jovens delinquentes em Parramatta, nos arredores da cidade.

Constance sobreviveu ao irmão. Em 1911, usando ainda o nome de Emilie Kaye, abriu um pequeno hospital em Maitland, norte de Sydney, que dirigiu até se reformar em meados da década de 1930. Passou a década seguinte em casas de repouso nos subúrbios de Sydney. Manteve o contacto com a filha de Mary Amelia, Olive, embora esta não soubesse que a «menina Kaye» era sua tia — pensava que era uma velha amiga da mãe e das tias Eveline e Florence[1]. No Natal de 1943, Constance encomendou uma obra de referência sobre aves para o seu sobrinho-neto, único filho de Olive. Enviou-a a Olive com uma carta expressando a sua decepção com o livro: «Estava à espera de ilustrações de ninhos, ovos, etc., como é normal, mas é apenas um mero catálogo de aves.» Acrescentava que pelo menos era melhor do que a maior parte dos livros para crianças, que eram «grotescos, bizarros e hediondos [...] todos ficção fantasiosa sobre monstruosidades. O horrível papão baniu a linda fada».

Quando Constance fez cem anos, em Fevereiro de 1944, o jornal local publicou uma fotografia sua sentada num sofá a sorrir para a câmara. O jornal prestava homenagem a «Emilie Kaye», uma «enfermeira pioneira». «Em tempos, cuidou de leprosos», anunciava, alheio ao seu passado mais remoto. Os reis enviaram-lhe um telegrama de parabéns e o arcebispo de Sydney visitou-a levando um ramo de flores. Olive esteve presente na festa de aniversário. «Emilie Kaye era uma velhota realmente encantadora», relatou ela, «muito bem-disposta. Toda a gente parecia gostar dela.»

Dois meses mais tarde, a menina Kaye morreu. No seu testamento, deixou várias lembranças a Olive, incluindo um alfinete, um relógio de corrente de ouro e duas caixas que ficaram por abrir durante mais de trinta anos.

Em 1974, Olive e o filho fizeram uma viagem até Inglaterra. Visitaram a Casa de Baynton, onde nascera a mãe de Olive, e ficaram a saber a história do assassínio em Road Hill. Olive começou a pensar se Emilie Kaye seria a tia desaparecida, a assassina Constance Kent. De volta à Austrália, Olive e o filho abriram as caixas que a «menina Kaye» deixara e encontraram numa um daguerreótipo de Edward e na outra um retrato da primeira senhora Kent.

---

[1] Mary Amelia tinha-se casado com um fruticultor em Sydney em 1899 e dera à luz Olive, a sua única filha, no ano seguinte. Eveline, conhecida como Lena, casou com um médico em 1888 e tinha um filho e uma filha. Florence nunca se casou e viveu os seus últimos anos com a sobrinha Olive. *(N. da A.)*

CAPÍTULO 20

A MÚSICA DA GADANHA LÁ FORA NO RELVADO

Em 1928, dezasseis anos antes da morte de Constance Kent, o escritor policial John Rhode publicou um livro sobre o assassínio na Casa de Road Hill. Em Fevereiro do ano seguinte, o seu editor recebeu uma carta anónima com carimbo de Sydney, Austrália, que começava com as instruções: «Caro senhor, faça o que quiser com isto, se render alguma coisa, envie esse dinheiro aos mineiros galeses, aos homens a quem a nossa civilização tortura ao ponto da degeneração. Por favor, acuse a recepção no Sydney Morning Herald, sob o título Amigos Desaparecidos.» A carta prosseguia dando o ponto de vista de uma criança sobre o princípio de vida da família Kent. Era um documento espantosamente claro com cerca de três mil palavras, e era difícil acreditar que tivesse sido escrito (ou ditado) por outra pessoa que não Constance. Em alguns sítios, correspondia quase exactamente à carta que escrevera a Eardley Wilmot e às petições aos ministros da Administração Interna, que só foram tornadas públicas muitos anos mais tarde. Embora não mencionasse Saville, a carta de Sydney procurava explicar as razões da sua morte.

Segundo este documento, Constance adorava a preceptora «bonita e muito competente» que se juntara à família Kent no início da década de 1840, e a menina Pratt fizera dela «a sua preferida». Mas a chegada da menina Pratt não tardou a dividir a família. O filho mais velho, Edward, discutiu com Samuel quando o encontrou uma manhã a sair do quarto da preceptora. Situação que originou que ele e as duas filhas mais velhas fossem enviados para colégios internos. Quando vinham para casa, de férias, os três preferiam a ala da casa onde estava a mãe, assim como

William, o mais novo, a quem a senhora Kent era «extremamente ligada». Segundo o autor da carta, Mary Ann e Elizabeth sempre foram intransigentes em relação ao facto de a mãe estar mentalmente sã. Entretanto, Constance passava os dias na biblioteca com o pai e a preceptora. A menina Pratt «falava da senhora Kent com escárnio, chamando-lhe uma Certa Pessoa, ridicularizando-a. Por vezes, Constance era insolente com a mãe e ia contar à preceptora aquilo que ela lhe dizia, não obtendo qualquer comentário a não ser um sorriso tipo Mona Lisa». A senhora Kent costumava descrever-se a si mesma aos filhos como «a vossa pobre mamã», o que embaraçava Constance.

A casa tornou-se um local de reclusão e, à medida que as crianças foram crescendo, as suas amizades eram rigorosamente vigiadas. Um dia, Constance e William estavam a tratar das suas parcelas de terra por detrás dos arbustos quando foram atraídos pelo som de um «riso alegre» vindo do jardim próximo. Olharam ansiosamente sobre a sebe e, embora tivessem sido proibidos de brincar com os vizinhos, não resistiram ao convite para que se juntassem a eles. A sua transgressão foi descoberta e, como castigo, os seus «jardinzinhos» foram «arrancados e calcados». Os estranhos não eram bem-vindos: duas aves tropicais enviadas por Edward aos irmãos foram confinadas num quarto frio das traseiras onde morreram.

Uma vez, Constance foi encorajada a travar amizade com uma rapariga que vivia a cerca de quilómetro e meio, mas a relação não foi um sucesso: «Depois de um período de tédio mútuo, a rapariga acusou falsamente C de tentar pô-la contra a mãe.» A acusação era incisiva, dado que Constance tinha sido ensinada a tratar a própria mãe como inimiga.

Quando Constance cresceu, a afeição entre ela e a preceptora foi-se esgotando. As aulas eram particularmente problemáticas. Se Constance se enganasse numa letra ou palavra, era castigada por teimosia.

> *A letra H deu a Constance muitas horas de reclusão num quarto enquanto ouvia nostalgicamente a música da gadanha lá fora no relvado. Quando começou a ter de dominar as palavras, os castigos tornaram-se mais severos — passava dois dias trancada num quarto com pão duro, leite e água para fazer chá, outras vezes ficava de pé a um canto a soluçar «Eu quero ser boa, eu quero», até chegar à conclusão de que era impossível uma criança ser boa e a única esperança era crescer depressa já que os adultos nunca se portavam mal.*

A carta de Sydney estava toda escrita neste estilo febril e displicentemente pontuado como se o autor se precipitasse para canalizar o caudal da memória.

Quando a família se mudou para a Casa de Baynton, Wiltshire, continuava o autor da carta, a menina Pratt castigava os ataques de fúria de Constance trancando-a no sótão, e a rapariga adorava deixar a sua carcereira perplexa. Costumava «fazer de macaco», enrolando uma pele à volta do peito, saindo pela janela, escalando o telhado, deslizando pelo outro lado e introduzindo-se numa outra divisão do sótão. Depois, voltava para o quarto onde fora trancada, destrancava a porta e metia-se lá dentro: «A preceptora ficava desconcertada por encontrar sempre a porta aberta com a chave do lado de dentro, as criadas eram interrogadas, mas, é claro, não sabiam de nada.»

Se a fechassem na adega, Constance punha-se em cima de uma meda de feno e «imaginava-se nas masmorras de um grande castelo, feita prisioneira enquanto combatia Bonnie Prince Charlie, e que ia ser decapitada na manhã seguinte». Uma vez, quando a menina Pratt a libertou, a rapariga estava a sorrir, «parecendo muito satisfeita com as suas fantasias». A preceptora perguntou-lhe porquê.

— Oh — disse ela. — São as ratazanas que são cómicas.

— Quais ratazanas? — perguntou a menina Pratt.

— Elas não fazem mal — replicou Constance. — Só dançam e andam por aí.

O seu próximo cárcere foi a adega da cerveja, onde tirou o batoque a um barril, após o que a trancaram em dois quartos vagos que diziam ser assombrados — em determinada data, via-se um «fogo azul» a arder na lareira. Quando a fechavam no estúdio do pai no rés-do-chão, escapulia-se para trepar às árvores, «dando mostras de grande crueldade, empalando lesmas e caracóis com paus em árvores e chamando-lhes crucificações». Era uma criança «provocadora e impulsiva», que ansiava por excitação e até violência. Esgueirava-se para a floresta «meio expectante e meio receosa de poder ver um leão ou um urso».

No colégio interno, era «uma ovelha negra», dizia o autor da carta, «cheia de ressentimento pela autoridade», «sempre metida em problemas», embora não tivesse «nada que ver com a fuga de gás, que provavelmente se deveu a terem-se esquecido das torneiras quando o contador foi desligado». (A ansiedade do autor para ilibar Constance da fuga de gás no colégio é um pormenor convincente.) Constance dava alcunhas aos professores. Um era «Urso no bosque», por causa do cabelo preto e grosso. Um pastor que dava aulas sobre a Bíblia ficou a saber que era conhecido como «Gralha octogonal» (uma referência à forma da sua capela). Em vez de a repreender, o pastor riu-se e, «pensando que era capaz de lhe arrancar alguma coisa de bom, fez um esforço extra com ela, mas vendo que as outras raparigas tinham ciúmes, ela deu respostas estúpidas de propósito e assim deixou de estar nas suas boas graças». Mais tarde, fez uma tentativa para «se tornar religiosa», mas um livro da autoria do pregador puritano Richard Baxter convenceu-a de que já tinha cometido «o pecado imperdoável» — blasfémia contra o Espírito Santo — e, portanto, podia desistir de ser virtuosa.

A carta afirmava que Constance lia Darwin quando era jovem e escandalizava a família expressando a crença na sua teoria da evolução. Constance, como William, parecia encontrar um escape no mundo natural. Os animais apareciam ao longo da carta de Sydney como emissários de liberdade — o leão, o urso, a ovelha, o macaco, a gralha, as aves tropicais, as ratazanas dançarinas e até as lesmas e caracóis sacrificatórios.

Depois da morte da mãe, Constance ficou convencida de que «não era querida, toda a gente estava contra ela» e a sua nova madrasta confirmou-lho. Uma vez, quando Constance estava em casa de férias do colégio, a segunda senhora Kent disse-lhe: «Por mim, tinhas ficado na escola. Quando disse que vinhas, uma das tuas irmãs exclamou: "O quê? Essa miúda maçadora", por isso bem vês que não te querem.» Constance teve vontade de fugir para o mar com William, dizia o autor da carta, ao ler sobre «mulheres disfarçadas de homens que ganhavam a sua vida e que nunca foram descobertas até morrer». Persuadiu o irmão a ir com ela e, depois disso, «foi tratada como um mau rapaz que tinha desencaminhado o outro».

Constance começou a suspeitar de que a mãe, de quem tinha troçado, nunca estivera louca; em vez disso, «devia ter sido uma santa»: «Parecia haver algum tipo de mistério em torno da sua mãe.» O autor da carta explicava que Constance acabou por perceber que o pai e a preceptora tinham sido amantes desde que ela era muito pequena. Em retrospectiva, adivinhava os segredos sexuais que lhe tinham escondido — as suas memórias eram desencadeadas e desfiguradas pela suspeita. Em pequenina, Constance tinha «dormido num quarto que ficava dentro do da preceptora, a qual trancava sempre a porta de comunicação quando ia para a cama. A cama e quarto de vestir do senhor Kent ficavam do outro lado e, quando ele estava fora, a preceptora dizia que tinha medo de estar sozinha e Constance tinha de dormir com ela». Uma vez, na biblioteca, a menina Pratt assustou-se durante uma trovoada e correu para Samuel. Ele fê-la sentar-se no seu joelho e beijou-a. «Oh! Em frente da criança, não!», exclamou ela. Constance estava inquietantemente enredada naquela cena sexual, testemunhando as suas intimidades, dormindo fechada à chave numa câmara do quarto da preceptora ou ocupando o lugar do pai na cama da preceptora.

Tal como a heroína de *What Maisie Knew* (1897), de Henry James, Constance era uma criança obrigada «a ver muito mais do que a princípio compreendia». Era assim que podia começar o impulso para investigar, por confusão ou receio, num ímpeto para compreender os segredos meio pressentidos do mundo adulto. Constance interpretou as pistas que foi encontrando durante a fase inicial da sua vida, juntou as peças de um crime (a traição à mãe), identificou os criminosos (o pai e a preceptora). Talvez todos os detectives aprendam a ser curiosos na infância e continuem invulgarmente atentos ao passado.

A carta de Sydney lançava uma sugestão intrigante sobre a história da família Kent: o autor referia que Constance e William tinham dentes de Hutchinson; que William tinha um abcesso numa das pernas; e que vários dos seus irmãos tinham morrido na infância. Os dentes de Hutchinson são incisivos com entalhes, identificados pelo médico Jonathan Hutchinson nos anos 1880 como sintoma da sífilis congénita. Esta doença também provoca úlceras nas pernas (úlceras gomosas) e ceifava a vida a muitos bebés. O autor da carta de Sydney estava a insinuar que a primeira mulher de Samuel era sifilítica.

A sífilis é uma doença da qual é fácil suspeitar mas difícil de provar — Isabella Beeton e o marido, Thomas Hardy e a mulher, Beethoven, Schubert, Flaubert, Nietzsche, Baudelaire, Van Gogh, todos foram identificados como possíveis vítimas. A doença era comum no século XIX — na altura não havia cura — e era conhecida como a «Grande Imitadora», por causa da sua capacidade de imitar outras doenças, assumindo as suas cores como um camaleão. Como era contraída normalmente através de sexo ilícito, as vítimas escondiam a sua existência. Aqueles que tinham dinheiro para pagar os serviços médicos confidenciais conseguiam muitas vezes guardar o seu segredo.

Supondo que Samuel tivesse apanhado sífilis em Londres, os sintomas poderiam tê-lo forçado a abandonar a empresa de carnes enlatadas e a fugir para Devonshire em 1833: a doença manifesta-se em cancros indolores, normalmente nos genitais, nas primeiras semanas, mas depois produz febre, dores e uma erupção desagradável em todo o corpo. Samuel pode ter tido necessidade de desaparecer de circulação. Se tivesse sífilis, o seu desejo de isolamento e sigilo seria mais fácil de perceber, tal como a sua aparente incapacidade em encontrar outro trabalho até 1836.

Nos primeiros meses, a sífilis é altamente contagiosa — quando Samuel teve relações com a mulher, quase de certeza que as bactérias existentes nos seus cancros terão entrado nela através de um corte ou rasgão minúsculo. (Estas bactérias, que foram identificadas ao microscópio em 1905, são conhecidas como espiroquetas, um nome derivado do vocábulo grego para «fios em espiral».) A primeira senhora Kent teria transmitido a doença aos bebés que carregava no ventre sem o saber. Um feto com sífilis congénita tinha muitas probabilidades de resultar num aborto ou num nado-morto e, se sobrevivesse à nascença, era normalmente franzino, engelhado, fraco, com dificuldade em alimentar-se e propenso a morrer na infância. A sífilis podia explicar os vários abortos sofridos pela senhora Kent, assim como os quatro bebés que viu morrer. Alguns filhos de mães sifilíticas não mostravam sinais da doença na juventude mas, quando cresciam, desenvolviam malformações nos dentes, pernas arqueadas ou outros sintomas identificados por Hutchinson. Talvez Joseph Stapleton suspeitasse de sífilis quando aludia à forma como a «destemperança» de um homem — alcoólica, financeira ou sexual — podia prejudicar os filhos.

Se Samuel tinha sífilis, presumivelmente pertenceu à larga maioria de doentes afortunados que, passado um ano ou dois, deixavam de manifestar outros sintomas óbvios. Mas a mulher parece ter pertencido à desgraçada minoria dos que passados alguns anos (normalmente entre cinco e vinte) desenvolviam sífilis terciária, uma doença que só foi compreendida muito depois da sua morte: manifestava-se frequentemente através de distúrbios de personalidade e depois paresia, «a paralisia geral dos alienados», uma deterioração progressiva e incurável do cérebro. Para além de explicar a sua doença mental e fragilidade, a sífilis terciária podia explicar a sua morte precoce (aos quarenta e quatro anos) de obstrução intestinal — os problemas gastrintestinais estavam entre os muitos sintomas possíveis e a morte ocorria normalmente entre quinze a trinta anos depois da infecção inicial.

É tentador culpar a sífilis pela morte igualmente precoce da segunda senhora Kent, que ficou paralisada e quase cega antes de morrer em Gales, aos quarenta e seis anos — os seus sintomas são característicos de tabes dorsal, que é também uma manifestação da sífilis terciária — mas Samuel só poderia ter-lha transmitido se tivesse ficado novamente infectado. Isto era possível. Samuel ter-se-ia julgado curado quando os seus cancros e erupções começaram a desaparecer. Na era vitoriana, pensava-se que a sífilis não podia ser apanhada duas vezes — um mito que surgiu porque a reinfecção não era acompanhada de lesões ou manchas.

As provas são circunstanciais e inconclusivas. Nem mesmo o autor da carta vinda de Sydney teria essa certeza. Mas se admitirmos a hipótese dos dentes de Hutchinson, o início da história da tragédia da família Kent pode ter sido um encontro sexual entre o pai de Saville e uma prostituta de Londres no início da década de 1830. A pista talvez tenha terminado no mundo quase invisível que tanto atraía William Saville-Kent, numa criatura prateada e espiralada, semelhante a um fio, tão minúscula que só podia ser vista através da lente de um microscópio.

A relação entre a sífilis e doenças como a tabes dorsal e a paresia só foi reconhecida no final do século XIX, por isso só retrospectivamente podemos suspeitar de que Samuel fosse o causador da falta de saúde das suas mulheres. Quando tornou pública a insanidade da primeira senhora Kent ou a paralisia e cegueira da segunda, Samuel Kent não fazia ideia de que podia estar a deixar pistas para as corrupções do seu próprio corpo.

Curiosamente, a carta vinda de Sydney não esclarecia os factos não plausíveis da confissão de Constance de 1865, embora o livro de John Rhode que motivou a carta tivesse descrito essa confissão como «francamente inconcebível» e tão «completamente insatisfatória» que havia razões para duvidar da culpa da rapariga. «A sua psicologia é tão espantosa que justifica qualquer especulação nela baseada», escreveu Rhode. «Na verdade, é possível que na atmosfera intensamente religiosa de St. Mary's Hospital ela tenha tido a ideia de se oferecer em sacrifício para afastar a nuvem que pairava sobre a sua família.» A pessoa mais bem colocada para resolver um crime tinha de ser o seu autor. Tal como o *The Times* observava a 29 de Agosto de 1865: «O fracasso anterior de toda a investigação mostrou que os mistérios do assassínio só poderão vir a ser desvendados pela pessoa que o cometeu.» Constance tinha-se revelado uma detective imperfeita nas suas confissões e na carta anónima em que parecia pôr a sua alma a nu: a solução que apresentava tinha falhas. Significaria isso que não era a assassina?

Os buracos na sua história abriram caminho para outras teorias sobre o assassínio que foram formuladas em privado desde o início e em público depois de todos os principais intervenientes no caso terem morrido. Também Whicher já tinha apresentado uma teoria que explicava as lacunas no testemunho de Constance. Nunca veio a público, mas foi descrita nos seus relatórios confidenciais para *Sir* Richard Mayne.

No primeiro relatório que nos chegou, Whicher referia que Constance «era a única pessoa que dormia sozinha, à excepção do irmão, que também estava em casa de férias (e suspeito tenha ajudado no assassínio, mas de momento não possuo provas suficientes para o deter)». De regresso a Londres, depois de Constance ter sido libertada sob fiança, Whicher observava que tanto Constance como William regressaram a casa quinze dias antes do assassínio: «Vamos supor que a menina Constance é a culpada e que teve um cúmplice, em minha opinião esse cúmplice seria, com toda a probabilidade, o seu irmão William [...] a julgar pela grande intimidade entre os dois.» Whicher acrescentava a esse relatório:

> *Tanto quanto sou capaz de formar uma opinião, ou o assassínio foi cometido pela menina Constance sozinha sob um ataque de insanidade, ou por ela e pelo irmão William, por motivos de despeito e ciúme em relação às crianças mais novas e aos seus pais, e estou fortemente inclinado para esta última opinião, a julgar pela amizade existente entre os dois, pelo facto de dormirem sozinhos nos seus quartos e sobretudo pelo estado abatido do rapaz, tanto antes como depois da detenção da irmã, e creio que não teria sido muito difícil ao pai ou a algum dos seus familiares ter obtido uma confissão da parte dele enquanto a irmã estava na prisão, mas dadas as circunstâncias peculiares do caso, não pude aconselhar tal coisa.*

Pareceria natural William mostrar-se «abatido» depois da morte do irmão, mas para Whicher o referir, esse abatimento deveria ter assumido uma forma muito peculiar — um virar para dentro, uma culpa ou medo que o gelava. Whicher deixava claras as alternativas que vislumbrava: ou Constance era louca e matara Saville sozinha; ou não o era e matara Saville com a ajuda do irmão. Desde o início que Whicher suspeitava de que William e Constance tinham planeado e levado a cabo o homicídio juntos. Na altura em que deixou Road, tinha quase a certeza.

Whicher acreditava que Constance, sendo a mais velha, mais estranha e determinada dos dois, instigara o plano, mas que o fizera em nome do irmão e com a sua ajuda. William tinha o motivo mais óbvio para o assassínio: Saville suplantara-o nos afectos dos pais e o pai dizia-lhe com frequência que ele era inferior ao irmão mais novo. Se ele e Constance tivessem urdido ambos o plano para matar Saville, o facto de o terem concretizado era menos surpreendente: as duas crianças juntas, isoladas e amarguradas, podiam ter habitado um mundo de fantasia sustentado pela convicção do outro, imaginando ambos que estavam a agir em defesa mútua e da falecida mãe. A sua decisão teria sido reforçada pela determinação em não se desiludirem um ao outro.

Samuel Kent pode ter incitado a polícia a suspeitar de Constance para escudar o filho. Podia estar a proteger William quando contou a Stapleton a história da fuga das crianças para Bath, distorcendo a narrativa para realçar a sensibilidade do rapaz e a coragem inabalável da rapariga. Na altura da investigação, William foi muitas vezes rejeitado como suspeito devido à sua timidez. Contudo, Whicher acreditava que ele era capaz de tomar parte num assassínio. Os relatos na imprensa sobre a fuga para Bath sugeriam que o rapaz tinha uma natureza obstinada e inventiva, e a sua vida posterior veio a demonstrá-lo.

Ao longo da investigação do homicídio de Saville, muita gente tinha defendido a ideia de que o crime deveria ter tido a participação de duas pessoas. Se William tivesse ajudado Constance, isso explicaria a forma como a roupa da cama tinha sido alisada quando Saville fora levado do quarto das crianças, a forma como Saville se mantivera em silêncio enquanto transpunham janelas e portas e como as provas haviam sido destruídas depois. Constance podia ter mencionado apenas a navalha da barba na sua confissão porque ela só usara uma navalha, enquanto William empunhava uma faca. A carta de Sydney evitava qualquer referência ao assassínio em si; talvez fosse por não haver uma explicação que pudesse deixar de implicar o seu cúmplice.

Várias das histórias baseadas no caso parecem obcecadas com a possibilidade de Constance e William ainda estarem a ocultar alguma coisa. Em *The Moonstone,* a heroína protege o homem que ama, permitindo que a considerem suspeita. O irmão e a irmã em fuga em *The Mystery of Edwin Drood* partilham uma história tenebrosa. O enigma de *The Turn of the Screw* reside no silêncio de duas crianças, um irmão e uma irmã unidos por um segredo[1].

Quer William tenha sido seu cúmplice ou simplesmente seu confidente, Constance agiu sempre de forma a protegê-lo. Quando confessou, insistiu em que cometera o crime «sozinha e sem ajuda». Disse ao advogado que se recusava a alegar insanidade porque queria proteger William e adaptou as suas declarações sobre o assassínio e o seu móbil a esse mesmo fim. Em nenhuma delas o mencionou. Embora se tivesse queixado às colegas de escola sobre a forma como ele era tratado por Samuel e Mary — as comparações humilhantes com Saville, a forma como era obrigado a empurrar o carrinho de bebé pela povoação — não fez qualquer referência a isso em 1865. Do pai e da madrasta, disse: «Nunca tive qualquer má vontade para com nenhum deles devido à forma como se comportavam comigo», evitando cuidadosamente a má vontade que lhes podia ter por conta de outra pessoa. A resposta ao mistério do assassínio de Saville podia residir, afinal, no silêncio de Constance; especificamente, no seu silêncio sobre o irmão que amava.

Constance entregou-se no ano anterior ao vigésimo primeiro aniversário de William, quando este teria direito a receber o legado de mil libras que a mãe lhe deixara. Ele esperava usar o dinheiro para financiar uma carreira na ciência, mas continuava a ser travado pelo clima de incerteza e suspeição que rodeava a família. Em vez de viverem ambos sob a nuvem do assassínio, Constance optou por chamar a si toda a escuridão. O seu acto de expiação libertou William e tornou o seu futuro possível.

---

[1] A novela de Henry James foi publicada em 1898 no apogeu da série Sherlock Holmes. *The Turn of the Screw* desenrola o policial em sentido inverso, acabando com tudo aquilo que nos reconforta: recusa desfazer o mistério do silêncio das crianças; implica o detective-narrador no crime abominável; e termina, em vez de começar, com a morte de uma criança. *(N. da A.)*

EPÍLOGO

O terceiro capítulo do livro de Joseph Stapleton sobre o assassínio de Road Hill é dedicado à autópsia do corpo de Saville Kent. Entre as muitas observações do médico sobre o cadáver encontra-se uma descrição, numa prosa caracteristicamente floreada, de dois ferimentos na mão esquerda do rapaz.

> *Mas na mão — na mão esquerda, naquela mão finamente cinzelada, que pendia sem vida de um corpo que, mesmo mutilado, podia servir de estudo e modelo a um escultor — há dois pequenos cortes — um quase até ao osso; o outro um simples arranhão — sobre a articulação do indicador. Como é que foram ali parar?*

A explicação de Stapleton para estas lesões evoca violentamente, por breves momentos, a imagem de Saville. A partir da natureza e da posição dos ferimentos, o cirurgião deduz que a criança acordou antes de ser morta e que levantou a mão esquerda para aparar a faca que investia contra a sua garganta; a faca atingiu-lhe a articulação; levantou a mão uma segunda vez, mais debilmente, e a lâmina roçou-lhe o dedo enquanto lhe cortava o pescoço.

A imagem torna Saville subitamente presente: este desperta para ver o assassino e a morte descer sobre ele. Quando li as palavras de Stapleton, lembrei-me, com um sobressalto, de que o menino era real. Ao desvendar a história do seu assassínio, esquecera-me dele.

Talvez seja este o objectivo das investigações do detective quer real quer ficcionado — transformar a sensação, o horror e a dor num enigma e depois resolvê-lo, fazê-lo desaparecer. «O policial», observou Raymond Chandler em 1949, «é uma tragédia com um final feliz.»

O detective de um livro de histórias começa por nos confrontar com um homicídio e acaba absolvendo-nos dele. Isenta-nos da culpa. Alivia--nos da incerteza. Retira-nos da presença da morte.

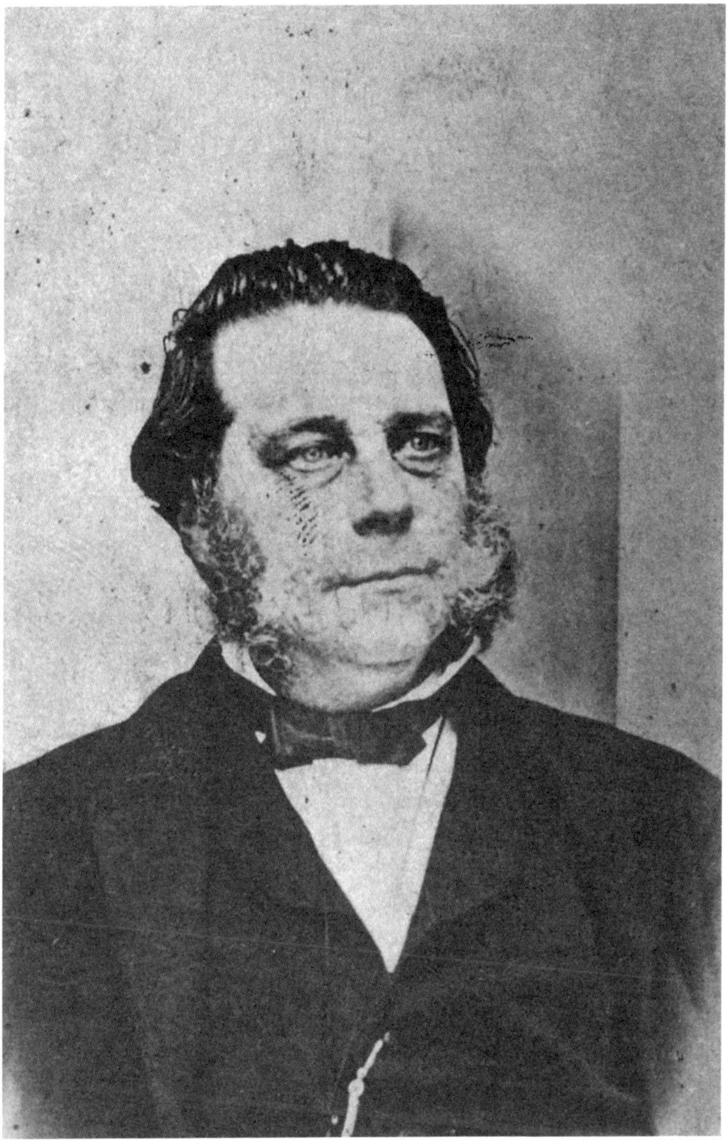

POSFÁCIO

Quatro meses depois de este livro ter sido publicado, uma leitora escreveu para me dizer que tinha encontrado uma fotografia de Jonathan Whicher. A imagem estava no arquivo de Frederick Bowker, um advogado com o qual Whicher trabalhara no caso do demandante Tichborne, e estava agora à guarda do serviço de museus de Hampshire. Quando fui a Winchester para ver o arquivo, encontrei uma segunda fotografia. Ambas tinham sido tiradas no início de 1870. Foram as primeiras imagens que vi de Whicher.

No retrato de corpo inteiro reproduzido na página 294, Whicher tem um ar descontraído e elegante, bem-humorado e seguro de si. É fácil imaginá-lo a tirar uma carteira roubada do bolso de um escroque elegante com um alegre «isto serve». O fotógrafo tinha-o colocado contra uma tela pintada para imitar o interior da sala de uma casa de campo com uma longa janela aberta sobre o relvado. O detective tem a mão levemente pousada sobre um cesto alto com flores. O seu ar de jovial prosperidade é adequado: por volta de 1870, já se provara que Whicher tinha razão relativamente ao assassínio de Road Hill; tinha desmascarado o demandante Tichborne como talhante de Wapping; casara com uma viúva bem na vida. Não era de admirar que tivesse um ar feliz.

No outro retrato, no plano de meio-corpo que se pode ver na página ao lado, está mais contido, mais parecido com o homem que Dickens descrevera em tempos: simples e atarracado, com «um ar reservado e pensativo como se estivesse ocupado em difíceis cálculos aritméticos». Os seus olhos eram afáveis, lacrimosos, e tão claros que eram quase transparentes. A boca exibe um meio sorriso simpático e irónico. Parece ligeiramente mais velho do que na fotografia de corpo inteiro — os olhos têm uns papos maiores e as suíças estão mais grisalhas

— embora isso se possa dever ao facto de a câmara estar mais perto. Enverga as mesmas roupas, presumivelmente o melhor fato que tem, e o mesmo relógio de corrente de ouro, talvez aquele que legou mais tarde ao seu amigo John Potter. Tem qualquer coisa a pender de um fio ao pescoço: talvez um monóculo.

As fotografias foram tiradas durante as sessões de julgamento de Tichborne e vendidas como *cartes de visite,* provas em albumina montadas em cartões de 10x6,35 cm. Teriam custado um xelim cada uma, tal como dúzias de outras — do demandante, dos Tichborne, dos advogados, etc. — que eram produzidas como *souvenirs* sobre caso. A prova do grande plano de Whicher foi tirada pela London and Provincial Photographic Company, em frente à estação de caminhos-de-ferro de Charing Cross na ponta ocidental do Strand, enquanto o retrato de corpo inteiro tem o carimbo «Powell, Charing Cross».

Sidney Powell tinha um estúdio no número 38 de Chandos Street, do outro lado da estação. Publicitava-se como fotógrafo e optometrista — uma combinação vulgar em meados do século XIX — e parece ter sido um tanto ou quanto vigarista. Foi processado em 1862 por vender provas fotográficas pirateadas do elegante quadro de Rosa Bonheur, *The Horse Fair.* Sete anos mais tarde, um inspector da polícia à paisana visitou a sua loja, fazendo-se passar por cliente, e Powell ofereceu-lhe dois quadros eróticos a óleo por cem guinéus; eram capazes de ser os pequenos quadros de François Boucher, que ele anunciara na *Pall Mall Gazette* no ano anterior. Depois, mostrou ao seu pretenso cliente algumas fotografias obscenas, advertindo-o para a necessidade de ser cauteloso porque a polícia andava a ficar «muito perspicaz» a descobrir negociantes de imagens indecentes. Perante isto, o inspector revelou a sua identidade e prendeu-o. Powell foi condenado a dezoito meses de trabalhos forçados por vender fotografias obscenas, mas estava de volta ao negócio em 1871, quando colocou um anúncio em *The Era* para um retrato «ao vivo» em memória de Charles Dickens, rodeado de vinte e oito das suas personagens, pelo preço de dois xelins isento de portes. Um ano ou dois depois fotografou Whicher.

O estúdio de Powell ficava dois quarteirões para oeste das antigas instalações de Dickens em Wellington Street, onde o romancista conhecera Whicher no Verão de 1850. A convite de Dickens, um grupo de polícias — os inspectores Field e Walker, os sargentos Whicher, Thornton, Kendall, Smith e Shaw — tinha-se reunido numa tarde abafada ao anoitecer nos escritórios da *Household Words*. Num artigo redigido nesse mês de Julho, Dickens descreveu a forma como ele e essa «irmandade» se tinham sentado a uma mesa redonda cheia de cigarros e copos, enquanto o rebuliço dos cocheiros das carruagens de aluguer, dos barqueiros e dos espectadores de teatro de Covent Garden entrava pelas janelas abertas. Os colegas de Whicher incitaram-no a contar como tinha apanhado o famoso ladrão de cavalos e burlão «Tally-ho» Thompson. «Um homem não deve falar daquilo que fez», disse Whicher, «mas como não estava ninguém comigo e, consequentemente, ninguém pode contar a não ser eu, vou fazê-lo o melhor que sei.» Bebeu um gole de *brandy* e, «inclinando-se um pouco para a frente e colocando uma mão sobre cada uma das pernas», começou a narrativa da perseguição tenaz e inventiva a Tally-ho através dos *pubs* e estações de correios de Inglaterra. Era uma história estupenda, que acabava com o detective a deter o ladrão de cavalos num *pub* em Northamptonshire e, depois, a partilhar um *brandy* com o seu prisioneiro. «Disseram-me que ele me põe sempre nos píncaros», disse Whicher a Dickens, «e diz que sou um dos homens melhores que há.»

Vinte anos mais tarde, Whicher era novamente retratado numa sala em frente do Strand, desta feita através de fotografias em vez de palavras. Estava novamente na mó de cima e recuperara o seu ar tranquilo e seguro, apesar de deixar transparecer uma revolta contida.

No mesmo mês em que essa leitora me alertou para a existência de uma fotografia de Jack Whicher, outro enviou-me um par de velhas fotografias da Casa de Road Hill. Este correspondente, um advogado chamado Richard Rose, tinha encontrado as fotografias ao folhear uma caixa de cartões estereoscópicos diversos numa banca de mercado na zona oeste de Londres. Tendo ouvido uma adaptação do meu livro na rádio, pensou reconhecer o nome «Casa de Road Hill» num dos cartões. Comprou-o por cinco libras e enviou-me uma cópia, incluindo um visor estereoscópico de plástico e uma carta explicativa. As duas fotografias no cartão, que se encontram agora reproduzidas no segundo conjunto de fotografias deste livro, mostram as traseiras do edifício; à direita de cada uma delas pode ver-se o crescente das janelas da sala, sendo a do meio aquela que foi encontrada aberta na manhã do assassínio de Saville. Eram as únicas fotografias do século XIX que eu tinha visto e — tal como o senhor Rose referia — continham uma singularidade sinistra e sugestiva.

Um cartão estereoscópico consiste em duas fotografias quase idênticas montadas lado a lado. Quando vistas através das lentes de um estereoscópio, transformam-se numa única imagem tridimensional. Os pormenores em primeiro plano — a vedação pouco sólida e os ramos que aparecem na vista da Casa de Road Hill — sobressaem muito, dando à fotografia uma ilusão de volume e profundidade. De todos os brinquedos ópticos das décadas de 1850 e 1860, os estereoscópios gozavam da maior popularidade: foram vendidos milhões de cartões juntamente com milhares de caixas e binóculos para os ver.

Antes de me enviar as fotografias da Casa de Road Hill, Richard Rose tinha-as digitalizado no seu computador e ampliado para as poder examinar ao pormenor. Normalmente, as fotografias que vinham num cartão estereoscópico eram tiradas em simultâneo, com uma câmara de lente dupla concebida para esse fim, mas o senhor Rose percebeu que o fotógrafo da Casa de Road Hill tinha usado uma máquina vulgar de lente simples: primeiro tirou uma, depois fez deslizar a câmara cerca de seis centímetros no seu tripé e tirou a outra. Na maioria dos aspectos, as fotografias eram idênticas entre si, além da ligeira mudança de perspectiva, necessária para produzir o efeito estereoscópico, mas havia uma diferença: «Entre os dois tempos de exposição, provavelmente menos de dois minutos», escreveu o senhor Rose, «algo aconteceu.» Na primeira, a imagem da direita, não se vê nada nas vidraças da janela do meio, sendo a sua escuridão interrompida apenas pelos reflexos da luz invernosa que passa através das nuvens e dos ramos. Mas, na fotografia do lado esquerdo, distinguem-se dois rostos por detrás do vidro. Durante o tempo que o fotógrafo levou a ajustar a câmara para o segundo instantâneo, um homem moreno de barba cerrada e outra pessoa ligeiramente mais baixa tinham-se acercado da janela.

A identidade das figuras era misteriosa. «Quando as vi pela primeira vez», escreveu Richard Rose, «provocaram-me um ligeiro arrepio, como quando M.R. James deixa escapar um pormenor arrepiante numa história ou quando Peter Quint aparece em *The Turn of the Screw*.»

Depois da publicação do meu livro passei a receber cartas sobre fantasmas. Antigos residentes da Casa de Baynton, onde a primeira senhora Kent morreu, e da Casa de Langham, como a Casa de Road Hill era agora conhecida, relatavam sons e visões estranhos: uma mulher de cinzento que calcorreava os corredores, um rapaz sentado numa cadeira de quarto baixa, as mãos de uma rapariga a sair de uma parede, uma criança a chorar depois da meia-noite. Os quartos pareciam estar imbuídos da infelicidade da família Kent. Tal como a carta do senhor Rose me lembrava, também há vestígios da tragédia em histórias de fantasmas publicadas. Em *The Mezzotint* (1904) de M.R. James, é enviada a um conservador de museu uma estampa de uma residência semelhante à Casa de Road Hill: o edifício data do início do século XIX, tem três fileiras de janelas de guilhotina e um pórtico na parte da frente. O conservador acha o desenho muito vulgar mas, ao olhar uma segunda vez para ele, repara numa forma perto da cercadura: «Pouco mais do que uma mancha preta na ponta da gravura — a cabeça de um homem ou de uma mulher muito agasalhada, de costas para o observador e a olhar para a casa.» Horas mais tarde volta a examinar a imagem: «No meio do relvado, em frente da casa desconhecida, havia uma figura onde não havia nada às cinco da tarde. Ia de gatas, em direcção à casa.» Para horror do conservador, a estampa continua a transformar-se: da vez seguinte que ele a olha, há uma janela aberta e a criatura desapareceu; a seguir a janela está fechada e a figura está novamente no relvado a esgueirar-se para longe da casa com uma criança nos braços. No final da história de James, o conservador descobre que um século antes o edifício que está na imagem foi palco do rapto de uma criança. A gravura que é agora sua foi feita pelo pai da criança desaparecida, enlouquecido pela dor.

Tal como a gravura a *mezzatinta,* o cartão estereoscópico da Casa de Road Hill parece transformar-se quando se inspecciona de perto e oferecer um segredo. As fotografias, uma vez ampliadas, proporcionam uma breve narrativa secreta, um antes e um depois, dois fotogramas de uma película. Para perceber o significado das aparições à janela, precisava de descobrir quando é que as fotografias tinham sido tiradas e por quem.

A etiqueta na parte de trás do cartão diz: «Casa de Road Hill. Nightingale, fotógrafo, Trowbridge.» Também «isento de portes, dois xelins, uma série de cinco fotografias, formando um panorama completo de toda a propriedades». Os resultados do censo de Trowbridge de 1861 e 1871 e o directório comercial da cidade de 1855 listam um William Brookman Nightingale, fotógrafo, actuário e agente de seguros. Ele tinha uma casa em Fore Street e um estúdio no Parade, e tinha trinta anos na altura do assassínio de Road Hill.

A julgar pelas árvores que aparecem nas suas fotografias da Casa de Road Hill, que estão praticamente despidas de folhas, William Nightingale fotografou a propriedade no início do Inverno. Uma vez que não é mencionado o ano na etiqueta, procurei nos jornais locais para ver se ele tinha publicitado as imagens e encontrei um aviso na edição inaugural do *Trowbridge Chronicle, Volunteers' Gazette and West of England Advertiser:* «Vistas da Casa de Road Hill PARA O ESTEREOSCÓPIO». Em cartões um xelim, tamanho grande dois xelins e seis dinheiros. WB Nightingale.» O jornal era de 11 de Maio de 1861, o que significa que as fotografias foram tiradas no Inverno de 1860-61 quando os Kent ainda lá moravam.

Depois de tirar as provas das fotografias no seu estúdio, Nightingale parece ter feito desenhos a partir delas: o *Marlborough Times* de 15 de Maio relatava que o «senhor Nightingale, artista fotográfico» vendeu gravuras da Casa de Road Hill no leilão aí realizado em Abril imediatamente após os Kent terem partido para Weston-super-Mare. O leilão realizou-se num sábado invernoso e molhado, acrescentava o jornal; primeiro, foram vendidos os livros, depois o vinho, «do qual foi "provada" uma grande quantidade». As provas fotográficas de Nightingale eram recordações baratas do cenário do crime — em todo o caso, mais baratas do que a mobília, embora o jornal referisse que alguns visitantes tinham levado recordações de graça: partiram pauzinhos das árvores que rodeavam a casa e arrancaram pedaços dos rodapés do interior da casa.

Um artigo noutro jornal dava a pista para o motivo de Nightingale ter tirado aquelas fotografias. Segundo o *Morning Post* de 18 de Abril de 1861, o livro de Joseph Stapleton sobre o homicídio, prestes a ser publicado, iria «incluir uma planta da casa e várias gravuras feitas a partir de fotografias da casa e dos terrenos, que tinham sido tiradas expressamente para esse fim». Stapleton e Nightingale eram vizinhos em Fore Street e o cirurgião e autor parece ter encarregado o actuário e fotógrafo de fazer as ilustrações para a sua obra. Em Maio de 1861, essas imagens apareceram sem créditos em *The Great Crime of 1860* de Stapleton. Duas das imagens desse livro também são reproduzidas: a planta da casa por andares, na página 14, e a vista de cima da propriedade no primeiro conjunto de imagens que Nightingale terá presumivelmente construído a partir do seu panorama de cinco fotografias.

Sabemos que Samuel Kent autorizou o texto de *The Great Crime of 1860,* que diz que a sua filha Constance é a provável assassina do filho. É óbvio que as fotografias também foram tiradas com o consentimento de Kent: as chapas de colódio molhado usadas na fotografia em meados do século XIX tinham de ser reveladas e fixadas imediatamente após a exposição, por isso Nightingale devia ter improvisado uma câmara escura na Casa de Road Hill, quer fosse numa tenda no jardim ou num quarto da casa. Talvez Nightingale e Stapleton tivessem ido juntos ter com Samuel Kent no Inverno de 1860. Enquanto Nightingale foi lá para fora para tirar as fotografias, os dois homens mais velhos podem ter ido para a sala discutir os pormenores da narrativa e, ao avistarem o fotógrafo e o seu tripé na relva, junto ao rio, foram até à janela para o ver trabalhar. Nightingale já tinha tirado uma fotografia desse ângulo e estava a preparar-se para a segunda, o instantâneo extra de que precisava para fazer um cartão estereoscópico. A figura indistinta de cabelo branco, inadvertidamente fotografada na sala, podia ser Samuel Kent, então com sessenta anos. O homem com barba ao seu lado podia ser o amigo de ambos, Joseph Stapleton, com quarenta e seis anos. Estavam suficientemente afastados para Nightingale não ter reparado neles enquanto abria o obturador, nem mais tarde quando revelou as fotografias e fez as provas.

Se assim for, essas fotografias captam o início da vida após o caso de Road Hill. As fotografias tentam enquadrar a casa no seu tempo, mas o desfasamento entre ambas abre uma outra história. A imagem dentro da imagem, as figuras a olhar para nós através do vidro, mostra dois homens a arquitectar o primeiro livro sobre o assassínio de Saville Kent.

Kate Summerscale
Londres, Novembro 2008

NOTAS

PRÓLOGO

21 *No domingo, 15 de Julho de 1860 [...] por um xelim e seis dinheiros* Segundo declarações de despesa de Whicher nos ficheiros da Polícia Metropolitana nos Arquivos Nacionais — MEPO 3/61.

21 *O dia estava quente [...] aos vinte e poucos graus.* Boletins meteorológicos nas edições de Julho, Agosto e Setembro de 1860 da *The Gentleman's Magazine.*

21 *Neste terminal em 1856 [...] se notabilizou a desvendar.* Segundo relatos no *The Times,* 7 e 12 de Abril de 1856 e 3, 4 e 12 de Maio de 1858.

22 *Dickens disse que, «com um olhar de relance» [...] «em lado algum relatadas». In* «A Detective Police Party», primeira e segunda partes, *Household Words,* 27 de Julho de 1850.

22 *«o príncipe dos detectives». In Scotland Yard Past and Present: Experiences of Thirty-Seven Years* (1893) da autoria do ex-inspector-chefe Timothy Cavanagh.

23 *«mais baixo e mais forte» [...] picado das bexigas. In* «A Detective Police Party», *Household Words,* 27 de Julho de 1850.

23 *William Henry Hills [...] do corpo de detectives da polícia». In* «The Modern Science of Thief-taking», *Household Words,* 13 de Julho de 1850. Dickens contribuiu provavelmente para a redacção deste artigo. Para pormenores sobre o jornal e seus colaboradores, ver *Household Words, A Weekly Journal 1850-1859 Conducted by Charles Dickens — Table of Contents, List of Contributors and Their Contributions Based on The Household Words Office Book in the Morris L. Parrish Collection of Victorian Novelists* (1973) de Anne Lohrli.

24 *As únicas pistas [...] os olhos eram azuis.* Conforme MEPO 21/7, papéis de exoneração da Polícia Metropolitana.

24 *Um telegrama da Great Western Railway [...] em menos de uma hora.* Segundo *Black's Picturesque Tourist and Road and Railway Guidebook* (1862); *Stokers and Pokers; or, the London and North-Western Railway, the Electric Telegraph and the Railway Clearing-House* (1849) de Francis Bond Head; *Paddington Station: Its History and Architecture* (2004) de Steven Brindle; horários de comboio no *Trowbridge Advertiser* de Janeiro de 1860.

CAPÍTULOS 1, 2 e 3

A narrativa destes três capítulos baseia-se, sobretudo, em relatos publicados nos jornais do testemunho dado aos magistrados de Wiltshire entre Julho e Dezembro de 1860, depoimentos feitos sob juramento ao tribunal de justiça em Novembro de 1860, e no primeiro livro sobre o caso, *The Great Crime of 1860: Being a Summary of the Facts Relating to the Murder Committed at Road; a Critical Review of its Social and Scientific Aspects; and an Authorized Account of the Family; With an Appendix, Containing the Evidence Taken at the Various Inquiries,* escrito por J. W. Stapleton e publicado em Maio de 1861. As fontes jornalísticas são o *Sommerset and Wilts Journal,* o *Trowbridge and North Wilts Advertiser,* o *Bristol Daily Post,* o *Bath Chronicle,* o *Bath Express,* o *Western Daily Press,* o *Frome Times,* o *Bristol Mercury,* o *The Times,* o *Morning Post,* o *Lloyds Weekly Paper* e o *Daily Telegraph.* Alguns pormenores das mobílias são retirados de relatos publicados nos jornais sobre o leilão do recheio da Casa de Road Hill em Abril de 1861.

CAPÍTULO 3

61 *Numa visita ao país [...] A casa de um homem é o seu castelo"». In The King of Saxony's Journey through England and Scotland in the Year 1844* (1846) de Carl Gustav Carus.

61 *O poeta americano [...] privacidade das suas casas». In English Traits* (1856) de Ralph Waldo Emerson. Citado em *The English Home and its Guardians 1850-1940* (1998) de George K. Behlmer.

CAPÍTULO 4

65 *Ainda era dia [...] verdes como relva.* Conforme boletins meteorológicos e dados sobre as colheitas relativos a Julho na *Devizes and Wiltshire Gazette,* 2 de Agosto de 1860.

65 *a estreita plataforma da estação de caminhos-de-ferro.* Rowland Rodway, antigo advogado de Samuel Kent, estava a promover uma campanha para melhorar as instalações na estação de caminhos-de-ferro de Trowbridge.

As plataformas eram perigosamente estreitas, dizia ele, não havia passeio elevado para atravessar a linha nem sala de espera. O *Trowbridge and North Wilts Advertiser* de 21 de Julho de 1860 falava sobre essa campanha.

65 *Trowbridge fizera dinheiro [...] musselina barata.* História de Trowbridge e arredores segundo *The Book of Trowbridge* (1984) de Kenneth Rogers; *John Murray's Handbook for Travellers in Wilts, Dorset, and Sommerset* (1859); e fotografias e mapas no museu de história local de Trowbridge. Relatórios sobre o comércio de lã no *Lloyds Weekly,* 15 de Julho de 1860.

66 *No bar [...] vinho, cidra, bebidas espirituosas e cerveja caseira.* Conforme anúncio no *Trowbridge and North Wilts Advertiser,* 4 de Agosto de 1860.

66 *«não havia nada melhor do que beber um copo [...] para manter a coragem».* *In* «A Detective Police Party», *Household Words,* 27 de Julho de 1850.

66 *Jonathan Whicher nasceu [...] perfeitos vilões.* Pormenores sobre a família de Whicher retirados dos registos de baptismo de St. Giles nos Arquivos Metropolitanos de Londres (X097/236) e da certidão de casamento de Sarah Whicher e James Holliwell. História de Camberwell conforme *London and Counties Directory 1823-4, The Parish of Camberwell* de Blanch (1875), *Camberwell* de D. Allport (1841) e *The Story of Camberwell* de Mary Boast (1996).

67 *Quando Jack Whicher se candidatou [...] bom carácter.* As referências de Whicher foram John Berry, pintor de casas que vivia no número 12 de High St., Camberwell, mais tarde Providence Row, e John Hartwell, também de Camberwell. Conforme MEPO 4/333 (registo dos recrutas para a Polícia Metropolitana) e censo de 1841. Requisitos e procedimentos de entrada para a polícia retirados de *Sketches in London* (1838) de James Grant.

67 *Tal como mais de um terço [...] entregou a candidatura.* Os outros agentes eram antigos talhantes, padeiros, sapateiros, alfaiates, soldados, criados, carpinteiros, ladrilhadores, ferreiros, torneiros, trabalhadores de oficinas, mecânicos, canalizadores, pintores, marinheiros, tecelões e pedreiros. Segundo *Scotland Yard: Its History and Organization 1829-1929* (1929) de George Dilnot.

67 *O seu salário semanal [...] um pouco mais seguro.* Índices salariais da polícia segundo documentos parlamentares de 1840 na Biblioteca Britânica; para comparação com os salários dos operários, ver «The Metropolitan Police and What is Paid for Them», *Chamber's Journal,* 2 de Julho de 1864.

67 *Os 3500 polícias [...] século XVI).* Havia um polícia por cada 425 habitantes da cidade. Números retirados de *Sketches in London* (1838) de James

Grant. Alcunhas conforme *The London Underworld* (1970) de Kellow Chesney, e *London Labour and the London Poor* (1861) de Henry Mayhew, Bracebridge Hemyng, John Binny e Andrew Halliday.

67 *Whicher recebeu [...] deixaram crescer suíças.* Pormenores sobre o uniforme da polícia em *Mysteries of Police & Crime* (1899) de Arthur Griffiths; *Scotland Yard: Its History and Organisation 1829-1929* (1929) de George Dilnot; *Scotland Yard Past and Present: Experiences of Thirty-Seven Years* (1893) de Timothy Cavanagh.

68 *Numa altura em que todas as roupas [...] grau de estupidez». In* «The Policeman: His Health» de Harriet Martineau, *Once a Week,* 2 de Junho de 1860.

68 *Andrew Wynter [...] não ter expectativas nem receios». In* «The Police and the Thieves», *Quarterly Review,* 1856. Outro comentador, James Greenwood, fazia eco disto: «Desde que o polícia comum continue a ser uma máquina bem regulada e cumpra as suas funções sem ripostar e sem barulho desnecessário, não pedimos mais nada.» Conforme *Seven Curses of London* (1869). Ambos citados em *Cops and Bobbies: Police Authority in New York and London, 1830-1870* (1999) de Wilbur R. Miller.

69 *Whicher partilhava [...] King's Cross.* Conforme censo de 1841.

69 *Era um grande edifício de tijolo [...] sala de jogos.* Segundo o arquivo de John Back na Colecção Histórica da Polícia Metropolitana, Charlton, Londres SE7.

69 *Esperava-se que todos os homens solteiros [...] dos proprietários dos* pubs *que havia no seu percurso.* Normas segundo *Policing Victorian London* (1985) de Philip Thurmond Smith; *London's Teeming Streets 1830-1914* (1993) de James H. Winter; e normas e ordens da Polícia Metropolitana nos Arquivos Nacionais. Pormenores do dia de um polícia segundo *The Making of a Policeman: A Social History of a Labour Force in Metropolitan London, 1829-1914* (2002) de Haia Shpayer-Makov; «The Metropolitan Protectives», de Charles Dickens em *Household Words,* 26 de Abril de 1851; e obras já citadas de Grant, Cavanagh e Martineau.

70 *quatro em cada cinco demissões, num total de três mil, eram por embriaguez.* Estimativa do coronel Rowan e de Richard Mayne, comissários da polícia, dada a uma comissão parlamentar especializada em 1834. Ver *The English Police: A Political and Social History* (1991) de Clive Emsley.

70 *Holborn estava cheio de escroques [...] assaltavam casas.* Calão segundo *London Labour and the London Poor* (1861) de Henry Mayhew *et al.* e *The Victorian Underworld* (1970), de Kellow Chesney. Ladrões agindo como chamariz no *The Times,* 21 de Novembro de 1837.

Em 1837, ano em que Whicher entrou para a força policial, foram presas perto de 17 mil pessoas em Londres, das quais 107 eram ladrões, 110 assaltantes de casas, 38 ladrões de estrada, 773 carteiristas, 3657 «ladrões comuns», 11 ladrões de cavalos, 141 ladrões de cães, 3 falsificadores, 28 fabricantes de dinheiro falso, 317 «moedeiros falsos», 141 «obtinham bens por fraude», 182 vigaristas, 343 receptores de bens roubados, 2768 «perturbadores habituais da ordem pública», 1295 vagabundos, 50 subscritores de cartas a pedir esmola, 86 portadores de cartas a pedir esmola, 895 prostitutas bem vestidas que viviam em bordéis, 1612 prostitutas bem vestidas que andavam pelas ruas e 3864 prostitutas «ordinárias» em bairros pobres. *In Scotland Yard: Its History and Organisation 1829-1929* (1929) de George Dilnot.

71 *Toda a força policial [...] em Junho de 1838. The Times,* 30 de Junho de 1838.

71 *A polícia já conhecia [...] num hospício. The Times,* 23 de Dezembro de 1837.

71 *A primeira detenção efectuada por Jack Whicher de que há registo.* Segundo *The First Detectives and the Early Career of Richard Mayne, Commissioner of Police* (1957) de Belton Cobb, e o *The Times* de 15 de Dezembro de 1840.

71 *Tinha havido um escândalo [...] infiltrado numa reunião política.* O agente era Popay, a reunião era Cartista — ver *Scotland Yard: Its History and Organisation 1829-1929* (1929) de George Dilnot. Peel assegurara à Câmara dos Comuns em 1822 que era totalmente contra um «sistema de espionagem».

71 *Os registos do Tribunal de Magistrados [...] suborná-lo com prata.* Registos dos tribunais no Arquivo Metropolitano de Londres — referências WJ/SP/E/013/35, 38 e 39, WJ/SP/E/017/40, MJ/SP/1842.04/060.

72 *Os ficheiros da Polícia Metropolitana mostram [...] sob as ordens de dois inspectores.* Pormenores da perseguição movida a Daniel Good e sobre a formação da divisão de detectives conforme MEPO 3/45, o ficheiro da polícia sobre o homicídio; *The First Detectives* (1957) de Belton Cobb; *The Rise of Scotland Yard: A History of the Metropolitan Police* (1956) de Douglas G. Browne; e *Dreadful Deeds and Awful Murders: Scotland Yard's First Detectives* (1990) de Joan Lock.

72 *(Dickens descreveu [...] agarrar o seu homem»). In* «A Detective Police Party», *Household Words,* 27 de Julho de 1850. Thornton nasceu em 1803 em Epsom, Surrey, segundo o censo de 1851. Era casado com uma mulher dezassete anos mais velha com quem tinha duas filhas.

72 *Whicher recebeu um aumento de salário [...] bónus e prémios.* Informação sobre os pagamentos conforme documentos da Polícia Metropolitana nos

Arquivos Nacionais e dos documentos parlamentares sobre o número de polícias e índice salarial existentes na Biblioteca Britânica — 1840 (81) XXXIX.257.

73 *«Foram recentemente seleccionados homens inteligentes [...] em 1843. Chamber's Journal* XII.

73 *No submundo de Londres [...] ausência de classe social.* O termo «Jacks» é referido em *The Victorian Underworld* (1970) de Kellow Chesney. Os agentes detectives também se tornaram conhecidos como «stops», segundo o *The Slang Dictionary* coordenado por J. C. Hotten em 1864, e como «noses», segundo o dicionário de Hotten de 1874. A edição de 1864 incluía alguma da gíria dos próprios detectives de Londres: *«to pipe»* um homem era segui-lo; *«to smoke»* era investigar ou descobrir um estratagema.

73 *A primeira história de detectives ingleses [...] 1849. In Chamber's Edinburgh Journal* de 28 de Julho de 1849. Esta revista publicou mais onze histórias de Waters entre essa altura e Setembro de 1853. As doze foram editadas em livro em 1856.

73 *«Eles são, todos sem excepção [...] com quem estão a falar, e é isso que fazem.»* «A Detective Police Party», *Household Words,* 27 de Julho de 1850.

73 *George Augustus Sala [...] de as inquirir».* Segundo *The Things I Have Seen and People I Have Known* (dois volumes, 1894) de George Augustus Sala. Comentadores mais recentes, como Philip Collins em *Dickens and Crime* (1962), consideraram as relações do romancista com os detectives como ligeiramente paternalistas.

74 *Em* Tom Fox *[...] inteligência muito superior».* Esta colecção de contos, vendida por um xelim e seis dinheiros, foi publicada em Abril de 1860 e teve uma segunda edição nesse verão.

74 *Em 1851, Whicher [...] a fugir do banco com o produto do seu roubo.* Relatos do assalto ao banco no *The Times* e *News of the World* em Junho e Julho de 1851.

74 *«O reconhecimento da perícia [...] Dickens e de outros que tais.* Também nesse ano, Charley Field foi criticado pela forma dissimulada como apanhara dois homens que tinham tentado rebentar com as linhas do comboio em Cheddington, Buckinghamshire. Disfarçou-se de vendedor de fósforos, segundo o *Bedford Times,* alugou quarto na cidade e frequentou os *pubs* locais, onde se apresentava alegremente como «mercador de madeira», até conseguir a informação que procurava. Ver *Dickens and Crime* (1962) de Philip Collins.

75 *Tal como em Whicher [...] dedo mindinho».* Os detectives literários eram discretos e calmos. Carter da Yard, no romance *Henry Dunbar* (1864)

de Mary Elizabeth Braddon, parece algo entre «um capitão a meio soldo que gosta de manter as aparências e um corretor da Bolsa azarado». O polícia-detective em *Desperate Remedies* (1871) de Thomas Hardy é «vulgar em tudo, excepto nos olhos». O narrador de *Tom Fox* (1860) de John Benett diz: «Sempre usei os meus olhos e ouvidos e falei pouco — um preceito que todos os detectives deviam seguir à risca.» O detective em *The Trail of the Serpent* (1860) é mudo.

75 *Em 1850, Charley Field [...] uma ideia maravilhosa!»* Segundo «Three "Detective" Anecdotes» em *Household Words,* 14 de Setembro de 1850.

76 *A arte do crime [...] o detective e a sua análise.* Os «romances Newgate» das décadas de 1820 a 1840 eram melodramas sobre criminosos destemidos como Dick Turpin e Jack Sheppard. Para a ascensão do herói-detective, ver por exemplo *Bloody Murder: From the Detective Story to the Crime Novel — a History* (1972) de Julian Symons; *Bloodhounds of Heaven: The Detective in English Fiction from Godwin to Doyle* (1976) de Ian Ousby; *Detective Fiction and the Rise of Forensic Science* (1999) de Ronald Thomas; e *The Pursuit of Crime: Art and Ideology in Detective Fiction* (1981) de Dennis Porter. A mudança de perspectiva foi descrita por Michel Foucault em *Discipline and Punish* (1975): «passámos da exposição dos factos ou da confissão para o lento processo da descoberta; da execução, para a investigação; do confronto físico, para a luta intelectual entre criminoso e investigador».

76 *Whicher, que diziam ser [...] responsáveis pelo departamento.* Segundo MEPO 4/333, o registo de admissões, e MEPO 21/7, um registo dos pensionistas da polícia.

76 *Em 1858, Whicher apanhou o criado de quarto [...] campo de milho do Essex.* Segundo relatos no *The Times,* 30 de Junho e 6 e 12 de Julho de 1858. Investigação do homicídio do agente Clark, conforme ficheiro da Polícia Metropolitana MEPO 3/53.

76 *Em 1859 [...] processou Bonwell por comportamento impróprio.* O caso Bonwell inspirou um editorial extraordinário no *Daily Telegraph* de 10 de Outubro de 1859: «Esta Londres é uma amálgama de mundos dentro de mundos e os acontecimentos do quotidiano convencem-nos de que não há um desses mundos que não tenha mistérios especiais e crimes genéricos [...] Já houve quem dissesse [...] que os canos de esgoto de Hampstead abrigam uma raça monstruosa de porcos pretos que se propagaram e correm à vontade por entre a fetidez viscosa e cujos focinhos ferozes chegarão um dia ao arco de Highgate, ao mesmo tempo que tornam Holloway insuportável com o seu grunhir.» Citado em

Black Swine in the Sewers of Hampstead: Beneath the Surface of Victorian Sensationalism de Thomas Boyle (1988). Ver também relatos no *The Times* de 19 de Setembro a 16 de Dezembro de 1859.

76 *Dois meses antes de ser enviado [...] deixou cair no chão três anéis de diamantes.* Segundo relatos no *The Times* de 25 de Abril, 4 e 7 de Maio, e 12 de Junho de 1860.

77 *Era um «excelente agente» [...] a aceitar qualquer caso».* Segundo *A Life's Reminiscences of Scotland Yard* (1890) de Andrew Lansdowne.

77 *Se Whicher tinha a certeza [...] um homem para comigo.»* Em «A Detective Police Party», *Household Words,* 27 de Julho de 1850.

77 *Também era capaz [...] face esquerda.* Segundo *Scotland Yard Past and Present: Experiences of Thirty-Seven Years* (1893) de Timothy Cavanagh.

CAPÍTULOS 5 a 14

As principais fontes destes capítulos são o ficheiro da Polícia Metropolitana MEPO 3/61, que inclui os relatórios de Whicher sobre o homicídio, as declarações de despesa de Whicher e Williamson, as cartas do público e notas do comissário da Polícia Metropolitana; *The Great Crime of 1860* (1861) de J. W. Stapleton; e jornais, incluindo o *Somerset and Wilts Journal,* o *Bath Chronicle,* o *Bath Express,* o *Bristol Daily Post,* o *Frome Times,* o *Trowbridge and North Wilts Advertiser,* o *Devizes Advertiser,* o *Daily Telegraph* e o *The Times.* Outras fontes são dadas nas notas seguintes.

CAPÍTULO 5

79 *Era outro dia seco [...] planavam nas alturas.* Pormenores dos pássaros retirados de *Natural History of a Part of the County of Wilts* (1843) de W.G. Maton; *A History of British Birds of Wiltshire* (1981), coordenado por John Buxton. A informação sobre o tempo, aqui como posteriormente, foi recolhida nos jornais locais e em *Agricultural Records 220-1968* (1969) de John Stratton.

79 *Nesta parte de Inglaterra [...] sufocá-la na lama.* Segundo *The Dialect of the West of England* (1825, revisto em 1869) de James Jennings, e *Dialect in Wiltshire* (1987) de Malcolm Jones e Patrick Dillon.

80 *Havia pelo menos quatro* pubs *[...] impossível de desfiar.* Profissões e negócios a partir dos resultados do censo de 1861. Informação sobre as fábricas em *Warp and Weft: The Story of the Somerset and Wiltshire Woollen*

Industry de Kenneth Rogers (1986) *Wool and Water,* de Kenneth G. Ponting (1975) e exposições nos museus de história de Frome e Trowbridge.

80 *ninguém gostava de Samuel Kent [...] três ou quatro xelins por semana.* Segundo um relato no *Frome Times* de 17 de Outubro de 1860. Joseph Stapleton não aceitava que Samuel fosse impopular — dizia que a «urbanidade e espírito condescendente» do seu colega tinham feito muito para popularizar «uma lei obnóxia». Contudo, noutros pontos do seu livro, dizia que Samuel era perseguido por aqueles para quem era «pessoalmente ofensivo no escrupuloso cumprimento dos seus deveres oficiais».

81 *no Temperance Hall.* Foi um edifício construído com as contribuições dos aldeãos que eram contra o álcool, particularmente à venda de cerveja ao domingo e ao costume de as crianças irem buscar cerveja para os pais. O *Somerset and Wilts Journal* relatou que muita gente se tinha reunido lá na quarta-feira antes do homicídio, enquanto a chuva caía lá fora, para entoar cantigas em prol da sobriedade; eram acompanhados pelos vinte e dois membros da Banda de Pífaro e Tambor de Road com Charles Happerfield, o chefe dos correios, ao piano.

82 *Um mercador de tecidos [...] uma das casas mais bonitas da área.* Informação sobre Ledyard em *A History of the County of Wiltshire: Volume 8* (1965), coordenado por Elizabeth Crittall.

83 *nesta fase intermédia da época vitoriana [...] nos seus alojamentos. In The Gentleman's House: or How to Plan English Residences from the Parsonage to the Palace* (1864), Robert Kerr aconselhava: «A família constitui uma comunidade; os serviçais outra. Seja qual for a sua consideração e confiança mútuas enquanto pessoas que vivem debaixo do mesmo tecto, cada classe tem direito a fechar a sua porta à outra e a ficar sozinha.» Citado em *A Man's Place: Masculinity and the Middle-Class Home in Victorian England* (1999) de John Tosh.

85 *Whicher estava familiarizado [...] na direcção errada. In* «The Modern Science of Thief-taking» de W. H. Wills, *Household Words,* 13 de Julho de 1850.

87 *Em meados do século XIX, os escritores [...] cortados».* Conforme *Mary Barton* (1848) de Elizabeth Gaskell; *The Female Detective* (1864) de Andrew Forrester; e «The Modern Science of Thief-taking», *Household Words,* 13 de Julho de 1850.

88 *Um caso que dependeu desse tipo de prova [...] Greenacre foi enforcado em Maio de 1837.* Para a captura de Greenacre, ver *Dreadful Deeds and Awful Murders: Scotland Yard's First Detectives* (1990) de Joan Lock.

88 *Em 1849, os detectives de Londres [...] cacifo de uma estação de caminhos-de-ferro.* Para o assassínio de Patrick O'Connor por Manning, ver *The Bermondsey Horror* (1981) de Albert Borowitz e MEPO 3/54, o ficheiro da polícia sobre o caso.

88 *Os detectives [...] navios a vapor.* Durante a investigação — a 1 de Setembro de 1849 — a *Illustrated London News* consolava-se com o facto de a «investigação ter a certeza de seguir o rasto do crime — de o canalha, que foge nas asas do vapor a trinta milhas por hora, ser perseguido por um mensageiro mais veloz — e de a própria luz, através da prodigiosa actuação do telégrafo eléctrico, fazer chegar às partes mais remotas do reino um relato do seu crime, uma descrição da sua pessoa».

88 *Whicher verificou os hotéis [...] contra os assassinos.* Pormenores do papel de Whicher na investigação tirados do MEPO 3/54 e *Dreadful Deeds and Awful Murders: Scotland Yard's First Detectives* (1990) de Joan Lock.

88 *dois milhões e meio de cópias.* Número tirado de *Victorian Studies in Scarlet* (1970) de Richard D. Altick.

88 *Uma série de xilogravuras [...] heróis arrojados. In The Progress of Crime; Or, The Authentic Memoirs of Maria Manning* (1849) de Robert Huish.

88 *Concedeu a Whicher [...] quinze libras.* Conforme MEPO 3/54.

88 *No ano seguinte [...] o detective encontrara.* Conforme «The Modern Science of Thief-taking», *Household Words,* 13 de Julho de 1850.

90 *Na zona este de Londres em 1829 [...] dos dois filhos seguintes, Mary Amelia e Saville.* Para além de *The Great Crime of 1860* (1861) de J. W. Stapleton, esta descrição do passado da família Kent baseia-se nas certidões de nascimento, casamento e óbito, e em documentos no ficheiro da Administração Interna HO 45/6970.

CAPÍTULO 6

96 *Joshua Parsons nasceu [...] e por vivazes.* Informação sobre Parsons baseada nos resultados dos censos de 1861 e 1871 e em «Dr. Joshua Parsons (1814-92) Beckington, Somerset, General Practitioner de N. Spence Galbraith, em *Sommerset Archaeology and Natural History* n.º 140 (1997).

97 *Os médicos do século XIX que se tinham especializado [...] perfeitos diabinhos desde o nascimento».* Segundo «Moral Insanity» no *Journal of Mental Science,* 27 de Julho de 1881. Em *The Borderlands of Insanity* (1875), Andrew Wynter escreveu: «Todos os médicos alienistas concordam em que as raparigas têm mais propensão para herdar a insanidade das suas mães do que do

outro progenitor [...] A tendência da mãe para transmitir a sua doença mental é [...] mais forte em todos os casos do que a do pai; alguns médicos até insistiram em que era duas vezes mais forte.» Para os artigos de Savage e Wynter, ver *Embodied Selves: An Anthology of Psychological Texts 1830-1890* (1998), coordenados por Jenny Bourne Taylor e Sally Shuttleworth.

98 *uma mulher quase nua a esfaquear o menino na latrina.* A ideia de que o assassino poderia estar nu havia de voltar a surgir — o *Western Daily Press* de 4 de Agosto de 1860 observava que, perto da porta da cozinha, «duas torneiras de água poderiam ter sido usadas para lavar quaisquer marcas, caso a pessoa estivesse nua».

99 *Os objectos só podiam recuperar a sua inocência quando o assassino fosse apanhado.* Para uma descrição de como os objectos são investidos de significado durante uma investigação policial e devolvidos depois à normalidade, ver *The Novel and the Police* (1988) de D. A. Miller.

99 *o mistério do assassínio na casa de campo original.* As horríveis circunstâncias em que o corpo de Saville fora encontrado também desempenharam um papel no estabelecimento das convenções deste modelo. O cadáver num romance policial, escreveu W. H. Auden no seu ensaio «The Guilty Vicarage: Notes on the Detective Story, by an Addict» (1948), «deve chocar, não só por ser um cadáver, mas também porque, mesmo para um cadáver, está chocantemente deslocado como quando um cão faz uma porcaria no tapete de uma sala». O assassínio na casa de campo clássico é um ataque à propriedade, uma manifestação agressiva de necessidades e desejos básicos.

99 *«sensibilidade [...] faculdade de apreensão do detective».* *In Villette* (1853).

100 *«avaliou-os». In* «A Detective Police Party», *Household Words,* 27 de Julho de 1850.

100 *«Se me pedisse para explicar por que razão [...] para guardar aquela gente em segurança.» In* «The Police and the Thieves», *Quarterly Review,* 1856. «Entre o detective e o ladrão não há inimizade», escreveu Andrew Wynter nesse mesmo artigo, «quando se encontram, piscam o olho como forma de reconhecimento mútuo — o ladrão a sorrir, como que a dizer "Estou a salvo" e o detective respondendo com um olhar cuja interpretação é "Havemos de nos conhecer em breve". Em suma, ambos sentem que estão a usar os seus dotes para ganhar a vida e há uma espécie de entendimento tácito entre eles quanto a terem ambos o direito de jogar o seu jogo o melhor que puderem.»

100 *«isso foi o suficiente para mim». In* «A Detective Police Party», *Household Words,* 27 de Julho de 1850.

100 *«até conseguia ver o seu olhar [...] o via ocupado».* Segundo *The Casebook of a Victorian Detective* (1975) de James McLevy, coordenado por George Scott-Moncreiff, uma selecção de excertos dos volumes autobiográficos de McLevy, *Curiosities of Crime in Edinburgh* e *The Sliding Scale of Life,* ambos publicados em 1861.

100 *O jornalista William Russell [...] examinando-os e comparando-os.* Segundo «Isaac Gortz, the Charcoal-Burner», *in Experiences of a Real Detective* (1862) do Inspector «F», «coordenado» por Waters.

101 *«O olhar [...] invisíveis aos olhos dos outros».* Segundo «The Modern Science of Thief-taking», *Household Words,* 13 de Julho de 1850. Quando Dickens acompanhou Charley Field a uma cave de St. Giles, notou o «olhar errante» do detective, «que revista todos os cantos da cave enquanto fala»; descreveu as lanternas carregadas pelos camaradas de Field como «olhos flamejantes» que criavam «vias sinuosas de luz» («On Duty with Inspector Field», *Household Words,* 14 de Junho de 1851). Para um debate sobre a vigilância e os olhos do detective literário, ver *From Bow Street to Baker Street: Mystery, Detection and Narrative* (1992) de Martin A. Kayman.

101 *Uma vez, prendeu [...] planear roubar carteiras).* Segundo o *The Times,* 4 de Junho de 1853.

101 *A visão aparentemente sobrenatural [...] teorias de Sigmund Freud.* Para a capacidade do detective ficcional de ler rostos e corpos como se fossem livros, ver *Detective Fiction and the Rise of Forensic Science* (1999) de Ronald Thomas.

102 *O texto de referência sobre a arte de ler o rosto.* Os ensaios de Lavater foram publicados pela primeira vez em 1789; foi publicada uma nona edição em 1855. Ver *Embodied Selves: An Anthology of Psychological Texts 1830--1890* (1998), coordenada por Jenny Bourne Taylor e Sally Shuttleworth.

103 *A frieza era um pré-requisito para um crime engenhoso.* Dickens escreveu um artigo sobre isto: «The Demeanour of Murderers», *Household Words,* 14 de Junho de 1856.

104 *Mesmo antes da chegada de Whicher [...] no* Daily Telegraph *do dia anterior.* Cartas citadas no *Bristol Daily Post* de 12 de Julho de 1860 e no *Somerset and Wilts Journal* de 14 de Julho de 1860.

104 *Um alto por detrás da orelha [...] o local do secretismo.* Segundo a edição de 1853 de *System of Phrenology* de George Combe.

104 *Provavelmente era o mesmo [...] um tigre de uma ovelha.»* Carta citada no *Somerset and Wilts Journal* de 14 de Julho de 1860.

CAPÍTULO 7

107 *O tempo quente [...] eclipse parcial do Sol.* Segundo o *Frome Times,* 25 de Julho de 1860.

107 *um estranho episódio que ocorrera quatro anos antes em Julho de 1856.* Narrativa do episódio da fuga de Julho de 1856, dos relatórios de Whicher a Mayne em MEPO 3/61, *The Great Crime of 1860* de Stapleton, e artigos em jornais locais.

108 *Num jornal [...] o amor da irmã.»* Provavelmente, o *Bath Express* — o artigo foi reproduzido sem citar a fonte no *Frome Times* de 25 de Julho de 1860 e no *Devizes Advertiser* de 26 de Julho de 1860.

108 *Um outro relato [...] ao lado». Bath and Cheltenham Gazette,* 23 de Julho de 1856.

108 *«Disseram-nos que a menina [...] maneira de se sentar.»* No excerto reproduzido no *Frome Times* de 25 de Julho de 1860.

109 *Emma Moody, quinze anos [...] trabalhavam todos na lã.* Segundo o censo de 1861.

109 *«Ouvi-a dizer [...] ou o contrário.»* Este diálogo é reconstituído a partir do testemunho de Emma Moody no Tribunal de Magistrados em 27 de Julho de 1860.

110 *De acordo com os relatórios de Whicher [...] no meu lugar?»* Segundo relatório constante do MEPO 3/61.

111 *«sagacidade usual».* Segundo um relato no *The Times* a 23 de Julho de 1860; *«conhecimento e sagacidade».* Segundo uma carta de Dickens de 1852; *«sagacidade manhosa».* Segundo «Circumstancial Evidence», *in Experiences of a Real Detective* (1862), do Inspector «F», coordenado por Waters.

111 *«cão de caça». In Shirley* (1849).

111 *«a caçada foi excitante [...] na pista certa».* Segundo *Recollections of a Detective Police-Officer* (1856) de Waters.

111 *«Se há hoje profissão [...] livrando a sociedade dos parasitas». In The Casebook of a Victorian Detective.*

112 *«um vasto bosque [...] de ser descoberto».* Segundo *An Enquiry into the Causes of the Late Increase of Robbers* (1757), citado em *The English Police: A Political and Social History* (1991) de Clive Emsley.

112 *Em 1847 [...] peles de colibri.* Segundo relatos no *The Times,* 9, 15 e 19 de Abril de 1847 e 14 de Outubro de 1848.

112 *Jack Hawkshaw [...] todos os seus disfarces.»* «Vocês, detectives», observa outra personagem da peça, «suspeitariam dos próprios pais.» *The Ticket-*

-of-Leave Man foi representada pela primeira vez no Olympic Theatre em Drury Lane, Londres, em Maio de 1863, e revelou-se um enorme sucesso.

CAPÍTULO 8

115 *«Nas traseiras da casa [...] de fácil acesso.»* A partir do testemunho dado em 1 de Outubro de 1860, relatado no *Bristol Daily Post.*

116 *Antes da chegada de Whicher [...] visto vestígios.»* Testemunho de Francis Wolfe, a 2 de Outubro de 1860, relatado no *Bristol Daily Post.*

116 *«Um conhecimento pessoal íntimo [...] miúdos traquinas da povoação»*. Segundo o *Somerset and Wilts Journal,* 13 de Outubro de 1860.

119 *«Arranjei forma de deduzir [...] muito sugestivos.»* Segundo «Circumstancial Evidence», *in Experiences of a Real Detective* (1862) do inspector «F», coordenado por Waters.

119 *Em ambas estamos preocupados [...] mecanismos de investigação.* Segundo *Psycho-Analysis and the Establishment of the Facts in Legal Proceedings* (1906) de Sigmund Freud.

119 *Smith, de vinte e um anos, era filha de um arquitecto de Glasgow [...] chocolate quente.* Ver *The Trial of Madeleine Smith* (1905), coordenado por A. Duncan Smith. Henry James citado em «To Meet Miss Madeleine Smith», *in Mainly Murder* (1937) de William Roughead.

120 *uma espécie de heroína. In Latter-day Pamphlets* (1850), de Thomas Carlyle.

121 *A expansão vertiginosa [...] em 1860.* Números sobre o universo de leitores de jornais retirados de *Black Swine in the Sewers of Hampstead* (1988) de Thomas Boyle. A expansão da imprensa foi alimentada pela revogação do imposto de selo em 1855, que precedeu os primeiros jornais por um dinheiro, que apareceram no ano seguinte, e pela revogação do imposto sobre o papel em 1860.

122 *O alfaiate tinha-se instruído [...] fazer a mesma coisa.* Enquanto o museu anatómico do doutor Kahn só estava aberto a cavalheiros, segundo os anúncios no *The Times,* os jornais podiam ser lidos por membros letrados de ambos os sexos.

122 *Em resposta às suas perguntas [...] William a ir comigo.»* Conforme notas tiradas pelo advogado Peter Edlin, que esteve presente na entrevista, e transmitidas ao autor Cecil Street, que publicou *The Case of Constance Kent* (1928) sob o pseudónimo de John Rhode. Estes e outros documentos sobre o caso encontram-se num arquivo reunido por Bernard Taylor, autor de *Cruelly Murdered: Constance Kent and the Killing at Road Hill House* (1979, revisto em 1989).

122 *À medida que a semana chegava ao fim [...] corpo de Saville ter sido encontrado.* Uma versão parcialmente correcta do rumor foi relatada no *Somerset and Wilts Journal* de 21 de Julho de 1860.

123 *Na noite de sábado, 30 de Junho [...] os pavios precisavam de ser espevitados.* Conforme o depoimento prestado por Samuel Kent, Foley, Urch e Heritage no Tribunal de Magistrados em Outubro e Novembro de 1860.

124 *«Todo e qualquer inglês [...] fechado ao mundo.» In Notes on England* (1872).

124 *A privacidade tornara-se [...] ou um chá.* Para debates sobre a vida doméstica da classe média na Inglaterra vitoriana, ver, por exemplo, *Family Fortunes: Men and Women of the English Middle Class 1780-1850* (1987) de Leonore Davidoff e Catherine Hall, *The Spectacle of Intimacy: A Public Life for the Victorian Family* (2000) de Karen Chase e Michael Levenson, e *The Victorian Family: Structures and Stresses* (1978), coordenado por A. Wohl. Num ensaio nesta antologia, Elaine Showalter escreve que o secretismo era «a condição fundamental e necessária da vida da classe média [...] O carácter desconhecido essencial de cada indivíduo e a colaboração da sociedade na manutenção de uma fachada por detrás da qual se escondiam inúmeros mistérios eram os temas que preocupavam muitos romancistas de meados do século».

Em 1935, o filósofo alemão Walter Benjamin ligou esta nova privacidade ao nascimento da ficção policial: «Para o cidadão privado, o espaço em que vive entra pela primeira vez em contraste com o do trabalho quotidiano [...] os vestígios do habitante imprimem-se no *intérieur* e é deles que nasce a história policial que segue esses vestígios.» Citado (e traduzido) por Stefano Tani em *The Doomed Detective: The Contribution of the Detective Novel to Postmodern American and Italian Fiction* (1984).

125 *Um assassínio como este podia revelar [...] casa de classe média.* Num artigo sobre a popularidade das histórias policiais, Bertold Brecht escreveu: «Ganhamos o nosso conhecimento de vida de forma catastrófica. A história é escrita *depois das* catástrofes [...] A morte teve lugar. O que é que estivera em preparação antes disso? O que acontecera? Porque surgira aquela situação? Talvez agora se possa deduzir tudo isso.» Publicado em 1976 nas obras completas de Brecht e citado em *Delightful Murder: A Social History of the Crime Story* (1984) de Ernest Mandel.

125 *Um mês antes do assassínio [...] com mais frequência, uma família». Notes on Nursing,* citado no *Devizes and Wiltshire Gazette* de 31 de Maio de 1860.

127 *Na noite [...] continuavam verdes.* Informação sobre o tempo e colheitas recolhida no *Trowbridge and North Wilts Advertiser* de 21 de Julho de 1860,

e relatório agrícola de Julho no *Devizes and Wiltshire Gazette* de 2 de Agosto de 1860.

CAPÍTULO 9

128 *O presidente dos magistrados [...] serviços de um detective.* Informação sobre magistrados recolhida em *The Book of Trowbridge* (1984) de Kenneth Rogers e no censo de 1861.

128 *Pouco antes das três da tarde [...] «Ela não me disse mais nada», referiu Whicher.* Conforme depoimento de Whicher aos magistrados mais tarde nesse mesmo dia.

132 *«É escusado» [...] tinham cedido.* Segundo «A Detective Police Party», *Household Words,* 27 de Julho de 1850.

133 *Dolly era um homem inteligente e enérgico [...] a primeira biblioteca de esquadra.* Conforme o censo de 1841 e *Critical Years at the Yard: The Career of Frederick Williamson of the Detective Department and the CID* (1956) de Belton Cobb.

133 *Dolly partilhava o alojamento [...] outros dezasseis polícias solteiros.* Conforme censo de 1861.

133 *Um deles, Tim Cavanagh [...] um coelho de um vizinho próximo.»* Conforme *Scotland Yard Past and Present* (1893) de Timothy Cavanagh.

134 *O seu colega Stephen Thornton [...] alguns dos passageiros.* Conforme o *The Times,* 18 de Novembro de 1837.

134 *Em 1859, uma menina de onze anos [...] imaginação lúbrica e depravada».* Conforme o *Annual Register* de 1860.

135 *No sábado de manhã [...] colegas de Constance.* Conforme declarações de despesa no MEPO 3/61, censo de 1841 e censo de 1861.

136 *«Ela falou-me [...] criança falecida.»* Segundo o depoimento de Louisa Hatherill no Tribunal de Magistrados de Wiltshire, 27 de Julho de 1860.

136 *Enquanto Constance estava na prisão [...] fora detido.* Este rumor foi relatado no *Bristol Daily Post* de 14 de Julho de 1860.

138 *Whicher teve o cuidado [...] outros polícias.* Quinze anos antes em Março de 1845, Mayne censurara Whicher e o seu colega, o sargento-detective Henry Smith, por demonstrarem uma falta de respeito pelos agentes mais velhos que era «inconsiderada e legalmente injustificável». Como era a primeira vez que os detectives «tinham entrado indevidamente em confronto» com os seus colegas de uniforme, Mayne deixara-os ir com uma advertência, mas disse-lhes que qualquer futuro agravo seria tratado de forma mais severa. Segundo MEPO 7/7, ordens da polícia

e notas do gabinete do Comissário, citados em *The Rise of Scotland Yard: A History of the Metropolitan Police* (1956) de Douglas G. Browne.

140 *Quanto ao suposto amante [...] como nas povoações vizinhas».* Numa anotação de Whicher a uma carta de *Sir* John Eardley Wilmot a 16 de Agosto de 1860, MEPO 3/61.

140 *a versão mais completa [...] pescar no rio.* Relatado no *Somerset and Wilts Journal,* 13 de Outubro de 1860.

141 *No tribunal do condado, no mês anterior [...] criador de gado rival.* Conforme o *Frome Times,* 20 de Junho de 1860.

CAPÍTULO 10

143 *Em North Leverton, Nottinghamshire, um homem [...] Ela desmaiou.* Narrativa do caso de Sarah Drake a partir dos relatos no *The Times,* 8 de Dezembro de 1849 a 10 de Janeiro de 1850.

145 *Na primavera de 1860 [...] o nome do seu patrão.* Relatado no *News of the World,* 3 de Junho de 1860.

145 *Os alienistas especificaram [...] frieza e astúcia.* A monomania era uma doença identificada pelo médico francês Jean-Etienne Dominique Esquirol em 1808. Ver *Embodied Selves: An Anthology of Psychological Texts 1830--1890* (1998), coordenado por Jenny Bourne Taylor e Sally Shuttleworth.

146 *O* The Times *[...]a chave do manicómio?* A 22 de Julho de 1853.

146 *Chegou até a ser levantada a hipótese [...] mania puerperal.* Stapleton relatou este rumor no seu livro de 1861.

146 *Talvez o assassino tivesse dupla consciência.* Para dupla consciência e crime, ver *Unconscious Crime: Mental Absence and Criminal Responsibility in Victorian London* (2003) de Joel Peter Eigen.

147 *«A experiência demonstrou [...] aparentemente irrelevante.» In* «The Mystery of Marie Roget» (1842) de Edgar Allan Poe.

147 *«Fiz uma investigação particular [...] com algo tão insignificante.»* Sherlock Holmes, o detective privado criado por Arthur Conan Doyle, adoptou as mesmas técnicas: «Conhecem o meu método. Baseia-se na observação de ninharias»; «não há nada tão importante como ninharias» — conforme «The Man with the Twisted Lip» (1891).

147 *Perguntou a Sarah Cox [...] durante essa hora.* Conforme relatórios de Whicher em MEPO 3/61 e depoimento de Cox no Tribunal de Magistrados de Wiltshire a 27 de Julho de 1860.

148 *«Quando estou profundamente perplexo» [...] resolver os meus problemas.»* Conforme *Diary of an Ex-Detective* (1859), «coordenado» por Charles Martel

(na verdade escrito pelo livreiro de New Bond Street, Thomas Delf). Numa passagem semelhante, em *Experiences of a Real Detective* (1862) de Waters, o narrador reflecte sobre um caso como quem faz uma colagem: «Deitava-me num sofá e punha-me a pensar; juntava, agora desta forma, agora da outra, as diferentes coisas, recortes e pistas que me tinham fornecido, de modo a verificar como ficavam juntos e o aspecto que tinham no seu todo.»

150 *Tal como o senhor Bucket diz [...] ponto de vista.»* A maior arma de um detective, diz Dickens, era a sua ingenuidade. «Sempre de atalaia, com as suas capacidades sempre no máximo, estes agentes têm [...] de se prevenir contra todas as novidades em termos de truques e destreza que as imaginações combinadas de todos os patifes sem lei em Inglaterra são capazes de conceber e de estar a par de todas as invenções que aparecem.» Conforme segunda parte de «A Detective Police Party», *Household Words,* 10 de Agosto de 1850.

Em *The Perfect Murder* (1989), David Lehman observava que «o romance policial tirou o assassínio do reino ético e pô-lo no reino da estética. O assassínio numa história de assassínio torna-se uma espécie de conceito poético muitas vezes bastante barroco; o criminoso é um artista, o detective um esteta e crítico, e o polícia imprudente um filisteu». Ver também *The Aesthetics of Murder: A Study in Romantic Literature and Contemporary Culture* (1991) de Joel Balck.

150 *A camisa de noite era o seu elo de ligação em falta [...] tinham evoluído a partir de macacos.* Uma camisa de noite que ligava uma adolescente respeitável ao assassínio, tal como os ossos provariam a ligação entre homens e macacos, era um objecto terrível tão receado quanto procurado. Para as ansiedades despertadas pela ideia do elo de ligação em falta, ver *Forging the Missing Link: Interdisciplinary Stories* (1992) de Gillian Beer. Para a prova negativa e o esforço oitocentista para decifrar fragmentos, ver *Victorian Detective Fiction and the Nature of Evidence: The Scientific Investigations of Poe, Dickens and Doyle* (2003) de Lawrence Frank e, do mesmo autor, «Reading the Gravel Page: Lyell, Darwin, and Conan Doyle», *in Nineteenth-Century Literature,* Dezembro de 1989.

150 *Dickens comparou os detectives [...] nova forma de crime.* Conforme a segunda parte de «A Detective Police Party», *Household Words,* 10 de Agosto de 1850. Em meados do século XIX, a ideia da investigação era marcada pela história natural, astronomia, jornalismo — qualquer actividade que pudesse ser interpretada como uma demanda da verdade.

154 *Em* Governess Life *[...] destruir a paz das famílias»*. Para a incerteza sexual e social provocada pela figura da preceptora, ver *The Victorian Governess* (1993) de Kathryn Hughes.

154 *Forbes Benignus Winslow [...] os seus filhos». In On Obscure Diseases of the Brain, and Disorders of the Mind* (1860). Aparece um excerto em *Embodied Selves: An Anthology of Psychological Texts 1830-1890* (1998), coordenado por Jenny Bourne Taylor e Sally Shuttleworth.

154 *O detective era outro [...] conspurcar um lar da classe média.* Para as ameaças à privacidade da classe média representadas por serviçais e polícias, ver *Domestic Crime in the Victorian Novel* (1989) de Anthea Trodd.

CAPÍTULO 11

164 *Durante as investigações de Whicher [...] horrível crime.»* Segundo o *Frome Times,* 18 de Julho de 1860.

164 *A palavra «detectar» [...] o fascínio público pelo caso.* Ver *Domestic Crime in the Victorian Novel* (1989) de Anthea Trodd. Na obra de Alain-René Le Sage, *Le Diable Boiteux* (1707), ainda popular na Inglaterra vitoriana, Asmodeus debruçava-se no pináculo de uma igreja espanhola e esticava a mão para levantar todos os telhados da cidade revelando os segredos lá dentro. O *The Times* em 1828 referia-se ao detective francês Vidocq como «um Asmodeus». Em *Dombey and Son* (1848), Dickens invocava «um espírito bom que tirasse os telhados das casas com uma mão mais poderosa e benigna do que o demónio da história, e mostrasse a um povo cristão as sombras tenebrosas que saíam do meio das suas casas». Em artigos publicados na *Household Words* em 1850, Dickens referia-se à forma como o demónio podia «destelhar e ler» os cérebros dos homens como se os corpos fossem edifícios, e ele próprio deitou umas «olhadelas tipo Asmodeus» à «vida interna» das casas a partir da carruagem de um comboio. A referência de Jasnin a Asmodeus foi em *Paris; Or the Book of One Hundred and One* (traduzido em 1832).

164 *«Se todas as divisões [...] viagem oferecida».* Segundo *The Casebook of a Victorian Detective.*

165 *A senhora Kent deu à luz [...] Acland Saville Kent.* Acland era o nome de solteira da mãe da senhora Kent; Francis, o primeiro nome de Saville, fora o nome de baptismo do pai dela.

CAPÍTULO 12

167 *Whicher chegou à estação de Paddington [...] no número 40.* Informação sobre

as ligações de Whicher à Holywell Street retiradas dos resultados do censo de 1851, 1861, 1871, «Informações da Polícia» de 20 de Janeiro de 1858, MEPO 6/92, e dos anúncios classificados do *The Times* de 3 de Fevereiro de 1858. «The tricks of detective police officers» em *The Female Detective* (1864) de Andrew Forrester.

168 *Big Ben [...] libertando um brilho incandescente.* Segundo relatos no *The News of the World,* 17 de Junho de 1860.

168 *Dickens visitou Millbank num dia quente [...] como qualquer outra pessoa que lá more.»* Segundo uma carta para W. W. F. de Cerjat de 1 de Fevereiro de 1861, publicada em *The Letters of Charles Dickens 1859-61* (1997), coordenado por Madeline House e Graham Storey.

168 *A parte de Millbank [...] que se elevava do rio.* Descrições de Pimlico retiradas de «Stanford's Library Map of London in 1862», *The Criminal Prisons of London and Scenes of London Life* (1862) de Henry Mayhew e John Binny, e *The Three Clerks* (1858) de Anthony Trollope.

169 *A entrada pública [...] para sul, o rio.* Descrição da Scotland Yard a partir de imagens e mapas encontrados na biblioteca da história local de Westminster e a partir de *Scotland Yard Past and Present: Experiences of Thirty-Seven Years* (1893) de Timothy Cavanagh. Em 1890, a sede da Polícia Metropolitana mudou-se para um edifício no Enbankment do Tamisa, que foi baptizado Nova Scotland Yard, e, em 1967, para um bloco de escritórios em Victoria Street, a que foi dado o mesmo nome.

169 *As cartas, dirigidas a Mayne [...] ao longo do mês.* A maior parte das cartas do público encontram-se em MEPO 3/61.

171 *No princípio de Agosto [...] contratado como detective, ou quê?»* Estas duas cartas encontram-se no ficheiro da Administração Interna sobre o caso, HO 144/20/49 113. *Sir* John Eardley Wilmot, um homem casado de cinquenta anos, com oito filhos, era juiz do tribunal do condado em Bristol. Chegou a membro do Parlamento pelo Partido Conservador, por South Warwickshire, onde esteve de 1874 a 1885. Segundo o *Dictionary of National Biography,* não foi um advogado muito bem sucedido, mas em 1881 ajudou a conseguir uma indemnização para Edmund Galley, que tinha sido condenado injustamente por homicídio em 1835. Eardley Wilmot morreu em 1892.

173 *O público estava fascinado pelo assassínio [...] pela sua investigação.* A revista *Punch* satirizara esta «adoração ao assassínio» em 1849. Ver *Victorian Studies in Scarlet* (1972) de Richard D. Altick.

Num ensaio de 1856, George Eliot analisava a atracção exercida pelas histórias de Wilkie Collins: «O grande interesse reside na excitação da curiosidade ou do terror [...] Em vez de empalidecermos diante de um fantasma, franzimos o sobrolho e imaginamos hipóteses para o explicar. Os contos de Edgar Poe foram um esforço de génio para reconciliar as duas tendências — para aterrorizar a imaginação satisfazendo no entanto o intelecto, e o senhor Wilkie Collins, neste aspecto, segue muitas vezes na esteira de Poe.» Análise de *After Dark* de Collins, publicada na *Westminster Review*.

176 *Na terça-feira, 31 de Julho [...] um bocado de porco em conserva.» Relato dos assassínios de Walworth no The Times* de 1, 8, 14, 16, 17 e 20 de Agosto de 1860 e no *News of the World* de 2 de Setembro de 1860.

179 *dramatizadas para o palco londrino.* Em *Vidocq* de Douglas Jerrold.

179 *Os vitorianos viam no detective [...] auto-repugnância colectiva.* Muitos aprenderam a encontrar esta excitação na ficção policial. «A maioria dos romances tradicionais oferecem alguns dos prazeres do buraco da fechadura», observou Dennis Porter em *The Pursuit of Crime: Art and Ideology in Detective Fiction* (1981), «mas para lá das várias formas de literatura erótica, nenhum o faz de forma tão sistemática como a ficção policial. O segredo do seu poder reside em larga medida no truque que faz do *voyeurismo* um dever.»

179 *Ergueram-se algumas vozes em defesa de Whicher.* O *Law Times* tinha a certeza de que Whicher identificara a assassina e o seu móbil. «A criança era objecto de adoração da mãe, e o *rancor contra a mãe dele* — um desejo diabólico de lhe infligir uma ferida através dele — não seria um móbil impossível ou improvável [...] Ambos, irmão e irmã [William e Constance], nutriam sentimentos de hostilidade muito fortes pela mãe da criança, que chegavam quase ao ódio [...] Sabiam que ela tinha conquistado os afectos do pai enquanto a mãe ainda era viva. Tinham-se queixado de serem desprezados e maltratados por ela e da sua predilecção pelos próprios filhos.» O jornal acrescentava que, como Saville fora tirado do berço por uma «mão leve e experiente», deveria haver uma mulher envolvida no rapto.

CAPÍTULO 13

184 *Uma semana depois [...] choro desenfreado.* Relato da execução de Youngman retirado do *News of the World* de 9 de Setembro de 1860.

185 *Na segunda-feira, 24 de Setembro [...] inocência de Constance Kent.* Um ano mais tarde, o ministério da Administração Interna, após prolongadas polémicas, pagou à firma de Slack setecentas libras pelo seu trabalho no caso. Ver HO 144/20/49 113.

189 *A senhora Dallimore era a versão na vida real [...]* The Female Detective *(1864).* Também aparecem detectives amadoras em «The Diary of Anne Rodway» (1856) de Wilkie Collins, e em *Revelations of a Lady Detective* (1864) de «Anónimos» (W. Stephens Hayward). A sobrecapa deste livro mostra a mulher detective como uma criatura perigosamente emancipada e sensual. Usa uma fita farfalhuda vermelha e branca ao pescoço, um chapéu cheio de flores, uma estola de pele e punhos de veludo. Brinda o futuro leitor com um olhar de viés enquanto levanta o casaco preto comprido, mostrando a bainha de um vestido vermelho.

191 *«Se o falecido Edgar Poe.* Poe morrera aos quarenta anos em 1849. Em vida, sofrera de alcoolismo, depressão e episódios de delírio. O crítico Joseph Wood Krutch escreveu que Poe «inventou a história policial para não enlouquecer». *Edgar Allan Poe: A Study in Genius* (1926), citado em *The Perfect Murder* (1989) de Peter Lehman.

192 *a* Saturday Review *[...] para lá da sua rotina».* Em *Saturday Review,* 22 de Setembro de 1860.

193 *Instalou-se a ideia [...] mentes dos nossos concidadãos.»* Em *Once a Week,* 13 de Outubro de 1860. O autor observava que, se este argumento fosse válido, ocorreriam poucos assassínios no soalheiro Sul da Europa quando, na realidade, aí se registavam muitas mortes violentas.

193 uma *tempestade inesperada atingiu Wiltshire [...] Saville Kent morrera.* O historiador natural e meteorologista George Augustus Rowell deu uma palestra sobre a tempestade a 21 de Março de 1860, e publicou-a subsequentemente em forma de panfleto, *A Lecture on the Storm in Wiltshire.*

CAPÍTULO 14

198 *Saunders perguntou a Foley [...] não creio que o tenha feito!* Numa carta ao *The Times,* Stapleton afirmou que um microscópio não teria ajudado a determinar a natureza do sangue na camisa de noite que vira. «Não hesitei em dizer às autoridades que a camisa de noite que me foi mostrada [...] não fornecia qualquer pista para este crime [...] esperava que aquela camisa de noite ficasse afastada para sempre da observação pública. No entanto, o senhor Saunders voltou a tirá-la da obscuridade e, a meu ver, de forma impudica e violando inutilmente a decência pública e os sentimentos privados.» As camisas de noite tinham-se tornado no emblema da decência e privacidade da família Kent; especular sobre elas era repetir a violação do seu lar.

200 *O sentimento persistente [...] da camisa de dormir?»). In The Road Murder: Being a Complete Report and Analysis of the Various Examinations and Opinions of the Press on this Mysterious Tragedy* (1860) de Um Advogado.

200 *Tinham de ser os colegas a efectuar [...] uma licença de seis meses.* Segundo correspondência em HO 45/6970.

201 *Nos últimos dias de Novembro [...] «um pacto de segredo».* Esta carta só foi tornada pública em 24 de Julho de 1865 quando foi publicada no *The Times,* mas era datada de 23 de Novembro de 1860. Também chegou até nós uma carta, que Constance escreveu naquele dia, em que há uma nota a agradecer a Peter Edlin, seu advogado, pelo «lindo par de mitenes e pelo lenço» que lhe dera: «recordar-me-ão sempre que os olhar», escreve ela, «do quanto estou em dívida para com quem mos ofereceu».

CAPÍTULO 15

207 *No início de 1861 [...] ao não ter interrogado Samuel.* Nem foi dada qualquer importância às alegações de que o júri estava «feito» a favor de Samuel. Antes da abertura do inquérito judicial, James Morgan, o polícia local, e Charles Happerfield, o chefe dos correios, tinham substituído dois dos jurados seleccionados aleatoriamente por «homens de bom senso». Os dois dispensados eram um alfaiate (cuja mulher tinha pedido a sua escusa) e o pai de William Nutt, um sapateiro que vivia nas casas pequenas, perto da Casa de Road Hill. Foram substituídos pelo reverendo Peacock e por um próspero agricultor chamado William Dew, que — tal como Happerfield — era activista no movimento de luta contra o alcoolismo.

207 *«Suponho que até em Lausanne falem do assassínio de Road [...] nunca venha a ser descoberta.»* Carta para W. W. F. de Cerjat, em *The Letters of Charles Dickens 1859-61* (1997) coordenado por Madeline House e Graham Storey.

208 *Mais tarde, nesse mês, Samuel requereu [...] não pode ser atendido.»* Segundo correspondência em HO 45/6970.

209 *Os Kent deram instruções [...] desfazer dos seus pertences.* Relato do leilão no *Somerset and Wilts Journal* e no *Trowbridge and North Wilts Advertiser.*

210 *Durante o Verão, os comissários das fábricas [...] no vale Dee.* Conforme HO 45/6970. William é capaz de ter visitado Constance esse Verão na Bretanha francesa — segundo os registos do Serviço de Passaportes, foi emitido um passaporte em nome de um tal William Kent para viajar pelo continente a 10 de Agosto.

211 *Durante vários meses [...] com pouca probabilidade de atrair as atenções.* O nome de Whicher apareceu no *The Times* de 2 de Março de 1861 quando testemunhou contra um homem acusado de roubar uma caixa de ópio no valor de mil libras à London Dock Company, mas este era um caso que lhe fora atribuído um ano antes. O homem que ele prendeu foi absolvido. Talvez os jurados desconfiassem das testemunhas de acusação — um recluso e um traficante de ópio. Ou então depois do caso de Road Hill talvez desconfiassem de Whicher.

211 *Só houve um deles que mereceu cobertura jornalística [...] o testamento do tio.* Whicher obteve o endereço do vigário fazendo-se passar por advogado — a adopção de uma identidade falsa era uma prática comum, embora pouco apreciada pelos detectives. Conforme relatos no *The Times* e uma transcrição do julgamento de James Roe no antigo Tribunal, 21 e 22 de Agosto de 1861.

211 *No Verão de 1861 [...] desde Road Hill.* Relato do homicídio de Kingswood conforme MEPO 3/63, ficheiro da Polícia Metropolitana sobre o caso; e relatos no *The Times, Daily Telegraph* e *Annual Register* de 1861.

215 *A investigação de Kingswood tinha-se desenrolado [...] troça das capacidades de um detective.* O advogado de Franz ofereceu a Dickens um artigo sobre as espantosas coincidências do caso (ver carta de Dickens a W. H. Wills de 31 de Agosto de 1861 em *The Letters of Charles Dickens*). O artigo do advogado foi publicado anonimamente em *All the Year Round* em Janeiro seguinte.

215 *«Se não era o mais inteligente [...] de moto próprio».* Segundo «Bigamy and Child-Stealing», em *Experiences of a Real Detective,* do inspector F, coordenado por Waters.

215 *«Acredito que uma cadeia [...] testemunho corrupto.»* Segundo «Circumstancial Evidence», em *Experiences of a Real Detective.*

215 *«O valor do detective [...] o que significam.» In The Female Detective* (1864) de Andrew Forrester.

216 *Este romance, um enorme sucesso de vendas [...] aterradas pelo escândalo.* Chegou à oitava edição em três meses.

217 *«os mais misteriosos dos mistérios [...] residências de Londres».* Segundo «Miss Braddon», uma análise não assinada publicada em *The Nation,* 9 de Novembro de 1865.

218 *Em 1863, o filósofo Henry Mansel [...] invocara em Road. A literatura de sensação estava a «moldar as mentes e a formar os gostos e hábitos da sua geração», escreveu Mansel, «pregando aos nervos».* Conforme análise não assinada na *Quarterly Review,* de Abril de 1863. Para discussões sobre o romance-sensação,

ver sobretudo *Black Swine in the Sewers of Hampstead: Beneath the Surface of Victorian Sensationalism* (1988) de Thomas Boyle; *Domestic Crime in the Victorian Novel* (1989) de Anthea Trodd; *From Bow Street to Baker Street: Mystery, Detection and Narrative* (1992) de Martin A. Kayman; *The Novel and the Police* (1988) de D. A. Miller; *In the Secret Theatre of Home: Wilkie Collins, Sensation Narrative, and Nineteenth-Century Psychology* (1988), Jenny Bourne Taylor; «What is «Sensational» About the Sensation Novel?» de Patrick Brantlinger, em *Nineteenth-Century Fiction* 37 (1982).

218 *O livro de Joseph Stapleton [...] Rowland Rodway.* Custa sete xelins e seis dinheiros. cada cópia.

219 *Era como se o anjo doméstico [...] vampiro sedento de sangue.* Havia outros escritores que tinham dado conta do entusiasmo das mulheres pelos crimes brutais. Edward Bulwer-Lytton, por exemplo, dizia em *England and the English* (1833) que eram as mulheres que mostravam «maior interesse num conto ou peça de contornos trágicos ou sombrios [...] Se observarem um vendedor de baladas a apregoar os seus artigos, verão que são as mulheres que compram os assassínios mais sangrentos».

219 *Stapleton sugeria que [...] pecados licenciosos.»* Enquanto médico, Stapleton estaria familiarizado com ensaios como o *Treatise on the Degeneration of the Human Species* de Benedict Morel, que foi publicado em fascículos na *Medical Circular* em 1857, que dizia que os filhos pagavam pelos pecados dos pais na forma de debilidades físicas.

220 *Também Mansel citou o assassínio de Road Hill [...] e adultério, in* «Manners & Morals», revista *Fraser's,* Setembro de 1861.

220 *A sua influência era evidente [...]* Aurora Floyd *(1863).* «Penso num lar tranquilo em Somersetshire onde foi cometido um acto horrível», diz o narrador de *Aurora Floyd,* «cujo segredo ainda não foi revelado e talvez nunca venha a ser até ao Dia do Juízo Final. O que é que cada membro dessa família terá sofrido? Que lentas agonias, que torturas cada vez maiores, enquanto esse cruel mistério era motivo de conversa em mil lares felizes, mil tabernas e clubes.»

Na década de 1950, a historiadora popular Elizabeth Jenkins escreveu um ensaio sobre a forma como a história da família Kent influenciou o romance de Charlotte Yonge *The Young Step-Mother; Or, A Chronicle of Mistakes* (1861). A madrasta casa e entra para a família Kendal, onde encontra resistência por parte de uma enteada adolescente e carrancuda, tendo quatro dos seus irmãos morrido na infância. A enteada deixa acidentalmente inconsciente o meio-irmão, um menino de três anos que é «um prodígio de porte, tamanho e inteligência».

Subsequentemente, Jenkins descobriu que a maior parte do romance tinha sido publicada em fascículos na primeira metade de 1860, antes do assassínio de Road Hill. O seu erro serve para impedir que a influência de Road Hill se espalhe por todo o lado; embora Jenkins observasse que o facto de o romance preceder o assassínio podia tornar ainda mais estranhas as semelhanças.

220 *A romancista Margaret Oliphant [...] o gosto nem a moral.»* Segundo «Sensation Novels», uma análise não assinada na *Blackwood's Edinburgh Magazine* de Maio de 1862.

220 *Um ano mais tarde, queixou-se [...] ficção moderna»*, na *Quarterly Review* de Abril de 1863.

221 best-sellers *em 1861. Curiosities of Crime in Edinburgh* e *The Sliding Scale of Life,* ambos publicados em 1861 — o primeiro vendeu vinte mil exemplares em três meses, segundo um artigo do *The Times* em Julho desse ano.

221 *«O detective moderno está geralmente enganado [...] grosseiro e mesquinho.»* Segundo «Crime and its Detection», um artigo não assinado de Thomas Donnelly, na *Dublin Review* de Maio de 1861.

221 *A palavra «clueless» [...] em 1862. A frase era «clueless wanderings in the labyrinth of scepticism», segundo o Oxford English Dictionary.*

221 *«um gigante cobarde e desajeitado [...] que lhe aparecem no caminho.»* Publicado a 25 de Outubro de 1863 e citado em *Cops and Bobbies: Police Authority in New York and London, 1830-1870* (1999) de Wilbur R. Miller.

222 *Na* Saturday Review *[...] crimes perpetrados no seio da classe média. In* «Detectives in Fiction and in Real Life», *Saturday Review,* Junho de 1864.

222 *Este estabelecimento [...] Igreja de Inglaterra.* Ver *Wagner of Brighton: The Centenary Book of St. Paul's Church, Brighton* (1949), de H. Hamilton Maughan.

222 *O seu amigo o inspector-detective [...] responsável pelo departamento.* Segundo o censo de 1861, a certidão de óbito de Thornton, MEPO 4/2 (registo de óbitos na Polícia Metropolitana) e MEPO/433 (registo de admissões e promoções). A divisão de detectives expandira-se um pouco, mas ainda só tinha cerca de doze homens, numa força que contava agora com cerca de sete mil agentes.

222 *Em Setembro de 1862 [...] a família do czar.* Ver MEPO 2/23, o ficheiro da Polícia Metropolitana de 1862 sobre a ajuda prestada ao governo russo para reorganizar a polícia de Varsóvia. O pai de Joseph Conrad, Apollo, tinha sido um líder desta revolta até 1861, quando foi preso e exilado para a Rússia.

222 *o superintendente Walker.* Walker estava com os detectives quando se encontraram com Dickens, em 1850 — Dickens apelidou-o de «Stalker». Ele não era detective, mas membro do gabinete do Comissário.

223 *A 18 de Março de 1864 [...] «congestão cerebral».* Ver MEPO 21/7, papéis de reforma da Polícia Metropolitana.

223 *«tensão mental prolongada».* Segundo *A Practical Treatise on Apoplexy (with essay on congestion of the brain)* (1866) de William Boyd Musher.

CAPÍTULO 16 e 17

O relato dos acontecimentos de 1865 contido nestes dois capítulos baseia-se, sobretudo, no *Daily Telegraph, The Times, Salisbury and Winchester Journal, Observer, Western Daily Press, Somerset and Wilts Journal, Penny Illustrated Paper, News of the World* e *Bath Chronicle* e nos ficheiros MEPO 3/61, HO 144/20/49 113 e ASSI 25/46/8. As fontes adicionais são listadas abaixo.

CAPÍTULO 16

225 *Na terça-feira 25 de Abril de 1865 [...] Covent Garden.* As condições meteorológicas baseiam-se nos relatos sobre o Spring Derby, em Epsom, a menos de trinta quilómetros de Londres, que se realizou a 25 de Abril desse ano. Depois do Março mais frio desde 1845, o Derby foi o mais quente desde há anos, segundo o *The Times,* com temperaturas superiores à média de Julho.

225 *O Tribunal de Magistrados de Bow Street [...] paredes descoradas.* O *The Builder* de Abril de 1860 relatou que as condições no tribunal eram más no Inverno e abomináveis no Verão. Os magistrados andavam a tentar conseguir novas instalações desde a década de 1840. Os pormenores da sala de audiências foram recolhidos em *Oliver Twist* (1838) de Charles Dickens, e *Survey of London Volume 36* (1970) coordenador geral F.H. W. Sheppard.

227 *Wagner era uma figura bem conhecida [...] perigo para a Igreja Inglesa.* Ver *Wagner of Brighton: The Centenary Book of St. Paul's Church, Brighton* (1949) de H. Hamilton Maughan e *Aubrey Beardsley: A Biography* (1999) de Matthew Sturgis.

229 *Durante a sua inquirição [...] mandados chamar à Scotland Yard.* Dolly Williamson tinha casado desde que regressara de Road e tinha agora uma filha, Emma, com dois anos. Durkin tinha sido encarregado de um

caso famoso em Julho de 1861, que inspirou um dos ensaios incluídos em *Roundabout Papers* de William Makepeace Thackeray. Um agiota em Northumberland Street, em frente do Strand, tinha aberto fogo sobre um novo cliente, o major William Murray do 10.º dos Hussardos, um veterano da Crimeia. Murray ripostou e acabou por matar o seu atacante esmagando-lhe o crânio com uma garrafa. Veio a saber-se que a raiva do agiota provinha de uma secreta obsessão pela mulher de Murray.

«Depois disto», escreveu Thackeray, «de que é que vale ser susceptível em relação às probabilidades e possibilidades na escrita de ficção? [...] Depois disto, o que é que não é possível? É possível que o mercado de Hungerford esteja minado e expluda um dia.» A erupção da violência irracional podia despertar excitação, surpresa e até assombro — a segurança do mundo era subitamente desfeita e podia seguir-se qualquer coisa. O crime de Northumberland Street, que também aparece em *The Moonstone,* é um dos casos explorados em *Deadly Encounters: Two Victorian Sensations* (1986) de Richard D. Altick.

229 *(John Foley tinha morrido [...] aos sessenta e nove anos).* A sua certidão de óbito diz que morreu de hidrotórax em St. George's Terrace, Trowbridge, a 5 de Setembro de 1864.

230 *«anjo da casa».* O termo é de um poema publicado por Coventry Patmore em 1854, que descreve a pureza e dedicação abnegada da mulher, Emily.

230 *«Diz-se que Constance Kent [...] que não elas.»* No *The Times,* 26 de Abril de 1865. O *Bath Express* era igualmente cínico sobre os instintos das mulheres. Dizia a 29 de Abril que esse crime tinha a «crueldade tão subtil» de que só uma mulher era capaz. A *Saturday Review* dizia que esperava que Constance fosse um «monstro psicológico» em vez da personificação da adolescência feminina. Para as atitudes em relação às mulheres assassinas, ver *Twisting in the Wind: The Murderess and the English Press* (1998) de Judith Knelman.

232 *O inspector-detective Tanner [...] uma semana de cada vez.* Tanner reformou-se da polícia devido a doença em 1869 e abriu um hotel em Winchester. Morreu em 1873 aos quarenta e dois anos. Ver *Dreadful Deeds and Awful Murders: Scotland Yard's First Detectives* (1990) de Joan Lock.

238 *O reverendo James Davies [...] uma jovem muito malvada.»* Segundo *The Case of Constance Kent, viewed in the Light of the Confessional* (1865) de Edwin Paxton Hood.

238 *James Redding Ware reeditou o seu panfleto [...] à morte do irmão.»* Segundo *The Road Murder: Analysis of this Persistent Mystery, Published in 1862, Now*

Reprinted, with Further Remarks (1865) de J. R. Ware. O panfleto de 1862 também foi publicado como conto em *The Female Detective* (1864) de Andrew Forrester — «Forrester» era um pseudónimo, provavelmente uma alusão a uma empresa familiar de agentes de investigação privados com base na Cidade de Londres.

239 *Da sua cela [...]* esclarecido sobre este ponto. Rodway entregou a declaração à imprensa e apareceu em vários jornais nesse Verão.

240 *As crianças, escreveu ele noutro local [...] a figura da criança.* Ver *Embodied Selves: An Anthology of Psychological Texts 1830-1890* (1998), coordenado por Jenny Bourne Taylor e Sally Shuttleworth. «A moral a tirar é a existência de paixões maléficas no seio de crianças muito jovens», dizia a *Medical Times and Gazette,* a 22 de Julho de 1865 — citada em *Victorian Murderesses: A True History of Thirteen Respectable French and English Women Accused of Unspeakable Crimes* (1977) de Mary S. Hartman.

240 *Mais tarde, Bucknill disse ao ministro da Administração Interna [...] do pai e do irmão.* Conforme uma carta em HO 1144/20/49 113.

240 *Rodway explicou as razões de Constance [...] em seu favor.»* Conforme uma carta em HO 1144/20/49 113.

CAPÍTULO 17

244 *John Duke Coleridge [...] a preparar o meu discurso».* Coleridge ganhava mais de quatro mil libras por ano, segundo o *Dictionary of National Biography.* Excerto de diário em *Life and Correspondence of John Duke, Lord Coleridge* (1904).

244 *Escreveu uma carta [...] minha condenação.»* Correspondência no arquivo de Bernard Taylor.

246 *Mal foi pronunciada a sentença de morte [...] Uma donzela na árvore fatal morrer.* Baladas, por ordem de citação: «The Road Hill Murder Confession of the Murderess», publicada por Disley, 1865; balada sem nome citada no *North Wilts Herald* de 10 de Setembro de 1865; «Trial and Sentence of Constance Kent», também editada por Disley, 1865, e reeditada nas *Curiosities of Street Literature* (1966) de Charles Hindley. Ver artigo de Roly Brown sobre Constance Kent e o Assassínio de Road, n.º 15 na sua série sobre o comércio de baladas no século XIX na revista *Musical Traditions* (mustrad.org.uk).

247 *Um magistrado de Devonshire [...] loucura na década de 1840.* Ver depoimento de Gustavus Smith, datado de 24 de Julho de 1865, em HO 1144/20/ /49 113.

248 *Na manhã de quinta-feira [...] a mais pequena emoção.»* Pritchard foi enforcado na sexta-feira.

249 *(na verdade, Willes decidira [...] passara em confissão»).* Carta de Coleridge a W. E. Gladstone, 6 de Abril de 1890, citada em *Saint — with Red Hands?* (1954) de Yseult Bridges.

252 *Bucknill terminava a sua carta [...] poderia sucumbir à insanidade.* Numa palestra sobre «Insanity in its Legal Relations», efectuada diante do Royal College of Physicians treze anos mais tarde — em Abril de 1878 —, Bucknill disse mais sobre o móbil de Constance. A rapariga tinha armazenado um «fundo de raiva e sentimentos de vingança» contra a sua madrasta «exuberante», devido aos comentários desdenhosos que a segunda senhora Kent fazia sobre a mãe «parcialmente demente» de Constance. Constance tentou fugir à «presença odiada» da madrasta, mas quando foi apanhada e trazida de volta a casa, resolveu vingar-se. Pensou que o veneno não seria um «verdadeiro castigo» e decidiu antes matar Saville. «Uma horrível história esta», observou Bucknill, «mas quem é que pode deixar de se condoer com a profunda infelicidade doméstica que denota?» Citado em *Celebrated Crimes and Criminals* (1890) de Willoughby Maycock.

253 *Quarenta anos mais tarde [...] por todos os poros.»* Segundo «Fragment of an Analysis of a Case of Hysteria» (1905), em *The Standard Edition of the Complete Psychological Works of Sigmund Freud* (1953-74), coordenado por James Strachey, Alix Strachey e Alan Tyson. Este ensaio dizia respeito a uma das primeiras pacientes de Freud, «Dora», de dezoito anos.

CAPÍTULO 18

255 *Em Outubro de 1865 [...] por detrás dos muros altos de Millbank.* Informação sobre a cadeia de Millbank em *The Criminal Prisons of London and Scenes of London Life* (1862) de Henry Mayhew e John Binny; *The Princess Casamassima* (1886) de Henry James; e o *Penny Illustrated Paper* de 14 de Outubro de 1865.

256 *Em 1866, casou com a senhoria [...] onde pastavam ovelhas.* Conforme certidão de casamento de Whicher, em que ele se descrevia como solteiro, e não como viúvo. Hippolyte Taine referiu-se a ovelhas a pastar no exterior da abadia de Westminster nas suas *Notes on England* (1872).

256 *Considerava-se que os agentes de investigação privada [...] Ignatius Pollaky.* Pollaky tornara-se um detective privado bem-sucedido com escritório no número 13 de Paddington Green, perto da estação de caminhos-de-ferro. Em 1866, de acordo com o *The Times,* desfez uma rede de escravatura branca que raptava mulheres jovens em Hull e as vendia na Alemanha.

Uma canção da ópera cómica de Gilbert e Sullivan, *Patience,* que estreou em Londres em 1881, elogiava «a grande perspicácia de Pollaky de Paddington». Morreu em Brighton em 1918, aos noventa anos.

257 *O trabalho era bem pago [...] para poder divorciar-se dela.* Conforme um relato no *The Times* de 9 de Dezembro de 1858.

257 *No seu novo papel, Whicher participou [...] do demandante Tichborne.* Relato do caso do demandante Tichborne retirado de: *Famous Trials of the Century* (1989) de J. B. Atlay; *The Tichborne Tragedy: Being the Secret and Authentic History of the Extraordinary Facts and Circumstances Connected with the Claims, Personality, Identification, Conviction and Last Days of the Tichborne Claimant* (1913) de Maurice Edward Kenealy; *The Tichborne Claimant: A Victorian Mystery* (1957) de Douglas Woodruff; *The Man Who Lost Himself* (2003) de Robyn Annear; e relatos no *The Times.*

258 *«Pesou sobre a mente pública como um íncubo».* Conforme *The Tichborne Romance* (1872) de Um Advogado em Liberdade (A. Steinmedz), citado em *Victorian Sensation* (2003) de Michael Diamond.

260 *«Atrevo-me a dizer que ouves o meu nome frequentemente caluniado [...] o teu velho amigo Jack Whicher».* Citado em *Scotland Yard: Its History and Organisation 1829-1929* (1929) de George Dilnot.

260 *Jack Whicher ainda vivia [...] até à morte.* Segundo resultados dos censos de 1861, 1871, 1881, certidão de casamento de Sarah Whicher e James Holliwell, e menção para a Cruz de Vitória.

261 *«É uma história muito curiosa [...] O detective não é de primeira qualidade?»* Citação de Dickens de uma carta a W.H. Wills — ver *The Letters of Charles Dickens 1868-1870* (2002), coordenado por Graham Storey, Margaret Brown e Kathleen Tillotson. Carta de Robert Louis Stevenson de 5 de Setembro de 1868, citada em *Wilkie Collins: The Critical Heritage* (1974), coordenado por Norman Page.

263 *Em 1927, T.S. Eliot comparou [...]* falíveis. Conforme artigo no *Times Literary Supplement* de 4 de Agosto de 1927.

263 *Henry James caracterizou-as [...] obras de ciência.»* Segundo «Miss Braddon», análise não assinada em *The Nation,* 9 de Novembro de 1865.

263 *Em Maio de 1866, Samuel Kent renovou o seu pedido [...] congestão pulmonar.* Documentos sobre o requerimento de Samuel Kent para se reformar com o salário por inteiro em HO 45/6970. Em Março, o relatório anual do inspector de fábricas, Robert Baker, referira-se ao grande mal feito a Samuel desde a morte de Saville. Um excerto do relato de Baker sobre as provações do colega, incluindo a «ameaça de cegueira» e subsequente paralisia da senhora Kent, foi publicado no *The Times* a 24 de

Março de 1866. Segundo a sua certidão de óbito, Mary Kent morreu em Llangollen a 17 de Agosto de 1866 — Samuel esteve presente na altura da sua morte.

264 *Nesse Verão, foi-lhe atribuída [...] vulgar e cruel.* Ver *The Times,* 9 de Julho de 1866.

264 *Durante o inverno de 1867.* Informação sobre a vida de William Kent após 1865, recolhida em *Savant of the Australian Seas* (1997) de A.J. Harrison. Uma segunda edição electrónica desta biografia, concluída em 2005, está disponível no *site* STORS da State Library of Tasmania — members.trump.net.au/ahvem/Fisheries/Identities/ Savant.html.

264 *Deu o nome de «profecia retrospectiva» [...] a palavra «backteller»!», dizia Huxley.* Segundo o ensaio «On the Method of Zadig: Retrospective Prophecy as a Function of Science» (1880). Em *Lady Audley's Secret,* Mary Braddon descrevia o procedimento do detective como «investigação retrógada». O filósofo americano Charles Sanders Peirce desenvolveu a sua teoria de «abdução», ou dedução retrospectiva, por volta de 1865. «Temos de conquistar a verdade fazendo conjecturas», escreveu ele, «ou então não é possível.» Para a ideia de «formular hipóteses retrógradas», ver: *The Sign of Three: Dupin, Holmes, Peirce* (1983), coordenado por Umberto Eco e Thomas A. Sebeok; *The Perfect Murder* (1989) de Peter Lehman; e *Forging the Missing Link: Interdisciplinary Stories* (1992) de Gillian Beer.

265 *«Talvez tenha sido o único entre os escritores de policiais [...] mais essencial e mais surpreendente.»* Segundo *Appreciations and Criticisms of the Works of Charles Dickens* (1911) de G. K. Chesterton. Chesterton estava a adaptar Job, 19: «Porque eu sei que o meu Redentor vive, e que eu no derradeiro dia surgirei da terra» (Versão do Rei James).

Outros achavam o final dos policiais decepcionante: «A solução para um mistério é sempre menos impressionante do que o próprio mistério», escreveu Jorge Luis Borges no conto «Ibn Hakkan-al-Bokhari, Dead in His Labyrinth» (1951). «O mistério tem qualquer coisa de sobrenatural e até de divino; no entanto, a sua solução é sempre manchada por um passe de mágica.»

266 *Deixou o seu dinheiro [...] executores testamentários.* Segundo o testamento de Samuel Kent, datado de 19 de Janeiro de 1872 e comprovado por William a 21 de Fevereiro desse ano.

266 *Em Janeiro de 1872, Samuel Kent [...] um rapazinho nado-morto.* Biografia conforme *Savant of the Australian Seas* (1997, revista em 2005) de A.J. Harrison; *Guidebook to the Manchester Aquarium* (1875) de William Kent;

certidão de óbito e testamento de Samuel Kent; anúncio de nascimento no *The Times;* certidões de casamento de William Kent; censo de 1881.

268 *Em 1875, a mulher de William [...] obstrução intestinal.* Segundo a certidão de óbito, morreu em Withington, Manchester, a 15 de Fevereiro.

268 *Jack e Charlotte Whicher [...] campos de alfazema.* Informação sobre Lavender Hill em: *Directory for Battersea Rise and the Neighbourhoods of Clapham and Wandsworth Commons* (1880); *The Buildings of Clapham,* coordenado por Alyson Wilson (2000); e *Battersea Past,* coordenado por Patrick Loobey (2002).

268 *No Verão de 1881 [...] foi para a mulher.* Segundo certidão de óbito, testamento e respectiva aprovação oficial no Centro de Registos da Família e no Tribunal das Sucessões.

269 *Após a morte de Jack [...] executor testamentário.* Segundo o testamento de Charlotte Whicher e respectiva aprovação oficial no Tribunal das Sucessões.

269 *Williamson era [...] as horas em que não estava de serviço.* Segundo *Fifty Years of Public Service* (1904) de Arthur Griffiths.

269 *O superintendente-chefe [...] uma partida de xadrez.* Segundo *Scotland Yard: Its History and Organisation 1829-1929* (1929) de George Dilnot.

269 *«Escocês da ponta dos pés à ponta da cabeça [...] um funcionário público muito íntegro e valioso.»* Segundo *Scotland Yard Past and Present: Experiences of Thirty-Seven Years* (1893) de Timothy Cavanagh.

270 *Field — que na década de 1870 estava praticamente reduzido à pobreza.* Numa carta escrita em Janeiro de 1874 de «Field Lodge», a sua casa em Chelsea, pedia a um cliente uma libra que ele lhe devia — tinha passado os últimos quatro meses doente de cama, dizia, e a conta do médico era de trinta libras. Conforme carta na colecção de manuscritos da Biblioteca Britânica: Add.42 580 f. 219. Field morreu mais tarde, nesse mesmo ano.

270 *Num julgamento famoso em 1877 [...] seis inspectores-detectives.* Segundo *Critical Years at the Yard: The Career of Frederick Williamson of the Detective Department and the CID* (1956) de Belton Cobb e o censo de 1881. Wilkie Collins também morreu em Londres em 1889, aos sessenta e cinco anos.

270 *Segundo um comissário da polícia [...] trabalho muito desgastante».* Comissário da polícia não nomeado, citado em *Scotland Yard: Its History and Organisation 1829-1929* (1929) de George Dilnot.

271 *a cripta da Catedral de St. Paul em Londres.* A maior parte do chão em mosaico na cripta de St. Paul foi feita pelas mulheres detidas na prisão de Woking entre 1875 e 1877 segundo os livros de actas de St. Paul para 1874-89.

No início da década de 1870, cerca de cem mulheres trabalhavam no departamento de mosaicos em Woking, ganhando um xelim e dois dinheiros por dia. Partiam desperdício de mármore em bocadinhos, montavam esses bocadinhos em blocos decorativos e depois alisavam-nos com um bocado de pedra de York. Quando o chão em mosaico preto e branco feito pelas prisioneiras de Woking foi instalado no Museu Bethnal Green, na zona este de Londres, em 1872, as autoridades da prisão chamaram a atenção para a excelência de Constance como mosaicista. *The Graphic* de 29 de Junho dizia: «Sabemos que Constance Kent é uma óptima professora desta arte para as suas companheiras de prisão.» Mas, dois anos mais tarde, as suas relações na cadeia tinham azedado. Um repórter do *Daily News* visitou o departamento de mosaicos de Woking em Dezembro de 1874, e descobriu que Constance já não trabalhava ali. Ao deixar a prisão, o repórter viu uma fila de «tricotadoras de meias» fora das suas celas. Elas puseram-se de pé quando ele e o superintendente se aproximaram. «Reparei numa mulher com cerca de 30 anos de pé no final da fila», escreveu ele. «Tinha uma figura rechonchuda, tez macilenta, com olhos escuros e tinha o cabelo escuro e curto puxado para trás sob a touca. Destacava-se entre a multidão porque, enquanto as outras faziam uma vénia quando a directora passava e esperavam ansiosamente pelo sorriso sempre pronto do reconhecimento, ela, depois de lançar um olhar cortante e zangado aos visitantes que se aproximavam, deixou-se estar com ar taciturno e olhos pregados ao chão. «Quem é aquela?», perguntei à senhora Gibson, quando deixámos de estar ao alcance da sua vista e ouvidos. «Aquela», disse a directora, «é Constance Kent, e é bem difícil lidar com ela. É uma das poucas mulheres na prisão a quem não consigo "chegar".»

Um artigo do mesmo jornalista, publicado em 1878, sugeria a razão para Constance ter sido afastada dos trabalhos de mosaico: «Ela tentara escapar por mais do que uma vez e, na altura da minha visita, estava a cumprir um castigo especial, pois tinham acabado de descobrir que mantinha correspondência clandestina, o que conseguira com grande astúcia, e persistia nisso com uma estranha determinação.»

A fotografia de Constance no segundo conjunto deste livro foi tirada em Woking nesse ano.

271 *O major Arthur Griffiths [...] a sua inteligência de elevado nível.*» Segundo *Secrets of the Prison House* (1894) de Arthur Griffiths.

271 *Noutra memória, Griffiths voltou [...] voltou a indeferir a petição.* Petições e cartas de apoio em HO 144/20/49 113.

CAPÍTULO 19

275 *Em 1884, William [...] e Florence (vinte e cinco anos).* A informação sobre William e a sua família contida neste capítulo foi retirada sobretudo de *Savant of the Australian Seas* (1997, revisto em 2005) de A. J. Harrison. Outras fontes incluem: «Emigration of Women to Australia: Forced and Voluntary», uma comunicação entregue à Sociedade de Genealogistas em Londres por Noeline Kyle a 31 de Agosto de 2005; o censo inglês de 1881; e dois dos livros do próprio William — *The Great Barrier Reef* (1893) e, sobretudo, *The Naturalist in Australia* (1897).

278 *Em Burlington House, Londres [...] e torso de uma criança».* Segundo o *The Times* de 11 de Junho de 1896.

279 *Foi atribuído a dois cientistas japoneses [...] antes deles.* O especialista australiano em pérolas C. Dennis George observou que o padrasto dos dois pioneiros japoneses tinha passado vários meses em Thursday Island em 1901, e tivera oportunidade de observar os métodos de William Saville-Kent. George dizia que Saville-Kent conseguira cultivar pérolas verdadeiras antes de morrer, e afirmava que tinham encontrado uma fiada delas na posse de uma veterinária em Brisbane em 1984; correm rumores de que há outro conjunto na posse de uma família na Irlanda. Ver *Savant of the Australian Seas* (1997, revisto em 2005), de A. J. Harrison.

279 *Mary Ann e Elizabeth [...] correspondera até ao fim.* Informação sobre a família Kent a partir de certidões de óbito e testamentos, correspondência existente no arquivo de Bernard Taylor e investigação na Austrália de A. J. Harrison e Noeline Kyle. O St Peter's Hospital é descrito em *Old and New London: Volume 6* (1878).

280 *Na década de 1950, veio a público [...] sob o nome de Emilie King.* Segundo *Saint — With Red Hands?* (1954) de Yseult Bridges. Bridges disse que obteve a informação em primeira mão de uma mulher que tinha vinte e dois anos quando conheceu Constance em 1885. Quando Bridges escreveu o seu livro, a história do que acontecera posteriormente a Constance era desconhecida.

280 *Nos anos de 1970 [...] a menina Kaye morreu.* O exílio australiano de Constance foi revelado em *Cruelly Murdered* (1979) de Bernard Taylor.

O criminologista amador Ivor Cantle (1919-1980) passou grande parte da sua vida a tentar descobrir o destino dos Kent e também localizou Constance na Austrália. Posteriormente, travou amizade com Olive e a sua família.

281 *No seu testamento [...] primeira senhora Kent.* Neste testamento escrito em 1926, Constance legava o pequeno hospital que fundara a uma enfermeira, Hilda Lord, e deixava o seu dinheiro à Fundação Joseph Fels. Fels (1853-1914) era um magnata judeu americano do sabão, reformador social e filantropo que fundou comunidades-modelo para os desempregados e para artesãos em Inglaterra e nos Estados Unidos. Ele acreditava que os impostos se deviam basear apenas na propriedade fundiária. O relato da descoberta dos retratos de família deixados a Olive encontra-se na correspondência existente no arquivo de Bernard Taylor.

CAPÍTULO 20

282 *Em 1928 [...] as razões da sua morte.* Rhode citou e debateu esta carta num ensaio em *The Anatomy of Murder: Famous Crimes Critically Considered by Members of the Detection Club* (1936). A carta original foi destruída por acção inimiga na Segunda Guerra Mundial, mas a versão dactilografada de Rhode sobreviveu.

284 *No colégio interno [...] fuga de gás no colégio é um pormenor convincente.)* A fuga de gás foi mencionada no *Somerset and Wilts Journal* em 1865. Constance estava num colégio interno em Bath, segundo o jornal, quando «tendo sido desconsiderada pela professora abriu deliberadamente o gás pela casa, não fazendo segredo de que pretendia provocar uma explosão».

285 *A carta afirmava que Constance lia Darwin.* Isto era plausível, uma vez que *A Origem das Espécies* foi alvo de uma enorme atenção quando foi publicado em 1859. Mas havia uma impossibilidade na carta — o autor afirmava que a jovem Constance costumava chocar as pessoas referindo-se à «La Divine Sara» Bernhardt, mas a actriz — que nasceu no mesmo ano que Constance — só se tornou famosa na década de 1870.

286 *Tal como a heroína [...] atentos ao passado.* Num ensaio de 1949, a psicanalista Geraldine Pederson-Krag sugeriu que o assassínio num romance policial é uma versão da «cena primitiva» em que uma criança testemunha ou imagina os pais a terem relações sexuais, e interpreta o acto como violento. A vítima representa um dos pais, as pistas os sons nocturnos, manchas e piadas que a criança observou mas só muito vagamente percebeu. O leitor de um romance policial, diz Pederson-Krag, satisfaz a sua curiosidade infantil identificando-se com o detective e «reparando completamente a sensação de impotência e a culpa ansiosa recordada

de forma inconsciente desde a infância». Ver «Detective Stories and the Primal Scene», em *Psychoanalytic Quarterly* 26. Estas abordagens são debatidas em *Bloody Murder: From the Detective Story to the Crime Novel — a History* (1972), de Julian Symons.

286 *A carta de Sydney lançava [...] corrupções do seu próprio corpo.* Informação sobre sífilis em *Pox: Genius, Madness and the Mysteries of Syphilis* (2004) de Deborah Hayden e de Alastair Barkley, dermatologista em Londres.

Desde que este livro foi publicado, surgiu outra história sobre as aventuras sexuais de Samuel em Londres, no início da década de 1830: uma mulher chamada Josephine Bridges escreveu à autora em 2008 para dizer que pensava que a trisavó encarregada do guarda-roupa num teatro de Londres tinha tido uma filha de Samuel antes de 1835. Essa menina, Rosa Kent Fuller, casara com Edwin Martin, carpinteiro em Iden, East Sussex; o seu primeiro filho nasceu no Verão em que Saville foi assassinado. Mais tarde, os Martin controlavam uma passagem de nível, onde Rosa foi atropelada e morta por um motorista em 1908. Foi sepultada no cemitério de Iden.

A mãe e a avó de Josephine Bridges tinham-lhe contado que Samuel Kent visitava frequentemente a filha ilegítima e a tratava bem. Mesmo assim, Rosa Kent Fuller está recenseada no censo de 1841 como uma «indigente» de oito anos que vive na West London Union School em Edmonton, Middlesex, uma instituição para crianças pobres do bairro de Strand em Londres. A mãe era capaz de ser a Mary Ann Fuller, com cerca de 25 anos, recenseada nesse ano como residente no albergue Strand Union em Cleveland Street, Fitzrovia. As mães solteiras eram quase sempre mandadas para o albergue, e os Conselhos de Família criados em Londres na década de 1830 normalmente separavam as crianças pobres dos seus pais, enviando-as para escolas fora da cidade.

Se Samuel era pai de Rosa, a senhora Bridges e a sua família são os únicos descendentes ingleses dos Kent de que há conhecimento.

288 *o livro de John Rhode. The Case of Constance Kent* (1928).

288 *A pessoa mais bem colocada para resolver um crime [...] o seu autor.* Em *Édipo Rei* de Sófocles, às vezes citado como a história policial original, Édipo é simultaneamente o assassino e o detective; ele comete e resolve os crimes. «Em qualquer investigação, o verdadeiro detective é o suspeito», escreveu John Burnside em *The Dumb House* (1997). «É ele quem fornece as pistas, é ele quem se atraiçoa.»

289 *Os buracos na sua história deixaram o caminho aberto [...] os principais intervenientes no caso terem morrido.* Em *Murder and its Motives* (1924), Fryniwyd Tennyson Jesse aceitou a culpa de Constance, mas lamentou que a rapariga tivesse nascido numa época incapaz de compreender e interiorizar a sua psicologia complexa. Em *The Rebel Earl and Other Studies* (1926), William Roughead lamentava que os alienistas não tivessem reconhecido que Constance tinha uma «mente doente». Em *Saint — with Red Hands?* (1954), Yseult Bridges defendia que os verdadeiros assassinos eram Samuel Kent e Elizabeth Gough, e que Constance confessara para os proteger. Em *Victorian Murderesses* (1977), Mary S. Hartman concordava que, provavelmente, Constance fizera uma confissão falsa para encobrir a culpa do pai. Em *Cruelly Murdered* (1979), Bernard Taylor propunha a hipótese de Constance ter matado Saville, mas de ter sido Samuel, que tinha um caso com Gough, a mutilar o corpo para encobrir o crime da filha e o seu próprio delito.

Entre as versões ficcionais da história há uma cena no filme de terror inglês *Dead of Night* (1945) em que uma rapariga encontra o fantasma de Saville Kent num recanto remoto de uma casa de campo — e ele fala da crueldade com que Constance o tratara. Dois anos mais tarde, a peça *Angel* de Mary Hayley Bell, encenada para o palco londrino pelo marido, *Sir* John Mills, confundiu de tal forma os espectadores com a sua simpatia por Constance que terminou passado poucas semanas e quase acabou com a carreira de Bell como dramaturga. Eleanor Hibbert, que escrevia romances históricos com o nome de Jean Plaidy, ficcionou o caso em *Such Bitter Business* (1953) sob o pseudónimo Elbur Ford. Duas personagens em *Other People's Worlds* (1980), de William Trevor, ficam obcecadas pelo assassínio de Road Hill com resultados horríveis. Francis King, em *Act of Darkness* (1983), passou a história para a Índia colonial dos anos de 1930 e, aqui, o rapaz era morto acidentalmente pela irmã e pela ama depois de as surpreender num abraço lésbico. James Friel em *Taking the Veil* (1989) desloca o caso para Manchester nos anos 1930, e o rapaz é morto pelo pai e pela tia e ama depois de os ver a fazer sexo; a sua meia-irmã adolescente mutila o corpo e faz uma confissão de assassínio falsa para proteger o pai, que a molestou sexualmente. Em 2003, Wendy Walker comprimiu a história num poema, *Blue Fire* (não publicado até à data), que usava uma palavra de cada linha da obra *The Great Crime of 1860* de Stapleton.

289 *nos seus relatórios confidenciais para* Sir *Richard Mayne.* Em MEPO 3/61.

EPÍLOGO

292 *A explicação de Stapleton [...] lhe cortava o pescoço.* Joshua Parsons, que efectuou a autópsia, discordava desta interpretação sobre os cortes no dedo de Saville. As incisões não tinham sangrado, disse ele ao Tribunal de Magistrados em 4 de Outubro de 1860, o que significava que deviam ter sido feitos depois da morte, provavelmente por acaso. De qualquer forma, disse que pensava que os cortes eram na mão direita e não na esquerda. O exame que fizera ao corpo reforçava a teoria de a criança ter sufocado, uma descoberta que Stapleton estava decidido a rejeitar. A disputa dos médicos devolve Saville ao reino do enigma e do debate. A imagem da criança viva vai-se esbatendo.

292 *«O policial [...] com um final feliz.»* Numa carta de 2 de Junho de 1949 a James Sandoe. Conforme *The Raymond Chandler Papers: Selected Letters and Non-Fiction, 1909-1959* (2000), coordenado por Tom Hiney e Frank MacShane. Chandler dizia na mesma carta que nunca poderia combinar-se uma história policial e uma história de amor, porque a primeira era «incapaz de amor».

LISTA DE ILUSTRAÇÕES

BIBLIOGRAFIA SELECCIONADA

As outras fontes são detalhadas nas Notas.

BIBLIOGRAFIA PRIMÁRIA

Polícia Metropolitana, Ministério da Administração Interna e ficheiros dos tribunais

ASSI 25/46/8
HO 45/6970
HO 144/20/49 113
MEPO 2/23
MEPO 3/61
MEPO 3/53
MEPO 3/54
MEPO 4/2
MEPO 4/333
MEPO 7/7
MEPO 21/7

Jornais

The Bath Chronicle
The Bristol Daily Post
The Daily Telegraph
The Frome Times
The Morning Post
The News of the World
The Observer
The Penny Illustrated Paper
The Somerset and Wilts Journal
The Times
The Trowbridge & North Wilts Advertiser
The Western Daily Press

Revistas

All the Year Round
The Annual Register
Chamber's Edinburgh Journal
Household Words
The Law Times
Once a Week

Livros e panfletos

Advogado (Um), *The Road Murder: Being a Complete Report and Analysis of the Various Examinations and Opinions of the Press on this Mysterious Tragedy,* Londres, 1860

«Anónimos» (W. Stephens Hayward), *Revelations of a Lady Detective,* Londres, 1864

Braddon, Mary Elizabeth, *Lady Audley's Secret,* Londres, 1862

Cavanagh, Timothy, *Scotland Yard Past and Present: Experiences of Thirty-Seven Years,* Londres, 1893

Coleridge, Ernest Hartley, *Life and Correspondence of John Duke, Lord Coleridge,* Londres, 1904

Collins, Wilkie, *The Woman in White,* Londres, 1860

Collins, Wilkie, *The Moonstone,* Londres, 1868

Davies, James, *The Case of Constance Kent, viewed in the Light of the Holy Catholic Church,* Londres, 1865

Dickens, Charles, *Bleak House,* Londres, 1853

Dickens, Charles, *The Mystery of Edwin Drood,* Londres, 1870

House, Madeline e Storey, Graham, *The Letters of Charles Dickens,* 1859-61, Londres, 1997

Hood, Edwin Paxton, *The Case of Constance Kent, viewed in the Light of the Confessional,* Londres, 1865

Forrester, Andrew, *The Female Detective,* Londres, 1864

Griffiths, Arthur, *Secrets of the Prison House,* Londres, 1894

Griffiths, Arthur, *Mysteries of Police & Crime,* Londres, 1899

Griffiths, Arthur, *Fifty Years of Public Service,* Londres, 1904

Hotten, John Camden, *The Slang Dictionary; or, The Vulgar Words, Street Phrases, and «Fast» Expressions of High and Low Society, etc,* Londres, 1864

Huish, Robert, *The Progress of Crime; or, The Authentic Memoirs of Maria Manning,* Londres, 1898

Kenealy, Maurice Edward, *The Tichborne Tragedy: Being the Secret and Authentic History of the Extraordinary Facts and Circumstances Connected with the Claims, Personality, Identification, Conviction and Last Days of the Tichborne Claimant,* Londres, 1913

Kent, William, *Guidebook to the Manchester Aquarium,* Manchester, 1875

Kent, William, *A Manual of the Infusoria: Including a Description of All Known Flagellate, Ciliate and Tentaculiferous Protozoa, British and Foreign, and an Account of the Organisation and Affinities of the Sponges,* Londres, 1880-82

Lansdowne, Andrew, *A Life's Reminiscences of Scotland Yard,* Londres, 1890

Mayhew, Henry, *London Labour and the London Poor,* Londres, 1861

Mayhew, Henry e Binny, John, *The Criminal Prisons of London and Scenes of London Life,* Londres, 1862
McLevy, James, *The Casebook of a Victorian Detective,* ed. George Scott-Moncreiff, Edimburgo, 1975, uma selecção de *Curiosities of Crime in Edinburgh* e *The Sliding Scale of Life,* Edimburgo, 1861
Poe, Edgar Allan, «The Man of the Crowd» (1840), «The Murders in the rue Morgue» (1841), «The Mystery of Marie Roget» (1842), «The Tell-tale Heart» (1843), reeditado em *Complete Stories and Poems,* Nova Iorque, 1966
Saville-Kent, William, *The Great Barrier Reef,* Londres, 1893
Saville-Kent, William, *The Naturalist in Australia,* Londres, 1897
Stapleton, Joseph Whitaker, *The Great Crime of 1860: Being a Summary of the Facts Relating to the Murder Commited at Road; a Critical Review of its Social and Scientific Aspects; and an Authorized Account of the Family; With an Appendix, Containing the Evidence Taken at the Various Inquiries,* Londres, 1861
Ware, James Redding, *The Road Murder: Analysis of this Persistent Mystery, Published in 1862, Now Reprinted, with Further Remarks,* Londres, 1865
«Waters» (William Russell), coord., *Experiences of a Real Detective,* do Inspector «F», Londres, 1862

BIBLIOGRAFIA SECUNDÁRIA

Altick, Richard D., *Victorian Studies in Scarlet,* Nova Iorque, 1970
Altick, Richard D., *Deadly Encounters: Two Victorian Sensations,* Filadélfia, 1986
The Anatomy of Murder: Famous Crimes Critically Considered by Members of the Detection Club, Londres, 1936
Atlay, J.B., *Famous Trials of the Century,* Londres, 1899
Beer, Gillian, *Forging the Missing Link: Interdisciplinary Stories,* Cambridge, 1992
Boyle, Thomas, *Black Swine in the Sewers of Hampstead: Beneath the Surface of Victorian Sensationalism,* Nova Iorque, 1988
Bridges, Yseult, *Saint — with Red Hands?: The Chronicle of a Great Crime,* Londres, 1954
Browne, Douglas G., *The Rise of Scotland Yard: A History of the Metropolitan Police,* Londres, 1956
Chesney, Kellow, *The Victorian Underworld,* Londres, 1970
Cobb, Belton, *Critical Years at the Yard: The Career of Frederick Williamson of the Detective Department and the CID,* Londres, 1956
Cobb, Belton, *The First Detectives and the Early Career of Richard Mayne, Commissioner of Police,* Londres, 1957
Collins, Philip, *Dickens and Crime,* Londres, 1962
Dilnot, George, *Scotland Yard: Its History and Organization 1829-1929,* Londres, 1929
Emsley, Clive, *The English Police: A Political and Social History,* Londres, 1991
Frank, Lawrence, *Victorian Detective Fiction and the Nature of Evidence: The Scientific Investigations of Poe, Dickens and Doyle,* Nova Iorque, 2003
Harrison, A.J., *Savant of the Australian Seas,* Hobart, 1997
Hartman, Mary S., *Victorian Murderesses,* Nova Iorque, 1977
Hughes, Kathryn, *The Victorian Governess,* Londres, 1993

Kayman, Martin A., *From Bow Street to Baker Street: Mystery, Detection and Narrative,* Basingstoke, 1992
Knelman, Judith, *Twisting in the Wind: The Murderess and the English Press,* Toronto, 1998
Lehman, David, *The Perfect Murder: A Study in Detection,* Nova Iorque, 1989
Lock, Joan, *Dreadful Deeds and Awful Murders: Scotland Yard's First Detectives 1829--1878,* Somerset, 1990
Maughan, Herbert Hamilton, *Wagner of Brighton: The Centenary Book of St Paul's Church, Brighton,* Loughlinstown, 1949
Miller, D.A., *The Novel and the Police,* Berkeley, 1988
Miller, Wilbur R., *Cops and Bobbies: Police Authority in New York and London, 1830--1870,* Chicago, 1999
Ousby, Ian, *Bloodhounds of Heaven: The Detective in English Fiction from Godwin to Doyle,* Cambridge, Massachusetts, 1976
Porter, Dennis, *The Pursuit of Crime: Art and Ideology in Detective Fiction,* New Haven, 1981
Rhode, John, *The Case of Constance Kent,* Londres, 1928
Rogers, Kenneth, *The Book of Trowbridge,* Buckingham, 1984
Roughead, William, *The Rebel Earl and Other Studies,* Edimburgo, 1926
Shpayer-Makov, Haia, *The Making of a Policeman: A Social History of a Labour Force in Metropolitan London, 1829-1914,* Aldershot, 2002
Symons, Julian, *Bloody Murder: From the Detective Story to the Crime Novel — a History,* Londres, 1972
Taylor, Bernard, *Cruelly Murdered: Constance Kent and the Killing at Road Hill House,* Londres, 1979, revisto em 1989
Taylor, Jenny Bourne, *In the Secret Theatre of Home: Wilkie Collins, Sensation Narrative, and Nineteenth-Century Psychology,* Londres, 1988
Thomas, Ronald, *Detective Fiction and the Rise of Forensic Science,* Cambridge, 1999
Trodd, Anthea, *Domestic Crime in the Victorian Novel,* Basingstoke, 1989
Wohl, A., *The Victorian Family: Structures and Stresses,* Londres, 1978
Woodruff, John Douglas, *The Tichborne Claimant: A Victorian Mystery,* Londres, 1957

AGRADECIMENTOS

Estou muito grata a Bernard Taylor por me orientar para o seu arquivo sobre o assassínio de Road Hill e por me permitir usar as imagens que reuniu — foi excepcionalmente generoso. Também agradeço a Stewart Evans, o conservador do arquivo, pelas suas indicações e hospitalidade, e a Cynthia Yates por ter sido uma anfitriã tão acolhedora e prestativa na Casa de Langham (antes Road Hill). Por me terem ajudado em pesquisas específicas, agradeço a Joseph Wisdom da Catedral de St Paul, a Susanna Lamb do Museu Madame Tussaud, a Eleri Lynn do Museu Victoria and Albert, a Katherine White do Museu de Trowbridge, e a Anthony J. Harrison, na Austrália. O meu obrigada a Leslie Robinson pelos mapas. De uma forma mais geral, estou em dívida para com o pessoal dos Arquivos Nacionais, do Centro de Registos da Família, da Biblioteca de Battersea, da Biblioteca da História Local de Southwark, do Museu de Trowbridge, do Museu de Frome, da Biblioteca de Londres, da Biblioteca Britânica, dos Arquivos Metropolitanos de Londres e da Colecção Histórica da Polícia Metropolitana.

Pelo material com que contribuíram para a edição de bolso deste livro, agradeço muito a Richard Rose, Lesley Clyde Binfield, James Fergusson, Eric Jenkins, Gillian Roberts, Christopher Parsons, Michael Yelton e Gill Arnott do Serviço de Museus de Hampshire.

Pelos seus conselhos e apoio, agradeço imenso à minha família e amigos, entre eles a Ben Summerscale, Juliet Summerscale, Valerie Summerscale, Peter Summerscale, Robert Randall, Daniel Nogués, Victoria Lane, Toby Clements, Sinclair McKay, Lorna Bradbury, Alex Clark, Will Cohu, Ruth Metzstein, Stephen O'Connell, Keith Wilson e Miranda Fricker. Nas primeiras fases da minha investigação, fui encaminhada para fontes excelentes por Sarah Wise, Rebecca Gowers, Robert Douglas-Fairhurst e Kathryn Hughes. Já quase no fim, tive leitores maravilhosos em Anthea Trodd e Peter Parker. Também agradeço a PD James pelas suas observações sobre este caso e ao antigo inspector-detective Douglas Campbell pelos seus comentários sobre o trabalho do detective em geral.

Por terem investido tanto na publicação deste livro, agradeço a Alexandra Pringle, Mary Morris, Kate Tindal-Robertson, Meike Boening, Kathleen Farrar, Polly Napper, Kate Bland, David Mann, Phillip Beresford, Robert Lacey e ao resto das pessoas fantásticas da Bloomsbury. Agradeço muito aos magníficos editores da Walker & Co, George Gibson e Michele Amundsen, e aos outros editores que mostraram fé no livro, incluindo Andreu Jaume da Lumen SA, em Barcelona, Dorothee Grisebach da Berlin Verlag, Dominique Bourgois da Christian Bourgois Editeur em Paris, Andrea CaCanobbio da Giulio Einaudi Editore, em Turim, e Nikolai Naumenko da AST, em Moscovo. Também estou grata a Angus Cargill e Charlotte Greig pelo seu interesse e encorajamento inicial. Os meus agradecimentos aos excelentes Laurence Laluyaux, Stephen Edwards e Hannah Westland da Rogers, Coleridge & White Ltd., a Julia Kreitman da The Agency, e a Melanie Jackson em Nova Iorque. Agradecimentos especiais a David Miller, meu amigo e agente, por dar sempre a ideia de compreender melhor do que eu aquilo que estava a tentar fazer. O seu contributo para este livro é incomensurável. O meu filho, Sam, já foi recompensado (com uma viagem à Legolândia) por ser paciente enquanto eu trabalhava, mas gostava de lhe agradecer aqui por ter sido tão fantástico.

ÍNDICE REMISSIVO

ÍNDICE

BERTRAND EDITORA

Rua Professor Jorge da Silva Horta, n.º 1
1500-499 Lisboa

Telefone: 217 626 000
Fax: 217 626 150

correio electrónico: editora@bertrand.pt